伊索寓言
故事大全

[古希腊]伊 索 著 李丹丹 编译

中国纺织出版社有限公司

内 容 提 要

伊索寓言用一个个浅显的小故事，表现了当时社会压迫者和被压迫者之间的不平等关系，有对富人贪婪自私的揭露，有对恶人残忍本性的鞭挞，有对劳动创造财富的肯定，有对社会不平等的抨击，有对懦弱、懒惰的讽刺，有对勇敢斗争的赞美……此外，它还教人如何处世、如何做人、怎样辨别是非好坏、怎样变得充满智慧等。

本书包括伊索寓言的所有名篇佳作，其中《农夫和蛇》《吃不到葡萄的狐狸》《狼和小羊》《龟兔赛跑》《蚊子和狮子》等都是家喻户晓的故事，内容文字凝练，想象丰富，饱含哲理，具有极强的可读性和启迪性，是一本给人智慧、教人成长的好书。

图书在版编目（CIP）数据

伊索寓言故事大全 /（古希腊）伊索著 ； 李丹丹编译．-- 北京：中国纺织出版社有限公司，2023.3
ISBN 978-7-5180-9521-6

Ⅰ．①伊… Ⅱ．①伊… ②李… Ⅲ．①寓言-作品集-古希腊 Ⅳ．① I545.74

中国版本图书馆 CIP 数据核字（2022）第 070345 号

责任编辑：赵晓红　　责任校对：楼旭红　　责任印制：储志伟

中国纺织出版社有限公司出版发行
地址：北京市朝阳区百子湾东里 A407 号楼　邮政编码：100124
销售电话：010—67004422　传真：010—87155801
http://www.c-textilep.com
中国纺织出版社天猫旗舰店
官方微博 http://weibo.com/2119887771
天津千鹤文化传播有限公司印刷　各地新华书店经销
2023 年 3 月第 1 版第 1 次印刷
开本：710×1000　1/16　印张：23
字数：318 千字　定价：49.80 元

凡购本书，如有缺页、倒页、脱页，由本社图书营销中心调换

前言

　　伊索（约前620—前560年），古希腊著名的哲学家、文学家，与克雷洛夫、拉·封丹和莱辛并称为世界四大寓言家，他创作的寓言深受古希腊人民的喜爱。

　　伊索寓言故事一般短小精悍，形式不拘，在浅显的小故事中常常闪耀着智慧的光芒，并爆发出机智的火花，蕴含着深刻的寓意。作品大部分是拟人化的动物寓言，少部分以普通人或神为主人公。总是通过生动的小故事，或揭示早期人类的生活状态，或隐喻抽象的道理，或暗示人类的种种禀性和品行，多维地凸显了古希腊民族本真的性格。

　　伊索寓言故事生动，文字凝练，想象丰富，饱含哲理，融思想性和艺术性于一体。其中《农夫和蛇》《吃不到葡萄的狐狸》《狼和小羊》《龟兔赛跑》《农夫和他的孩子们》《蚊子和狮子》等已成为家喻户晓的故事。

　　本书包括伊索寓言的所有名篇佳作，故事性、哲理性和形象性都非常鲜明。《衔肉的狗》讲述了一只狗叼着肉过河，它看见水中自己的倒影，还以为是另一只狗叼着一块更大的肉。想到这里，它决定要去抢那块更大的肉。于是，它扑到水中抢那块更大的肉。结果，它两块肉都没得到。这个故事是用来讽刺贪婪的人的。

　　在《吃不到葡萄的狐狸》中，讲述了一只饥饿的狐狸，看见葡萄架上挂着一串串晶莹剔透的葡萄，口水直流，想要摘下来吃，但又摘不到。它看了一会儿，无可奈何地走了，它边走边自我安慰说："这葡萄没有熟，肯定是酸的。"这就是说，有些人无能为力，做不成事，就找借口说时机未成熟，表现了狐狸自欺欺人的性格。

　　《龟兔赛跑》讲述了一只兔子嘲笑乌龟爬得慢，在它们赛跑时，乌龟拼命地爬，一刻都不停，兔子认为比赛太轻松了，它就先打了个盹儿。乌龟坚持往前爬，当兔子醒来跑到终点时，发现乌龟早已到达终点了。这个故事说明乌龟具有求真务实和稳扎稳打的精神，而兔子骄傲自满，轻视对手，所以输了比赛。

在《蚊子与狮子》中,蚊子战胜了强大的狮子,却败给了小小的蜘蛛。尽管蚊子非常聪明,却因为盲目自满和疏忽大意,最后失败了。

伊索寓言故事大多来自民间,所以,对社会底层人们的生活和思想感情具有较为突出的反映。例如,对富人贪婪自私的揭露,对恶人残忍本性的鞭挞,对劳动创造财富的肯定,对社会不平等的抨击,对懦弱、懒惰的讽刺,对勇敢斗争的赞美等。

伊索寓言通过描写动物之间的关系,来表现当时社会中的压迫者和被压迫者之间的不平等关系。作者谴责当时社会上人压迫人的现象,号召受欺凌的人们团结起来与恶人进行斗争,具有极强的时代进步意义。

伊索寓言还有许多教人如何处世,如何做好人,怎样辨别是非好坏,怎样变得聪明和智慧,是古希腊人生活和斗争的提炼与总结,是古希腊人留给后人的宝贵精神遗产。

编译者

2022年10月

目 录

人物篇

追随命运的人……………002

守财奴………………004

挤牛奶的女孩……………005

骗人的女巫………………007

坐享其成………………009

三个朋友………………009

儿子、父亲和画上狮子………011

天文学家………………012

目光短浅的士兵…………013

成名前后………………014

马夫…………………015

人和蛇………………016

自作自受………………018

开玩笑的牧羊人…………019

见死不救的人……………021

人与蛇………………023

木炭商与洗衣店老板………024

真理与谎言………………025

天鹅与厨师………………027

理发与剪羊毛……………027

受骗的猎人………………029

牧人和海………………030

多心的牧羊人……………032

小偷和狗………………033

牧人和狼………………035

小偷和公鸡………………036

丢了牛的牧牛人……………037
农夫遇女神……………………039
狼骗牧人………………………040
驴和赶驴人……………………042
小偷及其母亲…………………043
买驴……………………………045
捕鸟人和冠雀…………………046
绝路的人………………………048
自我吹嘘的人…………………049
寡妇和下金蛋的母鸡…………050
异心四兄弟……………………052
葡萄园里的珠宝………………053
鹰和农夫………………………055
捕鸟人和山鸡…………………056
死抱钱的人……………………057
渔夫们…………………………058
双目失明的小孩………………059
渔夫吹箫………………………060
爱搞恶作剧的人………………060
婴儿和大鸦……………………062
强盗和桑树……………………063

算卦的人………………………064
沉船后的人和海………………065
病人和医生……………………067
富人和哭丧女…………………068
老人和熊………………………069
行人和阔叶树…………………070
富人和鞣皮匠…………………071
贫穷的富翁……………………073
农夫上当………………………074
老人与浪荡子…………………075
托人保管的财宝………………076
丢失的金币……………………078
农夫和胡瓜……………………080

神物篇

青蛙求国王……………………082
赫耳墨斯雕像…………………084
百兽之王——狮子……………085
遭天谴的鹰……………………087
赫拉克勒斯和财神……………088

老鼠找妻子……………………089	
小鱼是会长大的…………………090	
蜜蜂公主……………………091	
大蜡烛……………………092	
田野之神和过路人………………093	
守护神……………………093	
风与太阳……………………094	
樵夫和赫耳墨斯…………………096	
行人和时运女神…………………098	
宙斯赐给蜜蜂武器………………099	
两个口袋……………………100	
耍神的赌徒…………………102	
不留情面的摩摩斯………………103	
威仪的普罗米修斯………………105	
铁锅和瓦罐…………………106	
宙斯与人……………………107	
神谕……………………108	
矢车菊……………………109	
小树林和火…………………110	
小熊星……………………111	

兽畜篇

苦恼的骡子…………………114
驮盐的驴……………………115
总换主人的驴…………………117
上当的狼……………………118
说谎的猴子…………………119
蛇和蟹同居…………………121
战马的晚年…………………123
小猪和狐狸…………………124
野兔和竹鸡…………………125
牛的家庭内讧…………………126
小老鼠和猫头鹰…………………128
狮子分食……………………129
兔子的耳朵…………………129
骆驼的品格…………………130
伪装成牧羊人的狼………………131
仓库里的黄鼠狼…………………132
狼、狮子和狐狸…………………133
背信弃义的狗…………………134
公鸡和狐狸…………………135

狗和驴子……………………135

死驴和两只狗………………136

母鸡孵蛇蛋…………………137

骆驼和漂浮的木头…………138

老鼠和大象…………………139

狮子和熊……………………140

狐狸与猫……………………141

狮后的丧礼…………………142

秃尾狐………………………143

母狗借房……………………144

蛇、黄鼠狼和老鼠…………144

出卖朋友的驴………………146

狐狸和狗对歌………………147

死里逃生的狗………………149

母狮和母熊…………………149

被人割去耳朵的狗…………150

狮子出征……………………151

悲哀的猪……………………152

狼和狐狸……………………153

蝙蝠、荆棘和潜水鸟………154

太阳和青蛙…………………155

猫狗之争和猫鼠之争………156

衔肉的狗……………………157

狼和狐狸……………………159

乌鸦、龟、羚羊和老鼠……160

猫与两只麻雀………………161

两只母山羊…………………162

病鹿…………………………163

狐狸和火鸡…………………164

狼和小羊……………………164

猴子…………………………166

怕老鼠的狮子………………166

智勇双全的公牛……………167

狮子和农夫…………………169

和狼交朋友的羊……………170

披着狮皮的驴………………172

狗和厨师……………………174

狮子、驴和狐狸……………175

骆驼、大象和猴……………176

狼与狗………………………177

青蛙搬家……………………178

自不量力……………………179

老鼠的勾结……………………181

老鼠报恩……………………182

得了瘟疫的群兽……………183

杂色羊………………………185

半夜公鸡叫…………………186

狐狸和荆棘…………………187

无奈的狐狸…………………187

松鸡的遭遇…………………188

不讲道理的猫………………190

爱跳车的青蛙………………191

鬣狗和狐狸…………………193

野驴送给狼的厚礼…………194

不甘冷落的野山羊…………196

自不量力的驴子……………198

拉犁耙的狼…………………199

小狐狸的梦想………………200

气愤的猎狗…………………201

愚蠢的驴……………………202

掉在井里的狐狸和公山羊……203

狐狸耍聪明…………………205

断了尾巴的狐狸……………206

驴、狐狸和狮子……………208

驴、大鸦和狼………………210

野猪和狐狸…………………211

野驴下山……………………212

爱吃羊肉的狗………………214

鹅和鹤………………………215

狗吞海螺……………………216

黄鼠狼的舌头………………217

田鼠与家鼠…………………219

驴和青蛙……………………220

偷鸡的狐狸…………………221

三只公山羊…………………222

猴子和猫……………………224

狼和狗………………………225

猫和老鼠……………………226

不听话的小鹿………………228

驴和知了……………………229

恩仇分明的豹子……………231

蝙蝠的机智…………………232

被同伴驱逐的蝙蝠…………233

蠢狮子………………………234

狼和喝水的小羊……………236	狐狸和半身像……………259
兔子与青蛙………………237	狐狸和豹子………………260
猴子和狐狸………………238	胆大的小狐狸……………260
狮子和青蛙………………239	狐狸和囚笼中的狮子……261
狼和山羊…………………240	两头公牛和一只青蛙……261
狼和马……………………241	狼诬告狐狸………………262
吃不到葡萄的狐狸………242	羊和牛请狮子评理………263
狮子和海豚………………244	老鼠与黄鼠狼的争战……265
嫉妒鸡的猫………………246	小老鼠和铅笔……………265
中箭的鹿…………………247	做什么好…………………267
狮子与牛虻………………248	跳舞的鱼…………………267
猫和小心的老鼠…………249	狼落狗舍…………………268
爱漂亮的梅花鹿…………250	狐狸和土拨鼠……………269
狼、母山羊和小山羊……252	兔子打猎…………………270
小老鼠、小公鸡和猫……252	猴子和眼镜………………271
小兔子、黄鼠狼和猫……253	狮子和豹子………………272
老鼠和牡蛎………………254	大象当官…………………272
警惕的老鼠………………255	梭子鱼和猫儿……………273
被人打败的狮子…………257	驴子和夜莺………………274
猎狗和狮子………………257	龟兔赛跑…………………275
老牛和车轴………………259	大象和哈巴狗……………277

老狼和小狼……277

猴子学耕田……278

厨师和猫……279

狐狸和驴子……280

狮子、羚羊和狐狸……281

松鼠……282

苦难的驴子……282

高傲的马……283

狮子、公牛和山羊……284

衰老的狮子……285

鹿和马……286

虫鸟篇

打败狮子的蚊子……288

不学飞翔的小燕子……290

鹰和蜜蜂……291

鸽子救了小蚂蚁……292

会唱歌的蜗牛……293

爱唱歌的夜莺……295

燕子与小鸟……296

高雅的白鹤……297

鹰和田鼠……299

蜻蜓和蚂蚁……300

挑剔的鹭鸶……300

欺负羊的麻雀……301

聪明的冠鸟……302

椋鸟……304

鹧鸪和小公鸡……305

鹰和鸡……306

受株连的鹳鸟……308

两只鸽子……309

可笑的穴鸟……310

野鸽的悲哀……312

大雁与乌龟……313

口渴的鸽子……315

麻雀和小草……316

狼请鹭鸶治病……318

狐狸与鹤……319

贪心的蚂蚁……321

苍蝇找死……322

兔子和老鹰比武……323

目光短浅的鹞鸟……………324

鸽子和冠鸟………………326

鹰和红狐狸………………326

孔雀和穴鸟………………329

老鹰和鸽子………………331

黄蜂、鹧鸪施诡计…………331

华而不实的冠鸟……………332

黄蜂和蜜蜂………………334

苍蝇和蚂蚁………………335

狐狸比狼还狡猾……………336

乌鸦和狐狸………………339

燕子和黄莺………………341

鱼和鱼鹰…………………341

鹰和喜鹊…………………342

青蛙与牡牛………………343

说大话的山雀………………344

黄雀和刺猬………………345

国王的苍蝇………………345

蚂蚁和蚱蜢………………346

两只青蛙…………………347

蜘蛛和蜜蜂………………348

夜莺的命运………………349

自以为是的八哥……………350

一对斑鸠兄弟………………351

鹰和虫……………………352

公鸡和布谷鸟………………353

金黄色甲虫和萤火虫…………354

杜鹃鸟和鹰………………356

人物篇

追随命运的人

　　人们四处奔波，追逐着命运女神。我站在一旁，自在地冷眼注视着芸芸众生。他们从这个国家跑到另一个国家，徒劳无益地寻找命运女神，这些追逐者被自己所看到的能够改变境遇的人物深深地吸引着，而当其刚要接近好运时，命运女神马上又再次溜之大吉。可怜的人们啊！我可怜他们，就如我们对疯子，总是怜悯多于愤怒。有人说："这人曾经是个农夫，瞧，他现在成了教皇！我们有哪点儿比不上他？"

　　的确如此，你胜过他百倍，但你的优点，你又派上什么用场了呢？命运女神是否真长了眼睛呢？况且教皇的地位值得你去为其牺牲一切吗？休息是一种最宝贵的财富，原是人和神共同分享的东西，但是命运女神却很少把休息留给自己喜爱的人，用不着去寻找、追逐这位女神，她就会找上门的。命运总是变化无常的。

　　从前，村子里有两个朋友，他们的生活过得不错，其中一个人对命运女神十分渴求。一天，他对他的朋友说："你看我们是不是出去闯一闯？我相信我们的能力和运气，会使我们过得比现在更好。"

　　"你去吧！"另一位说，"至于我嘛！不想到别的什么好地方去，也不希望更好的命运。你去实现你的愿望吧！以你好动的性格行事，相信你不久就会返回来的。我的心愿只是进入梦乡，一直睡到你回来。"

　　于是，这个野心勃勃、信心百倍的人立刻起身上路了。第二天，他来到了宫廷，这是命运女神最喜欢光顾的地方。他决定在这里待一段时间，侍候国王起床和安寝。他认为命运降临的时机到了，但是挖空了心思，却什么也没得到。"这是怎么回事？"他自言自语道，"还不如去别处找找财宝。不过命运女神就在这地方待着，每天都可以感觉到她的出入，走东家串西家，可为什么我不能够像大家一样，恭候她的光临呢？有人曾经对我说过，这里的人不喜欢心术不正、有野心的人。"

"好吧，宫廷里的各位大人们，再见了！就让人们在命运之神诱惑的幻影下去奔波吧！有人说，在印度西海岸的城市苏拉特，有命运女神的神庙，就到那去看看吧！"这人马上又起身上路了。

人具有非常坚强的本性，眼下这个人的意志简直就像金刚石一样坚定异常。他勇敢地开辟了这条航线，第一个往远洋深海进发。在航程中，他战胜了海盗、狂飙、暗礁和无风不能航行等各种困难，这才想起故土来，他把目光投向了远方的家乡。在历尽艰辛到海外寻找命运女神之后，他才发现，原来命运并没有离开家门。

他来到蒙古帝国，有人对他说，命运女神在日本施舍她的恩惠。他赶紧往那儿奔。连大海的波涛看到他在船上漂泊都感到厌烦，长途跋涉的唯一收获是那些当地人给他的教诫："你留在自己家乡过田园一样的生活不是很好吗？"

对于他来说，在国外没碰到好运，于是他得出了以下结论：最大的错误就是离开自己的故乡。

他终于放弃了徒劳无益的奔波，又回到了家乡，当他远远地看见自家的墙院后，不禁流下了悔恨的泪水。

他深有感触地说："在家里的人是多么幸福啊！他们干着自己想干的事，自己的愿望得到了满足。而自己只道听途说，什么宫廷、大海、财富王国，啊！这命运女神让荣华富贵从我眼前晃过，引诱得我为它走遍海角天涯，却最终也没达到期望的目的。今后我要待在家乡，这比其他的做法要强百倍。"

他走进了朋友的家里，却意外地发现命运女神正坐在他朋友的身边，而他的朋友还在睡觉。

守财奴

高山脚下有一个很大的村子，村子里住着一个当官的人。当官的很有钱，是一个大财主，也是个爱财如命的吝啬鬼，他经常欺压村里的穷人。

这个财主拥有很多肥沃的田地，而最引人注目的还是他那座富丽堂皇的大宅院，大宅院装饰得比王侯将相的府邸还要好。

财主的家中只有他和他10岁的儿子，其余全都是仆人。这几日，财主每天坐在家中看着仆人们出出进进，心中十分烦恼。

他时常想，我拥有这么大的家业，钱已足够子孙们生活了，家中只有我和儿子两个人，万一有一天仆人们不老实，偷偷拿了我的东西，而我却不知道，那不是白白损失了吗？

经过深思熟虑，他最终决定辞掉所有仆人，把房子卖掉，统统变换成金子埋起来，自己和儿子只住两间小房子，和平常人家一样。

从此以后，财主最担心的便是埋在墙根底下的那堆金子，他每天都去挖出来看看，直到觉得不会出什么事才能入睡。

财主经常这样做，很快引起了别人的注意，特别是他家附近住着的那个农夫。这个农夫是个单身汉，靠劳动维持生活，他精明细心，喜欢观察周围的事物。

那个贪婪的财主的一切行动早就引起了他的怀疑："这个爱财如命的老家伙，难道有什么见不得人的事吗？"农夫从此多留了一个心眼，悄悄注意着财主的举动。

有一天，财主又来到墙根底下。他小心地四处望望，见没有人，就蹑手蹑脚地用铁锹向地里挖去。

财主挖了好久，终于看到了那个坛子，捧出那坛子，他打开盖，从里面拿出一块沉甸甸的金子看了看，随即又放回去照原样埋好。

财主以为一切干得神不知鬼不觉，没想到却被躲在树后的农夫看了个一清二楚。农夫终于明白是怎么回事了。他见财主走远了，就来到墙根底下把金子挖出来，拿回了家。

农夫把村子里贫苦的人召集起来，向大家说明了事情的经过。大伙儿恨死这个大财主了，因为他们经常受到大财主的欺压和侮辱，于是大伙儿就把金子平分了。

第二天，财主又像平常一样来到墙根底下挖金子，这回他什么都没有挖到。他知道金子丢了，一夜之间他就变得一无所有了。他伤心得直吐血，最后病死了。

挤牛奶的女孩

在很久以前的一天清晨，有个女孩像往常一样，早早地起床拎起牛奶罐去挤牛奶。她今天的心情特别好，因为昨天夜里她做了一个非常美妙的梦。

小女孩一边挤牛奶，一边想着昨晚的梦。挤完牛奶，她就把牛奶罐顶在头上，到集市上去卖牛奶。顶着牛奶罐往集市去的路上，她还一边走，一边回忆着梦里的情景，脸上浮现出甜甜的笑容。

昨天夜里，小女孩梦见她一下子挤了好多好多牛奶，她把这些牛奶带到了集市，不一会儿全卖光了，她得到了数都数不清的钱。

要是真的该多好啊！小女孩心中憧憬着，想："如果真有那么多钱，我该怎么花呢？"

于是她开始了美丽的幻想：首先，我要买许多许多漂亮的衣服，把自己打扮得漂漂亮亮的。让全村人都用羡慕的眼光看着我，到那时，全村的小伙子都不会

对我不理不睬,他们的眼睛会围着我转。

然后呢,我就会挺着胸在村里走来走去,我再也不用每天清早起来去挤牛奶,收拾牛栏、牛舍了。我的手也不会像现在这么粗糙了。

当然,最最重要的是我得买一座庄园。庄园里要有宽敞明亮的大房子,里边是豪华的家具,庄园里还要有美丽的花坛和舒适的草坪,还要请许多帮工,让他们服侍我和打扫收拾庄园杂务。

有了漂亮的衣服和尊贵的身份，就会有许多小伙子追求我。那时候，他们会争先恐后地请我吃饭、郊游，带我出入高贵的社交场所。

到那时，我该怎样做才能体现出我尊贵的身份呢？小女孩认真地思考着：对，我要摆出有钱人家小姐的架子，不能轻易地迎合他们，否则会失了身份的。通常我该摇头拒绝他们，正想着，她真的摇了一下头。

"砰！"牛奶罐从小女孩头上掉下来摔碎了，牛奶流了一地。小女孩看着地上自己辛辛苦苦挤了一早晨才得到的牛奶，一时呆住了，不知如何是好。

骗人的女巫

很久以前，有一个名叫奥丽亚娜的女巫，她有一张胡编乱造的嘴，吹嘘自己法力无边，没有她做不了的事。有些得了病的人都请她治病，她因此骗了很多不义之财。

其实，许多人得病都是精神作用，由于一时情绪失调造成了身体上的不适。像这样的病症，往往用精神疗法治疗会取得很好的效果。

那时，人们对疾病的认识还很肤浅，以为自己得病是因为得罪了神而受到了惩罚。奥丽亚娜就利用这一点，谎称自己会念咒语，能够和神对话，平息神的愤怒，因此很多人都找她给自己治病。

听了奥丽亚娜一通胡说，病人就以为神已经原谅自己了，精神一放松，病痛就缓解了许多。这样，奥丽亚娜的名声很快就传开了，方圆几百里的人都知道有一个神通广大的女巫叫奥丽亚娜。

有一次，有一位富商的女儿得了病，当时就有人给这位富商出主意，说有一位女巫能够治病，为何不请她来试试。富商立刻就派人去请女巫奥丽亚娜。

奥丽亚娜来了以后，看到一个小姑娘满面愁容地靠在床上，就询问她的病情，那个富商替女儿答道："小女这几日来一直胸闷，不能活动，如果稍微累一点就喘不上气来，真是愁死我了。"

奥丽亚娜满不在乎地说："没问题，让我和天神通个信，神会保佑你女儿的。"

说完，奥丽亚娜就闭上眼睛，手舞足蹈地在屋里转来转去，口里念念有词，谁也听不出她在搞什么名堂。

那小姑娘看着眼前的这一切，感到很有趣，就微微笑了一下，她的父亲看到女儿的笑容后，心里很宽慰，这是几日来女儿少有的表情，他想也许这位女巫真的能治好女儿的病。

过了一会儿，奥丽亚娜睁开了眼睛，对富商说："我刚才和天神见了面，说到了你女儿的事情，神看到小姑娘年幼无知，就原谅她了，过几天她的病就会好，您就放心好了。只要是我奥丽亚娜出马，神总是给面子的。"

富商高兴得拍掌叫好，立刻给了奥丽亚娜很多钱。可是，几天以后，小姑娘的病情越来越重，最后因呼吸困难而死。富商伤心极了，想来想去认为是奥丽亚娜没有治好他女儿的病，他恨死奥丽亚娜了。

办完了女儿的丧事，富商就到法院控告奥丽亚娜，说她有辱神灵，以欺诈的手段骗取钱财。

消息传出后，许多因受女巫欺骗耽误病情而死亡的人的家属也都纷纷到法院告女巫。

法官把奥丽亚娜抓来审问。经过调查，法官认为奥丽亚娜违背神道，有辱神灵，诈骗钱财罪名成立，判处死刑。

在押赴刑场的途中，有人问女巫："你不是神通广大吗？怎么这下就不行了呢？"

坐享其成

为了一头偷来的毛驴，两个贼吵得不可开交，一个想把它留下来驮货，而另一个却想把它卖掉换钱。

正当这两个贼打得不可开交的时候，第三个贼把这头毛驴顺手牵跑了。

毛驴就像是一个弱小的国家，而贼就像是一帮昏君，正如封建制的土耳其、匈牙利和特兰西瓦尼亚等国之间的土地之争一样。所不同的是，贼不止两个，分赃之争也就会经常发生，而在这争得昏天地暗的时候，另一个贼突然出现了，牵走了毛驴而坐享其成。

三个朋友

有一次，狐狸和蛤蟆合计，一起开垦一片方形的土地。荒地开垦好了，它们在地里种上麦子。这一年风调雨顺，麦子长得非常好，丰收就在眼前。

狐狸非常贪心，心里盘算着：看来收成是错不了的，不过，要是和蛤蟆平分的话，那就太可惜了，得想个办法使这个难看的伙伴的那一份麦子归我所有。怎么办呢？

狐狸绞尽了脑汁，想了很长一段时间，终于想出了一个巧妙的办法来欺骗蛤蟆。它走到蛤蟆跟前对蛤蟆说："愿上帝保佑你，我的伙伴！"

"愿上帝也保佑你，"蛤蟆回答道，"托上帝的福，我们的麦子要丰收了。"

"嗯，是呀！看来收成是不错的。不过这麦子到底归谁所有，我倒有一个想法。"

"噢！什么想法？"

"我想到一句成语，说'不冒险，就得不到马和马鞍'。我们打个赌吧！"

"什么赌注？"

"咱们俩一起沿着田边跑一圈，看谁先跑到，田里的收成就全归先跑到的人所有。"

蛤蟆想了一会儿说："好吧！我们在后天早上太阳出来时就比赛。"

"好，就在后天。"

说罢，两个伙伴就客客气气地分手了。狐狸满心欢喜，觉得田里的收成归自己所有是毫无疑问的了，于是兴冲冲地到处游荡去了。蛤蟆心里可不平静，计算着怎样才能战胜狡猾的对手，它找来了亲族中最有才能的3个朋友，请它们帮忙，想个办法出来，让自己能在比赛中获胜。

3个朋友和蛤蟆长得一模一样，它们原是一家人。它们想了一下，说："行，包在我们身上！胜利是属于你的。"于是它们就和蛤蟆如此这般地说了一阵。

时间过得真快，比赛的日子到了。狐狸和蛤蟆来到起跑地点。太阳从山头一露面，它们的比赛就开始了。狐狸跑啊跑，蛤蟆跳啊跳，都拼命地往前赶。一会儿狐狸就跑到前面去了，快到第二个拐弯处时，狐狸回过头来叫道："蛤蟆，蛤蟆，你在哪里啊？"

一个声音回答道："我在这里，在你前面啊！"狐狸朝前一看，果真，蛤蟆鼓着肚子，气喘吁吁地蹲在田边。狐狸大吃一惊，立刻撒腿就奔，一路上喘着粗气，快到第三个拐弯处时，狐狸估计这下蛤蟆可赶不上了，于是又大声叫道："蛤蟆，蛤蟆，你在哪里？"

"我在这里！在你的前面啊！"又是蛤蟆的声音。

这一回，狐狸更惊慌了，于是更加拼命地跑着，想把讨厌的蛤蟆抛在后面，可是它白费了劲。快到终点——第四个拐弯处时，还没来得及叫出"蛤蟆，蛤蟆，你在哪里"，就看见蛤蟆笑吟吟地端坐在田边，对它说："狐狸，狐狸，你别急，我刚到呢！"

狐狸浑身淌着汗，大口大口地喘着粗气，目瞪口呆地望着它的对手，弄不明白自己在这场十拿九稳的比赛中是怎么输掉的。

原来蛤蟆是依靠它的3个朋友取胜的，它们各自躲在一个拐弯处的草丛里，等狐狸快到时再露面。于是蛤蟆依靠朋友的帮助，战胜了狡猾的狐狸。

儿子、父亲和画上狮子

有一个富人，他家财万贯，不愁吃不愁穿，他的妻子也长得很漂亮。

邻居们都很羡慕他，称赞他有福气。富人只好苦笑，其实他内心苦恼得很，结婚这么多年连一个孩子都没有。富人自问没有做什么亏心事，而他的妻子也每天到教堂诚心祈祷。但他们所做的种种努力都没有用。

不知什么原因，丈夫到了50岁时，妻子终于为他生了个儿子。儿子长得白白胖胖，非常可爱，夫妇俩把儿子视为珍宝，恨不得孩子在一天之内长成棒小伙子。有了孩子，夫妻二人没了愁事，心情更加开朗，他们感谢上帝的佑护。

转眼十几年过去了，孩子长成了小伙子。年轻人喜动不喜静，他迷上了打猎，每天早早地就出门，骑上快马，腰佩利剑，手持强弓到深山密林处去寻找猎物。

小伙子只打过野兔、黄羊等小动物，却从来没碰到过狮子、老虎、豹子等猛兽。他觉得作为猎人，应该把捕杀凶猛野兽视为己任。于是他不再猎杀小动物，而是一心一意地寻找猛兽的踪迹。

一次，他遇到一头觅食的豹子。不待豹子走近，他一箭射去，豹子负伤之后暴跳大吼，凌空扑过来将小伙子掀下马。

小伙子仰面倒地，豹子一下扑空更加愤怒，扭转身形再次扑向小伙子。小伙子抛开弓箭，抽剑在手，一场生死搏斗下来，豹子被杀死了，小伙子也被抓了个鲜血淋漓。

富人夫妇见儿子受伤的惨状，心疼得不知如何是好，幸而有医生为儿子精心疗伤。

小伙子刚刚康复就又出门打猎，他发誓要把豹子全部杀光。富人夫妇苦苦哀求儿子不要再去冒险，儿子就是不听，依然我行我素。

富人万般无奈下想出一条妙计，命人建起一座悬空的房子，将儿子关进房子里。儿子打开窗户，明白了自己的处境，只得老老实实待在房子里面。

富人怕儿子寂寞，命人在墙上画满了猛禽野兽，画师技艺不凡，将猛兽画得栩栩如生，呼之欲出。

儿子看到壁画，想到自己的抱负，更加急躁不安。他望着活灵活现的狮子画像，伸出拳头，说："我先打瞎你的眼睛，看你还敢不敢神气活现！"

小伙子击向狮子，不料击中了悬挂画像的钉子，手被钉了个小洞，血流不止。父亲为他请来医生时，伤口已感染化脓。由于治疗不及时，最后小伙子死了。富人夫妇哭得死去活来。

天文学家

有个天文学家，他每天都对天空中的一切进行认真的研究，直至半夜。

有一天，这个天文学家照例到外边去观测星象。

他边看，边走，边记，已经来到城外，还在专心地望着天空，一不留神，"扑通"一声，跌进了井里。

他拼命地喊叫，盼望着过路人能来救他。

半夜了，行人很少，他的嗓子都快喊哑了，才有一个人路过这里。

过路人听到呼喊声，走近井口问天文学家："你为什么要钻到井里去呢？"

天文学家沮丧地说："不是我往井里钻，我是一个天文学家，我只顾着看天上的星象，不小心跌进了井里，好心人，快救救我吧！"

过路人听罢哈哈大笑，他说："朋友，你用心观察天上的情况，却不看地上的事情，好一个天文学家呀！"

目光短浅的士兵

有一个立了许多战功的士兵，他之所以非常英勇，这都得益于他的战马。士兵非常爱护他的战马，每天为它梳理鬃毛，洗刷身体，还给它吃最精细的饲料。马在士兵的精心照料下，长得膘肥体壮，高大威武。

战争结束了，士兵带着赫赫战功凯旋了。士兵拍拍马背，像对老朋友似的说："现在你可以好好休息一下了，再不用每天在硝烟弥漫的战场上冲杀了。"

也就是从这时候起，士兵每天只给马吃一些劣质的饲料，如糠皮之类的东西。马用鼻子嗅一嗅，晃晃头，不想吃。"怎么了？多少吃点儿吧！"士兵对马说。

马想到过去一直吃的是精细饲料，现在这么难吃的东西它怎么能咽得下去呢？马打着响鼻对士兵说："这东西我吃不下，为什么不给我像以前那样好吃的东西呢？"

士兵安慰马说："对不起，现在不打仗了，你也没有什么事要做，将就吃点儿算了。"

马当然不懂什么打仗、战争是怎么回事。它只是一个劲儿地央求士兵："你还是给我弄点儿好吃的吧！"

然而，马的要求并没有改变士兵的主意，他认为自己没有做错。马照样没有好饲料吃。即使在和平时期也有许多活儿需要马去做，马一天天地消瘦下去，身体远不如从前了。

终于有一天，战争又爆发了。士兵又要出征了。士兵从马棚里牵出了他的战马，刚要跨上马背，马就跌倒了。士兵扶起战马，再次骑上马背，没走多远，马又栽倒了，把士兵摔了下来。

士兵很纳闷："你这是怎么了？从前你哪是这个样子？"

"现在的我已经是心有余而力不足了。"马无力地回答道。

成名前后

村子里有一个农夫养了一头安分守己的驴子。这头驴子非常听话，每天勤勤恳恳、埋头苦干。农夫对自己的驴子非常满意，经常把驴子喂得饱饱的。农夫在驴子脖子上系了一个铃铛，以免它跑进树林中迷失方向，无法找到。

驴子挂着铃铛，跑起来"叮叮当当"直响，它十分神气，非常骄傲，自以为从此身价百倍，似乎已经成为高人一等的贵族了。

我应该告诉大家，驴子在没有系铃铛之前，人们都不注意它，没有人去留意它的所作所为。它偷偷地跑到人家地里吃燕麦或黑麦，甚至溜到菜园偷菜吃，吃饱后就悄悄地逃走，从没有被人抓到过。

如今系上了铃铛的驴子，名气很大，无论走到哪里，那当作勋章戴的铃铛就"叮叮当当"地响个不停，十分清脆。于是，当它刚一溜进麦田和菜园时，农民们就听到了铃声，纷纷拿着棍子追上来揍它，把驴子打得皮开肉绽，血肉模糊，再把它赶走。

从此，这只出名的可怜驴子，动不动就遭人毒打，不到秋天就衰弱不堪，瘦得只剩皮包骨。

驴子感慨万分，流着泪回想自己成名之后的苦难，然后又擦干眼泪回忆自己成名之前的美好生活。最后，它带着遗憾死了。

马夫

从前，有一个非常喜欢马的人，他修建了一个很大的马棚，并且养了许多马。但是，由于他的工作很忙，所以每天只能抽出很少的时间照料马的生活。他有事外出时，只能在马槽里倒一些草料，而收拾马棚里的卫生和给马洗刷梳理常常顾不上。

有一天，主人来到马棚看到满地的马粪，心想这样下去不行，必须得请一位马夫来照顾这些马，他才能放心。

主人真的请了一位马夫。

马夫上工的第一天，主人过来视察了一下，看到马夫干活很麻利，手脚也勤快，马棚里里外外收拾得干干净净，井然有序。主人很高兴，心里也踏实了。

马儿们很久没有享受到这么舒适的环境了，因此它们相互交头接耳地议论着："真不错呀！现在我们的房间多干净呀！住在这样的地方真是舒服极了！"

"是啊，看看我们身上的毛多亮啊！不但每天都能洗一次澡，而且可以痛痛快快地刷遍全身，太美了！"

马儿们甩甩尾巴，抖抖鬃毛，好不开心！

这样的日子没过多久，马儿们就感到有些不对劲了："怎么回事呀？我们的伙食怎么越来越不好了？"

"是啊，吃的东西也一天比一天少了。"

"我常常觉得肚子好饿呀！"一匹小马委屈地说。

"我感到身体一天比一天虚弱，这到底是怎么回事呢？"一匹老马沉闷地说。

"大概是主人的生意做得不顺利，所以给我们喂的就少了。"

"不会吧，我们吃的东西很多都是他自己的庄园里产的，又不需要买。"

"别说了，我全知道了。"一匹马很神秘地说。

大家都静了下来。那匹马低声说："有一天，我看到马夫把本应喂我们的饲料偷偷运出去卖了，把卖的钱揣进了自己的腰包。"

"原来是这样！太不像话了！"马儿们七嘴八舌地嚷开了。

"我们一定要想个办法，一定要和他说说清楚！"几匹马气愤地说。

"这事不可以硬来，这个任务就交给我吧，我会寻找机会的。"

过了几天，这匹接受任务的马在马夫给它刷洗皮毛的时候，笑着对马夫说："非常感谢你在我们身上花费了不少的心血，可是，你太不了解我们了，对于我们来讲，舒适的环境是次要的，最重要的还是充足的、精细的饲料。"

人和蛇

有个人的眼睛特别好使，他一天中在路上看到了6条蛇，当他在路上看到第7条蛇时，他怀疑今天自己是不是眼花了。事实上他没有眼花，而是蛇太多了，他知道蛇不是好东西，便决定大开杀戒。

蛇好像早已胸有成竹，它一动不动，任人摆布。蛇被抓起装进了口袋里。为了证实蛇确实罪有应得，这个人说道："你这个忘恩负义的家伙到了该死的日子了，对你仁慈就是犯罪，你的毒牙别想再伤害我们了。"

蛇和颜悦色地回答道："若是说到要惩罚世界上所有的忘恩负义者，那就没人能够得到宽恕了。瞧瞧您自己吧！反正我的命已掌握在您手中，要杀要剐随您的便！您的利益、乐趣就是所谓的正义吧！把您的法律拿来作判决吧！死到临头时我仍要坦率地说上一句：'忘恩负义的代表是人而不是蛇！'"

一席话驳得那个人无言以对，他退后了一步说："你真是一派胡言，我随时都可置你于死地，但现在你就听听别人是怎么说的吧！"

"怎么着都行。"蛇说。

一头母牛正巧路过这里，这人赶紧招呼它过来。母牛过来后，这人把情况简单地做了个介绍。

母牛说道："区区小事有必要问我吗？蛇说得对，为什么要遮遮掩掩不肯承认？这些年来，我一直在养活着主人，如果没有我的关照，他怎么能活得下去呢？我们为了他把乳汁和孩子都无私奉献了，用来恢复他那因光阴流逝而逐渐衰老的身体。我的辛劳换得他的需要和快乐。现在我老了，他就要把我拴在这个没有草料的角落里挨饿，我要是能吃到草该多好啊！假如蛇是我的主人，它会如此没良心吗？再见了，我没什么可说的了。"

此人听了母牛这席话，十分惊讶地对蛇说："你能相信它说的这一套吗？这个说话疯疯癫癫的家伙根本就是没有头脑。我们最好还是再听听公牛是如何说的吧！"

"可以，那么让我们来听听它是怎么说的。"蛇回答道。

公牛慢悠悠地走了过来，听了介绍后思忖着说，为了人类的生存，长年来它承受十分繁重的劳动，年复一年，日复一日。长年累月地耕作，给人们带来了五谷丰登的好收成，而得到的却只是无情的鞭挞，从没有人对它的劳作有过半点感激之情。以后，当它年老体弱时，人们用它的血来祭祀诸神时，还把这看成是对它的敬重和优待。

这人说:"行啦行啦,这个讨厌的家伙总是夸大其辞,就像个演说家,与其说它在讲评公道,还不如说是告刁状呢,不要理它!"

这会儿,树也被请来做裁判,可没有想到,它反而把事情搅得更糟。

人们为了遮阳和避雨,把树当成了很好的藏身处所。为了造福于人类,树美化了田野和公园,把结出的累累果实献给人类;在一年四季里,树给了人们春天的花朵,秋天的果实,夏天的绿荫和冬日的炭火。然而,人们修剪枝条时对它动则以刀斧,甚至还有一个农民为了蝇头小利把树给砍了,这就是树所得到的报答,树本来是可以活得很久的。

听到这里,这人感觉有些不对,知道自己理亏,忙解嘲地说:"我真是太傻了,居然有工夫来听你们瞎磨牙。"说完,他把口袋里的蛇往墙上一掼,蛇就被摔死了。

世上有很多不平的事情,要想将不平的事情摆平,必须把发言权抢到手中,有了发言权就多了一份力量,这有利于真理的声张。

自作自受

有一个很会捉鸟的人,他每天到森林里去捉鸟都是满载而归。

捉鸟人的家里,简直就是个鸟的王国。

一会儿松鸡叫了:"啾啾——"

一会儿布谷鸟叫了:"布谷——"

一会儿又传来树鹊"嘎——嘎——"的叫声。

捉鸟的人很自私,他把每天捉回来的很多鸟都装在一个很小的笼子里,从不考虑鸟笼有多么拥挤,他只想着把这些鸟卖个好价钱。

有时候，到这儿来买鸟的人不是为了玩赏，而是想尝尝飞鸟的美味，遇到这种情况，鸟儿们会难过地流泪，可是，捉鸟人一点儿也不在乎，只等买鸟人选中了哪只鸟，他便扬扬自得地数着钞票。

有一天，捉鸟人又出发了。他带齐了捕鸟的工具，哼着歌到森林里去了。到了森林里，他开始东张西望地寻找鸟的行踪，那些枝叶繁茂的树上常常有鸟栖息。

突然，他发现了一只画眉。

捉鸟人想："我一定要捉住这只画眉，它一定会卖个好价钱的。"

于是，他开始设置捕鸟的网套，等一切都安排好后，便躲到一边静静地等待画眉上钩。捉鸟人把全部注意力都放在画眉身上，根本没留意脚下的情况。

捉鸟人一边仔细地观察动静，一边小心地挪动着脚步，不料，恰巧踩在一条毒蛇身上。

毒蛇正在熟睡，突然被踩了一脚，气坏了，一转身，在捉鸟人的脚上狠狠地咬了一口。

捉鸟人跌倒在地上，他想把毒液挤出来，可是，已经来不及了。

树上的画眉早就没影了。

贪心的捉鸟人终于得到了他应有的下场，蛇的毒液已经蔓延到他的全身。

开玩笑的牧羊人

"狼来了，快来救救我的羊群啊！狼来了，快来救救我的羊群啊！"由山上传来了非常焦急的呼叫声。

山下，正在村里干活的人们，听到焦急的呼叫声，纷纷扔下手中的活儿，朝山上跑去。

"狼在哪里？"

"狼在哪里？"

人们大口大口地喘着粗气急切地问那个牧羊人。

"扑哧"，牧羊人笑了。

人们一愣，很久才回过神来，原来是牧羊人在跟他们开玩笑，根本没有狼，羊儿正在安安静静地吃草。

过了几天，正在村里干活的人们，又听到山上传来了急切的呼喊声："狼来了，快来救救我的羊群！""狼来了，快来救救我的羊群！"

开始，村里的人们有点怀疑，正在琢磨是真的还是假的。不一会儿，又听到那呼喊声又真又切，人们着急了，举起了刀枪、木棍，风风火火地朝山上跑去。

"哈哈哈，哈哈哈……"

牧羊人又一次捉弄了村子里的人们，此时他正在捧腹大笑，眼泪都笑出来了。

这一天，牧羊人又把羊群赶上山。暖洋洋的阳光下，牧羊人把毛毯铺在一块青石板上，舒舒服服地躺了下来，羊儿正在安安静静地吃着草，他也放心地闭上眼睛睡起觉来。

突然，他在睡梦中听到羊群一阵骚动，睁开眼睛一看，羊群正在四处逃窜，他一骨碌爬起来跳下青石板，一只大灰狼正在不远处用凶狠的目光盯着他，他一阵颤抖，撒腿就往青石板后面跑，边跑边喊，"快来人啊，狼来了！""快来人啊，狼来了！"

这时候，山下的人们又一次听到了牧羊人的呼喊，人们一愣，侧着耳朵听了听。有人说话了："别理他，又是跟我们开玩笑！"

有人立即表示赞同："对，让我们白白浪费时间，我们心惊肉跳地去救他的羊群，他却取笑我们。"

于是，山下的人们照旧在干自己的活儿，谁也没往山上跑。

山上，牧羊人喊呀、叫呀、叫呀、喊呀，嗓子都喊哑了，也没见一个人影。

凶狠的狼可不客气，它把牧羊人的羊一只一只地咬死，然后大口大口地吞吃着那又鲜又嫩的羊肉。

山上，爱开玩笑的牧羊人，只保住了自己的性命，但是他的羊却都落入了狼口。

见死不救的人

有一个村子里住着两户人家，这两户人家的日子过得并不好，勉勉强强不饿肚子。两户人家各自生了一个儿子，儿子长大了，长成了年轻力壮的小伙子，他们经常一起到村外的山林里玩。

天空万里无云，明媚的阳光照耀着枝叶繁茂的森林。林中溪水淙淙，鸟鸣不止。

那两个小伙子被森林的神秘和美丽深深吸引住了，不知不觉走进了人迹罕至的原始森林。

两人说说笑笑，你追我赶，兴致越来越浓，他们玩得很开心，完全不知道他们已经远离了各自的家。忽然，背后传来一阵"沙沙"的声音。两个人连忙转身，原来声音是从一棵大树后传来的。

年龄大一点的小伙子说："好像是只狐狸，我去捉住它。这下咱们冬天就有皮帽子戴了！"

说着，他蹑手蹑脚地走了过去。还没等他走到那棵大树边，"呼"的一声，一个黑乎乎的影子从树后蹿了出来。两人定睛一看，顿时吓得魂不附体。

原来蹿出来的不是什么狐狸，而是一头大黑熊。这头大黑熊个头虽然很大，但它的肚子却是瘪瘪的，肯定有很长时间没有吃东西了，所以它当然不会放过这两个倒霉蛋。

离大黑熊较远的小伙子灵机一动,迅速地爬上了一棵树,把自己隐藏在茂密的树枝里,一动不动,生怕大黑熊发现他。

那个要捉狐狸的人因为离熊太近,跑是来不及了。大黑熊也不急于杀死他,一步一步地朝他走了过来。那人知道自己的处境非常危险,但是他处乱不惊,沉着地站在原地一动不动,脑子里在想着对付大黑熊的办法。

忽然,他想起村中的一位老人说过,"熊是不吃死人的"。不管真假,也只好以此应急了。于是他往后一倒,躺在地上装死。大黑熊慢慢地走了过来,先围着他转了几圈,然后把它那黑亮亮的鼻子伸了过来,嗅遍了他的全身。

那人屏住了呼吸,不敢随便乱动。大黑熊用鼻子拱了拱他的脸,又用爪子捅了捅他的腰,见他没有丝毫反应,便确认这是个死人,闷闷不乐地走开了。

大黑熊在藏着人的那棵树下瞧了好半天，把藏在树上的人吓得都快尿裤子了。过了好长时间，那个藏在树上的小伙子见大黑熊确实已经走远了，才跳了下来。

他走到躺在地上装死的朋友面前，幸灾乐祸地问道："哎！看不出来，你和大黑熊还是好朋友啊！刚才大黑熊趴在你耳边低声说了些什么？"

那个死里逃生的人气愤地说："大黑熊送给我一句忠告：在危难的时候弃你而去的人，你千万不要和他做朋友！"

人与蛇

在一个小山村里，住着一家3口人，夫妻俩和一个可爱的孩子。

夫妻俩每天都要去田里干活儿。一天，夫妻俩吃过早饭，带上工具出发了。他们的孩子已经喂饱，就放在床边的摇篮里。

在他们家的土房墙角处有一个洞，洞里藏着一条蛇。这条蛇已经在这洞里住了好久，它每天只能在夜深人静的时候才出来找点儿吃的东西。因为有一次，它白天出洞遇上了男主人，男主人举起锄头就来砍它，要不是跑得快，它早就没命了。

现在，这条蛇有点儿饿了，就不顾一切地钻出洞口，东张西望，见外面没有动静，就放心地爬了出来。

蛇爬到屋里，一眼就看到了摇篮里的孩子，心想："这是上天的安排，给了我报仇的好机会。上次孩子的父亲要害我，这次，我就害死他的孩子。"蛇边想边爬向摇篮。摇篮里的孩子睡得正香，蛇对准孩子的身体，一口咬去。

孩子疼醒了，"哇哇哇！"地大声哭喊着，田地里的父亲听到孩子的哭声后，急忙往家赶，母亲也跟着跑了回来。

孩子早已不哭了，他的伤口流着血，蛇的毒液已经渗进了血液，孩子没救了，没过多久，孩子就死了。孩子的父母伤心地哭着，喊着，真是悲痛欲绝。

父亲一边掩埋孩子，一边暗下决心："一定要找到那条蛇，让它抵命！"

蛇躲了一天。第二天，它悄悄地探出洞口，想看看周围的情况，见没有什么动静，就钻出了洞，没爬多远，一道寒光向它射来。蛇扭头就跑，但为时已晚，它的尾巴被砍掉了一段。蛇躲进洞里，再不敢出来。

孩子的父亲也很害怕，怕蛇向他报复。孩子的母亲劝说丈夫："我们和蛇和好吧，不然双方都不得安宁。"于是，他们在蛇的洞口处放了些吃的东西。

但是，蛇以为这些都是被浸了毒的食品，痛苦地想："仇一旦结下，就很难解开了。"

木炭商与洗衣店老板

在这条街上，有两家店铺，一家是出售木炭的，另一家是个洗衣店。

木炭店的老板是个性格开朗、十分善谈的人，他对新搬到附近住的洗衣店老板非常热情。经常到洗衣店老板的家里做客，他们俩很谈得来。

有一天，木炭店的老板从洗衣店老板家聊天回来，路上，他突然想到一件事："我和洗衣店老板都是独身一人，每人各住一大间房子，完全没有必要那么浪费，不如两个人合住一套房子，两个店合在一起可以节省不少开支。再说，以后两个人聊天就不用出屋了，岂不方便。"

木炭店老板越想越觉得这是一个绝妙的好主意。

木炭店老板打定了主意，就去找洗衣店老板合计。他兴冲冲地来到洗衣店老板家里，对洗衣店老板说："怎么样？老朋友，你的生意还好吧？"

洗衣店老板的眼睛在木炭店老板的那身黑油油的衣服上扫了一下，然后回答说："生意还算可以，谢谢你的关心。"

木炭店老板迫不及待地说："我有一个好主意，想和你商量商量。"

"什么事？你说吧！"

木炭店老板就把自己那天在路上的想法告诉了洗衣店老板。

洗衣店老板听了，考虑了半天也没说出什么来。

木炭店老板一点也没觉察出洗衣店老板的情绪，只是一个劲地说着两个店合在一起的诸多好处。

洗衣店老板还是在洗衣服，不吭声，最后目光干脆停在了木炭店老板脏兮兮的衣服和围裙上。

洗衣店老板实在不好意思说出来，希望木炭店老板能有所领会。偏偏木炭店老板是个不拘小节、反应迟钝的人。

洗衣店老板没有办法，只好实话实说："我想，这个主意恐怕行不通，如果我们两个店合在一起，那么洗衣店就可能有关门的危机。"

真理与谎言

在路口，真理和谎言相遇了，彼此打了个招呼。谎言问真理："近日可好？"

"唉，别提了。"真理叹息道，"一年不如一年。"

谎言望着衣衫褴褛的真理，露出一副同情的表情："看你这副模样是够寒酸的，不过，你不至于说起话来也有气无力的。"

"我已经3天没吃东西了，"真理解释道，"无论我走到什么地方，不是碰钉子，便是遇麻烦，简直没个活路。"

"那只能怪你自己，"谎言说，"跟我来，保证你有好日子过，只要你不反驳我，你就会像我一样有吃有喝。"

真理点点头表示同意。于是，谎言带着真理向一座繁华的都市走去。

它俩来到一家大饭店大吃大喝起来。几个小时后，顾客纷纷离去，谎言却用拳头敲着桌子，摆出盛气凌人的架势，饭店老板应声来到谎言面前，毕恭毕敬地问："尊敬的先生，有什么吩咐？"

"我给堂倌一枚金币，为什么等了这么久还不找钱来？"谎言声色俱厉。

老板赶紧把堂倌叫来问，堂倌说他压根儿没收到什么金币。

谎言一听，大为恼火，扬言道："偌大的饭店还欺侮顾客！"说完，把一枚金币扔给老板，"算了，再给你一枚，找钱来！"

老板怕这件事败坏饭店的名声，不但没收这枚金币，反而找钱给谎言。同时还打了堂倌一记耳光："混账东西，收了钱怎么会忘记呢？"

堂倌平白无故挨了一记耳光，一遍遍地念叨，可是，饭店里没有一个人相信他的话，他愤然喊道："天哪！还有没有真理？"

"怎么没有，我就在这儿。"真理从牙缝中吐出的话只有它自己才听得到，"可是现在我的舌头被人拴住了，我不能回答你，你自己判断吧！"

真理和谎言离开饭店，谎言得意扬扬地对真理说："这回，你可知道我的本领了吧！"

"我就是饿死，也不会学你那一套的。"真理说完毅然走开了。从那以后，真理和谎言背道而驰。

天鹅与厨师

有一个富人家的大池塘里驯养了许许多多的天鹅、家鹅,它们都在水中嬉戏。人们愉快地观赏着天鹅,高兴地吃着家鹅肉。

它们在池塘里并肩漫游,一个称自己是花园中的常客,另一个则夸耀是主人家的贵宾。它们时而随波逐流,时而深入觅食,尽情享受着戏水的乐趣。这一天,厨师多喝了几杯酒,酒眼昏花地把天鹅错当成家鹅。他一把揪住天鹅脖子准备杀死它,想去做一碗汤。天鹅面临着死亡的威胁,发出了一声声的哀叫,惊得厨师酒也醒了。

当他发现手里捉的是天鹅后,连忙自责说:"这是怎么回事,我竟然要把这'歌唱家'做肉汤?不,我要是割断了它美妙的歌喉,不知上帝会如何怪罪于我呢!"

这个故事告诉我们,遇到危险的事情一定要镇静,冷静分析,果断作出决定,这样往往会化险为夷。

理发与剪羊毛

莫里斯有一个非常富有的家,但不幸的是,在他刚满18岁那年,他的父母就双双病死了,他继承了父母的遗产。

莫里斯从小对金钱就没有什么概念,只知道钱就是一切,一切都必须通过钱购买。他不知道生计的艰难,也从没设想过一旦没钱,生活会是什么样子。很多人都很羡慕莫里斯，也有一些心术不正的人想骗取莫里斯的家产。

莫里斯不谙世事，他不知道好朋友是什么样的人，更分辨不出那些阴险狡诈的小人，懵懵懂懂的莫里斯结交的都是一些酒肉朋友，他根本没有意识到这些酒肉朋友是想害他的。

莫里斯被热心的朋友送上了赌场，不到一年的光景，莫里斯便成了一文不剩的穷光蛋，住在废旧的教堂里，连吃饭都成了问题。这时候，他的朋友却烟消云散，一个个跑得无影无踪。

莫里斯一筹莫展，不知道该怎样活下去。危难之际，邻居当中有个热心肠的理发师愿意将手艺传授给莫里斯，为他提供谋生的手段。莫里斯非常感激那个理发师。

从此，莫里斯吃住在理发师家，当然忘不了学手艺。他是个自尊心很强的人，学了一段时间，他看到理发师的生活艰难，不愿长期拖累人家，便主动提出独立生活。

理发师的妻子非常支持莫里斯的决定，认为这才是男子汉的风度。理发师怕老婆，只得默默答应了，就这样，莫里斯当了一名理发师。

由于莫里斯的手艺还没有学成，比较拙劣，致使所有请他理发的人饱受折磨，使他们感到每次理发就像受了一场酷刑。成年人为了照顾莫里斯的生意，每次都咬紧牙关，忍住痛苦，绝不喊叫，但小孩子却宁死也不敢请莫里斯为他们理发。

莫里斯是个聪明人，不愿再这样拖累乡亲们，便悄悄出走了。他历尽千辛万苦来到了一个到处是牛羊的牧区。

剪羊毛的时候到了，牧羊人忙不过来需要帮手。莫里斯认为理发与剪羊毛应该是同一门手艺，于是诚恳地向牧羊人推荐自己。

牧羊人看莫里斯生得一表人才，相貌不俗，以为他的手艺也像他的容貌一样出色，当下表示欢迎。

万万没料到，剪羊毛与理发完全是两回事，莫里斯虽然干得很卖力，但是不是常常剪破羊皮，就是连同羊肉一起剪下来。

莫里斯越剪越不顺手,有一只被他剪下六块肉的老绵羊实在不想再忍受下去了,它很严肃地对莫里斯说:"如果剪肉是一件很好玩的事情,那就请你多剪自己几刀。"

受骗的猎人

在原始森林中生活着很多凶猛的野兽。这使得生活在森林里的弱小动物整日提心吊胆,害怕一不小心就被比它们强大的动物吃掉。而生活在森林外面的人也不好过,因为凶猛的野兽并不好对付。

山脚下有一幢桦树架起来的小木屋。屋后不远处有一股溪水常年不断地从山谷间流出来汇成一条小河,河水清澈见底,水中有鱼,说不清什么原因,鱼总是长不大,像蝌蚪般在水中漂游。这样的小鱼,人没办法捉到,即使侥幸捉到几条也不能食用,因此,小木屋的主人只能靠打猎为生。

猎人起初对野猪很感兴趣,做梦都想打一头野猪当下酒菜。但经过几次生死较量,猎人有点胆怯了,便改变了野猪肉好吃的看法。

野猪常常在粗糙的松树皮上磨蹭解痒,身上会沾满松油,然后再在沙土中洗澡。沙土粘在松油上,使野猪身上变得坚韧无比,简直刀枪不入。于是猎人将野猪排除在外,不作为狩猎对象。

猛虎比野猪更凶猛,猎人想都不敢想,更不用说去猎杀猛虎了。豹子是小一些,不过它太灵敏,而且凶悍,足以使猎人望而生畏。猎人见到豹子,只能远远避开,谨慎的猎人从不拿自己的生命开玩笑。

猎人只能打狐狸、野兔等弱小动物。

有一次,猎人很走运,打了10多只野兔,他决定把最大的那只卖到山外去,换些盐来调味。

他拎起野兔，穿山越岭，向集市走去。走到半路，对面过来一位骑着高头大马的绅士，穿得十分体面。

猎人很恭敬地侧身站在路旁，待绅士走近时，问道："先生，难道您不想尝尝野兔的味道吗？"

绅士勒住马，很不屑地瞄了一眼野兔，说："兔子倒是不小，不知道肥不肥，只怕太瘦了，吃不得。"

猎人将兔子高高举过头顶，炫耀说："哪儿的话？先生，这是秋天的兔子，太肥了，只怕您吃了发胖。"

绅士说："你拿过来，我掂量掂量。"

猎人将兔子递给绅士。绅士接过兔子，看也不看，立刻掉转马头，飞奔而去。

绅士骑的是一匹骏马，而猎人靠的是一双脚，他双脚再快也跑不过4只脚的骏马。猎人追不上了只好求绅士停下来商量，他说他有意将野兔送给抢走他猎物的绅士。绅士不理睬猎人，因为他知道自己一停下来，说不定猎人恼羞成怒会一刀将他杀了。

牧人和海

上帝始创天地时，大地混浊一片。上帝说："要有光。"

大地立刻就有了光，上帝见有光很好，就把光明与黑暗分开，称光明为昼，黑暗为夜，于是黑夜降临，晨光出现。

上帝又造了穹庐将其分开，便有了天空。上帝使天下之水汇合到一处，显露的土地为陆，汇集之水为海，从此就有了陆地和海洋。

大海比陆地宽阔，但是大海的性情有点古怪，有时平静，有时涌动，时而大浪滔天，时而风平浪静。

一天，有个牧人在海边放牧，他看见大海非常平静，静得像面镜子，于是便想航海经商。他把羊赶到集市上准备卖掉，然后买些椰枣。

这时，走来一位白发苍苍的老人，他手里拄着拐杖，沿着集市慢慢地走着。他看见牧人正在卖羊，便走过来问道："年轻人，你卖羊打算做什么呀？"

牧人回答说："海上风平浪静，我打算卖了羊，买些椰枣渡洋过海去经商。"

老人摇摇头，对牧人说："千万不要被大海的假象所迷惑，现在的平静只是暂时的，它发起怒来像头疯狂的狮子，可以把你吞没。要征服大海很难很难，你要三思而后行啊！"

牧人一心想着要去航海经商，哪里听得进老人的劝告，他拍拍胸脯对老人说："您放心，我相信我会成功的。"这位老人叹了口气，拄着拐杖往别处去了。

牧人经过一番讨价还价，终于以满意的价格把羊卖了。他用这些钱购置了许多椰枣，雇了艘货船，装船之后便迫不及待地出发了。

起初航行还算顺利，海风把帆吹得鼓鼓的，他的货船驶得飞快。牧人站在船上，迎着带有淡淡咸味的海风，他的心情很愉快。

随着夕阳西下，海上风力大增，波涛澎湃汹涌，看样子暴风雨马上就要来临。海浪拍击着岩石，飞溅起雪白的浪花，货船在海洋上就像一片树叶，随着风浪起伏摇荡，失去了方向。

货船完全被愤怒的大海控制了，牧人只好把全部货物抛到海里，以减轻船的重量。海水无情地拍打着货船，货船经受不住海水的猛拍狠打，进了很多海水，牧人只好不停地拿着木桶向外掏水。

但是这时海上的风浪太大了，牧人为了不被狂风卷走，只得把自己绑在了桅杆上，双手把着舵，他把帆降下来，免得船被吹翻。风暴肆虐地呼叫着，牧人拼命地支撑着船。

经过一夜的挣扎,小船终于脱离了险境,大海又恢复了往日的平静。牧人驾驶着空船逃了回来,他终于明白了那位白发老人的话,然而后悔已经于事无补,他又重新买了些羊继续他的牧羊生活。

没过多久,牧人有个朋友想出海经商,牧人吓了一大跳,对喜怒无常的大海他还心有余悸。牧人劝他朋友别出海,因为大海不是随便就能征服的。

多心的牧羊人

从前,有一个年轻人,他的命运很悲惨,父母很早就死了,只留下两只羊。年轻人千辛万苦地将两只羊变成了100只羊,他为此付出了很多很多。不过,他的日子好过多了,他成了一个牧羊人。

每天,他赶着羊群来到草原上,羊儿们慢慢地品味青草。牧羊犬欢快地撒欢,跳着,叫着,好像捡到什么宝贝一样开心。牧羊人悠然自得,坐在树下欣赏万紫千红的鲜花和一望无际的茵茵绿草,心情恬淡、平和,与大自然融为一体。

一天,一位养蜂人路过这里,他看到草原上到处是盛开的鲜花,决定留下来,让蜜蜂采花粉酿蜜。养蜂人没有住处,便在离牧羊人家不远的地方搭起一间草舍,于是他们成了邻居。

牧羊人生性豪爽,养蜂人的性格却拘谨得有些古怪。

黄昏时分,乌鸦背着夕阳的余晖返回林间。牧羊人赶着羊群回到家中,动手烧烤羊肉,喝着自制的烈酒,嚼着大块手抓羊肉,顺手将带肉的骨头扔给猎狗。猎狗们立刻抢作一团,牧羊人这时会开心地朗声大笑。

自从养蜂人来了之后,牧羊人突然觉得一个人独酌有些寂寞,便主动邀请养蜂人一道同饮。养蜂人很客气，他以不会喝酒为由，谢过牧羊人，头也不回地回家了。牧羊人见养蜂人不给他面子，心里很不高兴。

牧羊人以为养蜂人不愿打扰别人，便心生一计，主动向养蜂人购买蜂蜜。

养蜂人却说："我们碰在一起不容易，总是一种缘分，说什么卖不卖，自家出的东西，你只管拿些吃就是了，千万别谈钱。"

牧羊人说："你不肯喝我的酒，我凭什么白吃你的蜜？"

牧羊人说完，很不高兴地走了。他回到家里，有些后悔自己的急躁，心想，也许人家根本不会喝酒，那么错在自己了。于是他转身去给养蜂人赔礼，却远远看见养蜂人在自得其乐地自斟自饮。牧羊人立即打消道歉的念头，决定从此不理养蜂人，也不屑吃他的蜂蜜。

牧羊人有一次在一棵树下发现树洞里有很多野蜂，他当时就觉得教训养蜂人的机会来了。他想引着野蜂去对付养蜂人，这个想法没错，但他的做法却错了。野蜂把他蜇成了一个奇形怪状的人。这令他很难受，想报复养蜂人的念头从此便打消了。

小偷和狗

有一个农夫在路上捡到一条快要饿死的狗，把它带回家养活了。狗很感激农夫，便留在农夫家里为他看门守院。

这条狗有一个好习惯，那就是它只吃主人喂给它的食物，那些想用食物来毒害它的人对此束手无策。

寻常的狗一听到风吹草动，或发现人的影子就会立刻狂叫起来。其实这种吼叫是虚张声势，毫无意义，有时还令人讨厌。

这条狗绝没有这个毛病，它从来不捕风捉影地乱叫，如果它叫起来，一定是发生了什么事情。

对待小偷，这条狗先是将小偷一口咬翻，然后用叫声通知主人。因为这个原因，这条狗在方圆百里之内都享有盛名，一些下三流的小偷根本不敢到它的主人家去行窃。

小偷们时常聚到一起切磋偷技，有时各自吹嘘自己偷东西的本事。某个外地来的小偷大肆炫耀手段高明，引起当地小偷的不满。

某小偷说："某家有条狗，你如果能从那家偷来一只鸡，我们愿意让你当头儿；不过，你若失败了，就请你乖乖地走人，不要再胡吹大吹了。"

外地小偷很乐意地接受了这种只赢不输的考验。他问明了路径，准备第二天行动。

小偷先到食品店买了几张香气四溢的葱油饼；然后将毒药夹在油饼里面，满怀信心地准备偷一只羊或者一只鸡。他甚至不在乎偷到什么，只想偷得干净利落，让当地其他小偷佩服他。

夜里，黑暗笼罩了村庄，月亮被浓云遮盖得严严实实，透不出半点光亮，确实是偷窃的好时机，小偷心中乐极了。

主人已经安然进入梦乡，只有好狗时刻静静地守护在院内，专注地倾听周围的响动。夜风吹得树叶簌簌作响，好狗不予理会。

就在这时，忽然传来一阵轻微的脚步声，好狗瞪起眼睛注视着篱笆墙，它凭经验知道有生人来了。突然，有几张葱油饼越过篱笆墙飞进院中，散发出令狗垂涎的香气。好狗用鼻子嗅了嗅，然后警惕地抬起头来。

小偷觉得很奇怪，隔着围墙问："听说你是一条好狗，真想和你做个朋友。这是送给你的礼物，你为什么不吃？"

好狗盯着小偷，说："谢谢您，不太走运的老兄，不过您的好意我不敢接受，是不是让我的主人来接待您，您也许会感到更愉快！"

小偷见好狗这么聪明，知道讨不到好处，就悄悄地溜走了。

牧人和狼

有一个猎人把一只追踪了多年的恶狼打死了，在狼洞里发现了它还生有一只小狼。猎人正想杀掉小狼时，小狼突然流出了眼泪。

猎人看小狼可怜，不仅没有杀它，反而把它抱回家去喂养。小狼跟家狗们住在一起，慢慢地它和家狗成了朋友。

小狼成长得很快，不到一年的时光便长得比其他狗都强壮，自然而然地成了群狗的领袖。每条狗见了它都扭摇尾巴，表示恭敬顺从。

夜里，外来的一只狼偷入羊圈叼走了一只小羊。小狼听到羊群骚动，将家狗们唤醒，立刻出动追击。几条狗不及狼的脚步迅捷，被远远地抛在后面，毫无意义地乱叫了几声，转头回去了。

小狼觉得不甘心，奋力猛追，一直冲进狼群。群狼正在进食，小狼嗅出了肉味，不顾危险抢过肉就咬了起来。小狼从出生到现在还是第一次尝到肉味，它吃得又饱又满意，早将丢失小羊的事情忘在脑后，它吃饱后，便离开狼群回到家中。

一夜之间，小狼变了许多，它恢复了狼的本性。以往它和狗吃一样的残汤剩饭，并没感觉有什么不好，自打吃过羊肉之后，顿时觉得过去的食物难以下咽，提不起食欲，它突然觉得狼叼走小羊并不是件坏事，它甚至希望这样的事情每天都发生一次。

不久，又发生小羊被叼的事件。小狼故伎重演，装出追击的样子，混入狼群饱餐了一顿。

狼只是偶尔偷袭羊群，小狼吃不到羊肉，饿得厉害，最终禁不住肉的诱惑，便自己叼出一只羊，带领几只狗将羊撕成碎片，吃了个干干净净。

羊接二连三地丢失使猎人警觉起来。起初，他以为是狼来偷袭，但却发现另有原因。狼来了，狗应该大叫才对，一连几天，夜里寂静无声，清晨却发现血迹，清点羊群，则又少了一只。猎人决定守夜，下定决心弄清到底是怎么回事。

半夜时分，小狼走近羊群，酣睡在最外边的羊被小狼咬断喉咙，来不及挣扎就死了。几条狗立刻围过来，将死羊拖进院子，顷刻之间，羊被吃个精光。小狼将羊皮拖到外面扔掉，然后和狗安然入睡。

夜风习习，只有树叶"沙沙"作响，似乎没发生过任何事情。但这一切都被躲在暗处的猎人瞧得一清二楚。天刚亮，猎人就把小狼带到一棵大树下，一个转身就把小狼捆住了，猎人将小狼吊上树，小狼被吊死了。

小偷和公鸡

有一个村子经常被小偷搅得日夜不得安宁，村民们都恨死那伙小偷了。

白天，小偷们偷偷地躲进对面的山上，在那里的山洞中生起火，用偷来的米和面做饭吃。吃罢饭，他们又坐在一起，商量着下一次该去哪里偷东西。

小偷甲说："这几天，我们在这个村子里已经偷了不少东西，但没有什么值钱的。大东西我们偷到了什么？既无马，也无牛；值钱的东西我们偷到了什么？既无金银财宝，也无玛瑙钻石！"

听了小偷甲的话，小偷乙接过话茬说："那我们不如这样：先让这个村子平静一段时间，我们先到别的村子去光顾光顾，你们看怎么样？"

几个小偷听了，觉得有道理，便转移到其他村庄去了。

来到另一个村子里，他们吸取上次的教训，专门偷大牲畜。他们见到牛牵牛，看到马拉马；他们还潜入别人的家中，专偷值钱的东西。

这下，这个村子的村民愤怒了，他们决定联合起来，共同对付小偷，准备将小偷一网打尽。

夜里人们拿起镰刀、铁锹走出家门，在村子里四处巡查；天黑以后，他们选出精壮的小伙子到村里重点地方去看守，其他人则牢牢地守在家里。

一连几天，这伙小偷看到没有机会下手，吃的没有了，喝的也没有了，只得重新商量计策。

一个小偷说："这样下去可不行，我们都会饿死的，在这里干不下去，我们再换个地方吧！"

小偷们听了，表示赞同。于是，他们悄悄地溜走了。

在这个地方，有两个村子被这伙小偷闹得鸡犬不宁，其他村子的人们也都警觉起来。村民们将值钱的东西都藏好，将大牲畜牵进畜棚，派人看守着。

这一天，几个小偷溜进村子，来到一户人家，他们在院里院外偷来偷去，只偷到了一只公鸡，至于其他值钱的东西什么也没找到。他们只好抱着这只公鸡溜走了。

几个小偷饿极了，立即要杀掉公鸡饱餐一顿。这时，公鸡请求他们说："请你们把我放了吧！天不亮我就叫人们起来干活，我对人是有益处的。"

小偷们说："你如果不讨饶的话，我们还不会杀你，你每天起得那么早叫醒人们，我们根本没法偷东西，害得我们饿肚子，你去死吧！"

丢了牛的牧牛人

在山与山之间，有一个地势平缓的山谷，山谷又宽又长，里面有一个村庄。因为山谷里草儿鲜嫩，所以村子里的人都以放牧为生。每到仲夏，山谷里的草都长得特别好，牛羊等牲畜也长得特别肥。所以，村子里的人生活过得很好。

一天，村子里的一位牧牛人来到山谷里放牧，他把牛群赶到了草地上，自己躺在一棵大树下，欣赏这大自然的美妙景色，不知不觉就进入了梦乡。

到了晚上，赶牛群回家时，他才发现丢了一头小牛。他连忙回到牧场去寻找，可是天已经黑了，根本就找不到，牧牛人只好回家了。

第二天一大早，牧牛人又来到牧场附近寻找丢失的小牛。可是已经过了一夜，哪里能找得到呢？牧牛人很焦急，紧接着又去附近的山上寻找，但还是没有找到。晚上，他很悲伤地回到家。

邻居们知道了这件事，都来给牧牛人出主意，有的说："这头小牛一定是叫人偷走了，你应该去报告法官。"

有的说："不行，法官都是白吃饭的，根本不会理你，你应该发动全村的人帮你寻找。人多力量大，这样才能查出偷牛的贼。"

牧牛人被他们吵得头都昏了，搞不清到底应该怎么办。后来，有一个人说："现在的情况是求谁也不如求天神了，你应该向天神宙斯祈祷，让他来帮助你。"

牧牛人觉得这人的主意不错。就这样，牧牛人一夜没有睡觉，跪在家门口虔诚地向天神宙斯祈祷："至高无上、法力无边的天神啊！我的主，要是您能够帮助我找回丢失的小牛，我一定宰一只小山羊，作为祭品敬献给您。仁慈的主啊！我真诚地请求您，帮帮我吧！"

第二天，牧牛人又出发了。他想，假如天神宙斯真愿意帮他，那么一定能找到偷牛的贼，然后，把他狠狠地打一顿，送到法官那里审判。

想着想着，牧牛人不知不觉来到了一片树林，他悄悄地向林中张望，隐隐约约发现好像有一张牛皮挂在树梢，颜色同他丢失的那头小牛差不多。

牧牛人睁大眼睛仔细一看，是他那头小牛身上的皮。小牛被人偷偷杀死了，他下定决心一定要为小牛报仇。于是，牧牛人大步走进树林，高声叫道："偷牛贼，我看你今天还往哪里跑，我要活剥了你的皮。"

牧牛人冲进了树林，这时他看到了吓人的一幕，一头雄狮正津津有味地咬着小牛的头，地上一摊血。

牧牛人吓得立刻向天神宙斯祈祷："至高无上的神啊！我现在只求您让我逃出这窃牛贼的地盘，如果我能活下来，我一定会杀一头大公牛敬献给您的，帮帮我吧！哦……"

农夫遇女神

古时候，在一个遥远的小山村里，生活着一个勤劳的农夫，农夫后来用自己勤劳的双手成家立业了。他们夫妻俩的生活虽然过得很平淡，但却很充实，男耕女织。

农夫每天早出晚归，精心管理他的田地。由于他的勤劳，田里每年的收成都很好，这令农夫一家很高兴。

有一年冬天，农夫为了平整一块种过的土地，清早就赶着马车，拿着工具来到了地里。空气很清新，远方湿润的气息徐徐而来，湛蓝的天空不时飘过几片雪白的云朵。

虽然冬日的早晨寒意重一些，但农夫的心情却特别好，在他的内心深处有一股暖流，日子过得不错，天气冷一点儿并不是问题。就这么想着，他自己感觉暖和了许多。

农夫的这块地正好是在山脚下，有一条小河从田边流过。每年，这块地都给农夫带来很好的收成，所以，他对这块地的照看也特别用心。

农夫开始干活，他首先把地里未收拾干净的秸秆捡起来，放到马车上拉走。紧接着又把那些较大的泥块一一弄碎，随后又把那些凹凸不平的土地整平了。干完了这些，他肚子有点饿了，但依然干着。

中午，农夫的妻子给他送来了可口的饭菜，他在田头吃得很香。下午，农夫继续干活。他准备把这块地重新翻一遍，以保持土质松软，使其充分吸收水分，使土的营养成分能得到完全发挥。

突然，农夫感到铁锹触到一块硬邦邦的东西，他以为是一块石头，一扬手就把它抛向地头。这时，一道金光刺得他闭上了眼睛。

当他睁开眼时，看到一块黄澄澄的东西静静地躺在地头，在夕阳的照耀下发出夺目的光芒。农夫急忙跑过去捡了起来，发现是一块金子。

农夫高兴得不能自已，就抱着金子飞快地往家里跑。到了家，他把这个好消息告诉了他的妻子。两个人兴奋得一夜没睡，他们在研究这块金子的来历和如何报答这份恩典。

最后，他们一致认为，金子是高贵、美丽的土地女神赐予他们的，应该每天向土地女神献上一个花环，以感谢她的恩典。于是，农夫和他的妻子不再劳动了，每天都用鲜花编织漂亮的花环敬献给土地女神，并祈祷能再次得到她赐予的金子。

但是幸运没有再降临到他们头上，他们只顾着为土地女神编织一些毫无用处的花环，并且不厌其烦地献花，土地全都荒废了，到处都是高高的野草。

就在这个时候，时运女神出现在他们夫妻的面前，很失望地说："唉，我原本看你们很勤劳，不怕苦不怕累，决定给你们一些奖赏。那块大金子就是我特地奖给你们的，但你们为什么认为是土地神所赐呢？假如时运变了，拿到那块大金子的不是你们而是别人，到那个时候，你们肯定会埋怨时运女神待人不公的。"

狼骗牧人

有一只狼饿得头昏脑胀，它决定去捕食。它发现了一群羊，但不敢扑上去吃，只是偷偷紧随其后。

狼跟在羊的后面为什么会这么老实呢？因为牧羊人实在太厉害了，他的那双眼睛像利剑一样，紧紧地将狼盯住，不给它半点儿可乘之机。

狼还在后面不紧不慢地跟着，牧羊人竟有些沉不住气了，他问狼："喂，你这只狼为什么总是跟着我们，是不是想偷羊吃？要真是那样，就别做梦了，我是不会让你得逞的！"

狼听了牧羊人的话，脸上马上堆起笑容，对牧羊人说："你误会了，我是看到别人家的羊群都有狗保护着,而你们家没有,我是想当你的牧羊狗。"

"什么?你当牧羊狗?"牧羊人简直不敢相信自己的耳朵。

"你可真会开玩笑,谁不知道狼是羊的敌人,你当了牧羊狗,羊可就遭殃了!"

狼却板起面孔,严肃地回答说:"老兄,你未免太小瞧人了,我可与其他的狼不一样,我从不伤害任何动物,我会用我的行动来证明我是无辜的。"

牧羊人听了狼的话,不以为然,依然十分小心地提防着狼。一连几天过去了,狼依然不紧不慢地跟着羊群。牧羊人发现,狼没有流露出任何要伤害羊的意图,这令他感到很高兴。

于是,牧羊人想,看来这只狼确实与其他的狼不同,不然它早就露出破绽了。说来自己也真缺一个帮手,如果这只狼真不会吃羊的话,那就让它当牧羊狗吧!

牧羊人有了打算,便决定考验考验这只狼。这天早上,牧羊人早早就起来了,他悄悄躲到一个角落里,偷偷地仔细观察狼的动静。

牧羊人哪里料到,狼早就看穿了他的意图,为了取得牧羊人对它的信任,狼

始终与羊群保持着一定的距离，从不去骚扰任何一只羊。

几个小时过去了，羊群安然无恙。这下牧羊人放心了，他完全被狼迷惑住了，不再提防狼，并且将狼作为羊的保护者来看待了。他偶尔离开羊群一段时间，也没有什么意外情况发生。

没过多久，牧羊人对狼已经完全信任了。一天，牧羊人要进城去办些急事，临走时，牧羊人将狼叫到跟前，对它说："狼啊！你听我说，我今天要进城办事，你要好好地照顾羊群，不许有半点儿差错，否则我回来后不会饶恕你！"

狼立即回答说："主人请放心，有我在就有羊群在，少了一只羊，你就拿我问罪！"

牧羊人走了，狼望着他的背影哈哈大笑，因为它终于等到了这一天。此时，狼露出了本来面目，恶狠狠地说："我忍辱负重这么久，就是为了今天。对不起了，牧羊人，谁让你相信一只狼的话呢？"

说着，狼冲进羊群，一口一只狠狠地咬着羊。不一会儿，一大群羊都被它咬死了。狼吃得饱饱的，然后大摇大摆、心满意足地走了。

牧羊人回来后懊悔极了。

驴和赶驴人

赶驴人把一些东西放在驴的身上，往城里赶去。

赶驴人对这头驴非常好。平时，赶驴人给它好料吃，给它好窝住，甚至有了重活都不让它干。但是，驴就是驴，它总有自己的驴脾气。无论赶驴人对它怎么好，一有不顺心的事，这头驴还是要耍一耍它那糟糕透顶的驴脾气。

赶驴人看用软办法不能让这头驴听话，便采取了硬办法。有好吃的不给它吃，有好住的不给它住，还专门让它干重活，想以此来逼它就范。

可是却无济于事，那头驴仍然我行我素，一点儿也不将赶驴人放在眼里。软的不行，来硬的，硬的还是不行，赶驴人也就没办法了。最后就由着那头驴的性子，它愿意怎么样就怎么样，不再去管它了。

今天赶着那头驴上路，赶驴人心里十分不踏实，他有预感，今天肯定会出事。赶驴人牵着那头驴走了一段路。那段路可真好，不但宽敞，而且平坦，连坑洼都没有。

赶驴人走在这样的路上，心情好得很，忍不住哼起了歌儿。这时他突然想到，如果在这样平坦的路上都会出事，那就是奇闻怪事了。

可是，还没等赶驴人将这好事想完，那头驴竟径直地离开了平坦的大道，走到那无路的山脚下，紧挨着悬崖走去。

赶驴人看到要出事，开始轻声地吆喝，让那头驴马上回来，但驴根本就不听他的。赶驴人看软的不行，又来硬的，使足劲儿去拉它，它却用足劲儿往回挣。

赶驴人知道，驴的犟脾气又来了。赶驴人和驴拉拉扯扯了半个时辰，最终还是驴胜过了赶驴人。驴走到了悬崖边，眼看就要摔下去了。

赶驴人不忍心看着那头驴掉下去摔死，立即上前几步，伸出手死死地拉住了驴尾巴，想将那头驴拉回来。可是，赶驴人越用力，驴挣扎得就越厉害，赶驴人的力气远不及驴的大。最后赶驴人只好放弃挽救驴的行为，驴一头摔下了深渊。

小偷及其母亲

有一个年纪很小的孩子非常聪明，但是他有一个小偷小摸的坏习惯。

这一年，这个孩子到学校读书了。一天，他放学回家时，书包里除去自己的那一块写字板，又多了一块写字板。

他母亲问他："儿子呀，这是从哪里来的写字板呢？"

孩子对母亲说："啊，那是我趁一个同学不注意，偷偷地将他的写字板放到书包里，带回家来的。"

母亲听了孩子的话，不但没怒斥儿子，反而高兴地夸奖说："看看，我的儿子多么聪明，知道为自己找东西了。儿子，有了两块写字板，就比只有一块好。"

没过多久，孩子又带回了一件皮外套，这件皮外套，在市场上至少值50个金币。那件皮外套确实是上等货，光光亮亮的，用手一摸十分柔软，非常高档。

孩子将皮外套递到母亲的手里，母亲乐得嘴都合不拢了。母亲笑嘻嘻地对孩子说："我的好孩子，你真是越来越有出息了，照这样下去，你一定能做出惊天动地的大事来。过来，我的好孩子，让我好好吻一吻你。"

孩子偷回的皮外套第二天就被母亲带到市场上换回了40个金币。有了金币，母亲买来面包、葡萄酒、烤乳猪、熏红肠，好好地慰劳了儿子一番。

几年过去了，孩子一天天长大了，而偷的东西也越来越大。今天是一头牛，明天是一匹马。过些天，是珍宝、金银，再过些天，是宫廷里的奇花异草。

他的母亲，每天都乐得忙东忙西，将这些东西藏起来，而且不时地对他说："儿子啊，我们家里又缺金银首饰了，快找些来吧！"

没过几天，金银首饰便被偷到了家里。

恶事做尽，肯定没有好下场。有一回，他正在行窃时，被人发现当场捉住。人们将他带到法官那里。由于他是一个惯偷儿，偷了许多东西，法官便判他死刑。这一天，他被刽子手押到了刑场上。

法官在刑场上宣判说："此人一贯偷盗成性，现在依法判处死刑，立即行刑。"

母亲看到儿子被判了死刑，跟在后面捶胸痛哭。这时，小偷要求和母亲说几句话。母亲走上前去，他一张嘴就狠狠地咬住了母亲的耳朵，一使劲儿便咬了下来。

母亲痛得哇哇大叫，怒骂她的儿子："你这个忘恩负义的杂种，竟然这样对待生你养你的母亲，你犯了罪还不够，还要把母亲弄成残废。"

小偷叹了一口气，说："想当初我偷第一件小东西时，如果你毫不留情地教训我一顿，或许就不会发生今天这种事情了。"

买驴

有个农夫收了很多粮食，除了自己家吃还有剩余的。他将那些剩余的粮食卖了，换回了一些钱，他想用那些钱买一头驴，但是他不知买什么样的驴好一些。

于是，农夫就去问左边的邻居："请问，你说买一头什么样的驴最令人满意呢？"

左边的邻居告诉他："你应该挑那种大个头，长尾巴，长腿的驴买。那样的驴能干活，草料也吃得不多。"

农夫听了觉得有道理，但又想了想，还是觉得不放心，于是又找到住在他家右边的邻居去问："我想请教一下，你说买一头什么样的驴才能让我放心？"

右边的邻居对他说："你去买那种毛色发亮，长长的脸，大大眼睛的驴吧，那种驴既听话又不耍犟脾气。"

农夫想，我一定要买一头大个头、长尾巴、长腿、毛色发亮、长长的脸、大大眼睛的驴，这样，它能干、吃料少、既听话又不耍犟脾气。

第二天，农夫带上钱来到了牲畜市场。他在市场上转来转去，眼看一天要过去了，他都没有找到一头他要买的驴。

最后，农夫来到一位老者面前，说："老人家，你是见多识广的人，你说在哪里能买到大个头、长尾巴、长腿、能干活、吃料少、没犟脾气又听话的驴？"

老者捋捋胡子，笑了笑说："这样的驴根本就找不着，你不要听别人跟你说的那些标准，还是按自己的主意买驴吧！"

既然天底下没这种驴，农夫也就死心了，便开始按自己的主意买驴。

农夫对卖驴的人说："我先不给你钱，把这头驴让我牵去，我试一试，如果没有什么毛病再把钱给你！"

于是农夫将那头驴牵到家里，让它和邻居家的驴并排站在一起，在槽头吃草。可这驴也真是奇怪，它不和别的驴在一起，却偏偏走到一头好吃懒做的驴的身边，与它十分亲密地并肩站着。

农夫一看，二话没说，牵起驴就走，来到卖驴人那里，还给了他。对卖驴人说："这不是一头好驴。"

卖驴人问他有什么根据。农夫说出了自己的检测方法。卖驴的又问："这样试可靠吗？"

农夫说："我见得多了，选择跟什么样的人交朋友，自己就是什么样的东西。"

捕鸟人和冠雀

有一个好吃懒做的年轻人没有什么本事，但他唯一的优点就是不惹祸，这很好，年轻人就应该这样。后来他终于学会了一门本领——捕鸟。

他捕鸟的技术非常过好，以至于树林里的鸟儿一听到他的名字便吓得浑身发抖。再后来，鸟儿们对他恨之入骨，暗地里咒他早点死去。

说起来也许你都不会信，有一次，这位捕鸟人从早晨来到树林里，到晚上离开时，竟然捕到了100只鸟。

所以，当鸟儿们提到这位捕鸟人时，它们总是咬牙切齿。

鸟儿们非常想报复捕鸟人，但这个机会什么时候才能到来呢？谁也不知道。更何况，鸟儿们商量完了，一展翅膀便各奔东西，今天飞到这里，明天飞到那里，各干各的事情，谁还能将这事儿放在心上呢？

这一天，捕鸟人又带着捕鸟的网子一大早就来到了树林里，他看看风向，抬头望一望天，便动手将网张开了。

一些鸟看到捕鸟人在那里忙着，便愤愤地骂几声，悄悄地飞走了。

这时，有一只从远方飞来的冠雀路过这里，看到捕鸟人正在忙碌着，便飞到跟前，与捕鸟人聊了起来。冠雀问捕鸟人："喂，朋友，你在干什么呢？"

捕鸟人张完网，看到树林里的鸟都飞走了，心里好懊丧，万万没想到有一只冠雀傻乎乎地来送死，心中窃喜不已，便对冠雀说："聪明的冠雀，这种事你还没看出来吗？我在为鸟造房子啊！"

冠雀听说捕鸟人在造鸟巢，又问道："朋友，你为什么要造鸟巢呢？"

捕鸟人说："我的这项工程可是为所有的鸟儿造福的。你看，鸟儿们整天在风里雨里飞来飞去，有时候连个住的地方都没有，多不幸啊！我把大鸟巢造好后，它们就可以住到这里来了。"

冠雀听了十分高兴地说："真有这样的好事吗？那我可要好好地谢谢你了。"

捕鸟人看到冠雀信以为真了，就对它说："我希望你能成为这个大鸟巢的第一位居民。"

捕鸟人说完，便走到一边去了。

冠雀看到捕鸟人走了，知道鸟巢造好了，便展开翅膀飞进了网里。

当捕鸟人跑过来将冠雀捉住时，冠雀猛然醒悟，它气愤地说："原来你是个大骗子，你利用我的善良，欺骗了我，我知道，你已经没有良心了。"

绝路的人

有一个富商在城里做了一笔大买卖,赚了很多钱,就高兴地往家里走,此时天已经黑了下来。他身上带了很多钱,因此他十分谨慎。在走进他回家必经的一片树林之前,他把钱袋藏在了衣襟下面,并用皮带紧紧地扎起来。

商人的心"怦怦"直跳,在昏暗的树林中快步如飞。但是,他并没有因此逃脱厄运,一个心肠歹毒的强盗,早已在那里等候多时。这个强盗杀了商人,把他的钱劫走了。

当地的官府找到了罪犯犯罪的蛛丝马迹,便四处张贴告示捉拿杀人犯。杀人犯走投无路,只好背井离乡,偷偷地逃向尼罗河流域。他以为在那里没有人认识他,就可以逍遥法外,过上富足、安逸的生活。

但是,正当他哼着小调走进一片荒山老林的时候,一只饥饿的老狼紧紧地跟上了他。杀人犯急了,疾步而行,但老狼仍然没有放过他,紧随其后。杀人犯胆战心惊,跑又跑不过狼,最后慌慌张张地爬上了一棵树。

"嘿,老狼!这回你上不来了吧!"杀人犯冲着树下的狼喊着,觉得自己得救了。老狼在树下等了一夜,不见杀人犯下来,便悻悻地离开了。

杀人犯肚子饿得"咕咕"直叫,见身边有一颗野果,就摘下来吃了,这果子很好吃,杀人犯又抬眼在树上寻找野果。猛然间,他发现一条毒蛇正向他爬过来。杀人犯吓得魂不附体,身体一滑,从树上掉了下来,滚进了尼罗河。

"唉,总算又逃过一劫。"杀人犯在水里扑腾着,好在他会游泳,心想,游到岸上,自己就能安全地进城了。

他又饿又累,看到一个粗壮的有如树根似的东西从岸边延伸到水中,那是上岸最近的地方,所以他拼命向那里游去,想游到那里坐下来休息一会儿。

出乎杀人犯意料的是,那不是什么树根,而是一条巨大的鳄鱼。鳄鱼正在睡觉,忽然有人爬上了它的脊背,鳄鱼扭过头,张开了大口。

"啊，鳄鱼先生，请你不要吃我！我这里有一袋银币，我可以全都给你！"

鳄鱼说："我闻到了你银币上的血腥味，你肯定是个奸诈之徒！如今你骑到我的背上，岂能让你再去害人？"

杀人犯还想说一些好话，但鳄鱼没给他机会，一口就把他吃掉了。

自我吹嘘的人

有一个小伙子，因长得五官端正，四肢发达，所以被人相中，当了一名运动员。这名运动员的身体素质好得不得了，但心理素质却差得没法说。平时训练时他总是第一，但一到正规比赛时，他连倒数第一都拿不到，因为他一上场就很激动，很难控制自己的情绪，心里总是想着领奖台颁发的金牌，但脚却不动，也就是说，他受不了冠军的诱惑，怯场了。

每当看到平时成绩不如他的运动员笑哈哈地站在领奖台上抱着奖杯亲了又亲、吻了又吻时，他就心如刀绞，万分痛苦。最后，他实在受不了同伴的嘲笑，独自离开了。

他来到一个海岛上，这个海岛上的人也都非常热爱体育，每年都要举行比赛。赛次很多，运动员们有很多表现的机会，有很多领奖的机会。年轻人觉得这里很好，环境不错，比赛的奖金也不少。他来了兴趣，决定参加这个海岛的长跑比赛。他找到了举办这次长跑比赛的负责人，要求参加比赛。

那个负责人问他成绩怎么样。

年轻人自我吹嘘了起来，他说他跑得比风还快。

那个负责人哈哈大笑说："你跑得比风还快，那你就等到有风的时候再跑吧！"

寡妇和下金蛋的母鸡

在大森林的东边,有一个小村庄里住着一个无依无靠的寡妇,因为家里没有足够的劳动力,她的很多田地都荒芜了,日子过得很艰难。

寡妇每天都会遇到一些苦恼的事情,她的心情一天比一天郁闷。每当心情不好的时候,她就会到森林里散步,希望借散步来消除她的烦恼。

但是,每当她回家的时候,随着村子的临近,随着自己家的临近,现实生活的种种不如意就再一次包围了她。她感到家里的气息就像坟墓一样,让她窒息。

这一天,寡妇徘徊在家门外,迟迟不进门。突然,一阵咕咕的鸡叫声从院中传了出来,寡妇很惊异,因为自己没有养鸡,哪里来的鸡叫声呢?

她带着好奇心小心翼翼地推开了院门,这时她看见一只母鸡在院子里来回踱步。这只母鸡长得非常瘦小,但一身金黄色的羽毛却显得异常精神。

寡妇将它抱回了屋,给它搭了一个窝,精心喂养起来。寡妇喂养这只母鸡,不过是为了排遣一下孤独和愁闷的心情。她想,一只母鸡是无法使她摆脱生活上的困境的。

有一天,寡妇在鸡窝里发现了一枚金蛋,她欣喜若狂,急急忙忙将金蛋锁进了柜子。第二天,她又在鸡窝里发现了一枚金蛋,就留心起来。

第三天,寡妇没有去森林里散步,而是留在家中观察鸡窝里到底有什么样的怪事发生。只见那只母鸡从院子里迈着四方步进了鸡窝,不一会儿,一片金光闪过,随着母鸡一阵欢快的鸣叫,只听得"扑棱"一声,母鸡从鸡窝里飞了出来。

寡妇发现又有一枚金蛋在那里闪闪发光,寡妇终于明白了金蛋的来历,那只母鸡瞬间变成了寡妇生活的希望。

从此以后,母鸡每天下一枚金蛋,寡妇的生活越来越富裕了。破旧的房屋被重新翻建,她花大笔的钱购置了土地建起了花园,还雇用了成群的仆人。

那只立了大功的母鸡被寡妇当作神一样地供养起来。原来简陋的鸡窝变成了

宽敞的鸡房，金色的羽毛每天专门有人梳理。但是，母鸡一天下一枚金蛋已经无法满足寡妇日渐奢侈的生活欲望。

寡妇想，让它吃最好的饲料，让它长得胖胖的，每天就会多下一枚金蛋。于是，寡妇就派人买来上等的饲料，每日拼命塞给母鸡吃。

事情变得越来越糟了，那只宝贝母鸡因为不停地吃上等的饲料，体重猛蹿而上，变成了一只不能走只能滚动身体的大肥鸡。没过几天，母鸡就不再下蛋了。

寡妇爱摆阔气，花钱大手大脚，很快就把全部财产挥霍完了，又沦为了穷人。

异心四兄弟

村子里住着一位农夫,为人很好,跟邻居们的关系也相处得很融洽。但他一直都快乐不起来,因为他家里有件事情令他很头疼。

农夫有4个儿子,都已娶妻生子各立门户。但他们之间却时常发生争吵,不论大小事情没能商量通的,口舌之争过后,有时还要拳脚相加。长此以往,兄弟间伤了感情,有什么需要联合去做的事,宁肯找别人也绝不同自己的同胞兄弟合作。

这样,有些事情他们就难免做不成,有些事情难免要自认吃亏。非但如此,他们在吵得天翻地覆之后,还常常来找父亲评理,搞得老人家左右为难,心烦意乱。

然而,不管父亲怎样劝说,3天过后,孩子们还是照吵不误。所以村邻们议论纷纷。怎么办呢?农夫寝食难安,日夜苦思,觉得必须用事实来说服他们才行。

一天,农夫把他们兄弟四人叫到身边,让老大拿来一抱树枝,让老二拿来一条绳子,又让老三把树枝捆好,然后对他们说:"孩子们,你们个个长得膀大腰圆,看看你们谁能把这捆树枝折断,谁折断了,谁就是我们家最有能力的人。"

父亲的这个提议引起了兄弟们的兴趣。兄弟四人轮流上阵,可是无论他们怎样龇牙咧嘴,扭腰别腿,谁都不能折断这一捆扎得很结实的树枝。

然后,农夫让老四把那捆树枝解开,给他们每人一根。他们拿在手里,"喀嚓"一声,都很容易地把树枝折断了。

这时,农夫乘机教育他们说:"孩子们,你们像这捆树枝一样,团结起来,就是不可战胜的;但是如果你们不团结,老是争吵,别人就会欺负你们。"

葡萄园里的珠宝

有一个老农夫非常勤劳，他开垦了很多荒芜的田地，经过他双手修整的田地上，庄稼都长得很好。农夫的日子过得也不错。

美中不足的是，老农夫的3个儿子都不争气，一个比一个懒惰，整天吃喝玩乐，游手好闲。无论老农夫怎样教导他们，他们仍旧我行我素，没一点长进。

终于有一天，老农夫得了重病，卧床不起。

他躺在床上，心情十分焦虑："唉，生老病死，人之常情。我辛苦一生，也该好好休息一下了，死了倒也无所谓，只是我那3个不争气的儿子，他们至今还不懂得劳动是安身立命的本钱，不知道怎样种地，以后依靠什么生活呢？真叫我死不瞑目啊！"

但是，3个儿子仍然不思悔改。田里的活没有人去干，庄稼熟了也没人去收割；园里的葡萄，没人施肥，只开花不结果；就连院子里的鸡，也没人肯撒一把米；鸡不下蛋，干脆抓过来宰杀吃了；一日三餐能靠就靠，靠不了，就轮班糊弄。老人病了一年，积攒下的家业已经所剩无几。

老人的内心非常痛苦，他一直在想办法让他的儿子们和和气气地挣家业。他在病床上苦思了三天三夜，终于想出了一个主意。

这天，老人把3个儿子叫到床边，用沙哑的声音告诉他们："你们一向不听我的话，但我想这件事你们还是肯去做的。我曾经在葡萄园里埋下一个瓦罐，里边装了一些珠宝，不过，我记不清埋在哪一排葡萄架底下了。我死后，你们要依靠自己的双手创造生活，如果真活不下去了的话，再把这些珠宝挖出来用。"

说完，老人就闭目长逝了。他双目紧闭，死得很安详，因为他坚信这份遗嘱能唤醒儿子们的良知。

3个儿子正为老人死后自己的日子怎么过而犯愁，他们万万没有想到他们的父亲还为他们留下了一罐珠宝。他们很草率地就把死去的父亲埋了。丧事刚一办完，三兄弟就猜测起那罐珠宝埋藏在哪个地方。

第二天一大早，3个儿子就争先恐后地起床，分头到各排葡萄架间挖土翻地，寻找藏有珠宝的瓦罐。

他们小心翼翼地寻找着，各个累得满头大汗。第一天没有挖到瓦罐，第二天也没有挖到瓦罐，第三天、第四天仍然没有挖到瓦罐……

珠宝的吸引力真是太大了，平时好吃懒做的兄弟三人，寻找起珠宝来谁也不曾抱怨辛苦，照旧每天翻土不止。

许多天过去了，他们的手上都磨出了老茧，一个个也都累得腰酸腿疼，他们有点灰心丧气了。

正在这时，奇迹发生了：往日萎靡不振的葡萄树，这时展枝开花，结出了一串串晶莹如玉的硕果！

他们口干舌燥，摘下一串吃，甜滋滋的。他们看看自己手上的老茧，觉得葡萄来之不易，谁也没有多吃一颗。他们一起动手，把颗粒饱满的葡萄摘下来，拿到集市上卖了一笔钱。

晚上回来后，兄弟三人聚在葡萄树下，说说笑笑，再也不见往日为寻找珠宝而愁眉不展的样子了。

忽然，老三若有所悟地说："兄长们，我想，父亲所说的珠宝，会不会就是指这些果实呀？"

老二摇着头，不解地问："虽然我们尝到了劳动的果实，但珠宝终归是珠宝，怎么能是葡萄呢？"

兄弟三人都不说话了，四周一片寂静。不一会儿，兄弟三人同时击掌说："对！就是……"

老二、老三起身对憨直的老大说："哥哥，父亲去世了，你就是我们的家长，今后我们就听你的，你来说说其中的道理吧！"

老大语重心长地说："父亲所说的珠宝其实是我们勤劳的双手。只有劳动才能创造财富。这个道理其实很容易弄懂，我们现在终于明白了父亲的苦心教诲。记住，只有劳动才能创造财富。"

鹰和农夫

在村子的东边住着一位心地善良的农夫，农夫走路都害怕踩死蚂蚁，他处事非常小心。

冬去春来，一对燕子从远方飞来了。它们从住在这里的小动物口中打听到这位农夫心肠特别好，就决定把窝建在这位农夫的屋檐下。于是小燕子的父亲母亲就忙着衔泥做窝，为小燕子的出世做准备。

农夫见它们这么辛苦，就帮它们弄来了泥和小草，这样就不用它们再东奔西跑了。

夏天到了，小燕子在父母的企盼下破壳而出了。秋天将至，小燕子的父母开始带着小燕子学飞，以便在大雪来临之前飞到气候温暖的南方去。

有一次，小燕子在飞行中，一不小心，重重地摔到了地上，把腿摔折了。小燕子的父母忙去找农夫帮忙。

好心的农夫把小燕子小心翼翼地托在手心，用布条为它包扎好受伤的腿，并用黄瓜子喂养它。据说，这样能使骨头很快长好。

在农夫的精心照料下，小燕子很快痊愈了。

严冬到了，小燕子一家恋恋不舍地离开农夫，飞往他乡去了。

这天早上，农夫打算到山里捡些柴火取暖。他推门准备上山，门却出奇地重，原来，昨晚下了一夜的雪，把门封住了。农夫费了好大的劲儿才把门推开，一阵冷风袭来，"好冷啊！"农夫不禁打了个冷战。

忽然，农夫的脚碰到了一根硬邦邦的东西，农夫下意识地低头看。"啊！"农夫大吃一惊，他发现地上那硬邦邦的东西竟是一只冻僵了的老鹰。

紧接着他又怜悯起这只老鹰来："唉，真可怜！它好歹也是一条生命，如果我不救它，它肯定要冻死的。"

于是，他解开外套，小心地把老鹰放入怀里，用自己的体温来温暖它，准备在它苏醒后，再放它走。

快到山脚下的时候，农夫觉得老鹰好像动了一下，就伸手摸了摸，感觉老鹰的身体虽然软了许多，但还是没有苏醒。于是他又把老鹰放到怀里，贴在了胸口上，希望它能早点醒来。

老鹰慢慢地恢复了元气，也恢复了本性，对着农夫的胸口狠狠地咬了一口。

农夫感到针刺一般地疼痛，知道是被老鹰咬了，忙把老鹰掏出来用力掷在地上，愤慨地对老鹰说："你这个恩将仇报的坏蛋，我好心救你，你却对我下毒手。"

老鹰重新站了起来，嘿嘿地冷笑一声，说道："这只能怪你自己太没有眼光了，我是老鹰，凶狠得很哪！"

农夫叹了一口气说："我真倒霉，碰到了你这坏家伙。"

捕鸟人和山鸡

有个捕鸟人非常爱结交朋友。他的朋友很多，几乎每天都有一大批人来看他。捕鸟人结交的朋友都是一些爱鸟和会捕鸟的人。他们聚在一起，谈的都是怎样捕鸟，捕什么样的鸟好卖。

每当有客人到来，捕鸟人都要准备些食物款待他们。其实也不是什么美味佳肴，更谈不上山珍海味，不过是些面包、山葡萄酒、几段香肠，或烤几只他从山里捕来的小鸟。

这一天可真让捕鸟人难以应付了，从早上起，走一伙，来一伙，一连有好几伙客人来到捕鸟人的家里。

这最后一伙来到捕鸟人家里的客人也是捕鸟的。一进门，他们便对捕鸟人说:"喂,朋友,我们是赶了很远的路才来到你家的。在路上我们真是又渴又饿,请你为我们准备一点儿吃的吧!"

捕鸟人到厨房里一看,面包吃光了,葡萄酒喝光了,甚至连家里储存着准备过冬吃的大堆马铃薯也所剩无几了。这可怎么办呢?怠慢了客人是不礼貌的。

去邻居家借点吧,但时间已经太晚了,邻居们也都熄灯睡觉了。想来想去,捕鸟人终于想出了一个办法。

他来到院子里,跑过去捉那只他专门驯养用来帮他捕鸟的山鸡。山鸡看到夜里主人来捉它,以为又要带它去捕鸟,便对捕鸟人说:"主人,我们晚上从来不捕鸟,你这是怎么了?"

捕鸟人说:"我不是要带你去捕鸟,而是要杀了你去招待客人,因为我实在没有什么东西待客了。"

听完主人的话,山鸡不禁热泪盈眶。它心中暗想,自己可真是不幸啊,怎么遇到了这样一位主人。山鸡对捕鸟人说:"主人啊,你真是一个忘恩负义的人。你想想,在你捕鸟时我帮了你多大的忙呀!为了让你捕到更多的鸟,我引诱欺骗过无数同类,将它们交给你,让你挣了很多钱。可是你现在却要将我杀了去款待你的那些捕鸟朋友,你不觉得你做得太过分了吗?"

捕鸟人听了山鸡的话,便对它说:"既然你这么说,那么我更要杀你了,因为你连你的同类都不放过,有朝一日你有了机会,还会放过我吗?"

死抱钱的人

大海上有艘大航船,大航船上坐着很多人。然而,他们的心情都不好,总是一脸的愁苦。

他们中大多数人都是出海找活干的穷人，只有一个是雅典的富人。这个富人大腹便便，脑满肠肥，穿着华丽鲜艳的衣服，高傲地坐在铺着金丝绒的椅子上，不肯和穷人们搭一句话。

小船在海上平平静静地航行了三天三夜。到了第四天早上，海上忽然狂风大作，小船像一片树叶在海面上漂浮颠簸，随时都有船翻人亡的危险。

穷人们有的往船外舀水，有的帮助船夫拉帆掌舵，希望能通过共同的努力战胜风暴；只有那个富人什么也不干，万分恐惧地坐在那里画着十字，念念有词地祈祷着神灵的保佑。

然而，可怕的事情终于发生了。一个大浪打下来，小船被大浪掀翻，船里的人都落进了大海。

穷人们互相帮助着拼命游水。那个富人却紧紧抱着他的钱袋，只顾呼喊着智慧女神雅典娜的名字。

这时，有个穷人抓着一块破碎的船板游到富人身边，想拉他一起逃难，那富人却无动于衷，穷人着急地说："傻瓜，你相信你自己吧，在这个时候你还抱着那个钱袋有什么用啊！把钱袋丢了，这样才能减轻重量，抓住船板划水才能救你的性命。"

渔夫们

天气很好，渔夫们又到大河里捕鱼去了。

网很沉，划船的渔夫们都感到很吃力。一个渔夫吆喝道："大家加把劲呀，这网里一定有许多鱼，这下我们可以大挣一笔了。"

渔夫们听了，都哈哈大笑，笑声随着浪花在水中荡漾。可是，到了岸边收起网一看：哪里是什么鱼，分明是一块大石头！

渔夫们都很懊丧，其中几个刚刚出船捕鱼的小伙子懊丧得脑袋都耷拉下来了。

这时，一位老渔夫把网抖搂出来，嗓音豁亮地喊道："我说小伙子们，别这样垂头丧气，这一网不行，我们还可以再撒一网，机会有的是，河里的鱼迟早会进入我们的网中，只要坚持不懈，我们会捕到大鱼的。"

双目失明的小孩

有一个老人带着和他相依为命的孙子住到山上，老人在山上盖了一间牢固结实的木屋。小孙子是个很不幸的小孩，因为他刚一出世，眼睛就瞎了。

老人是一个非常出色的猎手，他每天都能捕捉到很多猎物。小孩子很聪明，他只要摸一摸猎物，就能猜出是什么动物。

一天，一个猎人从远方的树林中抓到一只小豹崽，傍晚的时候到老人家中投宿。小孙子听到小豹崽的叫声，请求猎人让他抱一抱，猎人答应了。他轻轻地摸着，好不喜欢。

猎人问："小朋友，你知道它是什么动物吗？"

小孙子爱抚地抱着小豹崽，摸摸它的脚爪，又摸摸它的牙齿，然后说："我从来没听到过这种小动物的声音，说不出它的名字；不过，它肯定是像豺狼一类的动物，把它放在羊群里是不妥当的。"

渔夫吹箫

有一个年轻的渔夫捕鱼没有经验，但他还是决定到海里去捕鱼，因为他相信到海里能够捕到很多鱼。他兴冲冲地来到海边，准备撒网捕鱼。

"海这么大，网应该在哪里投呢？"渔夫这样想着，就摘下腰间别着的竹箫，吹了起来。他以为鱼听见美妙的音乐就会自动跳出水面，这样，他就可以确定撒网的位置了。

"这是多好的办法啊！哼，也只有我这样聪明的人才想得出来。"于是渔夫吹得很用心。应该说，他的箫吹得真不错，连在海边捡贝壳的小朋友都停下手里的活儿，抬起头来听他吹箫。

然而他吹了好久，也不见鱼儿跳出海面，他很生气，便放下箫，拿起网随便向海水中撒去。没想到，他网到了很多大鱼。渔夫把网收上来，抓住网底，把鱼从网里倒到一个岩石的坑窝里。鱼离开水，都惊慌失措起来。

渔夫见它们欢蹦乱跳的，就对它们说："嘿，你们这些调皮的东西！我吹箫的时候，你们不肯跳，现在我不吹了，你们跳得这么起劲。"渔夫心满意足地把鱼儿装进了大鱼篓里，背回家里去了。

爱搞恶作剧的人

有一个年轻人自恃头脑聪明，总爱搞一些莫名其妙的事情捉弄别人，大伙儿都很讨厌他。

这个人很古怪，好像一天不搞恶作剧就全身不舒服，就显示不出他的"聪明才智"。所以，见熟人们都不理他，他就来到集市上，同一个卖山梨的陌生人打赌说："哎，朋友！你们都特别崇拜德尔斐，以为他说的话都是千真万确的真理，其实你们太蠢了！那全是假的，一点都不可信！"

卖梨人听了，大吃一惊，悄声说："喂，你不要胡言乱语，不然会惹天神发怒的！"

爱搞恶作剧的人不服气，吵着说："不信？我可以证明给你看！假如德尔斐的神示是假的，你这筐山梨就属于我了。"

梨是从山上摘来的，卖梨人并不在意，他想看看这个说大话的人究竟怎样证实自己的话，就同意跟他打赌，并且约定了日期。

在科林斯海湾北岸有一座德尔斐阿波罗神庙。相传，不论谁有什么疑难问题，只要向德尔斐神请教，他都能给出准确无误的答案，这就是"德尔斐的神示"。

到了约定的日期，卖梨人和那爱搞恶作剧的人一同来到了德尔斐神庙，爱搞恶作剧的人手里攥着一只小麻雀，藏在衣襟底下，走到神的面前问道："神啊，人人都说你无比圣明，无所不知。那么，你能说出我手中拿着的东西是活的还是死的吗？"

为了赢得一筐山梨，为了向众人炫耀他所谓的"聪明"，他心里已经有了一个坏主意：如果"神示"说他拿的东西是死的，他就亮出活的麻雀来；如果"神示"说他拿的东西是活的，那他就把麻雀捏死了再拿出来。这样，他就可以证明德尔斐神示是假的了。

德尔斐神看穿了他的诡计，大殿中传出了"轰轰"作响的声音："喂，自以为是的朋友，收起你的'聪明'吧！你手中的东西，是死是活，全在你。"

那个爱搞恶作剧的人听了德尔斐这一番话，忍不住打了个冷战。他的把戏被德尔斐看穿了。爱搞恶作剧的人狼狈不堪地逃走了。从此，他收敛了许多。

婴儿和大鸦

村子里生活着一对幸福美满的夫妻。夫妻俩为人很好,从没有跟邻居吵过架拌过嘴。不过这对夫妻也有烦恼的事情,那就是结婚多年,一直没有生下一儿半女。

有人见夫妻俩整天为此事发愁,就对他们说:"这样想也没有用,不如到神庙中去求求神,也许神会赐一个孩子给你们。"

夫妻俩一听这话,仿佛看到了希望,每天都很虔诚地到神庙中去拜神,请求神为他们带来一个孩子。也许是他们十分虔诚,也许是其他什么原因,一年后,他们幸福地生下了一个孩子。

这是一个男孩,一双大大的蓝眼睛,一头卷曲的金黄色头发,白白胖胖的,谁见了都会欢喜地抱上一会儿。夫妻俩更是将孩子视作掌上明珠,时时刻刻将他带在身边,唯恐有半点儿闪失。

不知不觉中,孩子已长到了1岁,他开始咿呀学语,在床上爬来爬去,父母一来到他的跟前,他就笑着张开两只手,让父母抱。

由于太疼爱自己的孩子,这一天,母亲抱着孩子找到一位算卦人,让他算一算孩子的命运。

这位算卦人本领非凡,很了不起。他把婴儿抱在身上看了一会儿,然后对婴儿的母亲说:"太太,我告诉你一个十分不幸的消息,你的孩子有一天将会被大鸦害死,你可要处处小心啊!"

听了算卦人的话,婴儿的母亲立即抱着孩子回到家中,急急忙忙对婴儿的父亲说:"算卦人说我们的孩子将被大鸦害死,怎么办呢?"

婴儿的父亲想来想去,最后动手做了一个大箱子,把孩子放进箱子里,很好地保护了起来。婴儿的母亲每天按时打开箱子,给孩子送去吃的,送去喝的,不敢让孩子离开箱子半步,害怕孩子被大鸦害死。

万万没有料到的是孩子最终还是死了，这令孩子的母亲伤心欲绝。

事情是这样的，那天早晨，母亲打开了箱子，她以为孩子睡熟了，便转身去拿水给孩子喝，就在她转身拿水的时候，孩子突然爬了起来，恰巧这时，一颗类似大鸦形状的大钉子从楼顶坠下，正好钉在了孩子的头部，孩子当时流血不止，不幸死了。

强盗和桑树

村子里有一个好吃懒做的年轻人把家产挥霍完后便当了强盗，村子里的人都很怕他的斧头。

强盗真是胆大妄为，他手执斧头，大白天就闯入人们的家中，见钱抢钱，见人杀人。

这不，彼得的哥哥在家中正吃饭时，强盗冲进来，一看他们家十分富有，便将斧头架在彼得哥哥的脖子上，让他交出500个金币，不然就要杀死他。

彼得的哥哥对强盗说："老兄，我家是很富裕，但绝没有富到拥有500个金币的地步。你看我们家里有什么值钱的东西，都可以拿走，但不要杀死我。"

强盗听了彼得哥哥的话，却说："我只要金币，没有的话我就杀人！"

这时，彼得发现哥哥被强盗抓住了，就偷偷地跑去找来许多朋友，他们手中拿着武器，要与强盗决一死战。

强盗看到人们拿着武器赶来了，便一不做，二不休，将彼得的哥哥砍死了。鲜血溅了强盗一身，连手上也沾满了血。人们看到强盗杀了人，纷纷去追赶他。

强盗跑得很快，他钻进山里企图从小路逃跑。正当他慌里慌张地逃跑时，迎面走来了几个人。他们看到强盗神色慌张，手上又是红红的，便问他："喂，你是什么人？在山里这样慌张地赶路，一定是做了什么坏事吧？"

强盗马上说："我不是坏人，我被一伙坏人追杀。"

"那你手上红红的是什么？一定是血吧？"人们问。

强盗说："诸位先生，我手上可不是什么血，那是由于我躲避追赶我的坏人时爬到了桑树上，所以手是红的。"

强盗还在撒谎，追赶他的人赶来了，大家一拥而上捉住了强盗，将他牢牢地绑在了一棵大桑树上。

大桑树大骂强盗："不要脸的坏家伙，你杀了人倒诬蔑起我来了，你不会有好下场的！"

最后强盗被人们杀死了。

算卦的人

有一个年轻人好吃懒做，刚开始日子过得不错，后来就混不到饭吃了。没办法，他只好在街上给人算起卦来。

他十分善于察言观色，一旦有人来算卦，他就能根据来人的说话、行动推断出那人在想些什么，然后说出那人喜欢听的话。

有一天，一个人来到算卦摊前神色慌张地对算卦人说："先生，我有一件事情你帮忙算一算。我家的一头牛今天早上不见了，那可真是一头好牛啊，它能为我产很多奶，不仅够我们全家吃，而且能卖许多钱。"

算卦人眯起眼睛不动声色地听来人说，接着他问那人："你妻子在家吗？"

那人说："昨天晚上，我们两人发生了口角，她十分生气，一大早我还没有起床，她就回娘家去了。"

算卦人听完，煞有介事地让那人伸出手，他比比画画，指指点点，口中念念有词地说了一些谁也听不懂的话。最后，算卦人说："你的牛不会丢的，你从这里朝东去追，也不过20来里路吧，你家的牛就在那里吃草呢！"

那人交过钱，千恩万谢地走了。两个小时后，丢牛的人果然牵着牛回来了。

原来，算卦的人得知那人昨天晚上与老婆吵了嘴，今天早上他老婆又回了娘家，而这头奶牛是他们家最值钱的东西，便想到牛是被他妻子牵走了。算卦人又从那人的嘴里套出他老婆娘家的住处，便说出了向东去的方向。

从此以后，算卦人的卦摊前每天都挤满了人，他的生活过得好得不得了。

有一天，忽然有一个邻居跑来告诉他，说他家的门被人撬开了，家里所有的东西都被偷走了。

算卦人一听，不禁大惊失色，他连卦摊都顾不上收，立即起身朝家里奔去。回到家里一看，他傻眼了。他靠算卦挣钱置下的家当荡然无存了。

镀铜的大床没了，橡木家具没了，全套的镀银餐具没了。打开柜子，自己辛辛苦苦存下的200个金币也没了。

算卦人放声恸哭。有一个一直瞧不起他的邻居嘲笑他："你算得那么准，但自己家会丢东西怎么就没算到呢？"

沉船后的人和海

在陆地上住久的人特别向往大海，这很正常。有一个年轻力壮的人很想出海去，于是他便上了一艘船出海了。

船刚刚起航时，天气格外好，蓝蓝的天上飘着朵朵白云，湛蓝湛蓝的海水波浪不兴，他乘坐的那艘船十分平稳地航行着。

年轻人在船上很兴奋，因为他看到了大海。他站在甲板上，看看天，望望海，举起手与从远处飞来的海鸥打招呼："喂，海鸥，我们好好聊聊怎么样？你整天在海上飞翔，一定知道许多关于海的故事吧？"

海鸥看到是个陌生人，知道他不经常在海上航行，便对他说："在海上航行千万要小心啊！有时海会翻脸不认人。"

说完，海鸥又向别的船飞去。年轻人看到眼前的一切，又想想海鸥的话，不以为然地淡淡一笑，心中暗想：海会翻脸不认人的，即使真的发怒了，也不外乎就像陆地上刮大风那样吧？

船在海上静静地航行，人们的心情也格外平静。但是，他们哪里知道，不幸正在悄悄地向他们靠近。

当天渐渐黑下来的时候，海上刮起了大风暴。风奋力地把海水掀起，海水立即被吹成了一座座小山，接着又猛地朝船压了过来。

一次，两次，三次，在巨大浪峰的重压下，船散架了，整艘船被海浪撕破，船板一块块漂在海上。

那位年轻人被海水灌得失去了知觉，在海上冲来漂去。天越来越黑，风暴越来越大，不知过了多长时间，最后他被海水送到了岸上。

恐惧和疲劳使那位年轻人在海滩上毫无知觉地躺着。当朝阳自海上再次跃起的时候，那个人才从蒙眬中醒来。船不见了，船上的同伴也不见了，他仿佛做了一场噩梦，但残酷的事实就摆在眼前，一切都是真的，什么都没有了。

他翻身坐起来，又看到了大海。此时的海又恢复了平静，在朝阳下，大海柔波万顷，一派静谧，海鸥不时探下身去亲吻海面……

看到这一切，他立即愤怒了，大声地责备起大海来："喂，大海，你为什么又装出了温和的样子，又想诱惑人吗？当你将人引到海上，你就马上翻脸，变得非常残暴，最终将一切都毁掉。"

他的话音刚落，大海化作一个女人对他说："年轻人，你的火气不要那么大，这不能怪我。你如果真要谴责的话，那就去谴责海风吧！我本来是很温柔的，但海风猛吹、狠吹，我也没办法。"

病人和医生

病人有病当然是找医生治疗，他们这样做是信得过医生。但有些医生却不顾病人的痛苦，本来只是小病，被他乱治一通便成了大病，这样的医生的医德是很差的。

有一天，哈特去山里打猎，他带着猎狗去追一只兔子。那只兔子在山里生活了很久，对这里的一切都非常熟悉。

兔子见到哈特带着猎狗穷追不舍，便想给哈特一点颜色看看。兔子领着哈特在山前山后转来转去，它知道有一个猎人在山脚下设了一个陷阱，陷阱里放满了脏水。

没过多久，兔子便将哈特领到了陷阱的前面。兔子轻轻一跳，便从陷阱上跃了过去。

哈特不知这是兔子的诡计，以为只差一步就可以将兔子捉住了。于是，他不顾一切地奋力向前赶去。

只听"轰隆"一声，哈特连同猎狗一起掉进了陷阱中。陷阱中的脏水一下就没到了哈特的脖子，猎狗虽然也掉到了陷阱里，但它一纵身又跳了出来。

猎狗看到哈特正在陷阱里挣扎，立即跑过去叼起一根树枝扔到了陷阱中。哈特抓住那根树枝，一会儿便爬了上来。

这天本来就是个大冷天，又经过脏水一泡，哈特感冒了。家里人马上找来了医生。

医生为哈特检查了一下，问哈特："你身体现在怎么样？"

哈特说："我出了很多汗。"

医生摸了摸哈特的头，见满头大汗，立即回答道："不要紧，不要紧，这是好事！"

说完，他只为哈特留下了一点点药，便站起来走了。

医生走后，哈特的病越来越重，他浑身酸疼，连头都抬不起来了。家人看到哈特这样难受，又将医生找了来。医生让哈特张开嘴，他随便看了一下，又问哈特："你现在感觉如何？你好好说一说吧！"

哈特打着冷战说："我冷得厉害，你看，我浑身都在发抖！"

医生看哈特确实是抖得非常厉害，便对哈特说："这是好事！"

说完，医生像第一次一样，留下点药抬腿又走了。

不久，医生第三次被哈特的家里人找来了，医生问："现在总会好些了吧，你说说情况怎么样？"

哈特立即说："我全身浮肿。"

医生还是说："这是好事。"

医生又为哈特留下了一点药，抬脚又准备走时，哈特一手把他拉住，吼道："我到底还有没有的治？你这个医生怎么搞的，就是兽医也不能这么糊弄人，对吧！"

富人和哭丧女

从前有一个富人，他家财万贯。他的妻子为他生下了两个女儿。

富人的大女儿貌美如花，她的头发飘逸，身材婀娜，长得无可挑剔。小女儿虽然年纪还小，但长得也和姐姐一样美丽，而且更加天真活泼，格外惹人喜欢。

但是，不幸降临到了他们家，富人的大女儿患上了一种不治之症。在床上躺了两年，最后也没能治好，死了。

临死前，大女儿对富人说："父亲，我真不愿意离开这个美好的世界，我死后你们要好好地活着，不要为我伤心。"

大女儿死后，富人为了表示对女儿的哀悼，便花钱雇了一些哭丧女来为女儿哭丧。

富人对哭丧女们说："只要你们能认真地哭，哭出真正的悲伤来，我是不会吝啬钱的。"

听了富人的话，哭丧女们哭得十分真切。她们放开喉咙，直哭得天上的流云不飘，水里的鱼儿不游，就连风仿佛都停止不动了。

这时，小女儿对母亲说："母亲呀，我们真不幸，有了丧事，不会尽哀，而这些非亲非故的人，却是使劲地捶胸痛哭。"

母亲听了小女儿的话，对她说："善良的女儿啊，你不知道这些人的真实目的，她们都是因为你父亲会给她们金币才痛哭的。"

老人和熊

深山老林里生活着一只熊，因为它不爱运动，所以它养成了睡懒觉的坏习惯。睡懒觉一两次还是比较舒服的，但睡多了，大脑可受不了。没过多久，熊受不了了，心情很烦躁。离它不远的地方，住着一位老人，他爱养一些花花草草，但是由于没有感情交流的对象，对自己的寂寞生活也十分厌倦。

清晨，老人出来寻找朋友，熊抱着同一目的刚巧也下山。他俩在拐弯处相遇了，老人心中害怕，但在野兽面前他知道他不能流露出害怕的情绪。熊是不会讲什么客气的，它开门见山地问道："你是来看我的吗？"

老人回答说："熊老弟，如果您能到我家去吃顿家常便饭，我将不胜荣幸。我家中现有牛奶和水果，这也许不合您的胃口，但我会尽量去找些适合您吃的食物。"

熊欣然地接受了邀请，与老人共同前往。在短短的路程中，他俩已成了好朋友。到了老人家里，他俩相处亲密。因为熊沉默少语，老人就能在没有干扰的环境下专心地工作。熊每天出外捕猎，总带回猎物。它还兼有一个非常重要的任务，就是在朋友睡着时为他驱赶苍蝇。

这天，老人酣睡正浓，一只苍蝇正叮在他的鼻尖上，熊想了很多办法，也没能赶走这只苍蝇，真不知如何办才好。

"我非逮着你不可！"熊怒气冲天，"今天我非收拾你不可！"话音刚落，赶苍蝇的熊抓起块石头照准苍蝇就砸了过去。

苍蝇死了，然而老人的脑袋也被石头砸烂了。老人直挺挺地躺在床上，当场就死去了。熊是个没有头脑的忠实的朋友——真拿它没办法。交朋友要选择好对象，不是谁都能做你的朋友，你要动脑筋想一想。

行人和阔叶树

这一年的夏天来得很早，天气热得要命。树上的蝉受不了这天气，不知躲到哪里歇凉去了，也不再发出叫声。花草、树木也都萎蔫了。

最让人难以忍受的是正午，此时，连汗水都是滚烫的。如果你走在河边，会听到河里鱼的谈话，大头鱼对小银鱼说："我实在难以忍受了，如果天再这样热下去，河水会沸腾的，我们都会被煮成鱼汤的。"

小银鱼说："我想我们会挺过去的，到了晚上，天就会凉下来，那时候我们就好过了。"

可是，到了晚上，天气也没有像小银鱼说的那样凉下来，而是变得更加闷热。人们和万物无时无刻不被夏天的酷热煎熬着。大家都想不出对付酷热的办法。

这一天，有几个行人走在路上，他们每人头上都戴了一顶草帽，想用它来遮住阳光，但是刚刚戴上还没有一刻钟，头上的草帽就被太阳强烈的光烤得自动卷了起来。

时近中午，这几个人热得头晕眼花，连抬腿的力气都没有了，张着嘴直喘粗气。此时，他们看到路边有一棵又高又大的阔叶树，那树枝繁叶茂，整个树冠如同一柄大伞，在大树下罩出了一大块荫凉。

那几个行人立即朝阔叶树跑了过去。一到树底下，他们纷纷摘掉头上的草帽，脱掉身上的上衣，舒舒服服地躺在了树底下。

在树荫的下面，他们真是舒服极了。此时，躲开了太阳的暴晒，有阔叶树的庇护，他们心情很舒畅。他们仰起头望望高大的阔叶树，议论开了。

一个人说："我猜这棵阔叶树一定有几百年了，不然它不会长得这么高大茂密！"

另一个人说："将它砍倒能做好多家具。"

又有一个人说："这树不结果子，对人无用。"

阔叶树越听越生气，对那些人说："你们在我身下舒舒服服地歇凉，还说这样的风凉话，你们真是一伙忘恩负义的人啊！"

富人和鞣皮匠

在城市的两头住着两户人家，一户是富人，家财万贯，非常有钱；一户是鞣皮匠。

富人家的屋子可真不错，高高的屋檐，雕花的门窗，宽宽的走廊用圆圆的柱子支撑着，夏天坐在走廊上，微风轻拂，特别凉爽。

鞣皮匠家的房子可差远了，低低矮矮的不说，那小窗小得只能进出一只猫，那门低得人要低着头弯着腰才能进去。

富人虽有那样的好房子，但他半分钟也不敢在走廊上坐，因为，他实在无法忍受鞣皮匠家里飘过来的那股难闻的皮革味。

鞣皮匠整天都要干活，于是，一张又一张的驴皮、马皮、猪皮、狗皮等源源不断地运到他家。他操起刀，一张一张地刮，然后用配好的料一张一张地鞣。

一股脏水像小河一样从鞣皮匠家的屋子里流出。那味可真难闻啊，无论谁路过那里都要紧紧地捂住鼻子。如果捂得不紧，就会被熏得呕吐。

富人在这种臭气中过日子，真是难受死了。于是，他多次来到鞣皮匠的家里，对他说："喂，你无论如何也不能再这样干下去了，如果你不尽快搬家，我总有一天要死在这里。我这里有一个金币，你拿上它快点搬家吧！"

鞣皮匠知道，无论到哪里人们都不会欢迎他，于是，他对富人说："老爷，我不要你的金币，不过请你放心，我已经找好了房子，过不了几天我就会搬走，请你放心好了。"

一天过去了，两天过去了，每当富人来催，鞣皮匠都是用这几句话搪塞。

随着时光的流逝，鞣皮匠家的这股臭味仿佛变了，因为富人来催他搬家的次数越来越少了。

到最后，富人每天坐在走廊上，又是喝酒，又是吃肉，再也不提让鞣皮匠搬家的事，免得让他难堪。

富人的变化令鞣皮匠感到非常困惑。有一天，鞣皮匠见到了富人，问道："老爷，现在我们这条街有什么变化吗？"

富人说："没有发生什么变化啊，一切都跟以前一样。"

原来富人对皮革的臭味已经习以为常了。

贫穷的富翁

从前，在一个小山村里，村边有一间冬不挡风、夏不挡雨的草屋，这是一个贫穷的单身汉的住所。他的屋里除了一张缺脚的旧床，什么家具也没有，更没有值钱的衣物了。

这一天，穷汉连做饭的米都没有了，他躺在床上，眼睛望着黑漆漆的顶棚，心里做着发财的美梦。

他一边想，一边自言自语道："我如果有钱，一定好好调节一下生活，每天要吃山珍海味，要喝玉液琼浆，绝不像有的吝啬鬼，把钱捏在手里，不会花钱，只会挣钱、攒钱。我如果有了钱，不但自己可以挥金如土，而且可以用钱去做慈善事业，让所有的穷人都能过上好日子。"

穷汉这样想着，蒙蒙眬眬地似乎要睡着了。这时，他感到枕边有人和他说话："听了你的话，我很希望与你做好朋友，我可以帮助你实现美梦。"

穷汉一瞧，不认识此人，但好像在什么地方见过，这人又对穷汉说："我为你设计了一个好办法，这里有个钱袋，袋里有一块金币，记住，只有一块金币，这次你能否发财就看你自己的了。这只口袋，无论你从中拿出多少金币，它里面仍然有一块金币，但是，有一点需要告诉你，如果你认为掏出的金币够你用的了，你就要把钱袋丢到湖水里，否则，金币袋将失去魔力。"

穷汉认真地听完这些话，将信将疑地点点头，心想："这人说不定是神仙或魔鬼呢！"

那人真的给了穷汉一只口袋后，眨眼就不见了。

穷汉伸手去口袋里取金币，果然有一块金币，他试着拿了出来，再去摸口袋，果然里边还有一块金币，穷汉乐坏了，不断地从口袋里往外掏金币。

整整一天，穷汉连吃饭都忘了，一个劲儿往外掏金币直到第二天，他饿得有些头昏眼花，才不得不停下来去要了一点儿饭吃，然后又坐在那儿掏金币。

金币已经堆成一座小山了，穷汉想把口袋丢到湖里，可是刚走到湖边，就后悔了，他又把钱袋带回家，继续往外掏金币。

年复一年，日复一日，穷汉始终没将钱袋扔到湖里。穷汉变得很老了，又生了病。有一天，穷汉实在动弹不了了，最后望着金币堆离开了人世。

农夫上当

一天大清早，在进城的路上，一个农夫赶着驴和山羊，准备将它们卖了换些钱用。

农夫赶着驴，哼着小曲，悠然自得地走着。山羊紧跟在后边，脖子上的铃铛"叮当，叮当"地响着。

有3个小偷盯上了农夫。一个小偷说："我去把羊偷来。"

另一个小偷说："我去偷驴。"

第三个小偷说："好吧！那我就去把他的衣服偷来。"

第一个小偷趁农夫在前边赶驴，把山羊脖子上的铃铛悄悄地解下来，拴在驴的尾巴上，把羊抱走了。

过了一会儿，农夫一回头，发现羊不见了，着起急来，刚巧第二个小偷走过来，农夫就向他打听。

"你看到我的山羊了吗？"

小偷装作思考的样子，对农夫说："刚才有个人牵着一只山羊进了那边的树林。"

农夫请求小偷帮他照看驴，自己到树林里去找山羊。

第二个小偷暗暗高兴，等农夫一进树林，他就把驴牵走了。

农夫追寻了好一阵，连山羊的影子也没看到，只好回来牵驴，想不到驴也不见了。农夫伤心地坐在道边哭了起来。

哭着哭着，突然发现有个人向他走来，也在边走边哭，似乎比他还伤心。

农夫急忙向人打听："出了什么事，你这么伤心？"

来人谎称把一口袋金子掉在路边的池塘里了。

农夫是个善良的人，急忙问："那你为什么不赶快下去捞上来呢？"

来人说："我不会水，怕淹死。如果你会水，帮我捞上来，我就分你一半金子。"

农夫听了，很高兴，心想："这是老天帮我补偿丢失驴和山羊的损失。"

农夫脱掉衣服，下了水，来人把农夫的衣服全拿走了，农夫爬上岸时，才知道自己又上当了，原来这个人也是个小偷。

老人与浪荡子

一个岁数很大的老人在家门口的路边植树，三个浪荡子从这儿经过，停下脚步，很不解地问老人："你这么大年纪了，还种树干什么？"

老人坦然地回答："种树可以乘凉啊！"

三个浪荡子互相看了看，觉得很是好笑，嘲笑他说："你还能活多久呀？等到这些树长高了，可以乘凉了，你活上百岁也不止呀！"

老人没有回答，低下头仍旧干他的活儿，三个浪荡子还在一边劝说："老人家，算了吧！趁早该享受就去享受吧！何必做这种徒劳无益的事，这也太不值得了。"

老人抬头看了三个年轻人一眼，语重心长地说："人做事不一定全是为了自己呀！我把植树看成是一件轻松、愉快的事。闲着没事种几棵树，无论是过路的，还是自己的子孙们总会有受益的那一天。我能为后代做一些事，在我看来是值得高兴的事。再说，生命是要靠运动去增强活力的，寿命是未知的，谁也说不准会活多久。"

三个浪荡子不以为然地哼着小曲走了，老人继续植树……

过了一段时间，一天，老人正在家门口为树苗浇水，一个人走到他的身边，对他说："老人家，还记得我吗？"

老人看了看来人，摇摇头，那人用低沉的语调对老人说："还记得你在这里植树的那一天吗？当时有三个年轻人嘲笑过你，就是我和另外两个朋友。"

老人记起那件事，问道："你的那两位朋友呢？"

那人沮丧地说："一位去做投机生意，自以为要发大财了，不幸在海上押运时遇上风浪，淹死了。一位不务正业，整天出入花街柳巷，沾染上不治之症，也死了。"

老人听后感到很惋惜，并为那两个年轻人祈祷。

又过了些日子，老人听说这位年轻人也在一位庸医手里送了命。

托人保管的财宝

一位西班牙商人准备去麦加，但当他走到埃及时，前面遇到了茫茫的、荒无人烟的大沙漠，他这时有点担心带着这些财宝是否能顺利通过沙漠地带。他担心路上会遇到强盗或拦路抢劫的坏人，认为最好将财物暂时托付给一个诚实可靠的人代为保管，归来时再取回，于是，他到处打听，想物色一位合适的人。最后，找到一个富人，他是一位以诚实和正直远近闻名的好人。商人将自己的金银财宝交给那人后，便动身穿过沙漠去麦加了。

这个商人在麦加办完事后，平安回到埃及。他立即去看望那位代他保管钱财的富人，请求取回他的财物，不料那个人却是个老奸巨猾的骗子。他装出一副很吃惊的样子问道："什么？你想向我要什么东西？我可从来没有替你保管过什么金银财宝。你快给我滚出去！"

商人绝望地回到他的朋友那里，向他们叙述自己的不幸，并请求大家想办法帮助他重新要回他的财宝。可是，无论商人走到哪里，几乎没有一个人不说这位富人好话的。谁也不相信，富人会干出这种欺骗的勾当。

最后，商人决定再去找这个富人。商人非常焦急地请求富人将财物交还给他，并答应给富人好处，结果同上次一样，那富人叫来仆人，又一次把商人赶出了门。

商人走投无路，只好伤心地回旅馆去了。路上，他碰到一位老太婆。老太婆穿着很简朴，但外貌正直端庄，手里拄着一根拐杖，一步一步小心翼翼地走着。当她看到商人一副充满忧愁的面容及听到他的叹息时，便站住了。

她问商人遇到了什么不幸的事。商人便把事情的经过原原本本地告诉了她。她听完商人的叙述后，说道："谢谢你如此坦率地将自己的痛苦告诉了我。现在，我愿意帮助你。"

商人请教她有什么办法。老太婆说："快去给我找一位你最信任的人来。"

商人把他最可靠的朋友请来后，老太婆对来人说道："你去买4只银箱来。外表要装饰得特别考究华丽，显得非常珍贵。在里面装上石头，使它沉甸甸的，要锁好封起来。然后找8个男子，将这4只银箱子抬到那个老奸巨猾的富人家去，我也陪你们一起去。"

说完，她又转身吩咐商人说："你只要一见那位骗子把我们放进去，便马上也跟着进去。然后，你再一次向他讨还钱财，不过，你得当着我们的面，让我们也听到。"

一切都照老太婆的吩咐进行。老太婆同商人的朋友带着抬银箱子的人，来到那位骗子的家门口。老太婆上前敲门，请求准许她进去。

她说道："喔，先生！劳驾了，有件事情要麻烦您。这里有四位西班牙商人，他们的银箱里面尽是金银宝石。他们要去麦加，可是不便带着这些银箱通过沙漠。于是我就向他们建议，暂时将这些银箱寄存在您这里，等归来时再取回。因为您是正直和德高望重的人，能不能麻烦您将这些珍宝收藏起来，保存到这四位商人从麦加归来呢？不过，请您千万别对任何人讲，以免被人偷走。"

那个骗子满口答应。四个商人便将银箱留下了。

正在此时，又有人敲门，来人正是那个被骗掉金银财物的商人。他一进门便喊道："喔，先生！您看，我又回来了。劳驾，请把我寄存在您这里的东西还给我吧！"

那个骗子一见是他，便想："现在我要是仍然不肯将东西归还给他，那这四个商人便会马上将这些银箱抬走。"于是，他立即微笑着迎上去说："喔，我的朋友，你在哪儿耽搁了这么久？我担心你出什么事了呢！天哪，要真这样的话，你这些金银财物该怎么办呢？"

骗子走进内室，取出商人交给他保管的金银财物，他以为，这样就可以骗取比这还多四倍的金银财宝了。

就这样，大伙一起离开了骗子的家，他们将那4只装满石头的的银箱留了下来。

丢失的金币

从前，一位富翁外出时，不小心把钱包弄丢了，包里有1000块金币。后来，这个钱包被一位穷人捡回家，交给自己的妻子。他妻子非常高兴地说道："送上门的东西，我干吗要拒绝？这是上帝赐给我们的财富，我们总可以收下吧！"

次日，有人在城里当众宣布："丢失了一只装有1000块金币的钱包，如果有人捡到，请交给失主，当面给予100块金币的奖励。"

这位穷人闻讯后，回家对他的妻子说："我们还是把捡来的钱送回去吧！我们可以得到100块金币的赏金，这种钱我们才能心安理得地用。我觉得100块正大光明得来的金币，远远比不光彩拾到的1000块金币要好得多。"

不管妻子如何反对，这个穷人还是拿了钱包，把它送还了那位富翁。然后，他客气地向那个富翁索取100块金币的赏金。谁知那个富翁是个吝啬鬼。如今，他再也不想拿出100块金币给这位穷人了。

他便一本正经地对穷人说："朋友，你可没有将拾到的钱全部送还我啊！这里还差400块金币呢！要是你能将这些钱也统统送还，那你就能得到许诺的100块赏金了。"

这位穷人对天发誓，说钱包里只有这么多钱，他自己确实没有留下一文钱。他们争吵了很久，最后吵到国王那里。国王命令将这装有1000块金币的钱包给他看。接着他请来一位聪明的老人，命令他当法官。

聪明的老人很同情穷人，便偷偷地将他叫到身边问道："现在你要对我说实话，你是不是将拾到的钱全部送还了人家？"

穷人当面对他发誓。于是，这位智慧老人转身对国王说："国王，您同意我现在就对此事件作出公正的判决吗？"

国王高兴地说："好的，请你大胆决断吧！"

这位聪明的法官说："国王，大家都相信这位富人的话，何况许多有名望的人都为他做证。再说，谁也不能想象，他竟贪婪到要去冒领他先前没有丢失的钱财。另外，这位穷人说的也是实话，他不会说谎。他说自己是诚实可靠的，他说确实已经把拾到的钱全部送还了。"

"那请你现在就判决吧！"国王命令道。

这位聪明的老人接着说："国王，请您将这1000块金币暂时收管起来。从这笔钱里，请您取出100块金币赏给这位穷人，因为这1000块金币是他捡到的。余下的钱请您暂时保管起来，等待那个真正丢失了1000块金币的人前来认领。因为这位富人并没有丢失1000块金币。据他自己说，他丢失的是1400块金币，与这笔钱还相差400块金币呢！等到有谁捡到了1400块金币送来，那时再叫这个人前来认领吧！"

国王和众百姓都对这个判决非常敬佩。

直到此时，那个富人才坦白，说："啊！国王求您饶恕我的罪过，请允许我说实话吧！我丢失的确实是1000块金币。我有罪，我原想赖过原先许诺过的100块金币，现在我承认自己的罪过，请国王开恩，饶恕我吧！"

这位仁慈的国王看在富人有悔过自新之意，于是就宽恕了他，给了穷人100块金币后，然后将余下的钱还给了富翁。

农夫和胡瓜

一天，有个农夫去偷他邻居的胡瓜。

农夫想：摘下胡瓜，装上它一大篓，拿去卖掉，卖胡瓜的钱，可以买只小母鸡，等小母鸡长大了，生下蛋，孵出许多小鸡。再卖掉小鸡，买头母猪，母猪长大了，生下小猪。卖掉小猪，买匹母马，母马长大了，生出小马。卖掉小马，买来一块地，种下许多菜……

如果要种的话，我要种胡瓜。种上胡瓜，请来佣人去看守。种了胡瓜，自己也得去巡视，而且要告诉佣人："好好看守，防止有人偷瓜，特别要防止邻居来偷。"

农夫想到这儿，已忘记了自己是来偷瓜的，开心地笑出了声，惊动了看瓜的人，吓得农夫顾不得摘瓜落荒而逃。

神物篇

青蛙求国王

青蛙们没有国王，所以它们觉得特别没有面子。虽然它们不知道为什么一定要有一个国王，但看到别人都有国王，所以认为也应该有一个具有绝对权力的国王来统治它们。于是经过几轮商议，它们决定派一个代表向神发出请求，请他指派一个国王给它们。

神看到它们如此蠢笨，没有理会，任其在天门外苦苦哀求。后来，青蛙代表率众青蛙对着天空齐鸣，以示请求。

神觉得它们的行为特别可笑，为了制止这种行为继续下去，便将一根又圆又粗的木头扔进池塘里。青蛙们听到木头落下的声音吓了一大跳，全都潜到深水里去了。

这根由神扔下来的木头，被青蛙们认为是神赐予的国王。其实它只是根普通的木头，没有什么特别，但当它出现在水面上时，整个池塘比平日安静多了。也就是说，这根由神赐予的木头，使青蛙们感到很恐惧。

就在这之前，它们每天都会为一点点小事而争吵，相互谩骂，甚至大打出手。但自从有了这个从天而降的"国王"后，或许是畏于这个一言不发的"国王"的威严，它们彼此说话的声音小多了，而且每当要爆发一场口角或武斗时，它们都会顾及到"国王"的存在，互相克制，一场战争也就在无声中平息了。

自从有了这个"国王"，平日里的叫骂声消失了，打架斗殴的也少多了。每只青蛙都显得十分小心翼翼，大家时常围绕着木头国王轻言交谈，欢快地嬉戏，青蛙王国里出现了少有的和平，这一切都应该归功于木头国王。

但好景不长，平静的日子并没有持续太久。青蛙们每天面对一个不苟言笑、一言不发的"国王"，很快就厌倦了。而且当它们做出一些出格的事情，或者说出非常不礼貌的话时，这个"国王"并没有任何反应，更谈不上处罚它们。

尽管这个"国王"是由神指派的，而且体积十分庞大，但木头毕竟是根木头，与其他的木头也没有什么两样，可能还不如其他的木头。

青蛙王国里又恢复了往日的热闹与喧哗。王国里比以前还多了一个游戏场所，那就是它们的"国王"，那个木头身上。它们终日站在木头上唱歌、跳舞、跳水，有的还会无缘无故地踢它几脚，甚至有的青蛙对着它撒尿。

一切行为比以前更疯狂了，毕竟它们是站在"国王"的身上，虽然它做"国王"只有很短的一段时间。

这一切与"国王"刚刚降临时的景象完全相反，那时，每只青蛙都为"国王"的到来感到兴奋、激动，而显得格外小心、谨慎，生怕自己做出不合时宜的事。整个青蛙王国都被"国王"的威严镇住了，甚至青蛙妈妈远远地拉着小青蛙叮咛，千万不要对"国王"太放肆。如今，苦苦求来的"国王"，就这样快速地沉入了湖底。

经过一段时间的疯狂与混乱之后，又有青蛙提出它们必须要有一个国王。接下来又开始新一轮的代表竞选，所有的青蛙都争着去与神对话。

会议最后决定，所有的青蛙一起向神合鸣请求："请重新给我们派一个新国王，我们需要一个活生生的，而且十分强健的国王。"

神在天上被它们吵得非常心烦，决定重新给它们派一个新的国王。于是，青蛙王国新的国王从空中下来了，竟然是一只强健的鹤。鹤一落到池塘里，连招呼都没打，就把一只只青蛙吞进肚子里去了。

赫耳墨斯雕像

很久以前，在希腊的奥林匹斯山上住满了天神。有一个名叫赫耳墨斯的神，他专门管理人间的牲畜、旅游、经商等。他是天神宙斯的儿子，因为爱到人间游玩，所以留下了很多传说。

有一天，赫耳墨斯在奥林匹斯山上生活得烦了，决定到人间去散散心，不过他这次还另有目的，那就是到人间去调查自己在人们心中占多大的位置。于是，赫耳墨斯就化作凡人，来到了一座城市。

他在这座城市的大街上闲逛，看到路上打扫得很干净，路两边种着高大的梧桐树，树与树之间还种着五颜六色的花卉，开着绚丽多姿的花。街上行人的穿着都很整洁，言谈举止礼貌周到。赫耳墨斯对这里的人印象很好。

走着走着，赫耳墨斯来到了一个卖雕像的商店，隔着橱窗，他看到屋里摆着众神的雕像，其中还有自己的。于是，他想通过这个商店众神雕像的价格，来判断一下自己在人间的地位和人们对自己的重视程度。

赫耳墨斯推门进了商店。商店的老板一看来了客人，连忙迎了上去，问道：

"先生，您需要什么样的雕像，我可以帮您挑选。"

赫耳墨斯说："不着急，我先看一看。"

赫耳墨斯在店里来回踱着步，假装欣赏精美的雕像，不时发出一两声惊叹，好像被这些巧夺天工的艺术品所吸引，已经陶醉在艺术家们精湛的技艺里。

赫耳墨斯看到了天神宙斯的雕像，就问商店的老板："请问，这个雕像值多少钱？"

店主说："一个银元。"

赫耳墨斯又接着往下看。他发现了宙斯妻子赫拉的雕像，又笑着问道："这个雕像值多少钱呢？"

店主回答说："赫拉的神像要贵一点儿。"

那商店的老板看到赫耳墨斯总是问神像的价钱，以为这位顾客会买他店里的雕像，于是他打起十二分精神极力地恭维赫耳墨斯。

赫耳墨斯面对着自己的雕像，心想："我身为神使，又是商人的庇护神，人们一定会对我更加尊重，价钱肯定会比赫拉的还要贵一些。"

于是，他很高兴地问店主："那么，这个雕像值多少钱呢？"

店主不想再耗费精力了，他很担心赫耳墨斯不会买雕像，于是他很大方地告诉赫耳墨斯："这么说吧！我也不跟你多要钱，假如你诚心买前面那两个雕像，这一个我当赠品送给你好了。"

百兽之王——狮子

普罗米修斯造完飞禽之后，开始造野兽。他先造完灰狼、黑熊、山羊、角马、小兔、小鹿等动物之后，便开始着手制造狮子。他想：狮子既然为百兽之王，就应该造得更加英俊完美，首先从形象上就应足以领导群兽。

于是，他先为狮子造了雄伟的躯体，依次造了强健的四肢，尖刺的爪子及锐利的牙齿，为使形象更加威猛，又在狮子的脖子上装饰了鬃毛。

普罗米修斯将狮子造完了，仔细审视一番，觉得很满意，就搓了搓手说："去吧！我的兽中之王，祝你幸福。"

狮子来到草原上，各种野兽见了它都毕恭毕敬，称它为大王，连黑熊都不例外。只有大象不愿称它为王，也不肯臣服任何东西，出于礼貌，仅仅和狮子客气地打打招呼，然后就去忙自己的事情了。尽管如此，狮子还是认为一切都很好，体验到了兽王的尊贵。

没过多久，狮子便觉得很不开心。原来，鸟类对它不够尊重，甚至无视它的存在；更可恶的是，昆虫根本不把它当回事，有的还公然欺负到它的头上，让它无可奈何。

有时狮子正在酣睡，几只牛虻会毫不客气地把它叮醒，搅了它一场好梦。狮子摇动尾巴，将这些捣乱分子赶走，但这些小无赖公然不惧，还呼朋唤友招来一大群同党，围着狮头"嗡嗡"叫个不停，一副示威的样子。

狮子先是恼怒，继而沮丧起来，不再觉得兽王有什么好的。它痛恨自己的无能，连小小的牛虻都对付不了。它决定找普罗米修斯理论一番。

普罗米修斯见狮子一副颓丧的模样，关切地问："我的百兽之王，什么事让你不开心？要我帮忙吗？"

狮子抱怨说："您既然把我造成百兽之王，就该赋予我万能的力量。可是，我连小小的牛虻都对付不了，见了它们，我就头疼。"

普罗米修斯无可奈何地说："你已经够强大了，现在你脆弱的是心灵和意志，而这些要全靠你自己努力锻炼。你自己努力吧！我帮不了你。"

狮子见万能的普罗米修斯都毫无办法，更加感到心灰意冷。它默默走到悬崖边，打算跳下去结束自己的生命。正在这时，大象慢慢走来，边走边不停地扇动两个大耳朵。

狮子问："你头痛吗？干吗老是摇耳朵？"

大象说:"你看这些蚊虫,它们总是伺机钻进我的耳朵,我只能这样驱赶,这也是没办法的事情啊!"

狮子这时突然想通了,它觉得这个世界上任何东西都有它软弱的一面和坚强的一面,没有十全十美的。这么一想,它又不想死了。

遭天谴的鹰

有一只老鹰发现了草地上有一只肥胖的小白兔,它猛地一转身向小白兔追去,小白兔吓得拼命奔逃。草地上没有什么可以藏身的地方,小白兔无处躲藏,一边拼命奔跳,一边放开喉咙大喊救命。

这情景恰巧被小甲虫看见了,就对小白兔喊道:"小白兔,到我这里来!我会保护你!"小白兔跑得筋疲力尽,听到喊声就蹲在了小甲虫身边。

老鹰见喊话的是只小甲虫,根本没把它放在眼里,振动着翅膀,大摇大摆地落在了它们面前。

小甲虫毫不畏惧地说道:"老鹰,你这样做太过分了,你知不知道你这样追杀比你小十几倍的小动物会遭天谴的!"

"什么?"老鹰斜眼瞧着它说道,"就你这副小模样,也敢在我面前嚣张?你是不是活得不耐烦了!"

不管小甲虫怎样制止,甚至愤怒地爬到老鹰的头上捶打它,老鹰还是当着小甲虫的面,把小白兔活活地吃掉了。

小甲虫一夜都没睡好,傍晚那血淋淋的一幕始终在它脑海里翻腾。第二天,小甲虫向动物们提出建议,召开全体动物大会。在会上,小甲虫严厉声讨了老鹰的残暴罪行。

老鹰恼羞成怒，冲小甲虫说："我爱吃谁就吃谁，关你们这群小东西什么事，你们真要和我过不去，我也不饶你们。"

看到老鹰这般无理，大家都很气愤，纷纷谴责老鹰。老鹰骄横地飞走了。小甲虫记下了自己再度遭受的侮辱，从此总是盯着鹰巢，只要鹰一生蛋，它就带着家族的伙伴们飞上去，把蛋推出去摔碎。

老鹰到处躲藏，后来逃到它的保护神宙斯那里，恳求宙斯给它一个安全的地方孵化小鹰。宙斯盘腿坐在宝座上，让老鹰把它的蛋生在自己的膝窝里。

小甲虫见了，就集合它的伙伴们，把它们的粪便一起拉到宙斯的腿上。宙斯是最怕脏的神，见此情景，急忙起身想把粪便抖掉，无意间把老鹰的蛋也抖掉摔碎了。小甲虫们发出了胜利的笑声。

宙斯问明了小甲虫时刻不忘报复老鹰的原因，立刻把老鹰赶出了他的家。

赫拉克勒斯和财神

赫拉克勒斯是奥林匹斯山的众神之王宙斯和阿尔克墨涅所生的儿子。

赫拉克勒斯力大无比，世上没有人是他的对手。他出生不久，天后赫拉便想加害于他。她派来两条大毒蛇，想将他咬死，但反被他一手一条全部杀死了。

赫拉克勒斯在养父安菲特里翁的养育和教导下长大成人，之后娶了底比斯王克瑞翁的女儿墨伽拉为妻，他们生下了3个儿子。但是，他不久便应赫拉的诅咒疯了，在疯狂中，将妻子和3个孩子全部杀死。清醒以后，他为了赎罪为提任斯国王欧律斯透斯完成了12件大事：取狮子皮、杀9头水蛇、捉野猪、赶走食肉怪兽、驯服发疯的牛、杀死凶猛的马……

当他完成这12件大事后，就与得伊阿尼拉结了婚。不料误穿了妻子从涅索斯那里得来的染有毒血的长袍，最后自焚而死。

死后，赫拉克勒斯成了神，并与青春女神赫柏结为夫妇。

这一天，赫拉克勒斯的父王宙斯在奥林匹斯山上设下丰盛的酒宴款待他，并请来众神作陪。赫拉克勒斯来到宴会上，彬彬有礼地与大家见面。

他向火神赫维斯托斯敬礼，因为他知道，在雅典娜出生时，就是由赫维斯托斯劈开宙斯的脑袋她才得以出生的；他向记忆女神摩涅莫绪涅致敬，他知道她是文艺女神缪斯的母亲；他向太阳神阿波罗致敬，向防灾之神派安致敬，向森林和丛林之神帕恩致敬……

赫拉克勒斯真是殷勤极了。因为他清楚，自己刚刚来到天国，一定要与这里的诸神搞好关系，只有这样，自己才能在这里十分愉快地生活下去。

正当赫拉克勒斯就要拜见完所有的神时，财神大摇大摆地走进了宴会大厅。赫拉克勒斯看到财神走进来，他立即转过身子，不理财神。

宙斯正为自己儿子如此有教养有礼貌而高兴不已时，看到赫拉克勒斯对财神的态度不禁感到非常奇怪，便悄悄地问赫拉克勒斯："我亲爱的孩子，你刚才还在兴高采烈地向众神致敬，跟他们友好地攀谈，唯独见到财神侧目而视，这是为什么啊？"

赫拉克勒斯对宙斯说："我憎恨跟坏人狼狈为奸的神，财神就是这样的神。他在人间和一些贪官污吏勾结，坑害平民百姓，这就是我蔑视他的原因。"

老鼠找妻子

在鼠家族里，一只傲慢自大的老鼠痴心妄想，因而他拒绝从亲戚和同类中寻找妻子。

它到太阳——强中之强者那儿，想娶太阳公主做妻子。太阳说，他应该到别的地方去找一个更强大的——那就是遮蔽太阳和遮盖大地的云。它自己——太阳，不能穿过云去照耀大地。

它到了云那儿，云告诉它还有比云更强者——那就是风，因为风一吹，云就散了。老鼠听了以后说："那么，我就到风那里去，你留着你的女儿吧！"

它到了风那儿，风回答说："你在这里找不到妻子，因为还有一个比我更强大的——它使我发怒，然而又稳稳当当地顶住我的力量。这个更强大者是一座高塔，它又高又大，我怎么也吹不倒它，晃不动它。"

"那么，我对你的女儿没有兴趣了。"老鼠说着又走了。

于是老鼠到了塔那儿，要娶塔的女儿。塔对它说："你错了。叫你到这里来的人是在捉弄你，因为你会发现有一个比我更强大的，对它我不能忍受。"

"那么，是谁呢？"老鼠问。

"老鼠，它在我下面筑了个窝。多么坚硬的泥灰它都能咬碎。它在我下面挖掘，把我咬穿，没有任何办法能挡得住它。"

"什么？哈！哈！"老鼠说，"这真是奇怪的新闻：那老鼠是我的亲戚，我本想往上高攀——末了，我还得回到我自己的同类中来。"

"回家去吧！要学会不再轻看自己的同类。"塔告诫他说，"老鼠先生，如果你不在同类中找新娘，你将会成为单身汉的。"

小鱼是会长大的

一条鲤鱼，它还只是一条小小的鱼苗，一个渔夫在河边把它捉住了。

"一切都可以充数，"渔夫看着他捕获的鱼说，"这是美拉和盛宴的第一步，我还是把它放进鱼篓吧！"

可怜的小鲤鱼用它的语言对渔夫说："你要我有什么用处呢？我顶多只够你吃半口，要是你让我长成大鲤鱼，你会重新钓到我的，有个大官会出高价把我买去。否则你还得去找上百条像我这么大的鱼，才能做成一盘菜。不过，这又算什么菜呢？据我看，没多大意思。"

"没多大意思？那么好吧！"渔夫接着说，"鱼娃，我的好朋友，你倒会讲一通大道理，但这是白费口舌，你会到煎锅里去的，今天晚上我就会把你煎了吃下去。"

这就是所谓一物在手胜于两物在望，这一个是可靠的，另一个却不是这样。

蜜蜂公主

白国国王的女儿名叫蜜蜂，她很小的时候，有一天，母亲突然发现矮凳上有一朵白玫瑰。她知道自己活不成了，因为白国王后临死时矮凳上就出现过白玫瑰。于是她忧伤地把蜜蜂托付给拉丽德城堡的王后抚养，王后把蜜蜂看作亲生女儿，和待自己的亲儿子乔治一样。两个孩子渐渐长大了，结下了深厚的友情。

有一天，乔治和蜜蜂一同出去探险，在湖边走散了，乔治被水妖捉去，蜜蜂则来到了小人国，她在小人国中受到了无微不至的关怀，可思念乔治的忧伤之情时时伴随着她，小人国的洛克王极爱蜜蜂公主，想等公主长大后娶她为妻。然而公主无时无刻不思念着乔治，这使洛克王很嫉妒。

洛克王在科学井中看到乔治的情形真希望他永远不出来。可他太喜欢蜜蜂公主了，看着蜜蜂公主忧伤的神情，他不由自主地从水晶牢中救出了乔治，当乔治寻到蜜蜂时，发现掳走公主的竟是自己的恩人，一时不知如何是好。

蜜蜂见到乔治兴奋至极，热烈地表达了自己的感情，同时也真诚地表达了对洛克王的依恋，洛克王很受感动，为了蜜蜂的幸福，他当场为乔治与蜜蜂举行了订婚仪式。不久蜜蜂与乔治双双返回地面，像辛勤的园丁培植玫瑰、石竹和牡丹花那样，培养勇敢、谦虚、忠贞之花，蜜蜂脸上露出了幸福的笑容。

大蜡烛

传说，蜜蜂原先生活在众神的周围，先飞来的蜜蜂，传闻飞落在雅典南部的伊梅特山上，蜜蜂吮着和风吹拂过的花蕊和甜露，酿造成琼浆。

当人们看到这些来自天神仆人居住的蜂房时，就将里面的玉液琼浆一饮而尽，而没有蜜的蜂房剩下蜂蜡时，人们又将蜂蜡做成了许许多多的蜡烛，那些蜡烛都做得很大。

其中有根大蜡烛看到土坯经过火的考验后会变成坚硬的陶器，可以经受住漫长岁月的洗礼，于是也产生了这样的渴望。

这是一种疯狂的行为，一种与哲学家安倍道克尔跳入火山口殉难相类似的举动，于是它扑入了火中。

这个结局当然很坏，因为这支蜡烛不了解一些道理。每种事物的特性都各不相同，这就要求你杜绝那种不切合实际的想法、照搬别人现成经验的行为。蜡烛如同殉难者一样在熊熊火焰中熔化了，盲目地跟随是没有丝毫意义的。

田野之神和过路人

在荒山野岭的一个地洞里，田野之神和他的几个孩子饿坏了，准备吃东西填饱肚子。这里既没有豪华的地毯，也没有精美的桌布，有的只是旺盛的食欲。

外面下着大雨，有一个被雨水淋得像落汤鸡的人为了避雨，一头闯了进来，众神请他一同吃这简单粗糙的饭菜。

他没有谦让，拿了食物，坐好后又伸出手掌哈气来取暖，接着又向刚端上的汤中吹气。看着这情景，田野之神惊讶不解地问他："客人，您这是什么意思？"

"这一次吹气是为了吹凉我的汤，而刚才则是为了暖我的手。"避雨人如实说。

"您可以走了，"田野之神说道，"和您住在一起，会引起别的神气愤的，我想还是远离您这张既能吹凉又会哈热的嘴巴为好！"

守护神

城里有一个非常富有的财主，他不仅在城里开了很多店铺，还在城外买了很多良田。他的家产多得三天三夜都估算不出来。每逢春耕、秋收的繁忙时节，他就会花钱请一些人来帮他耕种田地，收获粮食。

财主的日子过得比天神还有滋有味，为了让自己一直丰衣足食下去，他供奉了一个守护神。守护神供在他们家的大厅中。金碧辉煌的神龛上面镶嵌着各种颜色的宝石，红色如血的玛瑙、青翠欲滴的翡翠、玲珑剔透的钻石、色彩缤纷的孔雀石……

神龛两旁有两个用纯金铸成的大碗，里面满是纯净的香油，粗粗的灯芯浸在里面，燃亮后吐出红红的火焰。这两盏灯是长明灯，自从这家人将它们点燃就从未熄灭过。

财主一家为供奉守护神不惜耗费巨资。财主在大厅里摆设了很多贵重的祭品。这些祭品每天一换。每天还有两个仆人专门管理这些事情。财主一家人十分虔诚，每天都要跪拜。

到他家来的客人看到这一切，都要问他："你这都是为什么呀？"

他只是笑而不答。他心里想，你们知道什么，我这都是为了万贯家财呀！

一晃，几年过去了，这家人为祭祀守护神花去了很多钱。

这一天夜里，这家的主人刚刚睡去，守护神便在他的面前出现了。守护神对他说："喂，朋友，不要再如此耗费你的钱财了，如果有一天你将自己的全部财产耗费完了，你就会变成穷人，到那时候你就会责怪我这个守护神了。"

财主一听这话吓得再也睡不着，再一细想便觉得守护神说得很对。从此一切从简，把祭品换成了普普通通的。

风与太阳

有一次，太阳与北风就谁的力量大这个问题争论不休，它们各说各有理，谁也无法说服谁，最后决定拿一位正在大街上行走的旅人做试验比试一下。

"你瞧着，"风说，"我是怎样朝他猛扑过去的。一眨眼的工夫，我就会扯下他披在身上的外套。"

神物篇　095

　　风说完，就开始用力地刮。但是它刮得越厉害，那个旅人把外套就裹得越紧，并不停地抱怨天气太坏。

　　风大发脾气，狂暴地猛刮着，把雨雪撒在可怜的旅人身上。旅人一边咒骂，一边穿上衣服，还系上一条腰带，风终于承认自己扯不下旅人身上的外套。

　　太阳看到北风没有办法了，笑了笑，从云后露出头来，晒暖、晒干了大地的同时，也晒暖了冻得半死的可怜的旅人。旅人感觉到阳光的温暖，立刻精神振奋，说了句赞美太阳的话，脱下了外套，将它卷起来绑在马鞍上。

　　北风见了只好承认力量没有太阳大，太阳却对北风说："你是依靠武力和暴力，而我是采用仁慈，以德服人。"

樵夫和赫耳墨斯

高山脚下有一个村子，村子里住着一位老樵夫。老樵夫的头发胡子都白了，满脸都是纵横交错的皱纹。

樵夫以打柴、卖柴为生，一生中与他最亲近的就是那柄十分锋利的斧子。在樵夫的眼里，这柄斧子仿佛就是他们全家人饭桌上的面包，是他们全家人身上的衣服。

樵夫对自己的斧子，就像战士爱他腰中的宝剑，骑士爱他的战马那样，每时每刻都把它拿在手上舍不得放下。

每天早上起来，樵夫的第一件事就是来到磨石前，将他的那柄斧头磨得又亮又锋利，然后用布包好，带着它上山去砍柴。在砍柴时，如果遇到比较坚硬的树木，他只肯砍一斧头，然后就用手去折，有时手都被树枝刺出了血，他也舍不得第二次使用斧头，以免斧头过多地磨损。

天黑了，樵夫背着很大一捆柴回来了。回到家放下柴，第一件事就是将斧子从腰上取下来，用布反复地擦拭，直至斧头被擦拭得光光亮亮，他才肯放下。

吃过晚饭，要上床睡觉了，樵夫又将斧头放在枕头底下，让斧头伴随着他一同进入梦乡。

村里人都知道樵夫非常喜欢自己的斧子，因为这几十年来，斧子确实为樵夫家做出了不少贡献，所以，人们一见面总要夸一夸樵夫的斧子好。樵夫听了心里比吃了蜂蜜还要甜。

有一天，樵夫带着他的斧头在河边砍柴。他站在一块松动了的石头上去砍一棵小树，由于用力过猛，脚下的石头一动，樵夫的腰闪了一下，手里的斧头脱手而出，"扑通"一声掉进了河里。河水很急，斧子立即被冲走了。

樵夫一看自己心爱的斧子被冲走了，很伤心，他用手抱着头坐在河岸上哭了起来。

樵夫一边哭，一边说："我心爱的斧子啊，你为什么这样狠心地走了，你陪伴了我这么多年，为什么不告别一声再走呢？"

樵夫的哭声惊动了树林中的牧人之神赫耳墨斯。他听到樵夫哭得那么伤心，非常同情他，便走出来问樵夫："喂，朋友，是什么事情使你这样伤心，你说出来，也许我能帮你的忙。"

樵夫看到赫耳墨斯神来帮助自己，很高兴，精神为之一振，马上将事情的经过讲给他听，最后樵夫说："我尊敬的神啊，我不能没有这柄斧子。如果真失去了它，我们全家就无法生活了；如果真是那样的话，我也不想再活在这个世界上了。"

赫耳墨斯对樵夫说："你不要着急，我会从河里把你的斧子捞上来的。"

于是赫耳墨斯下到河里，用手轻轻一捞，捞出了一柄金斧子，伸手递给樵夫。樵夫看了，对赫耳墨斯说："尊敬的神啊，这不是我的斧子，我不要它！"

赫斯墨斯又从河里捞出一柄银斧子，递给樵夫，樵夫又说："神啊，这银斧子也不是我的，我不要。只要你把我的那柄铁斧子捞出来就可以了。"

最后，赫耳墨斯捞出樵夫的那柄铁制的普通斧子时，樵夫万分高兴地对赫耳墨斯说："谢谢，伟大的神，这才是我的斧子呢！"

赫耳墨斯看到樵夫是一个忠厚老实，一点也不贪财的人，便将金、银、铁三柄斧子都给了樵夫。

樵夫拿着这三柄斧子回到村子里，将事情一五一十地讲给了村里人听。其中有一个平时爱占小便宜的人听了十分眼红，也想得到金斧子和银斧子，便也带了一柄斧子到河边去砍柴。

在河边，他故意将斧子丢进了河里，让河水冲走，然后坐在岸上哭了起来。

听到哭声，赫耳墨斯又出现了，问那人发生了什么事。那人说："神啊，我砍柴时不小心把斧子掉到河里去了，请你帮我捞一捞。"

赫耳墨斯捞出一柄金斧子，问是不是他丢的。那人马上回答："是，那正是我丢的。"

赫耳墨斯冷冷地笑了一下，便把金斧子递给了那个人，那人高兴地闭上了眼睛，当他重新睁开眼再看那柄金斧子时，却发现手上拿的不再是金斧子，而是一条大毒蛇，那人吓得扔掉毒蛇，逃之夭夭。

行人和时运女神

有个人要到京城去办一件急事。他匆匆忙忙上路了，为了早点到达京城，他在路上不敢停顿，披星戴月地急行着。

有一天，风雨交加，狂风呼啸，就连路边的大树都被吹折了，倾盆大雨"哗哗"而下。此时这个人正走在路上，他刚刚从一个村子里走出来，如果马上返回去，大雨就淋不湿他。

但是，为了赶路，他没有那么做，而是顶风冒雨地继续朝前走。他来到一棵大树下，在树上躲雨的大鸦看到他，对他说："你这个人是不是有些傻，这么大的风这么急的雨，所有的人都躲起来了，你竟然还在赶路，原野上时常会有电火出现，如果你遇上了，那可就没有命了！"

那个人对大鸦说："我有急事要赶到京城去，一刻也不能耽搁，所以我才在大雨中赶路。"

大鸦又劝他说："路上你可要小心啊，不然走在山崖上，一有闪失就可能摔下去，到那时可就没命了。"

那个人谢过大鸦的关照，又匆匆地赶路了。

日子一天天过去了，经过几天的跋涉，那个人实在太疲乏了。这一天，他不知不觉走到一口水井的旁边，由于太困乏，他趴在井口睡着了。

他睡得可真香，身子眼看就要探到井里去了，只要他稍微动一下，就有可能掉到井里去。就在这危险时刻，时运女神出现了。

她走上前去,轻轻地推了推那个人,唤醒他说:"不怕苦不怕累的人啊,不幸不应该落到你的头上。但是假如你真的不小心摔进井里,最后怪的还是我啊!"

宙斯赐给蜜蜂武器

蜜蜂是勤劳的,它们每天都为生活四处奔波着。事实上也确实如此。天刚刚亮,一群群的蜜蜂便出发了,它们飞过一片片田地,飞到开着鲜花的草地上,飞到开着油菜花的菜地里,飞到开着向日葵花的田里。

它们辛勤地在这一朵花儿、那一朵花儿上紧张地工作着,一点点地收集花粉,然后回家一点点地酿成甜甜的蜜。在蜂房前,只要你用鼻子嗅一嗅,甜甜的蜂蜜味就会冲进你的鼻孔,让你欣然陶醉。

甜甜的蜂蜜来之不易,蜜蜂为此付出了艰辛的劳动。据说,蜜蜂酿1千克蜜要飞行几十万千米的路程。当你吃着甜甜的蜂蜜时,你不会想到这些吧?

蜜蜂辛辛苦苦酿蜜,但有些动物非但不尊敬它们,反而还伤害它们。狗熊非常爱吃甜的东西,一旦发现哪里有蜂蜜,它就会成为那里不请自到的常客。它不仅偷蜂蜜吃,而且经常将蜂房弄坏,把蜜蜂弄得很悲惨。

人们从狗熊那里得知蜂蜜不仅香甜,而且十分有营养后,也开始来偷蜜蜂们的劳动果实了。他们先将蜜蜂引开,然后拿着大盆将蜂房里的蜂蜜一点儿不剩地全部偷走。

蜜蜂们看到这一切非常气愤,但自己力量单薄,根本不能奈何狗熊和人。

怎样才能对付人和狗熊呢?蜜蜂们坐在蜂房前,你一言我一语地讨论开了。有的说:"我们从此不再酿蜜,让人和狗熊谁也别想再吃到甜甜的蜜。"

但有的说:"那可不行,我们一旦不去酿蜜,我们就不是蜜蜂了,而且我们也要靠酿出的蜜维持我们的生命啊!"

这时,见多识广的蜂王想出了一个办法,它说:"那我们就去求求万神之王宙斯吧!"

蜜蜂们来到宙斯的面前,对他说:"万神之王啊!请你给我们力量,让我们具有一种能刺死人的能力吧!一旦那些可恶的狗熊和人再到我们的家里偷蜜,我们只一下就能将他们蜇死。"

宙斯开始时还是十分同情蜜蜂的,原打算给它们一些治服人和狗熊的本领。现在听说它们要置偷蜜者于死地,认为这未免太过残忍,于是便作了这样的安排:

只要蜜蜂蜇了人,它们的刺就丢失了,而一旦丢失了刺,蜜蜂的生命也就结束了。

蜜蜂对宙斯这个安排不满意,但也没办法,它们只好接受了宙斯的安排。

两个口袋

神创造的第一纪人类是黄金人类。这时候克洛诺斯统治着天国,他们无忧无虑地生活着,没有劳苦,没有忧愁,过着和天神一样的生活。他们也不会衰老,手脚有着如青年一样的力量,四肢光滑柔润,身体健康,从不生病。

天神非常喜爱他们,给他们丰盛的收获和健壮的牲畜。当他们的死期来到时,他们就进入无扰的长眠;但是活着的时候,他们的生活是很美好的。

大地无私地为他们生长出十分丰富的果实，让他们吃得饱饱的。他们的需要都能得到满足，大家在和平康乐中幸福地生活。当命运女神判定他们离开大地时，他们便成为仁慈的保护天神，在云雾中随处行走，造福人类主持正义，惩罚罪恶。

神创造的第二纪人类，是白银人类，外貌和精神都与第一纪人类不同。他们的子孙永远长不大，永远是小孩子，他们受到母亲的照料和溺爱。

当这些孩子成长到壮年，他们的生命就走到了尽头。因为他们不能控制他们的感情，所以他们经常干坏事。白银人类粗野而傲慢，互相妒忌，不向天神的圣坛贡献祭品表示敬意。

宙斯很恼怒他们对天神的不尊敬，所以他使这个人类种族从大地上消亡了。但因为白银的种族并不是全部没有道德，所以，在他们终止人类生活的时候，仍然可以作为魔鬼在地上漫游。

紧接着，天父宙斯创造了第三纪人类种族，青铜人类。这又完全不同于白银人类，这种人类残忍而粗暴，凶猛好斗，总是互相残杀。

他们损害田里的果实，饮食动物的血肉；他们的顽强意志如金刚石一般坚硬，从他们宽厚的两肩生长出不容抵抗的巨臂；他们穿着青铜甲，住着青铜房子，使用青铜工具（那时还没有铁）。

他们虽然凶狠残暴，但却对付不了死神。当青铜人离开晴朗而光明的大地之后，便下降到地府的黑夜里去。这个种族也完全灭亡了。

宙斯又创造了第四纪人类种族，他们依靠大地上的土产来生活。这些新的人类比以前的人类更加高贵而公正，他们是古代所称的半神的英雄们，但他们最终也陷于仇杀和战争中。

普罗米修斯给他们每个人身上挂上两个口袋，一个口袋装着别人的恶行，另一个装着自己的，他把那个装着别人罪恶的口袋挂在前面，把另一个挂在后面。因此，人们总是老远就看见了别人的恶行，对其批判、指责，甚至相互讨伐。他们有的为俄狄浦斯国王的国土而浴血战斗，有的为美丽的海伦而乘船到荒无人烟的原野。

愚昧无知的人们不停地自相残杀，指责别人的粗鲁凶残以及其他罪行，却对自己的恶行视而不见，不知悔改，最终在战斗的灾祸中结束生命。

宙斯把天边的黑暗、海洋里的极乐岛分派给他们，他们在那里过着死后宁静而幸福的生活。

耍神的赌徒

有一个年轻人没什么本事，只知道吃喝玩乐，结交的也都是一些酒肉朋友。年轻人的父母见他不争气，竟活活气死了。

家产并不多，年轻人把它全扔到赌桌上去了，血本无归，债台高筑。他那些狐朋狗友认钱不认人，整天凶巴巴地跑到他家里讨债。

第一天，年轻人只说了一句："过几天行不行？"

话只说到一半，他的头就被一个牛高马大的壮汉一棒击昏了。为此他趴在地上昏睡了三天三夜，在此期间没有一个人给他送水喂饭。

第四天那些讨债的凶汉又来了，年轻人刚要开口说话，又觉得脑袋一沉，他又被打昏了，趴在地上又昏睡了起来。这一次不是三天三夜，而是六天六夜。整整九天没有吃东西的年轻人瘦成了一根枯枝。

这个年轻赌徒非常希望天上的神灵能帮助他，当然不是帮助他还钱，而是变些戏法，送些吃的给他。此时他口干舌燥，奄奄一息了。

赌徒很幸运在梦中碰到了一伙云游四方的天神，赌徒不想错过这个千载难逢的机会，跪倒在地，抱住了一个天神的腿，哭丧着脸乞求天神赏口饭吃。赌徒的条件不算苛刻，天神答应了。

在梦中，赌徒一口吃成了一个大胖子，等他醒来的时候，梦境和现实没有什么两样，他确实成了一个大胖子。饥饿已远离了赌徒。赌徒觉得做个梦就能解决温饱问题，这个便宜大可多占几回。于是他又逼自己躺下睡觉，当他千辛万苦进入梦乡的时候，又一伙云游四方的天神迎面向他撞来。赌徒伸开双手拦住了众神。

众神恼怒赌徒无礼，要打他一顿，赌徒是来占便宜的，他当然不会让自己吃亏，他叫众神别打他的脸，因为他的脸很值钱。众神感到诧异，问赌徒到底想怎么样？

赌徒说，很简单，你们变个戏法，让我变成赌神，那我就会让世间的人都花钱把你们的雕像供起来。众神觉得很划算，答应了赌徒，于是，赌徒一下子就变成了赌神。

赌神回到现实中，他找到他那些朋友重新大赌了一场，当然，他赌赢了，那些朋友输得一文不剩。赌神得意忘形之际，把他答应众神的事情给忘记了。

众神等来等去，最后等不及了，又变了个戏法，让赌神变成了一个乞丐。

不留情面的摩摩斯

众神之王宙斯住在奥林匹斯山顶，他不仅统治着万物，还统治着住在山上的众神。宙斯最喜爱天神普罗米修斯和女神雅典娜，所以经常和他们在一起聊天。

有一天，宙斯看到大地上一片荒凉，没有一丝生机，就对普罗米修斯和雅典娜说："你们看，这大地上什么都没有，空荡荡的，太没意思了。我想我们应该给大地上加一些东西，使它充满生机活力。你们说好不好？"

普罗米修斯说："是应该为大地做点贡献，让它成为一座真正的乐园。"

雅典娜很顽皮，她说："我们为大地各做一样东西，然后请人来评判，看哪一个做得好。"

正巧宙斯的儿子摩摩斯走了过来，他很愿意挑别人的毛病。于是，他们三人就推选摩摩斯当他们的评判员。

宙斯造了一头牛，为大地辛劳耕作，创造财富。只见那头牛体格健壮，浑身充满力量，尤其是头顶上的两只角给人以雄壮威严的感觉。

普罗米修斯按照自己的模样造了人，并给了人一定的智慧，让人在大地上创造文明，他认为人有思想，是最能给大地带来生机和活力的。他想自己造的人一定能在评比中获得好评。

雅典娜则造了一幢房子，专门给宙斯和普罗米修斯造的牛和人居住。她想："你们造东西的时候只想着让人和牛劳作，却不给他们安定的生活，这样怎么能发挥他们的创造力呢？"于是，她对自己的设计大加赞赏，认为一定能比得过宙斯和普罗米修斯。

3个人把造好的东西拿出来，交给摩摩斯评判。摩摩斯一看这些东西，个个都造得很绝妙，心里十分嫉妒，就决定把他们的作品贬得一文不值，这样也好显示一下自己的欣赏鉴定水平。

他首先对宙斯造的牛进行抨击，说："这头牛造得很不合理，应该把牛的眼睛装在角上，让牛能看见撞到什么地方。"宙斯气得头发都竖了起来。

接着，摩摩斯又对普罗米修斯说："你这个人也造错了，没有把人的心挂在外面，这样就可以让每个人心里想的全部露在外面，使坏人无处隐藏。"普罗米修斯听了这一番话很不舒服，把脸扭到一边，没有再看摩摩斯一眼。

摩摩斯最后说："雅典娜，你应该在房子底下安上轮子，这样，发现自己与坏人为邻时，才容易搬迁。"

宙斯对摩摩斯的诽谤感到非常气愤，普罗米修斯和雅典娜也很气愤，他们合力把摩摩斯赶下了奥林匹斯山。

威仪的普罗米修斯

众神之王宙斯有个坏脾气,那就是爱莫名其妙地发一通火。很多天神都受不了他,但大家都是敢怒不敢言,虽然天神们逆来顺受惯了,但宙斯的行为举止依然让天神们受不了。

有一个刚被众神之王宙斯册封的天神实在受不了他这没完没了的坏脾气,决定不做天神了,他叫普罗米修斯。

普罗米修斯能当天神有三个原因:一是他的脸蛋长得很受宙斯之女雅典娜的青睐;二是他的才华与智慧跟宙斯有一拼;三是他给大地做出了杰出贡献。

关于普罗米修斯不做天神这一决定,宙斯表示不加阻拦,尊重普罗米修斯的决定。明眼人都看得出来,宙斯当然不希望在他的势力范围之内出现这么厉害的竞争对手。

普罗米修斯重新返回大地,他雄心勃勃地决定用自己的智慧将大地进行彻底改造。

普罗米修斯发现在大地上生活的人悟性极高,很多东西一学就会。这很令他感到欣慰,他精心地训练起人类来了,教他们用树木刻削房梁,伐木建房;教他们捕捉弱小动物养为家畜;教他们开垦荒地,种植庄稼等。普罗米修斯将自己的一生无私地奉献给了人类,为此人类很感激普罗米修斯。

众神之王宙斯看到大地越来越繁荣,大有赶超他所居住的奥林匹斯山之势,内心很不平衡。他暗地里把奥林匹斯山上的凶禽猛兽放下山,想扰乱普罗米修斯一手缔造的昌盛大地。

普罗米修斯不想滥杀那些凶禽猛兽,便把它们变成了人。但这些人骨子里还保留着野兽的本性,所以他们便成了人面兽心的人,为善良的人们所不齿。

铁锅和瓦罐

铁锅和瓦罐相处甚笃,成了无话不说的好朋友,他们坦诚、无私、互相帮助。虽然铁锅的出身的确比瓦罐高贵,可是朋友之间出身又有什么关系呢?

铁锅不让人欺负瓦罐,瓦罐立誓不背弃铁锅。两个朋友谁也不忍分离,你可以看见它们从早到晚待在一起,要把它们在火上分开,这就会使彼此都感到悲哀。所以,在火炉架上也好,不在火炉架上也好,它们总是亲密地凑在一起。

铁锅想要到各处去旅行,请求它的朋友同行,瓦罐欣然接受了这个建议。瓦罐跳上货车,坐在铁锅的旁边。这一对幸福的朋友出发了。

经过高低不平的石子路,车子"嘎吱嘎吱"地跑着,它们"扑通扑通"地颠

簸个不停。道路的坎坷对于铁锅来说挺有趣味，但对于瓦罐，却有震垮的危险。

路上每一个颠簸，都叫瓦罐惊心动魄，但那没有关系，它挪一挪位置就是了；想到铁锅跟它那么亲密无间，瓦罐的心里扬扬得意。

它们旅行过了什么地方，我说不上；我要煞费苦心解决的疑问只有一个：铁锅回来时身体健康、神采奕奕，瓦罐回家时就只剩下碎片了，已经不能称之为瓦罐了。

这则寓言告诉人们：爱情和友谊还是不一样的。

宙斯与人

古希腊有一座名叫奥林匹斯的山，山上住着很多法力无比的天神，而众神之王宙斯也住在奥林匹斯山上。他是至高无上的神，世间的一切都要听从他的命令。

有一天，宙斯闲逛到了大地上，大地上景色迷人，这令他很高兴，当看到清清的河水里游着活泼的鱼儿，肥沃的田野里牛马成群时，他的心情不由自主地高涨起来。

他开始放歌牧野，大声赞颂了一番。唱到尽情处，他停了下来，希望得到喝彩，但等了一会儿，除了几声牛哞声，什么也没听到，这令他很扫兴。直到这个时候，他才发觉整个大地上只有他自己能开口说话。

看到大地上的生物没有一个能和自己对话，宙斯想：应该创造一种会说话的生物来管理这广袤的大地，让大地健康有序地发展，以后自己再来时，也有个说话的对象。

宙斯回到奥林匹斯山以后，就按照神的模样创造出了人，并把他们送到大地上繁衍生息。

没过多久，宙斯又一次来到大地上，发现茂密的森林变得稀稀拉拉，成群的牛羊也形单影只，肥沃的土地上杂草丛生，这一片美丽的大地已经被人糟踏得不成样子。

宙斯看了很生气，再也没有心情唱歌了。回到奥林匹斯山上，宙斯心情糟糕得要命，他的儿子赫耳墨斯就问他："尊敬的父亲，您为什么不高兴？"

宙斯说："我为大地创造了人，原以为会让大地变得生机勃勃，我哪里料到那些人会把大地搞得乱七八糟的，我这不是作孽吗？"

赫耳墨斯说："父亲不用着急，待我去察访一番，看看究竟是怎么一回事，回来我再向您汇报。"

几天后，赫耳墨斯回来了，他对宙斯说："尊敬的父亲，您虽然是按照神的模样创造了人，却没有给他们智慧，所以他们在大地上胡作非为，没有任何节制。"

宙斯恍然大悟，赶忙对赫耳墨斯说："你立刻去给他们灌输一些智慧，要不然他们会更加放肆的，到时候就麻烦了。"

赫耳墨斯立刻下了山，来到大地上，为每个人都灌输了同等的智慧。但不幸的事情又发生了，那些个子小的人被灌满了智慧，一下子就变成了聪明人；而那些个子大的，智慧只能灌到半腰，不幸地成为比较愚蠢的人。

神谕

有一尊庄严的木刻神像被供奉在一座古老的庙宇里。神像回答人们所求的问题，为人占卜凶吉，给人以劝诫。这尊神十分灵验，常显神通，所以它全身上下都披挂着人们祭祀的金银。神像在华丽的装饰中光彩夺目，神庙里贡品享之不尽，人们不断地祷告祈求，香火旺盛。

就在这尊神像的名气越来越大时，突然，神像错误百出，开始说胡话，经常牛头不对马嘴。虔诚的朝拜者无论提什么问题，得到的回答都莫名其妙，根本无法显灵。人人都被弄糊涂了，都在纳闷神像怎么突然变了样，怎么失灵了呢？

后来事情终于真相大白：这尊神像的身躯是空的，祭司躲在里面，冒充神有问必答。当时祭司是个随机应变、十分机灵的人，回答时很让人满意。但一旦里面坐了个愚蠢的笨蛋，神像也就胡说八道，变成一块无用的木头了。

同理，有些当官的本来没有什么本事，靠的是手下人帮他出谋划策。一旦离开了手下的帮助，他就露馅了。

矢车菊

田野里有一株盛开着的矢车菊。傍晚，它因感到寂寞和无人欣赏，花瓣卷了起来，慢慢枯萎的花朵低下了疲乏的头，仿佛十分悲伤地等待着凋谢。

没有星星的夜晚，这株矢车菊有气无力地向风诉说："啊！我衷心希望白昼快快来临，太阳出来，照耀万物，使它们茁壮成长，也许太阳的光芒能使我获得新生。"

一只甲虫一边挖洞穴，一边说："你是个头脑简单的笨蛋，你以为太阳能管得了这么多闲事吗？它没有工夫，也没有心思来关心你的花开花谢。如果你像我一样能飞，翱翔于天空，便能清楚地看到：太阳把光和热给了草原、田野和五谷，使它们美丽动人；太阳把温暖给予枝繁叶茂的橡树和高耸入云的杉树，使它们雄伟壮观；太阳给美丽芬芳的花朵涂抹上灿烂的金辉，使之更加富丽堂皇。"

"那些花朵比你强得多，它们五彩缤纷的色彩，高贵典雅的神态，谁也舍不得让它们凋零。你既不艳丽夺目，又没有芬芳的香味。为什么还要可怜巴巴地祈求太阳呢？你别枉费心机了，绝不会有丝毫的阳光照耀到你身上。你还是静静地等待着凋谢吧！"

事实并非如此。太阳出来了，大地苏醒了，到处一片欣欣向荣。金灿灿的阳光普照万物，给所有的花朵注入了新的生命。黑夜里枯萎而憔悴的矢车菊，也在温暖的阳光照耀下，枝繁叶茂，鲜花盛开。啊！地位显赫、权力至尊的先生们，你们不妨学学太阳，以太阳为榜样。太阳的光芒照耀大地，普照万物。它既让参天大树欢欣鼓舞，也让路边花草高高兴兴。所以，人人都崇敬、赞扬、感激太阳。

小树林和火

人生在世，没有几个知心朋友是不行的。但择友也要谨慎，千万别让一些别有用心的人以朋友为由陷害你。

冬天，小树林旁，有一小堆过路行人宿营后留下的篝火，微微的火苗仍在隐隐地燃烧着。火苗儿变得越来越小了，火旁再没其他薪柴，眼看就要熄灭了。

火苗连忙对小树林说："亲爱的小树林，你的命怎么这样苦？在这寒冬腊月里，你身上一片叶子也没有，这样光着身子，会把你冻坏的。你冻成这样，真让我心疼。"

"我深深地埋在大雪和寒冰里，长不出绿叶，开不出红花。"小树林冷得瑟瑟发抖。

"没什么要紧。"火苗说，"这点事算不了什么。只要与我交朋友，我就会帮助你。我是太阳的亲兄弟,在严冬我的神通比它还大。你不妨去温室里瞧一瞧,在大雪纷飞、寒风刺骨的冬天,暖室里却春意盎然、一片翠绿。植物们全得感谢我。

"我知道自我吹嘘不好,更何况我向来讨厌自吹自擂。然而,在我看来太阳的威力也未必胜过我。它那骄傲自大的光芒,不管怎样照耀,一旦夜幕降临,它根本不能对冰雪构成威胁。但是你瞧,冰雪一靠近我马上就融化了。如果在冬天你要保持像春天时的翠绿,不妨在你的树荫下,为我留一席之地。"

事情很快就谈妥了。那小小的火苗一蹿进小树林,就成了一个大火团。火势越来越猛,四处蔓延,一下就飞上了大小树枝,顿时浓烟滚滚,直冲云霄。残酷的熊熊大火很快就把小树林团团围住,最终把小树林全烧光了。以前夏天供人们歇凉的那片舒适的浓荫,如今仅剩下了几个烧焦的树桩。小树林想流泪后悔也没有用了,大火早已奔向了另一片无辜的树林。

小熊星

有一天,大熊星和女儿小熊星感到太饿了,已经无法忍受,所以母亲领着女儿来到人间。大熊星走进一家非常漂亮的食品店,让伙计每样食品给她来1000克。她对老板说:"我身上没带钱,可我答应你,等我回到天上以后,我扔下来的第一个金币———颗美丽的流星,一定属于你。"

老板听了,连推带骂地把大熊星赶了出去。

一切办法都用了,但仍没有得到食物,大熊星只好背着女儿,向森林走去。棕熊一眼就认出了她们,可是态度却很冷淡,不肯把自己的食物分给她们吃。

大熊星不会捞鱼,但出于对女儿的疼爱,她做了很大努力,终于摸索出打鱼的办法。时间一长，总算有了收获。她甚至还储存了一些冻鱼，以便带到天上去。

这一天，女儿和北极熊到外边玩去了，大熊星在河湾里打鱼。突然，她听见一阵脚步声，一个猎人正朝她直扑过来。

本来大熊星可以飞回天上去，但是女儿还留在岸边，猎人会杀掉她的。于是大熊星一边跑，一边叫"小熊星，小熊星呀！"

没有听到女儿的回答，大熊星停下来，转身对猎人说："我准备让你杀死，你可以得到我的金皮毛，你会因此变成富翁。可是你必须保证不伤害我的女儿。"

猎人同意了，他抽出刀向大熊星刺去，大熊星扑倒在地。

猎人收起刀，就去找小熊星了。他发现小熊星是那么年轻漂亮，于是就把自己对大熊星的保证抛在脑后了。他取出一片鳕鱼干，冲小熊星喊道："快来吃美味的肉。你妈妈让我拿给你的。"

小熊星欢叫着跑过去，可当她看到猎人手上发亮的钢刀时，顿时惊吓得叫起来。

女儿的叫声唤醒了大熊星，她赶到猎人身后，只一掌就把他打倒了。然后，她跑到冷藏库取出冻鱼，牵着小熊星的手，呼的一下跃到天上去了。

今天，你到森林的深处可能还会找到她们的冻鱼，因为自那以后她们再也没有从天上下来过。

兽畜篇

苦恼的骡子

有一个很有经商头脑的人，买了一头驴和一头骡子。今天它们派上用场了，商人把货物放在它们的身上赶着进城去做买卖。

商人将货物分别放在驴和骡子的背上，吩咐它们驮好，吆喝一声便上路了。

驴和骡子走在前面，背上驮着沉重的货物。商人走在后面，手中还握着一条长长的鞭子。当商人看到谁走得慢了，便挥动鞭子朝谁打去，同时，嘴里还会骂道："不争气的畜生，还不快些赶路，难道只知道吃我的草料啊！"

每到这个时候，驴和骡子都要赶紧跑上几步，以免主人的皮鞭打在自己的身上。

与骡子比起来，驴的个子那么小，身体那么弱，但商人一点儿也不可怜驴，它背上的货物不比骡子背上的少多少。走在大路上，由于路是平平的，驴还可以应付，但是，当走完大路来到山上时，崎岖不平的山路就让驴有些招架不住了。

刚刚翻过一个小山头，驴便累得上气不接下气，四条腿连站都站不住了。于是，驴对骡子说："骡子大哥，我求求你了，把我背上的货物放到你背上些吧！你身强体壮，再放些货物也无所谓，而我再走下去准会累死！"

骡子听了驴的话，理都没有理它，只顾走自己的路。

驴看到骡子不理自己，又硬撑着走了几步，对骡子说："骡子大哥，只要你帮我分担一点货物，我不但死不了，而且还能将余下的货物运走，这样不是更好吗？"

但是，骡子依然不理睬它。

又走了一会儿，驴再也支撑不住了，就从山上滚了下去，摔死了。商人看到驴摔死了，立即将它背上的货物卸下来，全部放在了骡子的背上。不仅如此，还把那头死驴也放在了骡子的背上。

商人拍拍骡子的头说："没有办法，驴死了，这些货物就得由你来驮了，现在只好辛苦你了。"

骡子后悔极了，货物加死驴压得它上气不接下气，真是寸步难行，片刻就大汗淋漓。

骡子悔恨道："这是报应啊！早知如此，何必当初呢！"

驮盐的驴

有个头脑精明的商人，他经常来往于城市与城市之间。商人时常从这个城市贩运货物到另一个城市倒卖，然后又从那个城市贩运货物到这个城市销售。如此买卖，商人挣了很多钱。

给商人运货物的是一群驴。

商人有一个驴队，一旦有货物要运了，商人就骑在一头大驴上，走在驴队的最前头。他用绳子将驴一头头地串起来，只要他骑的那头大驴一走，其他的驴也就得紧紧跟上。

商人的驴队什么都运，粮食啦，烟草啦，白糖啦，棉花啦……

驴子们整天和这些货物打交道，虽然苦些累些，但它们也有对付劳累的办法：去偷些好吃的东西。例如，每当运粮食时，后面的驴子就会将前一头驴驮着的口袋用牙咬破，让粮食掉在地上，驴就可以美美地吃上一顿了。

商人看到，每次运粮食时他都要损失一些，便改变了做法，不再用绳将驴们串在一起了，而是让它们分头走，他骑在大驴上在后面看着。

在这一群驴中，有一头驴觉得自己十分聪明，平时它总是低着头想着自己的事，不大与其他驴合群。

有一天，商人购买了一批盐，要运到另一个城市去卖。商人将装盐的口袋两头拴在一起，搭在驴背上，在后面赶着驴队上路了。

刚走出不远，前边就是一条小河，商人赶着驴队来到了河里。那头自以为聪明的驴不慎脚下一滑，一下跌倒在河里。河水"哗哗"地流着，驴背上口袋里的盐很快就溶化了。

当那头驴挣扎着从河里站起来的时候，顿时觉得身上轻了许多，心里很高兴。

有了这次经验，那头驴总是在心里想着，随时寻找机会，好让自己再轻松轻松。

商人在另一个城市将运去的盐卖掉，在那里又购买了许多棉花，商人要把棉花驮回去。那头驴想，这次的东西一点也不重，如果过河时，自己再假装跌倒一次，那身上就一点重量也没有了。

那头驴想着想着，真为自己有如此聪明的头脑而感到自豪。

终于来到那条小河边了，那头驴迫不及待地朝河里奔过去，刚到河的中间，它立即倒了下去，心里想，等自己再起来时就会一身轻松了。

没过多久，驴想身上肯定没有什么重量了，便想站起身来，但这次它怎么站也站不起来了，因为棉花吸饱了水，重量一下子增加了许多倍，最后驴被活活地淹死在河里了。

总换主人的驴

有个菜农养了一头驴。这头驴长得很健壮,力气很大。它每天都要为菜农干很多活儿。

早晨天刚亮,菜农就将驴牵出来,让它去拉沉重的石磨为家里人磨面,准备一天的食物。接下来,驴来不及吃上一口草料,又要跟随主人下地。

园子里种了很多蔬菜,有圆白菜、胡萝卜、洋葱头,驴要费大力气去拉水,然后用水去浇灌蔬菜。

当太阳升起老高的时候,主人才将装着草料的口袋拿过来,让它吃上一顿。但草料里总是草多料少,吃上几口也难得有一点粮食。

吃过草料,还来不及歇一小会儿,主人又吆喝着驴去干活了。直至天黑,主人才牵着它回到家里。

到了晚上,劳累一天的驴睡不着觉,每每想到自己整天没日没夜地干活,但食料极少时,心里就很不舒畅。它总是在想,自己什么时候才能结束这种不幸的日子。

有一天,驴趁主人不在家,偷偷地跑到了主神宙斯那里,它对宙斯说:"万神之主啊,请你开开恩,让我离开菜农吧!在他家里,我老干重活,但又吃不饱,这样下去,我总有一天会累死的,请你给我换一个主人吧!"

宙斯听了驴的遭遇,便对赫耳墨斯神说:"既然驴有这个请求,我现在就派你为驴换一个新主人,你带它去陶工那里吧!"

于是,赫耳墨斯将驴带到了陶工的家里。

每天,陶工不是让驴背土,就是让它驮砖,有时还要钻进热气腾腾的窑里去干活。至于吃的嘛,一点也不比菜农家里的好。

驴开始怀念过去的日子了。但它又实在不好意思再回到菜农家去。

驴找个空闲,又来到宙斯那里,对宙斯说:"主神啊,我最后请求一次,再为我换一个主人吧！"

宙斯答应了驴的请求，便对驴说："那好，你就到皮匠那里吧，他是你的新主人了。"

驴来到新主人的家里，一看周围的环境，驴知道自己这一回可完了。皮匠的家里到处是宰杀牲口的刀呀、斧呀，驴吓得浑身乱抖，它泣不成声地说："我现在后悔极了，我不该这么挑剔啊！现在可好，我一定会被我的新主人杀死。"

上当的狼

狼因为贪婪，所以它一直都不满足，它想吃更多弱小动物的肉来填饱它干瘪瘪的肚子。有只狼已经好多天没有吃东西了，可把它饿坏了。

此时，它走出自己居住的山洞，东瞅瞅，西看看，希望哪怕有一小根骨头让自己啃啃，它的肚子也会好受些。然而，别说是骨头，就连其他动物的一根毛也没有。

饥饿像火一样在狼的肚子里燃烧着，直烧得它死去活来，但找不到食物就得饿着。狼被饿得晕头转向，眼冒金星。它漫无目的地四处游荡，不知不觉来到了一个村口。

村头上有一座茅草房，从窗户里透出了一线灯光。已是吃晚饭的时间，这家人的烟囱里冒出缕缕炊烟，窗户和门缝一阵阵饭菜的香气随着那轻轻吹拂的晚风向四处飘散。

狼一闻到饭菜的香味，腿就没有力气了。它想进去吃点儿东西，但它哪里敢进人的家里偷东西吃呀！因为它曾咬死过这户人家的一头牛。饿狼想只有等到夜深时，看看能不能想办法偷点儿东西吃。

渐渐地，天彻底黑下来了，狼守在房子的后面一动不动。突然，房子里传出一阵小孩子的哭声。原来是孩子的妈妈不在家，老祖母正在照顾孩子。孩子想妈妈，便又哭又闹。

老祖母耐心地哄着孩子，但无论如何也哄不好，于是老祖母就吓唬孩子说："不许哭，如果你再哭，我就把你扔到外面去喂狼。"

狼以为老太婆说的是真话，心里可乐坏了。它暗暗想，今天真没有白来，等一会儿就有一个白白胖胖的小孩子吃了。那一定是又香又嫩，非常可口。

狼眯着眼睛在窗外等老太婆把孩子丢出来。时间一分一秒地过去了。夜已经很深，天又冷了起来，狼的肚子里没有食物，被冻得四肢麻木，都快冻死了。

这时，屋里亮起了灯，狼以为老太婆要扔小孩子了，马上挺起了身子。原来老太婆又在哄小孙子，她说："孩子啊！你好好睡觉吧！要是狼来了，我就用刀将它杀死。"

狼听了老太婆的话，心想小孩肉是吃不上了，还是快点走吧！不然她要拿刀来杀自己了。狼边走边骂："这个死老太婆还真够狠的，要拿刀杀我。如果老太婆没有刀的话，我一定要把她吃了。"

说谎的猴子

古希腊人非常热爱航海，他们把大海想象成蕴藏着很多知识的宝地。大海对他们的诱惑力实在太大了。为了减少旅行中的寂寞，他们在航行中带着小狗和猴子以供消遣，这似乎已经成了航海者们的习惯。

有一次，一条船从姆列特驶往雅典。一位旅客带了一只猴子一起出海。猴子时不时地做几个怪动作，给旅行者带来了许多欢笑，排遣了他们旅途中的孤独。

航行到阿提卡的苏尼翁海角时，忽然刮起了大风，狂风掀起巨浪凶猛地扑向航船，把船打翻了。大家无奈只得泅水渡海，那只猴子也在海中游泳。

在这一片海域生活着一只海豚，它十分羡慕人类的聪明与智慧，总想找个机会向人类学习。这天它看到一条大船被掀翻在海中，连忙游过来救人。

它看到一个小东西在它前面吃力地游着，以为是一个人，就钻到底下把它托起来。猴子见海豚把自己托出水面，知道自己得救了，就得意起来，告诉海豚它要去雅典。

于是，海豚就驮着猴子向雅典游去。海豚和猴子到达雅典的伯赖欧斯时，海豚想向猴子学习一些知识，于是，就和猴子攀谈起来。

它问猴子："您是雅典人吗？"

猴子很不老实，它欺骗海豚说："那当然，我不但是雅典人，而且我的祖先还是当地的名门望族呢！"

海豚以为遇到了一位有学问的人，很高兴，于是问猴子："那您知道伯赖欧斯吗？"

猴子当然不知道伯赖欧斯是个地名，就信口开河起来："你说伯赖欧斯呀！那是我非常要好的朋友，我们从小一起长大，是莫逆之交，我们一起下河抓过鱼，一起上树摸过鸟儿。它简直笨极了，总是要我帮助它，不然的话，它什么也找不到，最后就得空手回家。现在它正在家里刻苦学习，想超过我，将来也要做个航海家。"

说完，猴子得意扬扬地晃着脑袋，在海豚的背上翘起了尾巴。

海豚对猴子的谎言感到很气愤，它想："真是不幸，我怎么救了一个骗子，如果让这个骗子再活在这个世界上，不知道有多少人会上它的当。我本想做一件好事，可现在却要让一个骗子逃离苦海，可能海上的那场大风暴就是上天惩罚这个骗子的，我不能违背天意。"

想到这儿，海豚把身子一沉，直向海底俯冲下去。猴子还以为海豚被它的谎言迷惑住了，甘心受它的欺骗，正扬扬自得地观赏着海上的风景。

猛的一下，海水没过头顶，它还没来得及弄清楚是怎么回事，就沉到海底去了。是啊！自欺欺人的人最终是没有好下场的。

蛇和蟹同居

大千世界，无奇不有。蛇居然和蟹住到了一起，蟹很忠厚，而蛇却很暴虐，它的性格令蟹捉摸不透，但蟹还是愿意交它这个朋友。

它们一个有脚有爪，一个无腿无足。既然住到了一块儿，自然要相敬如宾，和睦相处，但事情可不像人们想象的那样。

蟹对蛇很好，经常照顾它。

有一次，蟹在外面找到了两个鸡蛋，它一个也没舍得吃，而是费了九牛二虎之力，一步一倒，一步一倒，将两个鸡蛋搬到了它和蛇住的地方。

它用力敲门，高声喊道："蛇大哥，我给你带来了好东西，请你开开门，快点帮我拿进去。"但是，蛇仿佛没听见一样，仍躺在房里面呼呼大睡。蟹独自费了很大劲才将两个鸡蛋搬进去。

到了用餐的时候，蟹将两个鸡蛋拿出来，将大鸡蛋递给了蛇。蛇谢也不谢一声，毫不客气地张开大嘴就吃，一会儿，一个大鸡蛋就被它吃完了。然后，它目不转睛地看着蟹手里的鸡蛋。

蟹只好对蛇说："蛇大哥，如果你没有吃饱，那你将这个也吃了吧！"

蛇仍然不客气，三口两口又把那个鸡蛋吃了，然后抹抹嘴，对蟹说："这两个鸡蛋将我撑得好难受，下回你可不要让我吃这么多了，不然我会生气的。"

蟹费了好大力气搬回的鸡蛋，不仅自己一口没有吃到，反而被蛇埋怨了一顿，不禁有点反感蛇了。

那么，蛇是怎样对待蟹的呢？

一次，蛇在外面遇到一条蟒，蛇偷偷地将蟒咬了一口。当蟒回过头来要吃掉蛇时，恰巧蟹路过这里，蛇就对蟒说："蟒大王，我和你是同类，我是决不会咬你的，是这只蟹在后面咬了你一口，这是我亲眼看到的。"

对于蛇的阴险和邪恶，蟹心里非常生气，但由于同住在一起，蟹也不好对它发作，只是一有时间便去劝蛇："蛇大哥，你为人不能太阴险邪恶，要学会正直、善良，不然你是要吃亏的。"

蛇怎么能听进蟹的话呢？时间一长，蟹实在受不了了，这一天，它趁蛇又呼呼大睡的时候，伸出两只大钳子，死死地夹住了蛇的喉咙，不一会儿就将蛇掐死了。

蟹舒了一口气，对死蛇说："我现在才明白，一个人如果不知错就改的话，那么最终是要吃亏的。蛇啊蛇，你现在该明白我为什么要杀死你了吧？"

战马的晚年

有一匹骏马在草原上野惯了,脾气很不好。脾气不好没有关系,改过来也就行了,但若本性不好的话,那就没法说了。骏马的本性不好不坏,这也很好,这样便于被牧马人驯服。后来,它成了一匹好马。

这样的骏马理所当然地在军队服役,毫无争议地由军中的勇士骑乘。勇士跃马扬刀,立下赫赫战功。

每次打了胜仗回来,勇士都会用脸颊贴着马头,双手亲昵地抱着马脖子,深情地说:"伙计,多亏了你,我才有今天,我们永远是朋友!"

有一次对敌作战,勇士孤身一人杀入重围,不幸身负重伤,在马背上昏了过去。

骏马一声长鸣将敌军的战马吓得连连后退,骏马乘敌人惊慌之际突出重围,敌军在身后紧追不舍。骏马奔到断崖边,见崖下是一条湍急的大河翻着波浪,滚滚东去,骏马毫不犹豫地飞身跳下。

勇士落入水中,骏马用嘴咬住勇士的衣服游向对岸。敌军催马赶到崖边,眼睁睁地看着骏马将主人救走,却没人敢跳下去追赶。

骏马将主人带到对岸,放在草地上。过了许久,勇士苏醒过来,发现骏马低头在他的脸上嗅着,他摸摸自己水淋淋的衣服,又瞄了一眼依然奔腾不息的急流,激动地抱着马头放声大哭,说:"我的朋友,是你救了我的命,我们一定生生死死在一起!"

可惜,后来发生的事情使勇士彻底丧失了兑现承诺的能力。战争结束了,勇士当了农夫,骏马留在了军营。从此,骏马不再驰骋疆场,失去了再展雄风的机会。

一年一年过去了,骏马变成老马,被军营卖给磨房,每天在磨房拉磨。

老马一天天地在原地转圈子,觉得很枯燥、乏味。它常回想起战场上的风光，冲锋陷阵的英勇，与主人患难与共的甜蜜。每每回忆起这些往事，它就停下脚步沉浸在那美好时光的遐想中……

磨房主人看到老马总是无缘无故地停下来，以为它太老了，需要休息，后来却发现老马的双颊竟流下了泪珠。

主人说："我的老伙计，你有什么伤心事吗？说出来会痛快些。要知道我也老了，我们为什么不能谈谈呢？"

老马说："我曾经是匹战马，在战场上曾与我的主人一道打过许多胜仗，敌人见到我的影子就亡命逃窜，我救过主人的性命。现在，我老了，却整天在这里拉磨。您说，这是不是太不公平了！"

对于老马的这通感叹，老人感到很为难，他只得安慰老马："老马啊！老马，我当年也像你这样啊！但是现在人老了，很多事情根本身不由己。好好活下去吧！"

小猪和狐狸

有个商贩想在圣诞节期间把自己的存货拉进城里去卖。

他站在自家的院子里，依次将山羊、绵羊、小猪叫出来，对它们说："各位朋友，你们今天真幸运，我要带你们到城里去开开眼界。城里过圣诞节是非常热闹的，到了那里，你们一定会玩得很开心的。"

听主人这么一说，山羊、绵羊都很高兴，它们问主人："据说城里离我们这儿很远，不知我们怎么去。要是走路去，我们会累坏的。"

主人对它们说："不，我已为你们准备好了驴子，它会驮着你们进城的。"

山羊和绵羊高兴得又是欢呼，又是跳跃。

小猪在一旁并不快乐，它在默默地想着自己的心事。

主人说完便动起手来，他牵过驴子，将山羊、绵羊和小猪都放在了驴背上，接着轻轻地吆喝一声，上路了。

但没走几步，小猪便号啕大哭起来。在驴背上，小猪又哭又叫又蹬腿，山羊和绵羊都感到十分困惑，它们看着小猪只觉得可笑。

这时，有一只狐狸从山上走了下来，它想在圣诞节来临之前赶到城里去看热闹。走在路上听到小猪哭得死去活来，它想不明白小猪为什么会这样，便走上前去问道："喂，小猪朋友，你这是怎么了？你看，你和山羊、绵羊都被驴驮着，它们两个一声不吭，你却哭闹不停，这到底是为什么？"

小猪睁开哭得又红又肿的眼睛对狐狸伤心地说："狐狸大哥，你真是不知道啊，我坚强得很，我大哭大叫不是没有理由的，因为我知道，自己这次进城是有去无回。"

狐狸听了大吃一惊，连忙问道："那是为什么呢？"

小猪说："主人捉绵羊，是要它的毛和奶；捉山羊也只是要它的干酪和羊羔；捉我呢？却不是要别的东西，而是要杀我祭神。"

狐狸听小猪这么一说，恍然大悟。

野兔和竹鸡

野兔、竹鸡生活在同一个地方，它们平静的生活中有时会潜伏着危险。一天，一群猎狗闯来，野兔不得不找个地方来藏身。它逃到密林丛中，猎狗一下失去了追寻的痕迹。但群狗最终还是凭借野兔身上散发的气味寻到了线索，断定这准是它们追踪的那只野兔，就凶猛地向它逼进。

危急时刻，竹鸡却嘲笑野兔说："你总说自己是飞毛腿，现在看来你的腿连竹竿都不如。"

正在竹鸡取笑野兔的时候，噩运降临到了它的头上，竹鸡认为凭自己的翅膀在任何时候都能摆脱险境，但它这次失算了，遇上了凶猛的老鹰，这可怜的家伙哪里是老鹰利爪尖喙的对手，它这次很不幸，被老鹰吃掉了。

牛的家庭内讧

一头公牛很幸运地跟一头母牛走到了一起，后来它们生下了三头小牛，小牛们长得很健壮。苦难的日子难熬，度日如年；欢乐的岁月易过，一年仿佛一日。不知不觉，小牛们长大了，牛爸爸先行死去，牛妈妈也渐渐衰老了。

有一天，牛妈妈将三个孩子叫到身边，叮嘱说："我老了，不久就会离开你们。趁着我现在还有口气，有些话要告诉你们，你们千万不可忘记。草原上猛兽不少，有豹子，尤其是狮子，都是我们的劲敌，你们兄弟不可分开，只有这样狮子才奈何不了你们。如果你们一旦分开，狮子会一个个地将你们吃掉。"

老母牛说完就死了。小牛们牢记母亲的教导，形影不离地生活在一起，日子过得很和睦，深得邻居们的称赞。

一头狡猾贪婪的狮子来到草原上。它贪婪地捕食小动物，吓得小羊、小鹿、野兔等弱小动物纷纷搬到牛氏三兄弟的家园附近躲避灾难。

牛氏三兄弟心地善良，见义勇为，容不得邪恶势力在它们面前嚣张。狮子每次来袭击小动物时，都被健壮的牛氏三兄弟给赶走了。

狮子猎食不成，心中万分恼怒，对牛氏三兄弟恨得咬牙切齿。它冥思苦想了好几天，想出了一条毒计，那就是想办法挑拨牛氏三兄弟，让它们不再和睦，然后将它们一一吃掉。

深秋时分，百草枯黄。狮子贮存了一堆鲜草，它拿出一部分送给大牛，说："这是送给你的，请笑纳。"

大牛见是一束鲜草，不假思索地吃掉了。

第二天，狮子对二牛和三牛说："昨天我送鲜青草给你们三兄弟，委托大牛带给你们，不知是否可口？"

二牛和三牛被问得莫名其妙，齐声表示没见过什么鲜草。狮子挑拨说，可能是让大牛独吞了。这时二牛、三牛很不高兴。

狮子见自己的毒计初步奏效，很是高兴。二牛、三牛找到了大牛质问鲜草的事。

大牛说："你们不能上当，它只说将鲜草送给我，并没说有你们的份儿。"

二牛和三牛不相信大牛的话，最后大牛气得独自走了。狮子的毒计让牛氏三兄弟不再和睦，最后狮子先后把三头牛都吃掉了。

小老鼠和猫头鹰

一棵枯朽的松树被人砍倒了,这是一只猫头鹰的老巢。这只曾做过亚特络斯代言人的鸟,一直栖息在这个既凄凉又阴暗的树洞中。由于年代久远,树干早已被蛀空。

在树洞众多的居民中,还居住着许多没有脚的老鼠,这些老鼠只只脑满肠肥,猫头鹰用自己那锋利的嘴把老鼠都啄成了没脚的残废了,然后将其放在麦堆中饲养,要知道,猫头鹰的做法是有其道理的。

猫头鹰曾捉过老鼠,但它捉到的这些老鼠全都从它家里逃跑了,为了防止这类事情再次发生,这个凶狠的家伙就把以后逮到的老鼠弄成残废。

老鼠没脚,这可方便了猫头鹰,想吃就吃,随心所欲。一天一只,合理地安排,这样既解决了一次吃不完的问题,同时又达到了养生的目的。于是猫头鹰和人一样有了长远的打算,为了不让老鼠一齐死掉,它甚至给老鼠带来了麦粒等粮食。

自此以后,笛卡尔派的门徒是否还要坚持笛卡尔的观点,即猫头鹰是不会思考问题的,只能把它看作钟表和机器。那么是什么原因促使猫头鹰先把猎物给弄残,然后豢养起来呢?如果这还不算是思维的话,我就不知道还有什么可以称得上思维了。

你再听听它的这一番道理吧:"老鼠被逮着以后是要逃跑的,不得已只好把它吃掉,但一次全都吃完又做不到,而且为了以后急需,必须储备一些食物,因此既要想办法饲养老鼠,又不能让它跑掉,想来想去,只能让老鼠致残而不能跑。"

狮子分食

很久以前，母牛、母山羊和母绵羊决定和一只骄横跋扈的狮子合伙捕猎，它们事先说好了共同分享猎物。这一天，一只鹿落进了母山羊的网里，她马上将猎获的鹿交给了大伙来处理。

大家到齐后，狮子掐指算算后说："我们来平分这只鹿吧！"然后它把猎物分成4份。它先以兽中之王的身份拿走了第一份，并说："这一份应该归我，因为我是狮子，大家对此都表示赞同吧？第二份，论权力，仍然应该归我，说起权力，大家都该明白了，就是最强者的权力。而且因为我最英勇，那么我还应该享受第三份。至于说到第四份嘛！"

狮子顿了顿，然后恶狠狠地扫了大家一眼说道："你们之中有哪一个不同意我的做法，我立刻就要它的命。"

兔子的耳朵

一只有角的野兽不小心撞到了一只狮子，撞破了狮子的皮，狮子勃然大怒，想吃掉惹恼它的野兽。为了杜绝此类事件的再次发生，狮子宣布道：在它的领地，要驱逐一切头上长角的动物。于是公羊、公牛立即搬了家，斑鹿和公鹿也都马上迁徙，大家都避之唯恐不及，闹得群兽惶恐不安。

有只野兔无意中看到了自己耳朵的影子，生怕有谁搬弄是非，把它的长耳朵当成了角，说耳朵就是角，于是也急着要搬走。

"再见了，我的蟋蟀邻居，"兔子说，"我不得不离开这里，因为别人一定会把我的耳朵当成角的，即使我的耳朵比鸵鸟的还短，我还是会整日担惊受怕。"

蟋蟀责问它："这也叫角，你不是把我当傻瓜了？这是上帝给你的耳朵嘛！"

"人家一定会把这看成角的，"兔子怯生生地回答说，"还会把它看成是独角兽的角，我即便否认也是白搭，我的任何理由和抗议都无济于事，你知道狮子是不会跟你讲道理的。"

骆驼的品格

沙漠中如果没有行走的骆驼，那么沙漠的灵气将会荡然无存。没有看到过骆驼的人，第一次看到时必然会惊诧得瞪大眼睛，话都说不出来。

那是人们第一次看到骆驼。一看到骆驼，人们立即被它那奇特的外表惊呆了。

它那如山一样巨大的身躯站在那里，使人只能从它的四条腿中间相望。它隆起的背像两座山峰，那上面仿佛有白云飘过。它高高昂起的头好像要伸向天外，与宇宙交谈，根本不将人放在眼里。它给人们的印象，完全是一副高高在上，不可一世的样子。

当骆驼迈开四条长腿向人们奔来的时候，人们不禁惊慌失措，吓得四处逃散。但是，人们与骆驼相处久了，便渐渐发现，骆驼并不像想象中的那么可怕。

骆驼总是独来独往，迈着缓缓的步子，一步步地行走。它总是平静地生活着，从不骚扰人们，也从不去骚扰家禽家畜，那温顺的性情使人们和家禽家畜都不由自主地想去亲近它。

于是，人们打消了恐惧的念头，鼓起勇气去接近它。过了一段时间，人们偶尔给骆驼喂一些食物，或者为它送去水。骆驼吃食物一点不动声色，静静地吃，喝水时更是温顺。

有了这些接触，接着人们就敢伸手去摸它黄褐色的长绒毛了。这时，无论人们摸它身上的什么地方，它总是一副驯服的样子，既不啼叫也不伤人。

几个月过去了，骆驼给人们的印象越来越好。最后人们对骆驼不感到恐惧了。同时，对骆驼的认识更加深入了。人们发现骆驼有许多优秀的品格：它吃苦耐劳，干活踏实，只需要少量的食物和水，从不过多地索取，它善于负重，有耐饥渴的能力，不怕风沙，最适于在沙漠中行走。

从此，人们喜欢上了骆驼，让它在沙漠中来来往往地为人们运送货物，人们称骆驼为"沙漠之舟"，并把它看作是人类最忠诚的伙伴和朋友。

伪装成牧羊人的狼

有一只狼好几天没有吃羊肉了，它又馋又饿，决定出门去寻食。突然，它灵机一动，认为化装成牧羊人，就能骗取羊的信任，最终可以吃掉羊。

于是，它穿上了牧羊人的服装，套上坎肩，找了根木棍做牧杖，为了装得更像些，还带了牧羊人的笛子，并在帽子上写着："我叫居约，是这群羊的放牧人。"

它学着用前爪抓牧杖，蹑手蹑脚地靠近了羊群。而真正的牧羊人居约这时则正躺在草地上睡觉。他的狗、大多数的羊和他的笛子都没有发出一点声音，好像都已经进入了梦乡。

为了把一些羊赶到密林之中，伪装成牧羊人的狼学着居约的声音再加上几声吆喝，谁知这一下露馅了，狼的嗥叫根本不像牧羊人的声音，大家都被这凶狠的声音惊醒了，人人喊打。可怜的狼又被自己的装束绊倒，只好等着束手就擒。

骗子再怎么骗也有露馅的一天。

仓库里的黄鼠狼

黄鼠狼因为吃了一只死老鼠而不停地拉肚子，就几天工夫，黄鼠狼原本鼓鼓的肚子立刻瘪了下去。黄鼠狼病得不轻。

又过了几天，黄鼠狼的病好了些。它从一个小小的墙洞里钻进了一个仓库，在这里生活得无忧无虑，不愁吃穿，顿顿管饱。没过多久它已经是肥头大耳，大腹便便了。

一个星期很快过去了，打着饱嗝的黄鼠狼听到传来了危险的声响，它急忙回到了原洞，想逃出去，但洞太小，根本就钻不过去。

慌乱中，黄鼠狼以为自己弄错了地方，可是确实没错啊。到底是怎么回事呢？这时，它火急火燎地说：“不会错的，这洞是我一周前进来的通道，如果出不去，我肯定会被逮住的啊！"

一只老鼠见它正在纳闷，忙上前说：“刚来时你肚子瘪瘪的，出入方便，如今要出去只能节食减肥了。早知如此，何必当初呢？”

狼、狮子和狐狸

狮王年纪一大把了，它渐渐感到自己在一天一天地衰老。它很担心自己的王位，于是它派大臣四处寻求名医进王宫治它的病。

大臣只好在百兽中征聘大夫，形形色色的医生会集于宫中，献家传秘方的也络绎不绝，但在许多次的朝见中偏偏找不到狐狸，它销声匿迹，躲到哪里去了呢？狼为了献谄，在狮王面前对狐狸的缺席肆意诽谤。狮王听信谗言后大怒，立即下旨把狐狸捉进宫来。

狐狸被押进宫来，带到了狮王的寝榻前，狐狸心里清楚，这是由于狼在狮王面前诬陷才让它遭受这不白之冤。

狐狸说："陛下，臣以为有的奏折与事实极不相符。有人说我故意不来朝拜陛下，实际上我去朝拜圣地了，祈求上天保佑陛下圣体康复，我一直都在祈祷天神护佑陛下啊！在朝拜的长途跋涉中我曾碰到一些博学多才的君子，我向他们提及陛下身体欠佳，精力衰退。"

"他们告诉我，其实您所缺乏的仅是一些热量，您年事已高当然得注意保暖，所以，只要您穿上一件新做的热乎乎的狼皮大衣，您的病很快就会好转。您只要看得上，其实狼大人的皮就是一件上好的料子。"

狮王对这一提议非常赞同，马上下令生剥狼皮，砍下狼的四只脚。结果，狮王不仅披上了冒着热气的狼皮大衣，还将狼肉做成了晚餐。

这个故事告诉我们，大家应和睦相处，相互理解，彼此尊重，不闹矛盾，对待每一件事情都认认真真，不弄虚作假，这样才能长久相处下去。

背信弃义的狗

美人让有些人管不住自己的双眼，黄金让有些人管不住自己的双手。有几个人能做到看守珍宝而不动心呢？

有只狗为了把主人的饭菜捎回家中，戴上了一个挂着主人餐盒的项圈。虽然饭菜香喷喷的，但它却能克制自己的食欲。狗尚且能做到这一点，而我们人却常常身不由己地被财富所诱惑，贪婪的人可要多学学这条狗的克制力啊！

但是，这一次情况有点不同，狗挂好了盛满饭菜的餐盒行走时，被一只看家狗看见了，看家狗打着如意算盘要上去抢它的饭食，而这只狗为了保护好主人的饭菜，放下餐盒轻装上阵，一场厮杀就开始了。

其他一些流落街头专门以偷窃乞讨为生的狗为了分享到一口吃的，也上来为看家狗助威。这只狗看到寡不敌众，知道再斗下去自己一定吃亏，它只是想要保住主人给自己的那份饭菜。

于是，它聪明地对群狗说："先生们，请息怒，我仅要我自己的那一份，其余的都归大伙儿。"

这话刚说完，它先叼起一块食物，其余的狗一哄而上，大喝大嚼，一抢而光，结果是皆大欢喜。

有很多的官吏非常贪婪，见到财宝就会怦然心动，特别想占为己有。也有些人爱趁火打劫、浑水摸鱼，一看有机可乘，便争先恐后一哄而上，这些行为都是很可耻的。

公鸡和狐狸

一只老谋深算的年长公鸡，飞到树杈上张望。"老弟，"一只狐狸走过来，和颜悦色地说，"我们应该停止对抗，从现在开始我们和好吧！我是来传送这个好消息给你的，你快下来吧！让我们彼此拥抱庆贺吧！今天我还要跑10来个地方去报告这个好消息呢！你和你的同伴尽管开心地寻找欢乐，而我将为你们效劳，从今晚起大家可尽兴狂欢，但请你首先接受我这深情的一吻吧！"

"朋友，"公鸡答道，"再也没有比'和平'更美好的字眼了，尤其是能从您嘴里听到，更叫我欣喜若狂。我现在看到有两只猎狗正朝我们这里跑来，它们肯定也是来报告和平消息的信使，它们跑得飞快，不一会儿就会来到咱们树下，我马上就下来，大家好亲吻和拥抱。"

"再见吧！"狐狸慌张地说，"我现在要赶路了，还是留着下次来庆贺这一消息吧！"说着这个狡猾的家伙撒腿就跑了。

年长公鸡望着狐狸那副狼狈样，忍不住开心地大笑了起来，刚才自己略施小计就吓走了狡猾的狐狸，怎不令它高兴。

狗和驴子

有一头驴生性忠厚诚实，从来没有得罪过谁，也没有招惹过谁。

一天，它随主人外出，结伴同行的是主人的狗。驴外表神态庄重，但头脑却是一片空白，不会想事情。半路上主人已经睡着时，驴则在大嚼大啃青草，这块草地的草长得青青的,驴吃得还算满意。

这时狗见到驴大嚼青草,也感到腹中饥饿,就对驴说:"亲爱的伙伴,我求求你趴下身子来,我想吃面包篮里的食品。"

驴没有理会,只顾埋头吃草,好像害怕浪费了这大好的进餐时光。

驴装聋作哑了好一阵子,总算开口回话:"朋友,我还是劝你等等看,待会儿主人睡醒后会给你一份应得的食物,他不会睡得太久的。"

就在此时,一只饿极了的狼从村庄里跑出来,驴用命令的口吻叫狗把狼赶走,这时狗可不愿动,还回敬说:"朋友,我劝你还是快跑吧!等主人醒了再回来!他决不会让你等多久的,赶紧跑吧!假如狼追上了你,你就用主人新给你装上的蹄子狠狠地踢,踢碎它的下巴颏。相信我的话绝没错,你一定会把它踢躺下的。"

就在狗还在说这些风凉话时,狼已把驴咬死了。

狼吃了驴子又想吃狗,狗立刻叫了起来,主人醒了,狼吓跑了。

死驴和两只狗

有两只狗的长相极为相似,但是它们性格却大相径庭。有一只狗生性贪婪,什么好东西都想占为己有,另一只狗却很诚恳,但意志并不坚定,有时受到朋友的怂恿,也会干一些它本来不想干的事情。

两只狗看到远处的水面上漂着一头死驴,水流和风向使驴离狗越来越远。一只狗说道:"朋友,你的眼力比我好,麻烦你看看那水面上,漂浮的是一头牛还是一匹马?"

"咳!漂的是什么,关你什么事啊?"

这只狗说："这你就不对了，我们可以饱吃一顿嘛！不过距离实在太远，我们还得逆风游过去。这样吧！我们还是拼着命来把这河水喝干吧！我们的喉咙本来就很渴，相信我们一定可以做到这一点。那时漂在水面的尸体马上就会晾干，到时候，我们十天半个月不去找东西吃也不会饿肚子了。"

就这样，这两只狗争着喝起水来，它们喝得头昏眼花，最后胀破了肚皮，断了气。

人不也是这样吗？当他热衷于一件事时，根本不曾考虑办不办得到，他有许多美好心愿，并为此四处奔波。他追求着荣华富贵：像扩充疆土、钱柜装满金币、成为世界上最为知名的人士……

所有这一切，就是他要喝干的水，但人们还常常觉得远远不够。为了实现这种种理想，人们必须长有三头六臂。帽子戴得太高的话，会把人的脑袋压坏的。做任何事情都要三思而后行。

母鸡孵蛇蛋

母鸡孵蛋是天经地义的事，不过不是什么蛋都能够孵的。

这一天，有只母鸡大清早醒来，便对报完时回到窝里的公鸡说："我们的小宝宝都已经长大了，过几天它们都要跟着主人到集市上去，我知道，它们一走就不会再回来了，剩下我们多么孤独啊！"

公鸡听了母鸡的话，便安慰母鸡说："不要紧，等我们的那批小宝宝走后，你再孵一批小宝宝出来，不就又有孩子和我们在一起了吗？"

母鸡想了想，觉得这是最好的办法。可是，眼下没有鸡蛋，又怎能去孵小鸡呢？这时，邻家的一只母鸡到它们家里来串门，听到公鸡和母鸡的对话，又看到母鸡正在发愁，便对母鸡说："大妹子，你不要发愁，昨天我在院子的后面发现了几枚蛋，你不妨拿来孵一孵，那样就会有小宝宝陪着你们了。"

母鸡听了十分高兴，马上来到院子的后面，将那几枚蛋拿回了自己的窝里。

母鸡将蛋拿在手中，反反复复地看了几遍都没有弄明白它们到底是什么蛋。它们比鸡蛋、鸭蛋都要小，而且上面有许多斑点。既然没有鸡蛋孵，那就先孵这几枚蛋吧！母鸡安安稳稳地伏在窝里，一刻不停地用自己的身体护卫着那几枚蛋。它希望有一天，一个个小宝宝围绕在它的身边，欢天喜地与它玩乐。

一天，鸭子听说母鸡在孵小鸡，便跑过来看它。它对母鸡说："让我看看你孵的蛋好吗？"

母鸡将身子挪了挪，让鸭子看自己身子下的那几枚蛋。鸭子仔仔细细地看了看，十分担心地对母鸡说："母鸡啊母鸡，我看这几枚不是鸡蛋，也不是鸭蛋。因为，鸡蛋和鸭蛋我都认识。我听别人说过，蛇蛋是有斑点的，恐怕你孵的是蛇蛋吧？"

母鸡听了有些害怕，它马上说："不会的，不会的，这绝不是蛇蛋。"

母鸡孵着孵着就坐立不安起来，它真担心孵出来的是蛇，如果真是那样的话可就不好对付了。最后，它啄破了一枚蛋，一看，果然是蛇蛋。

这时有一只燕子飞了过来，看到这一情形，急忙劝阻母鸡不要再孵下去了，再这样下去肯定会发生祸事。

骆驼和漂浮的木头

第一个见到骆驼的人，被骆驼那副奇怪的模样吓得撒腿就跑；第二个人就敢于上前看了看，瞧了瞧；第三个人敢去接触骆驼并给它戴上嚼子。

习惯成自然，在我们觉得是畏惧和不可思议的事情，如果见得多了也就不足为奇了。有一件事情就可以说明这一点：

有几个人到海边巡查，远远看到海上有情况发生，认为那是一艘很大的战船。

过了一会儿，战船好像变成了一只木船，再一会儿又像一只小木舟了。可是等漂到跟前，却发现原来是一堆木头。我们经常会遇到这样的情况，远看像一朵花，近看则一团糟。

老鼠和大象

一只最小的老鼠看到了一头大象，它先是感到害怕，而后妒忌大象的高大威猛。它冷嘲热讽大象拥有一副笨重的身体，难看死了。

大象背负重荷朝前走着，在它那好似三层楼高的象背上，端坐着一位举世闻名的土耳其王后。大象同时还驮着她的猫、狗、猴子、鹦鹉、年迈的女官及其他一些东西。她们此行的目的是去朝圣，人们聚在路旁欣赏着这个庞然大物。

一见到这一情况，老鼠就显得很气愤，说："以身体的大小判定我们的高低贵贱，实在是不公平。难道就是因它个子大，孩子们看了就害怕？虽然我们个头小，但我觉得我们一点也不比大象差。"

老鼠还想说一些无关轻重的废话，就在这时从暗处蹿出一只猫，吓得它拼命奔逃，再也不敢自以为是了。

狮子和熊

三十年河东，三十年河西，现在轮到狮子当百兽之王了，但它当得也并不安稳，因为很多野兽都不听它的，跟狮子明争暗斗，最凶的要数狗熊了。

每次遇到狮子，狗熊都不像其他动物那样上前拜了又拜，围前围后，狗熊只是看狮子一眼，不以为然地点点头。

狮子看到狗熊的样子心里很不舒服，总想教训教训它。但它们又都生活在一个森林里，低头不见抬头见的。有什么办法能让它们和好呢？

狐狸想了一个办法。这一天，狐狸捉到一只山鸡，它用锅将鸡煮好后，先将鸡的好肉偷偷地撕下来自己吃掉，然后将狮子和狗熊请来。

狐狸让狮子和狗熊坐在桌子的两边，它自己坐在中间，然后开口说道："二位，我今天请你们来是有件事要说。因为你们彼此不和，所以我想做个和事佬，希望二位给我一点面子。狮子，请想想，你是我们的大王，但总与狗熊闹意见有失你的身份，时间长了，你的威信就会降低；狗熊呢，你应该尊重狮子大王，不应该对它不尊敬，你应该起一点好作用。"

狮子和狗熊听了，相互看了看，谁也没有说什么。

狐狸接着又说："我为二位煮了一只山鸡，请你们尝一尝，不成敬意，吃过这顿饭，你们就算和好了吧！"

在狐狸的调解下，狮子与狗熊也真的相安无事了。但好景不长，狮子和狗熊最终还是闹翻了。

这一天，狮子和狗熊在树林里相遇了，说来也巧，它们又同时发现了一头小鹿。这头小鹿到底应该属于谁呢？

狮子说："是我第一个发现的，那时我正瞪大眼睛寻找呢！"

狗熊说："小鹿应该属于我，是我将它捉住的！"

为了争夺小鹿，狮子和狗熊说着说着便打了起来。打得好凶啊！血流在地上竟成了小河。经过长时间的搏斗，狮子和狗熊都伤痕遍体，倒在地上爬不起来了。

这时，狐狸看准了机会，它先是在狮子与狗熊的周围转来转去，见它们已经两败俱伤，小鹿躺在它们中间，它扬扬得意，不费吹灰之力就叼走了小鹿。

狮子和狗熊眼睁睁地望着狐狸把小鹿叼走了，却谁也站不起来，它们异口同声地说道："原来狐狸还有这么一手，我们都看走眼了！"

狐狸与猫

有一只猫和一只狐狸相遇了，只过了一会儿，它们便成了好朋友。猫和狐狸都很狡猾，自以为是。它们决定合伙外出干一番事业。

漫长的旅途十分枯燥乏味，用争论问题来消磨时光是一个好主意，它俩于是争论一些问题来驱逐睡意。每天，空旷的路上被这两个无聊透顶的家伙的吵闹声充斥着。在结束一个话题后，它们又谈起了周围的同伴。

狐狸对猫轻蔑地说："你自诩聪明，其实你懂些什么，我比你聪明多了。"

"那又有什么用，"猫说，"我的脑袋里虽只有一招，但它足以赛过各种计谋。"于是它们又重新爆发了新一轮的争论，各说各的理，吵得不可开交。

就在此时，一群凶猛高大的猎狗扑向了它们，于是争吵得以迅速平息。猫对狐狸说："朋友，现在就看你有什么妙计了，多动动脑筋想想看，赶紧找一条逃生之计吧！对我来讲就这一招了。"

话音未落，猫纵身跳到树上，爬了上去。狐狸只好动脑筋想办法，然而，它想出的上百条计谋根本不管用，不得已只得钻进许多个窝穴，上百次将这群猎狗引入歧途。狐狸到处寻找安全隐蔽之处，却没找到一个像样的地方。在遭到烟熏和凶猛猎狗的追咬后,狐狸冒险钻出了地面,立即被两只动作麻利的猎狗捉住了,扼住咽喉活活咬死了。

由此可见,许多蹩脚的本事对做好事情并没什么帮助,倒不如扎扎实实练出一门本领来防身,关键时刻才能派上用场。

狮后的丧礼

狮后死了,动物们马上前往吊唁,这使得狮王更感到悲伤。狮王诏告动物王国,葬礼将会如期举行,司仪官员将主持仪式,作好席位安排,检查出席情况的工作。

狮王放声痛哭起来,洞穴中回荡着那令人恐惧的哭嚎声。由于葬礼就设在洞穴之中,动物们都依照狮王的样子用着不同的语言跟着哭嚎起来。

这是一群效仿君王的变色龙。在这里,有一个思想在指挥着千百个躯体,可以说这些动物只不过都是一些思维简单的应声虫。

狮王痛哭时,群臣也都号啕大哭。而只有一只鹿无动于衷。它为什么没哭呢?因为狮后的死实在让它太解气了。狮后曾掐死了它的妻子和儿女,这杀妻灭子之仇它一辈子都忘不了。

这时候,有一个拍马屁的家伙像以前一样,兴冲冲跑到狮王跟前叙述了它所看到的鹿的一切举动。狮王一听勃然大怒,这真令人毛骨悚然。

正如所罗门王所说的,"王的威吓,如同狮吼",这是十分可怕的事情,但鹿大字不识,因此也就不能体会所罗门所说的意思了。

狮王狠狠地说道:"你这个森林中的无名小辈,在这个时候竟敢笑,你真是胆大包天,我今儿没工夫用神圣的爪子来撕开你亵渎神灵的身体。群狼!你们去为死去的王后报仇吧！把这个叛徒杀死，用它去祭奠亡灵吧！"

鹿听到这话后赶紧对狮王说："陛下，悲恸的时候已经过去，痛苦也变得多余了，你亲密的伴侣静卧在花丛里，已向我显灵了。'朋友，'她说，'当我升天成仙的时候，请注意，葬礼中不需要你痛哭，在爱丽舍乐园之中我享受到了无比的乐趣。因为我现在正和圣人生活在一起。让狮王悲痛去吧！看到它如此怀念我，我心中十分宽慰。'"

一席话说得百兽欢呼雀跃起来："太好了！狮后成了仙了！"

于是，鹿不但没有受到惩罚，反而得到了赏赐。

狮王当然是个大傻瓜，鹿只言片语就蒙住了百兽之王，这不能不说明鹿的胆量和勇气。

秃尾狐

有一只狡猾的老狐狸，它是偷鸡捉兔的老手，它能在一里以外嗅到猎物的气息。有一次，它不慎掉到了陷阱中被捉。侥幸的是，它得以逃脱，但付出的代价是丢了自己的尾巴。

这只狐狸丢了尾巴觉得很没面子，就想让其他狐狸都没有尾巴。一天，狐狸把其他的狐狸都请到了一起，它说："我们要这没用的负担干吗？尾巴只能去打扫泥泞的小路，除此之外别无他用，不如割掉它。请相信我，下定决心吧！"

"你的意见是很不错的，"一只更老的狐狸搭腔，"只不过想请你转身过去，让我们来回答你的建议。"

话音刚落，狐狸中一片嘘声，这只可怜的秃尾狐狸没有了听众，想除掉所有狐狸尾巴的诡计一下泡汤了。自己不行，还要拉别人下水，这是最可恶的行为。

母狗借房

一只母猎狗快要生狗崽了，但还没找到安全生育的地方，这激起了它同伴的怜悯心，答应把自己的草屋借给它暂住。就这样，母猎狗就在同伴的草屋里安顿下来，一心一意地生狗崽。

过了些时候，它的伙伴见它已经生了孩子，就准备搬回家来住，母猎狗请求再延长半个月的期限，理由是它的孩子现在才刚学走路，还需要精心照顾，于是它的请求得到应允。

半个月过后，同伴如期向母猎狗要回自己的房子。这次，母猎狗露出了狰狞的面目，它张牙舞爪地叫嚷道："我是准备搬出你家的，但这还要看你是不是有本事让我搬出去！"原来这个时候，母猎狗的孩子们都已长大，长得凶猛高大。

好心好意帮助别人，但却被别人反咬一口，这种事尽可能不要去做。

蛇、黄鼠狼和老鼠

黄鼠狼一看到蛇就想一爪将其抓死，而蛇一看到黄鼠狼就想一口将对方咬死。它们成了仇人。

由于它们结下了这种世代不解的仇恨，所以它们在教育后代时，也念念不忘地将这一切都告诉了它们的后代。

蛇对自己的子孙说："孩子们，你们要牢牢记住，在你们的一生中，无论谁都可以饶恕，但黄鼠狼万万不能饶恕。因为，我们家族中有许多人都死在它们的手里。你看它们那尖尖的爪子，长长的嘴，是专门为杀害我们而长的。"

蛇是如此，黄鼠狼也是这样。它们每月都要开一次家族会议，会议的第一个议程是宣誓，它们的誓言是："与蛇不共戴天，势不两立，以彻底消灭蛇为最终目的！"

然后是黄鼠狼的传统教育："蛇是我们的敌人，无论何时何地都要牢牢记住这一点，一天不消灭蛇，我们就没有一天好日子过。"

蛇和黄鼠狼虽然是世仇，但它们又共同憎恨老鼠，这是为什么呢？

原来最早的时候，蛇、黄鼠狼、老鼠三种动物都是邻居。有一天，蛇家的大珍珠不见了。蛇出来找时，遇到了老鼠，蛇就问老鼠："鼠老弟，你看到我家的大珍珠了吗？"

老鼠一听蛇问它家的大珍珠，脸不禁红了，因为大珍珠是它偷的，但它马上又镇静了下来，悄悄地对蛇说："要问你家的大珍珠啊，今天早上我在黄鼠狼家看见过。但你千万不要说是我说的。"

不久，黄鼠狼家的大金币也丢了。当它出来寻找时也遇到了老鼠。黄鼠狼问老鼠："鼠老弟，你知道我家的金币被谁偷去了吗？"

老鼠伏在黄鼠狼的耳朵边低声说："黄鼠狼大哥，我们俩好得如同一家人，我知道你的金币在哪里，它在蛇的家里呢！"

从此，蛇和黄鼠狼之间就有了仇恨。蛇以为黄鼠狼偷了它家的大珍珠；黄鼠狼以为蛇偷了它的金币。其实不然，这两样东西都被老鼠偷去了。它怕事情泄露，才挑拨蛇与黄鼠狼的关系。

后来，事情终于真相大白了，虽然蛇和黄鼠狼都很憎恨老鼠，但它们之间长期形成的误会也难以化解了。

这一天，蛇和黄鼠狼又相遇了，一场恶战杀得难解难分。蛇咬掉了黄鼠狼的两只耳朵；黄鼠狼咬掉了蛇的半截尾巴。

老鼠在洞里看到了蛇和黄鼠狼在互相厮杀，但它一直不敢走出洞门。直至老鼠看到蛇和黄鼠狼都受伤了，以为没有什么危险了，才大摇大摆走出了洞外。蛇和黄鼠狼一看到老鼠立即停止了厮打，纷纷直扑向老鼠，老鼠吓得拼命逃跑了。

出卖朋友的驴

　　弱小的动物碰到强大的动物，总是要吃亏的。强大的动物总有征服弱小动物的欲望。这一天，狮子和驴相遇了，它们便商量着合伙去打猎。

　　说到合伙，当然是要以狮子为主，因为狮子是百兽之王，它身体雄壮，有勇有谋。至于驴，它有一股实干劲，无论什么事都会拿出百分之百的力气去做。

　　狮子与驴商量好了打猎的事，便向深山老林赶去。

　　驴对狮子说："大王，我发现山上有一个很大的洞，洞里面住满了野羊。它们每天早上都到山坡上去吃草，然后就藏到山洞里。"

　　狮子开始不相信，问道："驴啊！你怎么知道那个山洞里有野羊？"

　　"因为我曾和野羊是朋友，经常到它们那里去做客。"驴说得很诚恳。

于是，狮子相信了。它们很快来到那个山洞前，狮子对驴说："要想将野羊全都捉住，我们得好好商量一下。我看最好你进山洞去，因为你是它们那里的常客，它们不会怀疑你。我就守在山洞口，监视跑出来的野羊。"

驴答应一声："好！"说完，它放开四蹄就冲进了山洞里。

驴昂着头，大摇大摆地进了洞，野羊们见是好朋友驴，立刻上前打招呼。谁知驴却像着了魔似的，对它们的热情不但无动于衷，还伸出后蹄狠狠地踢它们，并不住地叫道："快滚出去！快滚出去！"

野羊们感到很困惑，今天驴是怎么了？以前都十分友好，现在却乱叫乱踢。它们哪里知道，今天的驴可不是昨天的驴了。

狮子守在山洞口，只听到里面一阵混乱，知道野羊马上就会跑出来，它亮出两个大爪子，野羊出来一只，狮子就捉一只，一会儿就捉了许多只。

驴在洞里踢累了，走出洞来，看到狮子捉了那么多野羊，便得意扬扬地问狮子："大王，你看我是不是非常能干，把这么多野羊都轰出来了。"

狮子嘲讽它："你的确很能干，不过，我指的是你在出卖朋友方面。"

狐狸和狗对歌

有个牧人养了很多羊，多得连他自己都数不清。因为他的羊圈经常被一些野兽破坏，为了更好地保护羊，他买了一只高大威猛的牧羊犬守卫在羊圈周围。

在一个月黑风高的夜晚，一只狐狸悄悄地摸到了羊圈边。

牧羊犬知道今夜太黑，容易出事，所以它抖擞精神，分外小心。它摇着尾巴，轻快而频繁地围着羊圈巡逻，锐利的目光透过黑暗，仔细地搜索着每一点可疑的迹象。

忽然,牧羊犬发现羊群中有微微的骚动,一条黑影蹿进了羊群里。牧羊犬悄无声息地尾随过去,正好看见了那只伏在吃奶的小羊羔身边的狐狸。

狐狸也发觉牧羊犬跟了过来,便狡猾地抱起小羊羔,用脚爪轻轻地梳理着小羊羔的绒毛,假意抚爱它。

牧羊犬威武地站在离狐狸不远的地方,后腿微屈,准备随时扑向狡猾的狐狸。它见狐狸仍旧一副毫无惧色的样子,便装作漫不经心的样子问道:"讨厌的狐狸,你这是在干什么呀?"

狐狸眼也不抬一下,看也不看牧羊犬一眼,只是专心地梳理着小羊羔的绒毛,然后慢条斯理地唱起了歌:

夜儿黑黑风飘摇,
羊儿静静全睡觉,
狗儿惶惶去巡逻,
羔儿由我来照料。

牧羊犬听了,心中暗笑:"什么,你来照料小羊羔?如果不是我及时发现,小羊羔恐怕早就被你三两口吃掉了!"

但是,牧羊犬并没发怒,也学着狐狸慢条斯理地唱歌回答:

夜黑我眼却雪亮,
狐奸岂能把我骗?
若不放下小羊羔,
狗的抚爱叫你尝!

狐狸见牧羊犬不给它面子,若硬斗一场自己肯定会吃亏,只得夹着尾巴逃走了。

死里逃生的狗

高山脚下有一个村子，村子里有一个农夫，农夫种了很多地，地里的庄稼长得很好。正是秋天收割庄稼的时候，天空突然飘起了鹅毛大雪。

农夫被困在家里，不能出去收割已经成熟的庄稼，一家人饿坏了。农夫愁眉不展，把一只养了几年的绵羊宰掉吃了。大雪依旧，绵羊也已经吃完。"唉，羊奶也填不饱孩子们空空的肚子。"农夫无奈，又把奶羊杀了。

风暴不停，奶羊的骨头也已啃光。"唉，没了妻儿，还种什么庄稼？"农夫狠狠心，又把耕牛牵了出来。

耕牛流着眼泪说："主人啊，我早出晚归，任劳任怨，干的是最苦、最累的活儿，吃的是草，出的是力气，为你辛辛苦苦干了一辈子，你不能杀我呀！"

"呃，一辈子吗？用你的命换我的命，这才够你的一辈子！"

农夫还是操刀把耕牛杀了。

恶劣的天气持续不止，而缸里贮藏的牛肉越来越少。

院子里的几条狗见到主人今天杀羊，明天杀牛，心里都很害怕。它们担心自己也会被主人宰了吃掉，为了能够继续活下去，它们便偷偷地逃出了农夫家。

母狮和母熊

有一个猎人胆大至极，偷偷地捉走了一头刚出世不久的小狮子。母狮咆哮起来，狮子的怒吼声响彻丛林，动物无不动容。在又黑又静的夜里，妖魔仿佛都无法施展各种法术。狮妈妈的一声声哭嚎，使每一只动物都不能安然入睡。

最后母熊实在忍不住了，开口说："朋友，我只想问问你，那些所有到您口里去的孩子，它们难道就没有父母，是从石头缝里蹦出来的吗？"

"它们有啊！"

"假如这样的话，它们中的任何一位死去后，有谁的父母为儿子的死闹得大家头昏脑涨的？既然这么多的母亲都能忍气吞声，朋友你就不能少哭闹一点吗？"

"哦？我惨遭如此不幸，要我完全不作声呀？我失去我儿子之后，我的晚年将多么痛苦和孤独啊！"

"请你告诉我，是谁让你遭受如此不幸的啊？"

"哎呀！这是仇视我的命运女神特意与我作对。"

我们经常把这样的话挂在嘴边。人啊人，这些话都是故意说给你们听的，我们老是听到些没完没了的唠叨，逆境中的人总是固执地认为是神在跟自己过不去。假如他们回忆一下特洛伊的王后赫居柏的悲惨遭遇，他们就会感谢众神对他们的特别关照了。

被人割去耳朵的狗

"我到底做错了什么，主人为什么要割掉我的耳朵？现在我落得这么悲惨的地步，还有什么脸见同伴呢？啊！什么万物之灵，还不如说是暴徒，假如你们把人的耳朵割掉，你们又会作何感想？"肥头大脸的小狗使劲狂吠着，但刚割下它耳朵的人对它痛苦的叫喊却置之不理。

没过多久，小狗却感到了失去耳朵的好处，因为它喜好争斗，如果打败，回家时难免不会在耳朵上留下些累累伤痕。一般好斗的狗难以保全双耳，因此没了耳朵就不容易给对手的牙齿留下可下嘴的地方。

当你某个地方需要保护，就需要分外地注意，以免受到袭击。这戴着项圈的肥头大脸的狗就是个很好的例证。现在小狗自我感觉好多了，以前惧怕的狼现在都不怕了，而狼也确实拿它没有办法。

狮子出征

狮子想创建一番惊天动地的事业，它举行军事会议，又派出它的使臣去通告群兽。要大家根据各自的情况担负一定的任务。

大象得在背上驮运必要的军需品，并按照它平时的作战方式去参战；熊要准备冲杀；狐狸要出谋划策捣诡计；猴子则专耍花招愚弄敌人。

这时有一个人说："把驴子送走，它们太迟钝。还有野兔，它们动不动就草木皆兵。"

"不，不，一点也不像你说的，"国王说，"我还是要使用它们，没有它们我们军队的配备就不完整。驴子可以充当司号员，它会使敌人胆战心惊，野兔可以担任传令兵。"

聪明有才识的君主在最微贱的臣民身上也善于发现某些特长，他知道怎样去发挥他们不同的才能。

在有识之士看来世上没有一样事物是不可利用的。

悲哀的猪

有个农夫种田收割了不少粮食，卖了不少钱，便决定去买一些家畜来养。他先后买了一头小猪、一头奶牛和一只小绵羊。

每天，农夫都要把奶牛牵出去挤奶；每隔一段时间，绵羊也要被农夫牵出去剪羊毛。

每当农夫来牵它们的时候，奶牛和绵羊都会表现得非常温驯。因为奶牛没有小牛犊，它的奶一多，乳头就胀得难受；而绵羊呢，也觉得剪了长毛后，身上挺轻快凉爽。

和奶牛、绵羊相比，小猪可自由清闲多了。每天农夫给小猪喂的是米糠一类的精饲料，给奶牛和绵羊喂的却是草。小猪生活得很安逸，整天吃饱了睡，睡醒了吃。

对此，奶牛和绵羊都十分羡慕。一次，它们对小猪说："朋友，你看你生活得多自在，整天什么事也不做，吃的却比我们好，不像我们，吃的是草，却要向主人贡献奶和毛，产得少了，还要受主人的责怪，我们想不通啊！"

小猪听了，得意地摇头摆尾，哼哼唧唧。

日子一天天过去了，小猪崽长成了肥头大耳、膘肥体壮的大猪了。

一天晚上，由于肚子疼，大肥猪从梦中醒来，听到了主人和他妻子的一段对话。妻子说："我看这头猪已经长得够肥了，再喂东西它也长不了多少肉了。我们趁早把它宰了吃了吧，不然要浪费多少粮食啊！"

农夫答应道："好吧，我明天就宰了它！"

大肥猪听了十分害怕，再也无心睡觉，彻夜思索着怎么逃跑。畜舍坚固，墙也很高，寻思了半天，觉得只有在农夫来捉它时搞个突然袭击，撞倒农夫逃跑才是唯一的逃生方法。

第二天，农夫提着绳子来畜舍捉猪。猪早有准备，畜舍的门一开，它就不顾一切地冲出去，一下把农夫撞翻在地。猪嚎叫着向院外跑去，不料主人早把院门关得严严实实。

这时农夫已爬起来，他用绳索套住了猪的脖子，猪绝望了，声嘶力竭地嚎叫着，四条腿乱蹬，痛苦地挣扎着。

看到猪这么激烈地反抗，畜舍里的奶牛和绵羊莫名其妙，齐声劝解猪说："哎，朋友！主人常来牵我们，我们什么时候像你这样无礼呀？你第一次被牵，就这样不顺从，叫主人多寒心啊！你要听话，这样才不枉主人白白养你这么大。你不要挣扎，过一会儿，主人就会放了你的。"

猪继续挣扎着，哭泣着对奶牛和绵羊说："你们把问题看得太简单了。主人养奶牛为的是挤奶，养羊为的是剪羊毛，所以你们能活着回来。主人用米糠喂我，图的是吃我的肉，这可是要我的命呀！"

狼和狐狸

当人们一提到狐狸的时候，马上会想到"狡猾"两个字，事实上，狐狸真的成了"狡猾"的代名词，相比之下，狼就要相形见绌了。

天黑了下来，狐狸漫步来到水井旁，俯身低头看到井底的月亮圆圆的，它以为这是块大奶酪。两只吊桶一上一下交替地打水上来，这只饿得发昏的狐狸也顾不得那么多了，它跨进一只水桶径直下到了井底，另一只水桶则升到了井面。

下到井底，它才知道这圆月是吃不得的，但自己已铸成大错，处境非常不利，长期下去只能坐以待毙。如果没有另一个饿死鬼来打这月亮的主意，用同样的方式，落得个同样悲惨的下场把它从眼下窘迫的境地换出来，它又怎能指望活着回到地面上去呢？

两天两夜就这样过去了，没有一个人光顾水井。时间在不断流逝，银色的上弦月出现了。沮丧的狐狸正无计可施之时，恰好一只口渴的狼途经此地，狐狸不禁喜上眉梢，它虚情假意地跟饥饿的狼打招呼："喂！朋友，我免费招待你一顿美餐怎么样？你看到这个了吗？"

它指着井底的月亮对狼说道，"这可是块十分好吃的奶酪哟！这是家畜森林之神福纳用奶牛伊娥的奶做出来的。如果神王朱庇特病了，只要尝到这美味可口的食物就会胃口大开。我已吃掉了这奶酪的一半，剩下这片足够你吃一顿的了。就请委屈你钻到我特意为你准备好的桶里下到井里来吧！"

狐狸尽量把故事编得天衣无缝，这只狼可真是笨极了，居然中了它的奸计。狼下到井底，它的重量使狐狸升到了井口边，只被困了两天的狐狸终于得救了。

大家不要嘲笑这件事，对一件没有把握的事我们也一样经常被诱惑吸引，对于那些既向往又拿不定主意的事，人人都极易轻信上当。

蝙蝠、荆棘和潜水鸟

蝙蝠、荆棘和潜水鸟活了大半辈子了，还是穷得叮当响，过着有上顿没下顿的生活，它们很痛苦。

蝙蝠、荆棘和潜水鸟决心改变自己一贫如洗的状况，便决定合伙经商。但是没有本钱，该怎么办呢？

蝙蝠会处事，有许多好朋友，它找到几个朋友借了一些银子，有了经商的本钱；荆棘有一件好衣服，它也有了经商的本钱；潜水鸟买了一些铜，它便以铜为本钱。

它们在一起商量，要到海外去经商，因为它们曾向发过财的人请教过，说在海外经商发财比较容易。于是，它们租了一艘大船，乘着船出发了。

船航行在大海上，载着潜水鸟的铜，荆棘的衣服挂在船舱里。它们欢天喜地，以为这次经商一定能赚很多钱。等它们有了钱之后，要什么有什么，那时候可威风得很，它们是这样想的。

开始时，海上风平浪静，还不时有海鸟飞来陪伴着它们。可是，渐渐地，海的上空翻滚起了乌云，接着是电闪雷鸣，转眼间，海鸟们都不见了，海上到处是滚滚的波涛。

山一样的大浪朝它们的船扑来，一会儿将船掀上浪尖，一会儿将船按到波底。它们都被这突如其来的变化吓坏了。潜水鸟跑到舱底去看它的铜；荆棘马上守住它的衣服；蝙蝠把银子带在身上，牢牢地握住钱袋。

风浪越来越大，一个巨浪猛然打来，顷刻间，船被掀翻了。不管是潜水鸟的铜，荆棘的衣服，还是蝙蝠的银子，都被大海吞没了。

幸运的是，大海没有要它们的命，用巨浪将它们推送到了海滩上。

它们重新回到了各自的家里，但家里只剩下四堵空壁了。从此，潜水鸟为了找铜，总是钻到海的深处，想着有一天能将那些落入深海的铜找回来；蝙蝠怕见那几个债主，白天不敢露面，到夜里才敢出来觅食；荆棘为了寻找自己的衣服，谁从它的旁边经过，它都要抓住人家的衣服仔细观看，想把自己的衣服找回来。

太阳和青蛙

阳光很照顾住在池塘里的青蛙，给了青蛙无微不至的关怀和照顾。青蛙觉得生活得很美好。这些池塘里的青蛙女王，四处夸耀自己的帝国如何如何强大，居然敢冒天下之大不韪，反对它们的恩人太阳，变得非常可恶。

骄横、浮躁、忘恩负义，这些一帆风顺时的产物，它们拼命鼓起腮帮子叫嚷着，吵得人们无法安静地入睡。如果有人对它们的胡言乱语稍感兴趣，它们就会大呼小叫地恨不得把世上的人全都煽动起来，共同反对太阳，反对阳光。

照青蛙的说法是，"太阳将会让世间的一切都为之衰竭，因而必须紧急地行动起来，武装自己，组织起一支强有力的部队。"

当朝阳刚从东方露出笑脸时，成群结队的青蛙就向其他各国派出了使臣，全世界都能听到它们胡言乱语，好像世间万物都在关注着这恶劣的沼泽地区。青蛙毫无理由的抱怨还在继续进行。如果青蛙还不知好歹的话，轮到太阳发火的时候，就不会这么简单了，那时世间万物就会向青蛙群起而攻之。

猫狗之争和猫鼠之争

这个世界充满了纷争，人们能为此而提供成千上万个不同的例子。信仰纷争女神的人占很大一部分。就拿水、火、土、风四种事物来说吧，这个古希腊哲学家认为构成宇宙的"四行说"，将会使你惊奇地看到这些元素无时无刻不处在一种既和谐又对立的矛盾统一体中。除了这四种永不停息地冲突、争斗的元素外，恐怕世界上再没有比它们更能体现这一特征的了。

在很久以前，有一家养了很多猫和狗，由于受种种规定约束，猫狗安分守己，很久没有吵闹了。主人令其各司其职，谁胆敢闹事，就呵斥并鞭打。因此，这些畜生互相礼貌相待，如同亲戚般共同生活着。

猫狗生活得很好，还很和睦，令主人很满意。但不幸的是，这种愉快的生活最终还是遭到了破坏。由于主人偏心眼，把一盆带骨头的汤额外地赏给了其中的一只狗，使得其他猫狗将此视为一种歧视行为而引起了内战。

不管如何，争执使饭厅和厨房都变成了充满火药味的战场，猫狗各为一方。主人草草地处理了这突如其来的风波，所有的猫都不服气，都想再狠狠地和狗干上一仗。猫的律师说一定要对照以前有关规定来处理，于是猫倾窝寻找，但仍是白费工夫。因为猫的律师把规定藏在一个角落里，可老鼠却把这些条文咬得支离破碎。于是猫迁怒于老鼠，老鼠倒霉透顶。猫们发誓："逮住老鼠决不轻饶。"房主觉得事情的结局真是妙不可言。

这个故事告诉我们，天底下任何一种生灵，都有对立面，这是自然法则，不必再找出处。我们常常看到一些人为微不足道的一点小事恶语相向，他们到老了都仍然应该好好反省反省自己的言行举止。

衔肉的狗

狗的一生最爱吃的东西是什么呢？答案是肉。但有的狗为了能饱饱地吃上一顿肉，身上要挨很多闷棍。有的狗却是想吃什么就能吃什么。

但是，话又说回来了，人们养狗只是为了让它们看家守院，有时也会带上它们去打打猎。

至于达官显贵家的宠物狗，那可就另当别论了。那些宠物狗的生活比一般人的生活还要好，要是生了病还有兽医为它们精心治疗呢！

而这只狗则不同，它是一个穷人家里养的狗，每天吃的是剩饭剩菜，但狗很满足这样的生活。到了逢年过节啃上一块骨头，狗会香得一连几天都做好梦，希望主人天天过节，以便自己每天都有骨头吃。

可是，这只能是狗一厢情愿的事，主人不可能天天过节。节日一过，又只能

用馊粥烂饭来填饱狗的肚皮。一旦遇到天灾人祸，就连这些吃的也没有了。

一次，狗路过一个小镇，不远处有一辆马车疾驰而过。狗用鼻子嗅了嗅，好香呀！狗认得那车上拉着的是肉，便悄悄地跟在后面。拉车的马越跑越快，狗便穷追不舍。

前面是一个很陡的下坡，路面又高低不平。马有些收不住蹄，一直向坡下跑去。车颠簸得十分厉害，一会儿歪向左，一会儿歪向右，车上的东西被颠了下来。

狗飞快地跑上前去，低下头一看是很大的一块肉，狗的口水立刻涌了出来。一张嘴，狗便将那块肉叼了起来，衔在嘴里。

衔着肉，狗又没有了主意。它心想：在这里吃吗？不行，一旦有同伴赶来还得分一半给它。就算没有同伴来，主人看到了，哪里还有它吃的份儿。

狗想到了一个好办法，只有躲起来偷偷地享受。躲起来享受，自己细细地嚼，慢慢地咽，好好地品一品肉的味道。吃饱了再美美地睡上一觉，那可就美极了！

狗衔着肉朝远处一看，河对岸有一片小树林，那可是最理想的地方了。狗衔着肉朝那条河走去。走到河水中，狗朝河里一看，河里还有一只狗，其实那是它自己的影子。再仔细看看，那只狗口中衔着的肉要比自己的这一块大许多。要那块大的！狗立即张开嘴去夺那块大肉。

河水哗哗地流着，狗一张口，肉掉在河里，顺着河水流走了。随着水花四溅，河水又平静下来，狗望望河里的那条狗，它的嘴上什么也没有了。

狗这时才明白，原来刚才那只狗是自己的倒影。现在狗后悔极了，一块衔在嘴里的肉就这样白白地被河水冲走了。

狼和狐狸

有一只狐狸看到狼威风凛凛的样子，很羡慕。希望自己也能够变成狼。

狐狸对狼说："朋友，我的饭菜通常总是一只老公鸡，不然就是些瘦小鸡。见到这些食物我就倒胃口。你的食物总比我丰富得多，所担的风险又小，我必须得走近住宅，而你躲在一旁就行了。把你的本事教给我吧！好朋友，行个方便吧！让我成为狐狸中最厉害的，能在铁叉上烧烤一只肥羊慢慢享用。我绝不会忘恩负义的。"

狼满意地说："我乐意为你效劳。我的一个兄弟刚好死了，你赶紧去把它的皮拿来穿上。"

待狐狸正要去取狼皮时，狼又说道："假如你想甩掉看守羊群的猎狗，你非得学会一些必要的本领不可。"

狐狸披上了狼皮，反复操练着它的狼老师所教它的各个动作要领。开始时模仿动作还不太像，到后来非常逼真，以至于惟妙惟肖，能够以假乱真。

正当它刚学好这套本领时，恰巧有一群羊从此地经过。这只披着狼皮的狐狸立刻飞奔过去，一时之间恐怖气氛笼罩了整座山野。就这样，羊群仿佛看到了地球就要毁灭一般，狗、羊群和牧羊人都朝村子里狂奔逃命，只有一只母羊跑得最慢，快被这个披着狼皮的狐狸抓住了。可就在这个时候，狐狸听到一只公鸡在打鸣，狐狸马上朝公鸡奔跑过去，把它那件狼皮丢在了地上。它向往的猎物还是那只令它垂涎的鸡。

伪装是毫无作用的，认为这样就能改变一个人的禀性，那只是痴人说梦！只要一有机会，他们马上会故态复萌，一切照旧！

乌鸦、龟、羚羊和老鼠

森林里的老鼠、羚羊、乌龟、乌鸦相处得很融洽，它们是世界上最好的朋友，整日形影不离。它们选择了一个极为隐蔽又不为人知的地方，作为自己的栖息地。但好景不长，人们最终还是发现了它们的隐居地，因此不论在沙漠、高空还是湖海深处，总摆脱不了人类的种种追捕和搜寻。

羚羊独自游玩时遇到了一只猎狗，羚羊开始逃命，猎狗紧追不舍。

天黑了下来，大家还不见羚羊回家，老鼠对乌龟和乌鸦说："怎么回事，今天只有我们三位在一起用餐，难道羚羊已经忘掉了我们？"

听了这话，乌龟马上伸长脖颈喊了起来："哎呀！要是我像乌鸦一样有翅膀，我就立刻动身，看看它在什么地方，出了什么事情。它可是我们的好朋友呢！没有它我们今天晚上肯定睡不着。"

于是乌鸦放下餐具展开翅膀高飞，它从空中远远地看到莽撞的羚羊掉进了陷阱，正在使劲地挣扎着。乌鸦马上回来向老鼠和乌龟报告，老鼠和乌龟只顾问羚羊什么时候、什么原因遇了难，乌龟又像一位迂腐的老学究作出种种判断。结果大家空话连篇，浪费了很多宝贵的时间。最后三位朋友一致作出决定：时间紧急不能再耽搁了，立刻前往羚羊出事的地点。

"至于乌龟，"乌鸦说，"因为它走得实在太慢，谁也说不准它什么时候能赶到羚羊出事的地方，还不如让它守家。"乌龟十分想像其他两位一样迅速前往羚羊出事的地点，只可惜自己脚短，还背着个沉重的包袱。

当老鼠咬断了陷阱的网结时，大家高兴极了。就在这时候，猎人赶到了，他厉声喝问："是谁把我的猎物放跑了？"

老鼠闻声马上躲进了洞里，乌鸦则飞到了树上，羚羊也早就消失在树林中。猎人因为找不到羚羊，气得简直要发疯了。循着小路走，他发现了乌龟，气也就消了一半。他自言自语："我还是没有白跑一趟，这乌龟就够当晚餐的了。"

猎人把乌龟放进一个袋子里，要不是乌鸦及时通报羚羊，乌龟就成了"替罪羊"了。只见羚羊故意从躲藏的地方走出来，假装瘸腿出现在猎人面前，引诱猎人去追踪它。猎人看见羚羊就将沉甸甸的口袋扔到路旁去追羚羊。这时候，老鼠趁机把扎口袋的绳结咬断，最后乌龟也得救了，最终猎人什么也没得到。

猫与两只麻雀

一只猫和一只小小的麻雀在同一天里出生，从幼年起它俩就是好朋友。鸟笼和猫舍都同在一间房里，鸟常常把猫惹得发火，一个用嘴啄，另一个则用爪子挠，但猫一般对鸟总是谦让几分，往往稍稍惩罚一下就此罢休。它十分注意，尽量不亮出自己的利爪。而麻雀却很不懂事，经常用嘴去回敬猫。

猫是位聪慧小心的先生，原谅了这些恶作剧，它认为朋友之间不应为开玩笑而动真格。由于它俩从小一起长大，长期以来都相安无事，那种打闹也未曾演变成真正的格斗。

附近有只麻雀过来串门，在看望同类的同时顺便和猫说上两句。它们一起嬉戏玩耍后，两只麻雀却吵起架来。

猫当然偏护它的朋友，它说道："这个陌生的家伙居然欺负到我们头上来了，它嘲弄我的朋友，还吵得不可开交。我以猫大哥的身份要狠狠地惩罚它！"于是它就加入了战斗，把串门的麻雀吃掉了。

"真的，"猫咂吧着嘴品味道，"这麻雀的味道还真不错！"猫一回头恶狠狠地把它的好朋友也一口吃掉了。

两只母山羊

两只母山羊吃饱了肚子，就任性地骄横撒起野来。它俩试图碰碰运气，就出发到外面旅行，并沿着牧场向荒凉而人迹罕至的地方一直朝前走去。这里根本没有路，有的只是岩石山峰和断壁悬崖。

两只母山羊随心所欲地去攀登，骄傲放肆地显露自己有着白蹄子的贵族身份。它们离开了平坦的草地，四处寻找好运气。走着走着，在一座桥上，两只母山羊相遇了。

只见一条小河欢快地从桥下流过，横在它俩中间，而河上搭了块木板就算是桥吧，估计两只黄鼠狼才可勉强从木板上并肩走过。桥下水流湍急，两只母山羊看了不禁发起抖来。

尽管桥窄难以擦肩通过，但为了保住各自的面子，一只羊还是把脚踩上了木板，而另一只羊也走了上来。它们都没有要退让的意思。

就这样一步一步地逼近，脸对脸，傲气十足，双方谁也不让谁。它们已经羊角对羊角了，仍然没有谁主动退让一步，这时桥突然塌了，两只母山羊都掉进了水流湍急的河里。

病鹿

森林里有一只鹿得了病，而且病得还不轻。它整天卧床不起，动弹不得。病鹿的朋友都来看望它。每天都来一群一群的，病鹿受不了朋友们的过分关怀，它的病更加严重了。

"唉！朋友们，还是让我去死吧！按照自然规律，让司命女神巴赫克打发我上路吧！请大家别再为我哭泣了。"病鹿请求着大家，可情况并不像它想象的那样，这些慰问者始终都在场，一点也没有要马上离开的意思。

它们觉得自己没有尽到朋友的责任，都希望陪伴病鹿到永远。但病鹿总得弄点吃的招待朋友们，就这样，可供病鹿吃的食物也就不多了。它拖着病体找不到什么可供果腹的，情况越来越糟，最后就这样活活给饿死了。

凡事都有个度，这个度是做事的底线，如果跨过底线，这件事就会变得糟糕。

狐狸和火鸡

有一群火鸡住在一棵大树上。狐狸想吃掉火鸡，但一直没有成功。阴险的狐狸已经绕树转了好几圈，瞧见火鸡在大树上紧紧地盯着自己。它恨恨地喊着："怎么了！这些躲在树上的家伙居然敢跟我作对，你们以为这样就能免于一死吗？错了，大错特错！我对天发誓，我绝不会轻饶你们的！"

狐狸还真兑现了自己的诺言。这天晚上月色皎洁，仿佛故意要和狐狸作对，但这对于火鸡来说当然是再好不过了。

狡猾的狐狸诡计多端，它使出浑身解数引诱火鸡上当，忽而假装向上爬，忽而又踮起身子向上移，接着趴在地上装死，一会儿又爬起来。狐狸竖起它那肥大的尾巴，使它油亮闪烁，还耍了各种各样骗人的把戏。在这段时间里，没有一只火鸡敢放松警惕，敌情使它们两眼圆睁，紧张地注视着对方的一举一动。

时间一长，这些可怜的火鸡都头晕目眩，不断地从树上栽了下来，几乎有一半火鸡掉了下来。狐狸把掉下来的火鸡一一逮住。

要知道，越是到了危急关头，神经越不能紧张，否则，乱了方寸，就会前功尽弃，像火鸡一样，来个倒栽葱。

狼和小羊

羊仿佛生下来就是专门给狼吃的，关于这一点，狼一直没有异议。它巴不得每顿都有一只羊吃呢！但狼也有不吃羊的时候。

有一天，狼出门要去为自己找些吃的。尽管它不是很饿，可是，狼总觉得如果出了门空手而归，那就太没面子了。

天空蓝蓝的，有白白的云在飘；地上青青的，有碧绿的水在流。狼对这些没兴趣，它瞪大眼睛寻找的是食物。

有一只小羊走出家门，它想到祖母家去看一看，因为祖母捎信来，说十分想念它。刚刚走出半里地，它看到前面有一个浑身长满灰毛的大家伙。

小羊年纪很小，还不曾见过狼，虽然母亲对它讲起过恶狼的故事，但印象却不深。已经来到狼的跟前了，它才猛地想起，哎呀！这不是一只大灰狼吗？

狼看到小羊毫不畏惧地走到自己的眼前，它自己也不敢相信这是真的，心中暗想，这一定是只不懂事的小羊，我要将它吓住，那样才能美美地饱餐一顿。

正当狼想着的时候，小羊已经意识到大难临头，于是撒腿就跑。

狼急了，一边追一边喊："请等等，我不是坏人，我是你狼大叔！"

小羊哪里敢停下半步，它头也不回地只顾朝前跑去。狼在后面穷追不舍，眼看就要追上小羊了，这时，小羊看到不远处有一座神庙，紧跑几步，一闪身便躲进神庙，马上将大门牢牢地关上了。

狼追着追着，追到神庙前不见了小羊，便知道小羊躲进了神庙。它去推门，但门被牢牢关住了。

狼坐在地上喘着粗气，开始想主意。没过多久，狼开口说话了："喂！小羊，你真是个傻孩子，见到我干吗要跑呢？我是你狼大叔，你没听说过吗？我和你绵羊伯伯还是好朋友呢！"

小羊被吓得心惊肉跳，哪里敢答话。

狼拍打着庙门又说："快出来吧！傻孩子，一会儿要是被庙里的祭司捉住，他会将你杀了祭神的。"

此时，小羊已经安下心来。它看看神庙中慈眉善目的神像，再看看干净整洁的祭坛，这令它很放心。

于是，小羊对狼说："我宁愿献给神，也比被你吃掉好。坏家伙，你竟敢在神的面前撒谎，你不会有好下场的。"

猴子

树林里有一只母猴子，为了生小猴子，它和一只雄猴子生活在一起。雄猴子脾气暴躁，动不动就挥起拳头打母猴子。由于经常挨雄猴子的打，那位可怜的母猴子整日唉声叹气，最后郁闷而死。

它的儿子为此非常悲伤，号啕大哭也无济于事，但雄猴子此时却高兴得笑出了声，自己老婆已死，则又可另娶新欢了。人们都认为它不堪教化，不知悔改，是没有好下场的。

如果一开始就注定要以悲剧结束，那么应该尽快结束。

怕老鼠的狮子

有一头脾气暴躁的野牛得罪了狮子，狮子便邀海豚助威。决斗时，海豚没来助威，狮子虽然打败了野牛，但是心里却不高兴。

野兽们都纷纷议论说："我们的大王真没有面子，虽然与海豚结盟了，但人家海豚根本没有理它，它只好自己去与那头大野牛单打独斗。"

那一天，狮子与野牛斗得好苦，它们从早晨一直打到中午。狮子被野牛顶破肚子，野牛被狮子咬掉了尾巴。中午时，它们收兵回营，去吃喝补充营养，稍稍休息，下午又开始了恶斗。

它们从草地打到树丛，又从树丛斗到山脚，最后结果如何呢？

野兽们都十分关心胜负情况。它们跟着狮子和野牛，一路观看，越看越有兴致。天渐渐地黑了下来，狮子终于打败了野牛。

回想几天来的经历，狮子心中非常不愉快。晚上，狮子躺在床上，辗转反侧难以入眠。

它想："我身为百兽之王，怎么越来越没有威风了，野牛向我挑战，海豚欺骗我，天下可真要大乱了。"

好久好久，狮子才蒙蒙眬眬地睡去。它在梦中梦见，野兽们都不听它的话，都要跟它作对。

天渐渐亮了，狮子从睡梦中醒来，这时，一只小老鼠从它的嘴边跑过去。狮子抖擞精神站起身来，它前面转转，后面转转，左边瞅瞅，右边看看，四下里寻找这位不速之客。

这时，狐狸来到狮子的家里，它看到狮子如此尊容，便责备狮子说："你身为百兽之王，却怕一只小小的老鼠，可真是太不应该了。这不仅有损大王你的威严，我们脸上也无光。以后你叫我怎么再陪你到森林里去检阅百兽，怎么还有脸让百兽朝拜你呢？"

狮子一听这话，不禁气不打一处来，怒道："什么怕不怕的，我正在寻找那只该死的老鼠呢，我要把它吃掉，你再'啰哩啰唆'我也会把你吃掉。"

智勇双全的公牛

狮子自从当上百兽之王后很是威风，很多动物都来奉承它，这使它有点飘飘然起来。

有一天，狮子闲来无事，带着狐狸和老狼四处游逛。它们从山上下来，沿着小溪走着。小溪的水清清的，映出它们的影子。

狮子看看水中自己的影子,心情很好。啊,一头长长的浓密毛发,威严的面孔,野兽们谁敢不服!

狐狸看看自己的影子,再看看老狼的影子,不禁自卑起来。于是它对狮子献媚道:"大王,在整个大森林里,谁有你英俊,谁有你威武,你作为野兽的王中王,真是当之无愧。"

狮子听了狐狸的奉承之语,心里很开心,它拍拍狐狸的肩头,对它说:"这话不错,我这样的相貌谁能相比。大森林中谁敢不听我的话!"

"谁敢不听大王的话,只有死路一条。"狐狸马上接过话茬说。

老狼一直被晾在一边,心中很不是滋味,这时,它凑上来对狮子说:"如果胆敢有不听大王话的,我老狼会第一个冲上去与它拼命!"

狮子更高兴了。

它们离开小溪,来到山脚下,不远处有一头大公牛正卧在那里。它双眼微微地闭着,口中慢慢地嚼着青草,一副悠闲自得的样子。

狮子和狐狸、老狼走到它的身边,公牛看都不看它们一眼。狐狸看到公牛对狮子如此不恭,便狐假狮威地对公牛说:"喂,公牛,你也太嚣张了,在狮子大王面前竟敢如此无理,还不快快滚起来!"

公牛听到狐狸的喊声,缓缓地睁开眼睛,口里仍嚼着青草,将头轻轻地点了点,但却没有起身,更没有点头哈腰地表示欢迎。

狐狸和老狼看到公牛如此,气得跳起来。它们张牙舞爪地向公牛扑去。

公牛不慌不忙,抖一抖站起身来,躬起背,低下头,将尾巴夹在两条后腿中,朝狐狸和老狼迎了上去。只两三个回合,狐狸的头流血了,老狼的爪子折断了。

狮子在一旁看着,心中暗想,这头公牛也有点本事啊!于是,狮子决定施展一个诡计来治服公牛。狮子上前喝退狐狸和老狼,笑着对公牛说:"公牛啊,今天我杀了一只绵羊,如果你愿意,我们做个朋友,今天我们一块儿去美美地吃上一顿。"

狮子是想趁公牛到它那里以后,找个机会将公牛吃掉。

公牛跟着狮子来到了它的住处。那里的东西可真不少，各种动物的骨头扔得到处都是，但屋里屋外，别说有绵羊，就是连根羊毛也没有。

看完，公牛转身就走。狮子拦住公牛，问："我好心好意请你来，你就这样走？"

公牛怒道："我不这样走，难道还等你把我吃完才走吗？"

狮子和农夫

春天播种时，农夫带着老婆和孩子们一起忙，种上麦子种玉米，房前屋后还要种些蔬菜。

农夫经常对孩子们说："我们这样忙来忙去，为的是过上好日子。"

农夫的妻子十分贤惠，她不仅要帮丈夫种田，照顾孩子，还要做许多家务。

两个孩子都已10多岁了，都能帮助父母干一些力所能及的活儿。他们十分听父母的话，知道自己肩头的责任，所以一心一意地为家里出力，一心要让这个家过上好日子。

夏天是农夫全家比较清闲的时候，他们将田锄完后，便去河里打鱼摸虾，使生活更丰富，为餐桌增添美味。孩子们随父母每天劳作，也十分愉快。

秋天是好时光，农夫领着全家将田里的庄稼收完，一年就要结束了。但天有不测风云，人有旦夕祸福，就在农夫家准备舒舒服服过冬的时候，有一件意想不到的事情发生了。

这一天，农夫刚刚起床，披着衣服打开房门，他睡眼惺忪还没有看清外面的景物，突然门外刮起一阵劲风，一个庞然大物冲进了他家的院子。

是什么？农夫定睛一看，原来是一头狮子。

农夫忙闪身躲到一边，接着返身将院门关上。农夫想：这么一头大狮子，我要能将它捉住该多美啊！狮子肉用盐腌好，可以吃上一整年。狮子皮我可以做一条褥子，冬天坐在上面，一定十分暖和。

正当农夫想着如何处理狮子时，那头狮子已经发现自己身处险境，它前后看了看，墙高高的，门关得紧紧的。它有些急了，转过头看到农夫羊圈里有许多羊，它猛地冲过去，张开血盆大口，一口一只，片刻就咬死了很多羊。咬完羊，狮子又返身朝墙东边的牛扑去。

农夫看傻了眼，因为他知道，咬死牛以后，接下来就会是他和他的妻子、孩子了。农夫贴着墙边悄悄地溜到大门边，伸出手拔下门闩，将院门大大地打开了。

狮子听到开门声，丢下牛，一纵身跳出了院子。

狮子逃走了，农夫反倒叹起气来，妻子问他为什么，他说："今天那头狮子呀，它吃了我那么多羊，我却连一口狮子肉都没有吃到，太划不来了。"

农夫的妻子骂道："你以为你是谁啊！你根本就不是狮子的对手，狮子没把你吃了，就是你的运气了，你该满足了！"

和狼交朋友的羊

有一只大灰狼非常想吃羊肉，它好久都没有美美地饱吃一顿羊肉了。它发现了一群羊，但一直不敢下手，因为有一只猎狗整天守护着羊群。

这条猎狗可不一般，它是羊群的主人经过许多年才驯养出来的。它体格强壮，嗓门洪亮，满嘴尖尖的牙齿，耸起双耳，高高翘着尾巴，显得既威武，又凶猛。

猎狗十分忠于职守，为了完成主人交给自己的守卫羊群的任务，它时刻都警惕着，睁着大大的、雪亮的眼睛注视着四周，一旦发现情况，它会非常机敏地蹿出来，蹲在道上，警戒地观察动静。

在猎狗的忠实守卫下，主人的这群羊生活得无忧无虑，它们长得膘肥体壮。

有一天，主人由于有急事，带着猎狗上山去了。大灰狼看到有机可乘，便悄悄地接近了羊群。

为了能将羊群一网打尽，狼十分阴险地挑唆羊们说："亲爱的羊兄弟们，我是你们非常亲密的朋友，我们之间没有半点儿怨恨，以后不要再相互敌视，应该和睦相处！"

"你在说什么呀！你不是大灰狼吗？"一只小羊十分天真地问道。

"我是大灰狼，但这并不妨碍我们成为朋友，我们之所以一直不和，都是猎狗那个可恶的家伙造成的！"大灰狼装出一副非常气愤的样子说。

但是大灰狼觉得这还不够，接着又说道："我对你们是非常友好的，可是每当我要接近你们的时候，那可恶的猎狗总要狂吠一通。其实，我并没有要伤害你们的意思，只不过是想交流一下感情，但猎狗的存在使我们之间产生了难以说清的误解。"

羊们听了大灰狼的话，觉得它说得有道理，似乎大灰狼与它们之间真有什么误会。于是一只羊十分认真地问道："我们怎样才能成为好朋友呢？"

大灰狼看到羊们已经上了自己的当，不禁心花怒放。但它不露声色，十分镇静地诱骗羊儿们说："等一会儿猎狗回来时，你们一齐用蹄子将它踢跑，这样我们就会成为好朋友，就能和睦相处了。"

羊听信了狼的谎话。当猎狗回来时，它们真的用蹄子将猎狗踢走了。没有了猎狗，狼更加肆无忌惮了，没过几天，那些羊就都被狼吃掉了。

披着狮皮的驴

有一头勤劳的驴活了大半辈子，有一天突发奇想：我这大半辈子活得到底有没有意义？我一直都在为人拼命，我何时为自己拼过命呢？驴想离开人，自己去干一番大事业。

这一天，驴又为这件事想得头痛，便出来四处走一走，散散心。它东走西逛，来到了一位猎人家的院子边，向院里一看，那里竟卧着一头狮子，吓得它掉头就跑。

刚跑出没多远，驴仔细一回想，觉得事有蹊跷，那头狮子怎么一点儿动静也没有呢？于是，驴又回过头去，仔仔细细地去看那头狮子。

啊！原来是铺在地上的一张狮子皮。看到狮子皮，驴的心莫名其妙地扑扑跳了起来，心想用这张狮子皮不是可以做出点惊天动地的大事吗？

驴悄悄地走进猎人的院子，将那张狮子皮偷偷地拿走了。有了这张狮子皮，驴将它披在身上开始四处游逛，去吓唬其他的野兽。

在牧场上，驴披着狮子皮出没在草丛中，正在吃草的牛看到了，吓得撒腿就往远处跑；羊群在牧场上游荡，看到披着狮子皮的驴来了，吓得四处奔逃；其他驴看到它，也以为是狮子，撒腿便跑了。

每当这个时候，披着狮子皮的驴就禁不住得意忘形起来，它冲着那些吓得四处逃蹿的动物们说："从今以后，我看谁还敢小看我！"

这一天，驴披着狮子皮来到了深山里，它想看看自己在深山里有没有在牧场上的威风。它披着狮子皮藏在树的后面，只把头露在外面。

这时，一只老虎走了过来。那只老虎耀武扬威，一副不可一世的样子。

驴看着心里不禁有些害怕，但它转念一想：自己身上披着狮子皮呢！难道还怕这只老虎吗？于是驴壮起胆子，摇一摇身边的树枝以吸引老虎的注意力。

老虎朝这边一看，是一头狮子隐藏在树后，吓得它抬脚溜掉了。这下那头驴

可就天不怕地不怕了，因为老虎都被它吓跑了，其他动物还能不害怕它吗？

有一只狐狸听说附近来了一头狮子，非常想跟这位百兽之王交个朋友，便四处去找狮子。说来也巧，这一天，它们终于在山头相遇了。

驴披着狮子皮正在树丛中蹲着，狐狸看到后马上跑了上去，口中喊道："狮子大王，狮子大王，小的来陪伴你了！"

驴知道狐狸难缠，想吓走它。于是，驴在站起身的同时，又发出了声音。

狐狸一听驴发出的声音，忍不住哈哈大笑起来，说道："驴啊驴，你如果不出声我还真有点儿怕你，嘿嘿！你现在终于露馅了吧！你这头披着狮子皮的驴。"

狗和厨师

有一个小城市住着几百户人家。他们相处得非常融洽，很团结，经常互相帮助。日子飞快地过去了，一年又一年，小城的日子非常平静，人们过着和平幸福的生活。

有人的地方就有狗。因为狗是人类非常亲密的朋友。

在这个小城里，几乎每家人都养着狗，有的人家养一只，有的人家养两只，甚至有的人家养10多只。这些狗为人们看家，有时也随主人到城外的山上去打猎。当然，主人的猎物不过是些兔子山鸡什么的。

人们来到小城的街上，随时都会有狗跑过来，它们在人的身前身后转，这边嗅嗅，那边嗅嗅。如果发现你是城里人，它们会摇摇尾巴，然后走开。如果发现你是外地人，它们会叫上几声，退后几步，盯你一会儿，然后跑开了。

镇子里有一家很大的餐馆，这里每天人来人往，十分热闹。特别是到了中午，就餐的人将餐馆挤得满满的。人们为什么都愿意跑到这家餐馆吃饭呢？

原来餐馆里有一位十分出色的厨师。这位厨师做的奶酪特别有味道，他烤的面包既松软又可口。至于他烧出来的乳猪，做的牛排那就更有名了。

附近大城市中的达官显贵们一有空闲就来这里品尝。如果没有时间来，他们便让仆人赶着马车来这里买回去，全家人一起享用。

有人光顾的地方，自然就少不了狗。狗不仅跟着主人到餐馆来，习惯了，它们自己也来，一来是走惯了，二来也是抵挡不住那些美味的诱惑。因为餐馆总有些剩饭剩菜要处理，这可是狗的美味佳肴。

有一天，一只狗在厨房外没有吃饱，便悄悄地溜进了厨房。它趁厨师在灶上正忙着，把案板上一颗等着烹制的猪心偷偷地叼走了。

厨师一转身就发现狗偷了猪心，气得他抢过一把菜刀追了出来，手起刀落，狗头被砍了下来，厨师一下子得到了两颗心——猪心和狗心。

狮子、驴和狐狸

狮子、驴与狐狸的交情并不怎么好，但有一天，它们却走在一起，商量着准备干点什么事情。

狐狸脑子好使，它对狮子和驴说："我们三个应该联合起来干点什么事。我想，不如同心协力去打猎吧！"

狮子和驴听了狐狸的话，十分赞同。于是它们决定结为联盟，共同捕猎，一起分享胜利的果实。

合作开始了，它们三个坐下来分工。狐狸首先表态，它对狮子和驴说："你们看，我身材小、眼睛尖，躲起来不易被发现，侦察情况的工作由我负责，一旦发现目标，我马上报告。"

驴看狐狸主动承担工作，也马上说："我跑得快，我负责追击，一旦发现猎物，我决不会让它们跑掉。"

狮子看狐狸和驴都有了自己的工作，它十分傲慢地说："你们一个侦察，一个追击，那我就负责把猎物置于死地，因为我是百兽之王，没有谁是我的对手。"

分好工以后，它们立刻分头行动了。到太阳快落山时，狮子、驴和狐狸又重新聚到一起。它们的合作真见效，捕捉到很多猎物，有一座小山那么高。

下一步的工作该是分配它们的战利品了。狮子望着那一大堆猎物，假惺惺地对驴说："驴啊！今天你的功劳不小，而且你是天底下有名的忠厚老实的人，你看这些猎物应该怎么分？"

忠厚老实的驴见狮子如此器重自己，有点受宠若惊，它认为自己责任重大，应公平合理地办好这件事。它将猎物平均分成三份，然后拿起属于狮子的那一份放到狮子的脚下。

还没等驴将猎物放稳，狮子抬起腿狠狠地朝驴踢了一脚，一边踢一边骂道：

"你这头蠢驴,不知好歹的东西,你竟敢不把我放在眼里,这点东西我塞牙缝都不够!"

狮子怒不可遏,还没等驴喊冤,便一口将驴咬死了。

接着,狮子转过身来,瞪着眼睛问狐狸:"你现在说说,这些猎物应该怎样分才公平?"

狡猾的狐狸心中早就有数了。它动作麻利地将一大堆猎物放在狮子的面前,奉承狮子说:"大王,你的功劳最大,这些都请你受用。"

狮子看了看堆在自己面前的那一大堆猎物,高兴地说:"狐狸,你真是我的好伙伴,瞧你分配得多么公平,比那头蠢驴强多了,是谁教你这么做的?"

狐狸笑着说:"除此之外,我再也想不出其他办法来保住自己的性命了。"

骆驼、大象和猴

大森林里有一个动物王国。王国里有很多动物,它们生活得很好。近来,年迈的动物国王的身体每况愈下,大家必须得选举一位新国王。

动物们开始筹备选举活动了。选民从四面八方会集在一起,共商国家大事。参加这次竞选的有骆驼和大象,双方竞争十分激烈,它们都认为自己最适合当国王。

竞选开始了,骆驼首先上台,它礼貌地向大家点点头,说:"大家好,我是骆驼。我的耐力和勤劳想必大家都很清楚了。森林里每天的给养和杂物都是我驮送到各家的,我从不计酬劳。我很善良,从不欺负任何动物。

"我的脾气好也是出了名的,我对冒犯我的人从不记恨。我经常无私地帮助有困难的动物。还有很多事情,我就不一一细说了。

"假如我当上了国王，我一定会把王国管理得更好，让全体国民过上更加幸福的生活。"

台下一片欢呼声，骆驼的演说十分成功，受到了选民们的热烈欢迎。

没过多久，大象也走上演讲台，十分自信地对大家说："管理国家的重任应该交给有能力的人，要行事果断，有精明的头脑。而且我力大无穷，可以用鼻子卷起一棵树，一脚能踏扁一条野狗。我随便坐一下，大地都要抖三下呢！我才是国王的最佳人选。"

选民们听了大象的演说后热血沸腾，一时拿不定主意到底选谁。

过了一会儿，猴子走了出来，对骆驼、大象和选民们说道："大家静一静，不要吵了，让我们仔细分析一下吧！骆驼的优点的确很多，但它的缺点也不少。它心地善良、宽容，但是在有些地方表现得很软弱，以仁义治国是好事，可是也要有坚定的意志和果敢的判断，骆驼不具有这些品质。"

"大象总的来说很合适，但是，它怕小老鼠怕得要命。如果连一只小老鼠都对付不了的话，它是不适合当国王的。所以，它们俩都不合适。"

狼与狗

有一只狼老想吃羊，却总被牧羊犬打败，狼气得肺都快要炸了，打不过牧羊犬是它的耻辱，狼渐渐消瘦了。

这天，狼遇到了一只高大威猛但又正巧迷了路的牧羊犬，狼真恨不得扑上去把它给撕成碎片，但又寻思自己不是它的对手。于是狼满脸堆笑，向牧羊犬讨教生活之道，话中满是恭维，如狗兄保养得好，看上去很年轻，真令人羡慕等。

牧羊犬很傲慢地说："师傅领进门，修行靠个人，你要是想过我这样的生活，就必须尽快离开森林。你瞧瞧你的那些同伴，都像你一样脏兮兮像饿死鬼一样，生活没有一点保障，为了争一口吃的都要和别人拼命。学我吧！我包你不愁吃喝。"

"那么我可以做些什么呢？"狼疑惑地眨着眼问道。

"你什么都不用做，只要摇尾乞怜，讨好主人，再把讨饭的人追咬得远远的，你就可以享用到美味的残羹剩饭了，还能够得到主人的许多额外的奖赏。"

狼沉浸在这种幸福的想象中，当然，它还很感激牧羊犬给它指点迷津，于是它兴冲冲地跟牧羊犬上了路。

路上，它发现牧羊犬脖子上有一圈皮没有毛，就纳闷地问道："这是怎么回事呢？"

牧羊犬搪塞说："只是小事一桩。"

狼停下了脚步："这到底是怎么回事？快告诉我。"

"很可能是拴我的皮圈把我脖子上的毛给磨掉了。"

"怎么？难道你是被主人拴着生活的，没有一点自由吗？"狼惊讶地问。

"只要生活得好，拴不拴又有多大关系呢？"

"这还没有关系？不自由，还不如死。吃你的这种饭，就算给我一百只羊我都不干。"饿狼看也没看牧羊犬一眼，掉头就跑了。

青蛙搬家

在一个小池塘里住着两只青蛙，它们经常一起捕捉小虫，跃上岸边追逐戏耍，或是一起比赛游泳，是一对亲密无间的好朋友。

一个烈日如火的夏天，太阳像要把一切都烤干似的：池边的柳树无精打采，叶子打着卷儿，头也抬不起来了；平时唱得最欢的知了，这时也没有力气唱歌了。小动物都寻找避暑的地方去了，平时热闹的池塘也冷清了许多。

两只青蛙这时正坐在荷叶上，心烦意乱地议论着这令人诅咒的炎热天气。

"太阳像个大火炉，把我们的池塘都快烤干了。"大眼睛青蛙说。

"那可怎么办呢？以后我们到哪里去生活呢？"大嘴巴青蛙更显得很忧虑。

大眼睛青蛙想了想，说："没关系，听常来喝水的小鸟说，这附近有一个很大的湖，那里住着许多我们的同类，我们可以四处找找，一定能找到它们的。"

"呱！呱！呱！太好了，那我们现在就出发吧！"大嘴巴青蛙有些迫不及待了。于是它们离开了快要干涸的池塘，去寻找更适合居住的地方。

它们蹦啊！跳啊！走了很久，还是没有找到小鸟说的那个湖。它们又累又渴，快要昏倒了。"呱！快看那儿，那是什么！"大嘴巴青蛙说道。

原来它发现了一口井。它们一起蹦跳着跑了过去。井水凉爽、清澈，伏在井边就让青蛙感到惬意非凡，在这炎热的天气里，井可真是个避暑的好地方啊！

"啊！井水真清凉啊！这才是我们理想的家啊！"大嘴巴青蛙说着，就要跳下去喝个酣畅，游个痛快。

大眼睛青蛙一把拉住大嘴巴青蛙，说："朋友，别急！你想想：池塘干涸了，我们可以去找湖泊；可这井水如果干涸了，我们怎么上来呢？"

大嘴巴青蛙恍然大悟，觉得自己目光短浅，惭愧得很。

自不量力

绿油油的草地上，几只小青蛙正在高兴地蹦着、跳着。玩着玩着，一只青蛙停了下来，悄悄地对大家说："你们快来看呀！"

"什么事呀？"小青蛙们都停止了玩耍，好奇地问。

那只小青蛙往旁边努了努嘴："瞧，就是它，像个怪物似的过来了！"

另一只青蛙也喊起来："真的是一个怪物！它已经朝我们的方向来了！"

小青蛙们来不及再说什么了，它们争先恐后地往家里跑，生怕那个怪物会追来。小青蛙们可算跑回家了，它们"呼呼"地喘着气，话也说不上来。

青蛙妈妈正在准备晚饭，一看孩子们的样子，急忙问："出了什么事？你们这么慌慌张张的。"

几只小青蛙争着告诉妈妈："我们看到了一个可怕的怪物。"

"什么样的怪物？说说看。"

"那个怪物头上长着两根长长的角，还有一条长长的尾巴，对了，还有四只蹄子。"

青蛙妈妈笑了："孩子们，你们不知道，它不是什么怪物，它是一头牛。它不会伤害你们的。"

小青蛙们不服气地说："可是它长得那么大，好吓人哪！"

青蛙妈妈拍拍小青蛙的头，笑呵呵地说："那是因为你们没见过它，才把它看成那么大，那么可怕。其实，我要是鼓起气来，也不见得比它小！"

说完，青蛙妈妈就鼓起了自己的大肚子，还真的不小。

青蛙妈妈问："怎么样？是不是和牛一样大了？"

"差得远呢！妈妈。"小青蛙们齐声说。

青蛙妈妈又使劲地鼓了一次，然后问："这回怎么样？"

"不及它的头大呢！"小青蛙们遗憾地喊道。

青蛙妈妈不服气，它又一次鼓足了气，然后，指着肚子问小青蛙们："这一次呢？"

小青蛙们看到青蛙妈妈的脸都憋红了，急得摆起手来："好了，好了，妈妈，不要再鼓了！再鼓会把您的肚皮胀破的。"

老鼠的勾结

一只小老鼠特别怕猫，而一只猫却长时间地在过道里守候着它。对这一情况，谨慎聪明的小老鼠只好向自己的邻居，一位自称万事通的老鼠先生讨教。

这位家道衰落的贵族住在一间豪华的卧室里，人们都数落它一生不知吹过多少牛，它说自己不仅不怕猫，而且还敢和猫较量。

"小朋友，"这位吹牛者对小老鼠说道，"事实上不管我个人如何努力，一只老鼠也是孤掌难鸣，难以赶走这只威胁你生命的猫。可是只要把这附近所有的老鼠统统召集到一起，我便可以随意地玩弄它了。"

小老鼠听完这席话，深深地向它鞠了一躬以表谢意。于是这只爱吹牛的老鼠则飞快地朝储藏室奔去，跑到人们常说是食品柜的那个地方。

这里聚集着很多老鼠，老鼠们正在大吃大喝，糟蹋主人的粮食。爱吹嘘的老鼠跑到这里直喘着粗气，头都大了。

"你这是怎么啦？"一只老鼠关切地问道，"快讲讲看！"

"废话少说，"爱吹嘘的老鼠回答，"我这次来是为了立即去搭救一只小老鼠，有一只讨厌的猫时时刻刻想要吃掉它。这只像恶魔般的猫要是吃了小老鼠，不就把矛头对准我们大家了吗？"

老鼠们听完这话都义愤填膺："说得有道理，赶快拿起武器来吧！"

当时，还有几只母鼠同情地掉下了眼泪。照这情景，鼠猫之战是在所难免了。只见每一只老鼠都全副武装起来，还在各自的背包中放进了干奶酪。

鼠群决定去进行一次冒险，反正是碰碰运气嘛！大家出发了，个个心情愉悦，神采飞扬，好像这场战争它们已经稳操胜券似的。

但猫比老鼠更加聪明，它先下手为强，已死死地咬住了那小老鼠的头。为了救自己的邻居，爱吹嘘的鼠疾步朝前，但这猫并没有放下小老鼠，它怒吼着朝老鼠走过来。

听到这心惊胆寒的咆哮声，这群胆小的老鼠担心自己惨遭不幸，全都早早地撤退下来，也就根本不需要再虚张声势地去救什么小老鼠了。猫一边吃着小老鼠，一边望着躲在洞口的老鼠，没有一只老鼠敢杀出来和它决一死战。

老鼠报恩

一头狮子倚仗自己身强体壮，经常在一些弱小的动物面前指手画脚。好不容易有了机会，狮子躺下来想睡上一小会儿，以便养足精神再去处理事情。

狮子刚躺下便进入了梦乡，酣睡中，它突然感到鼻孔痒痒的，打了一个大喷嚏，睁开眼睛一看，原来是一只老鼠在它脸上跑来跑去。

好好的一个美梦竟然被这只小老鼠给搅了，狮子真是气不打一处来。它大吼一声，猛地跳起来，一爪子便将老鼠按在地上，并大吼道："你这个不知死活的小家伙，竟敢打搅本大王的美梦，我看只有吃了你才能解我心头之恨！"狮子一边说，一边将老鼠送到自己的嘴边。

听到狮子的吼声，看着狮子伸过来的利爪，老鼠可真吓坏了。它哭着哀求狮子说："大王，请您高抬贵手饶我一条小命吧！如果您饶了我，以后有机会，我一定会报答您的大恩大德。"

狮子本是一时气恼，原也没有要置老鼠于死地的意思。听了老鼠的话，它哈哈一阵大笑，便轻蔑地说："老鼠啊！瞧你这小样，整个身子还没有我巴掌大，重量还不如我的尾巴重，我一口气就能把你从森林的这边吹到森林的那边去。如果有一天，我真的遇到什么危险，你拿什么来救我呢？算了吧！看你这可怜巴巴的样子，今天我就放了你。快些离开我，以后再惹着我可就没有这么客气了。"

老鼠哪里还敢停留，它千恩万谢，又是磕头又是作揖，然后诚恳地对狮子说:"大王真是大仁大义,宽宏大量,请大王放心,总有一天我会报答您的。"说完,老鼠就走了。

说来也巧,没过几天,这头狮子真的遇到了危险。它掉进了猎人设下的陷阱,被猎人用粗大的绳子给捆了起来。猎人觉得自己太走运了,因为他打猎这些年,还是第一次捉到狮子。

猎人准备好一切,要杀掉狮子饱餐一顿。狮子哪里有过这样的遭遇,它痛苦地大声吼了起来,希望同伴能来救它。可是,时间一点点地过去,最后也未见到同伴们的踪影,狮子彻底绝望了。

就在这时,狮子听到了一个既陌生又有点熟悉的声音:"大王,请不要着急,我马上就来救你!"

狮子循着声音一看,原来是它曾放走的那只小老鼠。老鼠悄悄地爬到捆着狮子的绳子上,一口一口地将绳子咬断。绳子一断,狮子便获得了自由。

狮子对老鼠万分感谢。老鼠却说:"你不要感谢我,你以前放了我,现在我们算扯平了。记住,别小看弱小微不足道的东西,在关键时候还是很有用的。"

得了瘟疫的群兽

因为动物们不爱护它们生存的大自然,上天决定惩罚它们。于是灾难性的瘟疫立即传播开了,动物都吓得要命。

狮子召开了一个会议,它说:"亲爱的朋友们,我琢磨着可能是因为我们有罪,所以上帝才降下了这一灾难。我们之中谁的罪孽深重,希望它能出来作自我牺牲以平息天怒,这样做也许大伙的病会好起来。历史曾经告诉我们,在这个危急时刻,总有人能作这种牺牲。"

动物们面面相觑，没有明白狮子的意思。

狮子又说："我们不能过于原谅自己，都应该扪心自问。就拿我来说吧！为了满足自己的胃口，曾吃过许多绵羊，然而它们对我能有什么威胁呢？一点也构不成！有时我甚至把牧羊人也吃掉了。因此，如果需要的话，我将作出这个自我牺牲。现在我想，最好每位都能像我一样来主动认罪。因为大家都认为应根据公正的裁决，让罪孽最大的动物去抵罪！"

"大王，"狐狸立刻谄媚地说道，"您是位再仁慈不过的君王，您的这种认真态度使大家看到了您那严于律己的品德。你说到吃羊，那种蠢东西吃了其实也是不为过的，没有什么大不了。大王，您赏脸去嚼它们是赐给它们最大的荣幸。至于牧羊人，应该这样说，他是自找的，因为那些家伙自以为是，经常欺负我们。"

狐狸如此地为狮王开脱罪责，奉承者也都鼓掌喝彩。于是，大家都不敢去深究老虎、熊等其他猛兽那些不能宽恕的罪行。一切好斗的动物，连最普通的牧羊狗，都把自己装扮成了无罪的动物。

轮到驴子说话："我记得有一次经过一块修道士的草地，当时我的确是饿得很，看到嫩草，也许是鬼使神差吧，我就吃了一丁点儿大的一块青草。应该说我没有权利去吃它，可今天既然大家都坦白自己的错误，我也就照直说了。"

话音刚落，大家立刻喊着该把驴子抓起来。有一只狼有点小聪明，引经据典地证明了驴子行径的罪恶，说要把驴这只可恶的牲畜作为祭品。

狼说："这个秃驴，这个败类，是它惹来的这一切灾祸。光天化日之下，它竟然敢吃别人的草，真是十恶不赦，这样的罪孽必须判处死刑！"

最后，大家终于让驴子也认识到了这一点。动物里面这种事情发生得太多了，大家都习以为常，在它们的心目中，强者欺负弱者是理所当然的事情，无可非议。

杂色羊

狮子大王很讨厌杂色羊，从心里早就想把它们干掉，但它又感觉直接这样做不合适，众兽们会认为它是在以大欺小，有失公平，这样会削弱它的威信。

可是它一看到杂色羊就忍无可忍，怎样才能除掉它们，又能保持自己的光荣和尊严呢？

于是狮王召集熊和狐狸来开会商量，把自己心里的秘密告诉了它们，说它每次看到杂色羊，整天眼睛就不舒服，这样下去眼睛一定会瞎掉的，怎样消除这个忧虑，它自己也没有什么好主意。

"万能的狮王！"熊皱着眉头说，"这有什么多讲的，用不着多啰唆什么，干脆把杂色羊统统都掐死，谁都不会来怜惜它们的。"

这时候狐狸看到狮王皱起眉头，就谦和地说："啊！大王，我们善良的大王！对了，你是决不允许伤害这些可怜的畜牲的，你是决不会去杀害这些无辜的生灵的。"

"现在我大胆地提出另一个解决办法，你可以下令划出一片草地，给母羊丰富的草料，让小羊羔在那里蹦蹦跳跳，跑着玩儿。"

"因为我这儿的牧人不足，就命令狼来看管羊群，不知道我的这个主意是否可以保证杂色羊自行消亡。现在暂且让它们去逍遥自在，到时候不论它们怎样，反正大王你可以袖手不管。"

狐狸的建议得到了与会者的一致赞同，并获得了热烈的掌声。结果事情进展得很顺利，狮子不费吹灰之力，就把所有的杂色羊全部消灭了。众兽依然认为狮子是好的，狼才是害羊的罪魁祸首。

半夜公鸡叫

古时候有一个村庄，村子里住着一个寡妇，这个寡妇非常能干，她把家里、田里的活儿做得特别好，每年的收成很令村里人羡慕。几年后她成了一个富婆。她想赚更多的钱，于是她花钱又买了一些地，她一个人干不了这么多活，考虑再三后就买了几个女奴隶来帮助她。寡妇对女奴隶的要求很严厉，每天必须完成许多工作。

寡妇家里养着一只大公鸡，每天夜里一打鸣，寡妇就叫女奴隶们起来到田里干活，一直干到天黑。女奴隶们日夜操劳，累得筋疲力尽。但是，主人的命令不敢不听，如果照这样下去，要不了半年，她们都得累死不可。

女奴隶们为了改变这种状况，想了许多主意，但都被精明的女主人识破了，没办法她们每天仍然很辛苦地劳动。

一天，女奴隶们又被女主人的公鸡叫醒了，她们不得不马上起来下地干活。有一个女奴隶忽然灵机一动，想到了一个好主意，这天晚上睡觉前，她对同伴们说："我们每天天不亮就起来干活，是因为女主人有一只该死的大公鸡，就是它天天叫我们起来的。如果我们把它杀了，女主人就不会这么早叫我们起来了。"

女奴隶们认为这是一个好主意。一个女奴隶悄悄地爬起来，蹑手蹑脚地来到了鸡窝旁边，伸出手一把抓住了大公鸡的脖子，使尽浑身的力气紧紧掐住，没让大公鸡发出一点声音，没过多久，大公鸡就被掐死了。

女奴隶把死鸡拿到了村外很远的树林中，用土埋了起来。然后，她又悄悄地潜回房间，睡觉去了。这一夜，她们睡得很舒服，一直到太阳出来了，女主人才叫她们下地干活。女奴隶们乐开了花，一致认为她们再也不用每天起那么早了。

但是，不幸很快又重新降临到她们身上，那个寡妇因为没有大公鸡的提醒，弄不清该什么时候叫女奴隶们起来下地干活，而她又有早起的习惯，所以女奴隶们被叫醒得更早了。

狐狸和荆棘

狐狸在树林里悠闲地逛着，这时篱笆上传来了一阵"喳喳"的鸟叫声。

狐狸决定上篱笆捉鸟，就在它离篱笆只有一步远的时候，有一只大鸟猛扑而至，狐狸被吓了一跳，脚下一滑，从篱笆上跌了下去。

就在它要落地的一刹那，它本能地抓住了依着篱笆生长的蔓藤。虽然没有摔得那么狠，但是它的手已被刺破了。原来，狐狸抓住的那根蔓藤是长满小刺儿的荆棘。

狐狸甩着流血的手，埋怨荆棘说："哎呀，我抓住你，是向你求救，谁想到你却趁机刺我一下！"

荆棘冷冷地对它说："你招呼也不跟我打一个，我还以为你要伤害我呢！"

无奈的狐狸

传说中，豹子曾经是百兽之王。必须强调的是，这只是个传说而已。豹王的领地牛羊成群，非常富有，动物们都不敢反抗豹王。这时丛林中有一只小狮子出生了，豹王想听听大臣们对这只小狮子的看法。

狐狸老奸巨猾、见多识广，是一个随机应变的人物。豹王对它说道："你一定很害怕我们的邻居小狮子，但它的父亲已经过世，它能有什么出息？我们还是发发慈悲可怜可怜这个不幸的孤儿吧！它所遭遇的打击已经够多了，它还有什么能力去征服别人呢？它能保住它继承的产业，就该给神灵烧高香了。"

但狐狸听完了这话却不以为然地摇了摇头，说："陛下，这种落难的孤儿一点儿也不值得我们怜悯它，趁它牙齿还没长全，爪子没锋利还不能伤害我们之前，我们赶紧和它搞好关系，否则就杀死它，这可是不能耽误的大事啊！我曾经观察过小狮子的星相，知道它必将在格斗厮杀中茁壮成长，它将是狮子中的佼佼者，一头勇猛无比的狮子。"

可狐狸的话白讲了，豹王竟在它劝说间打起了呼噜，其他一些王公大臣们听着听着也睡着了。

这样，这只小狮子在没有任何威胁的情况下，长成了一只凶猛高大的狮子。小狮子长成勇猛无敌的大狮子这个消息传到豹王的耳朵中，也传遍了它的领地。狐狸大臣被紧急召进王宫出谋献策。

狐狸叹了口气，无可奈何地说道："事到如今，陛下干吗要发这么大的火呢？即使众将相助也难以奏效。向邻国求救，虽然援军多，但是开销大，它们只有在吃我们的羊时才称得上英雄。因为只凭它独自的力量，已大大超过了我们的力量。这头狮子具有三个方面的优势，那就是力量、勇敢和谨慎。快献上一只羊放在它的面前，如果嫌不够，再多献上几只，外加一头牛。挑出牧场最肥的牛羊，献上一份厚礼，只有这样，才有可能保住王国的生命财产不受侵害。"

狐狸的建议最终没有被采纳，事态急转直下，豹王的邻国相继沦陷。不管豹王如何力挽狂澜，它所担心的局面终成了现实，狮子终于坐上了王座。

松鸡的遭遇

有个农夫喜爱养鸡，他养了很多鸡，不过是母鸡多，公鸡少。母鸡每天都为他下很多蛋，而公鸡每天准时在天亮的时候叫醒他，这令他很满意。

有一次他进城办事，看到大街上有人卖松鸡。卖鸡人把松鸡夸奖了一番。只见那松鸡比家养的鸡大多了，通体是黑色，只在腹部、尾端和翅膀上边有一些白斑点，尾巴形如楔状，嘴倒是与家鸡没什么两样，样子长得的确很好看。

农夫问道："喂，老兄，你这松鸡从哪里弄来的？"

卖鸡人说："是一个月前我在山上打柴时捕获的。这可跟家鸡不一样啊，它一下子能飞几十步远！不过，你放心，它被我驯养过了，不会再飞跑了，你瞧，我不捆它都没有一点事。"

农夫从兜里掏出几粒米，托在手心去喂松鸡。那松鸡扬脖瞧了瞧，就低头去啄食米粒，一点儿也不害怕。农夫又问："这松鸡下不下蛋呢？"

卖鸡人见农夫诚心买他的松鸡，笑着对他说："嘿，当着真人不说假话。这是只公鸡，一个蛋也不下的，刚才那只是我吆喝着玩的。不过，朋友，你家里要是有母鸡，再买了它，明年孵出的鸡，可都是健壮的好鸡啊！"

农夫喜欢卖鸡人的诚实，觉得他说得很有趣，而且自己又是真心喜爱这只松鸡，就掏钱买下了。

天黑的时候，农夫回到家，妻子已经把鸡赶到鸡舍里去了。农夫摸黑儿把松鸡送进鸡舍，见它溜进鸡群，找个地方就趴下了，心中很高兴，自己也回屋睡觉了。

鸡是夜盲眼，夜里看不见东西，所以家鸡和松鸡一夜相安无事。

第二天天刚亮，家鸡中的一只公鸡第一个醒来，发现了松鸡，便扑棱着翅膀，"咯咯"叫着飞过去，在松鸡头上啄了一下。

响声惊动了整个鸡群。一只老母鸡明白是怎么回事，对那只公鸡说："请不要这样，虽然它样子有些特别，但是它毕竟没伤害我们嘛。"

这时，另一只公鸡叫道："看它尾巴翘得那么高！"

话音未落，它就飞过去在松鸡头上狠狠啄了一口。紧接着，所有的公鸡都冲上来向松鸡进攻。松鸡遭到突然围攻，一时弄不清是怎么回事，就飞到房梁上去了。公鸡们飞不上去，只好作罢。

松鸡站在房梁上，心中想："它们怎么这样对待客人？我不喜欢这种接待客人的方式。"它就蹲在房梁上观察这个奇怪的家族。

这时,刚才还同仇敌忾对付松鸡的那些公鸡,互相对望了几眼,突然就争斗了起来。有一只公鸡在争斗中忽然飞起来,几乎够到了房梁上的松鸡。松鸡受到惊吓,落了下来,于是引起了鸡群更大的骚乱。

农夫醒来,听到鸡舍里的鸡打了起来,急忙起床,把鸡全部放了出来。家鸡们照旧在院子里觅食、玩耍,松鸡孤单地飞到院门前的树枝上,茫然地望着主人和那些陌生的鸡。

农夫见松鸡的头上还在流血,心情沉重极了,他走到树下,心疼地对松鸡说:"让你受苦了,松鸡。"

松鸡摇了摇头说:"主人,不要为我伤心。它们啄了我,这算不了什么,因为我看见它们自己也互不留情。"

农夫觉得松鸡很聪明,但他又不好责备那些公鸡,最后只好把松鸡放走了,让它回到深山老林里去了。

不讲道理的猫

有一只猫在路上捉到了一只公鸡。猫本来不想为难公鸡的,但那只公鸡实在可恶,恶狠狠地向猫挑衅,猫只好把它吃掉,以解心头之恨。

猫知道自己的名声一向不太好,害怕此事张扬出去,别人更会说它凶狠残暴了。于是它搜肠刮肚,要找一个冠冕堂皇的理由,仿佛它吃掉公鸡,不是在作恶,而是在为大家做一件好事。

猫把它的利爪按在公鸡的胸脯上,爪尖已经插进了公鸡的肉里,鲜血染红了猫的爪子。猫昂着头,东张西望,眼珠滴溜溜地乱转。终于,它想出了一个指责公鸡的办法。

它先是指责公鸡天还没亮就鸣叫，影响人们睡觉，叫人讨厌。公鸡说，它每天准时鸣叫是叫人起来干活，人们喜欢它这样做。

猫又说："你把一大群鸡带到打麦场上，糟蹋粮食。"

公鸡说："我们只是捡食掉在地缝里的麦粒。再说，我带的是一大群母鸡，她们会给主人下蛋的，即使我们不去觅食，主人也要拿米喂我们的。"

"啊！你还有脸谈到你带的那些母鸡下的蛋吗？"猫仿佛抓到了把柄，声色俱厉地吼道："那些蛋的皮那么薄那么脆，哪像石头那样坚硬？主人一不小心就弄破了，蛋黄洒得满身都是！"

公鸡辩解道："下蛋是母鸡们的事，本来与我无关。不过，我也要为它们说句公道话：鸡蛋的皮薄，便于孵化小鸡，这样就能抽出空来多为主人下蛋。不信，你可以去问问主人愿不愿意这样。"

猫有点理屈词穷了，最后它强词夺理地说："可是，可是你和那么多母鸡同处一舍，简直伤风败俗！"

公鸡说："这也是为主人好，不然它们的母鸡就不能繁衍后代了。"

猫无言以对，只见它脸色一变，恶狠狠地说："可恶的公鸡！纵然你有再多的理由，难道我就不会吃掉你吗？"

猫不容公鸡回答，纵身一跳，扑到公鸡身上，咬死了公鸡。

爱跳车的青蛙

雌青蛙和雄青蛙是好朋友，但是它们不住在一起。雌青蛙住在池塘里，雄青蛙住在路边的水沟里，因为住得比较远，它们来往很不方便。

它们每次见面，雌青蛙总要劝雄青蛙搬到池塘里来住，也好彼此有个照应，可是雄青蛙百般不肯，说："我可住不惯你那个池塘，我那水沟比你住的池塘有趣多了，水沟紧靠着大道，每天车来车往，人潮涌动，熙熙攘攘，热闹极了！"

雌青蛙听说水沟那儿车来人往，更不放心了，又再三劝雄青蛙说："我看你还是和我搬到一块儿住吧，你那里虽然热闹，却也潜伏着危险，我担心你会出事的。"

雄青蛙听了哈哈大笑，说道："你真是没见过世面！有朝一日，我一定要带你到我那水沟去住几天。"

几次劝说之后，雌青蛙拗不过，竟真的跟着雄青蛙到水沟来了。

不过，它心里想：我去看看水沟的生活究竟怎么样，若是不安全，我就更有理由劝它搬到池塘来住了。

雌青蛙刚到雄青蛙的家，就听到"轰轰隆隆"的声音，仿佛墙壁要倒塌下来似的，吓得它捂着头，惊慌地喊道："哎呀！怎么回事啊？"

雄青蛙拍着雌青蛙的肩膀，笑着说："你真是少见多怪，这是驴车紧贴水沟边走过的声音，没有什么可怕的，高兴的时候，我还要跳到车上去旅行哩！"

说着，它就拉着雌青蛙的手跑出了家门。

它们站在水沟边。驴车刚刚过去，远处又来了一辆牛车。雄青蛙说："你瞧，等那辆牛车走到这儿，我就可以跳上去，坐一段车，玩够了，再搭返程的车回来，多好玩啊！"

说着，牛车已经来到它们面前，还没等雌青蛙回过神来，雄青蛙早已用力一蹦，跳到车上去了。

雌青蛙的心吓得"怦怦"直跳。等了好半天，雄青蛙才从一辆返回的车上神气活现地跳了下来，拍拍手，对雌青蛙说："怎么样，我这里比你那池塘有趣多了吧！坐车多好玩呀！"

雌青蛙摇头道："你这种冒险游戏，我实在受不了！我宁肯回到我那池塘去过寂寞的生活。好啦，我今天是最后一次劝你，你还是跟我一道走吧，安宁才是最幸福的。"

雄青蛙无论如何也不肯离开这个好玩的地方，它见怎么也挽留不住雌青蛙，就悻悻地送走了它，它每天依然做着那冒险的跳车游戏，玩得很开心！

不幸终于降临到不听劝告的雄青蛙头上。那天，雄青蛙看到一辆大牛车急奔过来，它又想跳到车上去玩。正当它要跳的时候，牛车的轮子已经碾了过来，雄青蛙被碾死了。

鬣狗和狐狸

众所周知，狼不是什么好东西，而狐狸则更不用说了。狼虽然没有狐狸聪明，但它的力气却比狐狸大许多。狐狸爱招惹是非，因此狼很讨厌它，狐狸吓得逃到沙漠里去了。

沙漠腹地有大片丛林和水面广阔的湖泊。湖泊周围绿草丛生，那是小兔的乐园，大群角马、麋鹿也在这里繁衍生息。它们各得其所，互不干扰。

狐狸杂居其中，猎食小兔，不再为生命忧虑。不过，狐狸在这里没有朋友，它常常感到很寂寞。

森林里的狮子和猎豹经常到草原上猎取食物，吃饱了便扬长而去，任凭剩下的动物残骸腐烂发臭。鬣狗乘机捡狮子的便宜，专门跟在狮子的后面，吃狮子丢弃的食物。

只有在吃不到腐肉，又饥饿难挨时，鬣狗才被迫围猎麋鹿，但是很难成功，它们的速度远远不如麋鹿。麋鹿的警惕性很高，发现鬣狗成群结队出现时，立刻四处奔散，溜之大吉。

一只鬣狗饱受同伴的冷落，经常分不到集体围猎的食物，于是很伤心，便悄然离群，孤孤单单地四处游荡。

狐狸刚刚饱餐一顿，摇摇晃晃，百无聊赖地在草原上闲逛，不时尖叫几声，希望能吸引同类。草原尽头，鬣狗独行，偶尔抬起头来，用寂寞彷徨的目光向四处张望。它看到了狐狸，主动向狐狸走过去。

在它的心目中，狐狸是智慧的化身，是完全可以信赖的朋友。狐狸见鬣狗向自己走来，立即停住脚步，用探询的目光打量对方。鬣狗主动打招呼说："亲爱的狐狸先生，我一向仰慕您的智慧，希望能够成为您的朋友。"

狐狸正觉得孤单，认为多一个朋友不是什么坏事情，就客气地说："很荣幸认识您，愿我们的友谊纯洁高尚，让上帝赐好运给我们吧！"

鬣狗和狐狸很珍视它们之间的友情，互相关怀，经常到对方家做客聊天。作为宾客，每次都受到热情至诚的款待，不论谁猎获到美味都忘不了朋友的一份，它们相处得很融洽。

有一天，鬣狗向狐狸提出婚姻要求。狐狸瞪大了眼睛，以为鬣狗在开玩笑，便吃惊地问："你我都是雄性，作为朋友可以，怎么能成为夫妻呢？"

鬣狗说："我自己也不清楚我的性别，既然你是雄性，那么我就是雌性好了。"

狐狸大骂："你脑子肯定有毛病！"

鬣狗还想向狐狸解释，狐狸朝它放了一个臭屁，不见了踪影。

野驴送给狼的厚礼

森林里有几头刚刚把肚子填饱的狮子，它们趴在地上慢条斯理地闲聊着。

那头最胖的狮子说："我吃了那么多动物的肉，我感觉驴肉是最香的了。"其他的狮子也赞成。

狮子们的话被躲在一旁的狼听见了，它心中暗暗思量："狮子见多识广，一定不会骗人。世界上如果真有这样的佳肴，而不能亲口品尝，那就真对不起自己了。"

从此，狼开始注意起野驴的行踪，希望有一天能找到一个可乘之机，尝尝驴肉。

有一天，狼无所事事地瞎逛到了一座山冈上，一不留神就看到了一头野驴正在埋头吃草。狼心里暗喜，悄悄地潜伏下来等待时机，准备来个突然袭击，一举捕获野驴。

聪明的野驴早就发现了狼，明白狼不安好心想吃它。它灵机一动计上心来，它装出跛脚的样子，一瘸一拐地往前走去。

狼一时不明白野驴葫芦里卖的是什么药，它走到野驴跟前，假装关心地说："野驴，你哪儿不舒服？怎么走起路来一瘸一拐的呀？"

野驴哭丧着脸说："真倒霉，我在过一个篱笆时，不小心脚上踩了一根刺儿，刺儿又尖又利，伤了我的蹄子。"

狼转念想到，如果马上吃掉野驴，弄不好这根刺儿会扎破自己的喉咙，不如先帮它拔出来。于是狼假惺惺地说："看在我们是朋友的分儿上，我帮你把刺儿弄出来好吗？"

野驴等的就是狼的这句话，它早想好了惩治狼的妙计，正等狼上当呢！"太好了，我一定要好好地谢谢你，送你一份厚礼作为报答。"

狼处心积虑想吃掉野驴，根本就没有细想野驴话中有话，它更没有想到自己已经快要倒霉了。看见野驴已经同意让它拔刺儿，狼马上让驴抬起受伤的脚，把脑袋凑过去，仔细地查看起来。

正当狼全神贯注地为野驴找刺儿的时候，野驴用它"受伤"的脚毫不留情地踹向狼的头部，野驴这一脚可真够重的，这突如其来的狠踹，把狼满嘴的牙齿都踹掉了，狼痛不欲生，在地上打起滚来。

野驴望着地上的狼，哈哈大笑："坏家伙，这下知道我的厉害了吧！"说完，野驴放开四蹄飞快地跑向远方。

狼看看地上沾着血的牙，又望望已经在天边的野驴，忍不住泪水长流，它后悔自己贪心，不该偷袭不好惹的野驴。

不甘冷落的野山羊

春天终于来了，小草都发芽了，没过几天就长高了，远远望去，绿油油的一片。牧羊人乘机把他的羊群赶到长满青草的山坡上去吃草。

这一群羊有几十只，漫布在山坡上，好大一片。绿草白羊，花儿点点，美丽极了。

牧羊人很喜欢他的这群羊，正是因为它们无私地奉献出自己的毛和奶，才使得牧羊人一家4口的生活得以维持。

牧羊人任凭羊儿自由自在地在山坡上吃草，他自己倚在一棵大树下，掏出竹笛吹了起来。那笛声娓娓动听，悠悠扬扬地传到远方。

山林里，有几只刚刚长大的野山羊被这动听的笛声所吸引，昂着头，竖起耳朵，一边听，一边不由自主地走进牧羊人的羊群里。

傍晚，刮起了阵阵凉风，牧羊人聚拢起羊群，往家里赶。他对自己的羊群非常熟悉，很快便发现羊群中多了几只陌生的羊。

他走近这几只羊，认定它们是偶然走进羊群的野山羊。

牧羊人自然很高兴，哼着小调，把它们和自己的羊一起赶回家，并且关在一个圈里。

但早春的天气乍暖还寒。夜里，风雪交加，第二天早晨，白茫茫的大雪覆盖了整个大地。牧羊人自言自语："这样的天气不能放牧了，只有在家里喂一天了。"

牧羊人准备了两种草料，一种是嫩草拌米糠的好草料；另一种是枯草。他把枯草喂给自家的山羊，把好草料喂给那些新来的野山羊。可是，一连几天，暴风雪不断，牧羊人天天这样喂着圈里的两种羊。

他在给自家的羊喂枯草时，对它们说："唉，尽管不中意，还有些扎嘴，也只好凑合着填填肚子了，千万别饿坏了。只要你们能挨过这场暴风雪，天气转好，就能吃到鲜嫩的青草了。"

忍气吞声的羊们小心地吃着干涩无味的枯草，羡慕地看着那些吃着好草料的野山羊，有个别不甘心吃枯草的羊偷偷咬上几口野山羊嘴边的好草料，但很快被牧羊人发现，免不了要挨上几鞭。

牧羊人对那几只野山羊的态度就大不一样了，他极力讨好它们，希望它们能乖乖地留在他的家里，他抚摸着野山羊，对它们说："啊，我的宝贝，我把最好的草料给你们吃，就是希望你们能高高兴兴地留在我的羊群里。"

又过了一天，风停雪止，天气转暖。牧羊人又赶着羊群去放牧，野山羊也温顺地走在羊群中。到了山坡上，自家羊都乖乖地啃着青草，不离牧羊人左右。那几只野山羊却趁牧羊人不注意，撒腿朝着山林奔去。

野山羊跑得快极了，牧羊人在后边紧追，累得上气不接下气。他一边跑，一边气呼呼地骂道："你们这些忘恩负义的东西，我对你们那么好，把最好吃的东西都喂了你们，你们却背叛我！"

野山羊回过头来说道："你知道吗？正因为你对我们这样殷勤，我们才决定离开你！为了我们，你冷落了多年为你剪毛挤奶的羊群；假如再有新的羊来，你照样会冷落我们。与其等到那时，还不如现在就离开。"

牧羊人一听这话，蒙了。看着离他而去的野山羊，牧羊人无话可说。

自不量力的驴子

有一只公鸡吃了很多粮食，肚子胀得难受，决定出门散散步。

别看它个头不大，红红的冠子摆来摆去，墨黑的尾羽高高耸起，随着脚步不停地抖动，倒也是一副英姿飒爽。尤其是它那高亢的叫声，能把人们从睡梦中惊醒。

公鸡来到池塘边，看见一头驴子正在那里喝水。

它和驴子是好朋友，因为它常飞到驴子的槽边捡吃米粒，驴子从来不拒绝它。

公鸡正要上前和驴子打招呼，却意外地发现草丛里藏着一头凶猛的狮子，正准备扑向弱小的驴子。

公鸡来不及和驴子细说，急中生智，大声鸣叫起来："咯咯咯，咯——！"

狮子正聚精会神地向驴子靠近，猛然间听到这么尖利的叫声，不知发生了什么事，掉过头来就往回跑。

驴子看见仓皇逃跑的狮子，明白是公鸡救了它。

驴子正要向公鸡表示感谢，转念却想："原来狮子的胆量不过如此，公鸡的叫声都能让它张皇失措。嘿，我的叫声比公鸡响10多倍，狮子听到我的叫声，恐怕要吓得屁滚尿流吧！"

为了在公鸡面前显示自己的威力，驴子跳起四蹄朝狮子追去。一边跑，还一边"咴咴咴"地大叫。

狮子见驴子追来，揣测出了驴子的心思。于是狮子将计就计，装作更加害怕的样子，颤抖着双腿，奔跑的速度慢了下来，驴子见状，越发得意，追得更快了。

又跑了一程，狮子和驴子的距离只有几步远了。狮子回过头来，跪在地上，好像向驴子求饶的样子，其实是在观察公鸡是否跟了过来。

狮子见公鸡已被甩得无影无踪，马上凶相毕露，张开血盆大口向驴子反扑过来，一口咬死了驴子。

公鸡后来赶到狮子吃驴的地方，看到了驴子的残骨遗骸，不禁仰天长叹："不自量力的家伙啊，你太愚蠢了。"

拉犁耙的狼

有一个农夫在半山腰盖了一间房子，从此他就居住了下来。农夫非常勤劳，他开垦了很多荒地，种了很多庄稼。

山上住着一只狼，它每天都在暗处瞧着这一切：那老牛被套在套索中，在农夫的吆喝声中拉着犁耙前行，把平滑的山坡犁成一道道小沟；然后农夫在小沟沟中撒上一些种子，不久就长出了嫩绿的苗苗。狼觉得很奇怪，也很有趣。

有一天耕完田回来，农夫解下拉犁耙的牛，把牛套丢在地上，牵着牛到河边饮水去了。

狼便悄悄地走到犁耙旁，仔细地观看，先是舔舔那牛套，后来不知不觉一点一点地把脖子伸进去，再也退不出来了。狼有些慌乱，只好拖着犁耙在山坡上走来走去。

农夫牵着牛从河边回来，看见狼这副模样，拿起斧子追赶过去。

狼害怕地说："好心的农夫，请不要伤害我！我以后再也不偷鸡摸狗干坏事了，我要像老牛那样天天为你耕田种地！"

农夫哈哈大笑道："狼终究是狼，你是不会变成忠厚老实的牛的。"

说完就用斧头砍死了狼。

小狐狸的梦想

有一只狐狸生了3只小狐狸，小狐狸长得比老狐狸还精，个个都不简单。

老大最能吃，也最有力，因而能抢到奶水最多的乳头，饿不着。老三吃得最少，但老狐狸照顾它，因此每次它也吃得饱饱的。唯独老二，吃得比较多，它既抢不过哥哥，又得不到母亲多少照顾，所以常常吃得不饱不饿的。

老二一直在想："等我长大了，自己能找东西吃的时候，我一定把肚子填得鼓鼓的。"

春天到了，小狐狸出窝了，老狐狸开始教它们怎样找吃的。小狐狸们听得都很认真，老二更是格外用心，因为它要实现它的那个梦想：自己找到东西，把肚子吃得滚圆滚圆。

几天后，老狐狸放手让小狐狸们自己找吃的东西去了。

老二很高兴，很努力，也很幸运。它发现了牧羊人藏在一个树洞里的面包和熏肉，就钻进去，大吃起来。

食物很多，老二吃饱了，还剩了很多，它开始分起来："这块给母亲带回去，这块留给小弟，这块嘛……"

老二想起小时候哥哥总是抢它吃的乳头，心里很不满意，气呼呼地说："嘿，我还是替它吃了吧！"

于是，老二又把本来打算留给哥哥的一块也吃到自己肚子里去了。

这下可不好了，老二的肚子吃得滚圆滚圆，再也不能从那个树洞口钻出来了，它暗暗叫苦。

别的狐狸从树洞旁经过，听见老二在呻吟，就凑到洞口问它怎么了。问明情况后，便对老二说："哎，贪吃的兄弟，不要紧的！你在洞里待着吧，最好再来回走动走动，天黑以前你的肚子就会恢复到进去时的样子了，你再钻出来就不用费什么劲了。"

老二就听从朋友的劝告，不停地在树洞里走来走去。果然，傍晚的时候，它的肚子就瘪了下来，跟原来一样了，它很顺利地钻出了树洞。

老狐狸听说了它二儿子的事情后笑得好几天都没胃口吃东西，而老狐狸的大儿子却气得顿顿吃得滚圆滚圆的。

气愤的猎狗

猎人养了两只威猛的狗。一只是猎狗，另一只是看家狗。

每次打猎回来，猎狗都累得大汗淋漓；而那只看家狗，却总是悠闲地趴在门前的树荫下，见主人回来就懒散地站起身，晃晃头，摇摇尾巴，一副热情的样子，猎狗见了很生气。

不仅如此，在分享猎物的时候，主人给猎狗和看家狗的总是一样多。有时，由于看家狗吃得快，还要多给它一些。

有一天，主人把一只野兔切开，分给两只狗各一半，然后又把一块山羊肉单独给了看家狗。

当主人离开的时候，猎狗忍耐不住了，蹿上去夺过了那块山羊肉。

看家狗愣头愣脑地看着猎狗，猎狗不甘示弱地说："看什么？这是我应得的！我每次跟着主人出去打猎，翻山越岭，跑得上气不接下气，有时还要冒着生命危险。而你呢？整天什么事都不做，光知道坐享其成。今天，我要讨回公道！"

看家狗笑着说："哎，你别这么冲动，这可都是主人的安排，你要讨回公道应该到主人那里去，这可不关我的事。"

愚蠢的驴

村里有一户人家买了一头驴，没过多久又买了一只姆列特狗，主人非常满意他亲自挑选的驴和狗。

姆列特狗十分讨主人喜欢，整天围着主人蹦蹦跳跳，还会耍很多有趣的小把戏，逗得主人开怀大笑。主人非常宠爱它，经常买许多好东西给它吃。

驴子的处境和待遇跟姆列特狗比起来真是天壤之别：它每天拉磨、担柴、驮重物，干的都是最累的活儿，吃的不过是些干草、燕麦之类的粗饲料。

即使在劳动之余，它也没有自由，被绳索牢牢地拴在槽边，不可能像姆列特狗那样跟在主人身边，随心所欲地进出他的客厅和卧室。为此，驴子总感到愤愤不平。

有一天，驴子想："为什么我就该忍受这样的生活呢？难道姆列特狗所做的一切，我就不会吗？如果我也那样做了，可能主人也就不至于这样偏心了吧！"

这天，主人家来了一位贵客，客人也很喜欢这只姆列特狗，主人答应让客人把小狗抱走。当主人送客人来到院子的时候，还叮嘱道："说好了，我这只是借你玩几天啊！玩够了，还要还给我的！"他明确表达了对小狗的喜爱之情。

驴子看到了这一切，心中更是嫉妒。姆列特狗被抱走后，主人家立刻变得冷清下来。驴子看到主人沉闷、无聊的样子，觉得表现自己的机会到了。于是，它挣脱缰绳，悄悄地走进了主人的居室。

主人正在客厅喝茶，驴子走上前去学着姆列特狗的样子，用刚刚吃完草料的脏嘴去拱主人的身体，还把两个前蹄搭在茶几上，用舌头去舔主人的脸和手。

主人气得站了起来，十分厌恶地大声呵斥驴子："混账东西！滚开！谁让你进屋来了！"

驴子以为自己做得不好，紧接着便又蹦又跳起来，把客厅里的地毯弄脏了，家具也踢倒了。主人愤怒地抓起驴子的笼头，牵到院子中央，拿起皮鞭狠狠地抽打起来，把它打得遍体鳞伤。

驴子被主人痛打了一顿，心中又是愤怒又是困惑，它怎么也弄不明白主人为什么会这样对待它。

掉在井里的狐狸和公山羊

一只狐狸失足掉到了井里，无论它如何挣扎仍没法爬上去，只好待在那里。公山羊觉得口渴极了，来到井边，看见狐狸在井下，便问它井水好不好喝。

狐狸觉得机会来了,心中暗喜,马上镇静下来,极力赞美井水好喝,说这水是天下第一泉,清甜爽口,并劝山羊赶快下来,与它同饮。

一心只想喝水的山羊信以为真,便不假思索地跳了下去,当它"咕咚,咕咚"痛饮完后,就不得不与狐狸一起商量上去的办法。

狐狸早有准备,它说:"我倒有一个办法。你用前脚扒在井墙上,再把角竖直了,我从你后背跳上井口,再拉你上来,我们就都得救了。"

公山羊同意了它的提议,狐狸踩着它的后脚跳到它背上,然后再从角上用力一跳,跳出了井口。狐狸上去以后,准备独自逃离。公山羊指责狐狸不信守诺言。

狐狸回过头对公山羊说:"喂!朋友,你的头脑如果像你的胡须那样完美,你就不至于在没看清出口之前就盲目地跳下去。"

这件事告诉我们,聪明的人应当事先考虑清楚事情的结果,然后再去做。

狐狸耍聪明

狮子历尽千辛万苦，终于当上了百兽之王。当上百兽之王的狮子一直威风不可一世。当狮子还很小的时候，它便开始独立生活了。它知道，生活中等着它的不仅仅是鲜花和微笑，也有杀机和陷阱。

有一次，年轻的狮子在热带丛林中追赶一只斑马。斑马历来以善于奔跑而著称，斑马跑得很快，这只狮子紧紧地盯住斑马不放。

突然天空乌云密布，刹时天黑了下来，热带风暴来了。斑马看到脱身的机会来了，便使足气力向丛林深处奔去。是放弃，还是继续努力追赶？狮子在心中暗暗地问自己。答案是肯定的，一定要一追到底，不把斑马捉住决不罢休。

风雨中，狮子看准前面斑马的影子紧追不舍。突然，它脚下一滑，掉进了猎人设下的陷阱。风摇着树发出呐喊，是在为狮子宣告死神即将到来。但是，狮子没有气馁，它猛地向上一跃，竟拖着一条受伤的腿从陷阱中逃了出来。

斑马听到身后"轰隆"一声，知道狮子已经掉入了陷阱，它欣喜地回过头。说时迟，那时快，狮子已扑到了它的面前。结果可想而知了。斑马成了狮子的口中之物，随之便成了狮子的一顿美餐。

这样的事情对于狮子来说非常平常，几乎每隔一段时间都会发生。但命运之神对所有事物都是公平的，岁月之剑不会饶恕任何人。

终于有一天，狮子老了。它一脸沧桑，雄健的四肢软软的，曾充满力量的腰身不再挺直。无论谁见到它，都想不出狮子当年的雄姿了。

狮子再也不能凭自己的力气去捕获其他动物来填饱自己的肚子。它冥思苦想，自己以什么方式才能生活下去呢？

日子在一天天飞快地逝去，狮子已有几天没有吃到食物了。这样下去，它只有坐以待毙。最后，狮子终于想明白了：自己应凭着智慧生存。

于是，狮子钻进了山洞。它躺下来装病，让经常在它身边活动的狐狸对其他野兽传递消息说:"狮子大王现在生病了,你们都应该去探望一下!"

野兽们得到了消息,都争着到洞中去看望狮子。狮子饿坏了,野兽们进来一个,它吃一个。最后实在吃不下了,便将它们咬死存放在洞里。

就这样,许多野兽都有去无回,死在狮子的血盆大口下。曾经帮助过狮子的狐狸这个时候才看穿了狮子的诡计,它来到洞口,就是不往里面走。

它大声问狮子:"大王,你的身体怎样了,要不要我为你上山采点草药啊?"

这个时候,狮子特别想吃掉狐狸,它就在洞里说:"狐狸,你是我最信任的朋友,现在我的身体非常不好,你怎么不进洞来看看我?"

狐狸在洞外"嘿嘿"一笑说:"假如我没有发现进洞的足迹有许许多多,但是出来的却一个也没有的话,我也许会进洞的。"

狮子在洞里轻轻地叹了一口气,对狐狸说:"你的确很聪明,我不杀你就是了,你走吧!"

狐狸说:"好得很,你知道我不会上当就行了,要知道,我比你聪明多了。"

断了尾巴的狐狸

有一只狐狸瞅准了一家鸡舍里的大肥鸡,在一个月黑风高的夜晚,它偷偷溜进了养鸡人家的鸡舍里。当狐狸走到鸡舍门前,正准备开门时,忽听"咔嚓"一声,它的尾巴被养鸡人的捕兽器夹住了。

"真倒霉,养鸡人什么时候设了这个陷阱呢?"狐狸心里想着,但它既不敢喊又不敢叫,只好忍着钻心的疼痛,惊慌失措地挣扎着。

最后总算逃出来了，但是它那条漂亮的大尾巴被挣断了，成了秃尾巴的狐狸。

秃尾巴的狐狸在洞穴里养好了伤，第一次出来晒太阳时，就听到了邻居们在背后嘲讽它。

这个说："哟！怪不得这许多天没见它出来捕食，原来躲在窝里，把自己的尾巴吃了一半！"

那个说："哼！肯定又干了什么坏事了，被别人剁去了半条尾巴！"

从这以后，秃尾狐狸常常遭到奚落，无论走到哪儿都有人讥笑它的尾巴。秃尾狐狸难过极了，它害羞得不敢出屋，常常趴到窗前去看外面的一切。

每天早晨，当看到过去的同伴一个个拖着毛茸茸的大尾巴去觅食，去玩耍，去做自己想做的事，大摇大摆地从窗前走过，留给它的只是一个寂寞的世界。

它的窗下有一个花丛，花儿长得齐齐整整的，只有一棵高高的，显得很惹眼。秃尾狐狸久久地盯着花丛，直到两腿发软，才肯离开窗前。

忽然有一天，当秃尾狐狸再次趴到窗前的时候，它一眼就发现那棵高高的花儿折断了，花丛中再也没有什么特别惹眼的花儿了。

秃尾狐狸趴在窗前冥思苦想，突然它惊喜地跳了起来："我找到解脱困境的办法了！"

它相信自己的主意能让大家忘记它的缺陷，那就是想办法让同伴们把尾巴都剪得和自己的尾巴一般长，就像这花丛一样，再没有惹眼的东西了。

秃尾狐狸决定忍受最后一次屈辱，到集市买来了最醇香的酒、最鲜美的肉，然后邀请大家到它家里做客。

正当大家吃得开心的时候，秃尾狐狸装作不经意的样子说："有件事不知你们注意了没有，我们生来长了条太长的尾巴，整天拖着是一个累赘，不管是做事还是玩耍都不太方便。"

几只小狐狸吃着甜美的水果，点头附和着。

秃尾狐狸给成年的狐狸斟上酒，继续说："朋友们，你们想想：为什么兔子跑得那么快，那么利落？是它们的腿比我们更有力量吗？"

"当然不是，人家兔子的尾巴多短、多灵便呀？"刚刚喝过一杯酒的狐狸脱口而出。

秃尾狐狸见时机已成熟，便动员大家把尾巴剪短。

"好吧！"大家表示同意，只是没有哪个敢第一个走到拿剪刀的秃尾狐狸面前。

这时，一位年长的狐狸走上前，轻轻夺过秃尾狐狸手中的剪刀，对它说："如果你的尾巴没断，你会这样提倡剪掉自己的尾巴吗？为了掩盖你自己的缺陷，就不惜残害整个家族，你于心何忍？孩子，身体有缺陷这还不是要命的，要命的是心理上也有缺陷！"

秃尾狐狸的脸红得不能再红了，它感到非常惭愧，觉得对不起大家。而其他狐狸也觉得自己先前嘲笑秃尾巴狐狸很不够朋友，从此再也没有发生过嘲笑秃尾狐狸的事情了。

驴、狐狸和狮子

驴找到狐狸，商量合伙去打猎，狐狸答应了。这是狐狸没有想到的，这令它很兴奋。

驴带着自己的弓箭和捕鸟的网，狐狸带着从老虎那里借来的长枪，从兔子那里借来的大刀出来了。它们认为只有拿着这些武器和狩猎工具才能打到更多的猎物。

该带的东西都带上了。在路上，驴对狐狸说："狐狸老弟，我们两个是第一次合作，一定要精诚团结，我知道你生性多变，又聪明绝顶，你可不能骗我。"

狐狸听了十分不高兴，有些恼火地对驴说："驴大哥，你这么说我可不高兴了，我是真心诚意与你合作，我最讲义气，打的猎物无论多少，我都只要一点点儿。这样你该信任我了吧！"

驴和狐狸彼此将话说明白了，也就没有了隔阂，心情也愉快起来了。它们继续朝前走，刚刚走进森林，迎面就遇到了一只非常威武的狮子。

狮子一看到它们两个，心里很不舒服。狮子问它们："喂，你们两个去干什么？"

狐狸刚要答话，驴抢着说："我们合伙去打猎。"

狮子一听更不高兴了，气愤地说："好啊，这么大的事情你们居然都不与我这个百兽之王说一声，胆子真是越来越大了。"

狐狸一听，知道惹怒了狮子，心里非常害怕。它赶忙想了一个讨好狮子的办法。

它悄悄地来到狮子跟前，放下手里的东西，偷偷地对狮子说："狮子大王，我和驴合作是假的，将它带来送给你是真的。这不，我已经将驴给大王你带来了，请大王处置。"

狐狸想的是只要能保住自己，哪里还管驴的死活。

于是，狮子对狐狸说："你很聪明，现在你按我的说法去做，不远处有一个陷阱，你去将驴引到那里面去。"

狐狸不敢违抗狮子的命令。

它来到驴跟前，对驴说："狮子大王很不高兴，我说了些好话，它让我们到那边去打猎。"

驴跟着狐狸没走几步，一下就掉到了陷阱里。驴抬头看看狐狸才明白是怎么回事。

狮子见驴掉在深深的陷阱里，心中大喜。它来到狐狸身边，突然利爪一伸，就将狐狸牢牢捉在了手里。

狮子哈哈大笑道："狐狸啊，狐狸，你是聪明反被聪明误啊！你出卖你的朋友，这就是你的下场。"说完，狮子就把狐狸杀死了，紧接着吃掉了驴。

驴、大鸦和狼

有个农夫牵着自家的驴到村头拉磨。驴很不走运，农夫把它拴在磨上就走了。

驴觉得这个活不该自己干，所以心里非常不舒服，于是想偷点懒。它将自己背上拴着的绳子向外挪了挪。刚挪完，主人突然回来了，看到驴还没有开始干活，很是气愤地随手操起一根棍子，朝驴背上打去。

驴猛地一惊，立即起身拉磨。好沉的磨啊，驴刚走几步就浑身是汗了。无奈主人就在旁边看着，驴不敢放慢脚步。可背上的绳子又不舒服，几圈下来，驴背就磨出了血。

主人将棍子握在手里，一刻也不离开，驴背上的那条绳子磨来磨去，伤口越来越大，鲜血不停地流了出来。好不容易才将磨房里的活干完了，驴痛得咬牙切齿，但是它不敢说出来，它怕主人再次用棍子打它。

还好，干完活，主人便让驴到牧场上去吃草。背上的伤口真痛啊，既无法去舔，也无法去抚摸，只好咬牙挺着。驴慢慢地吃着草，想趁吃草的机会稍稍休息休息。

可是，就在这时候，一只大鸦飞了过来，毫不客气地落在了驴背上。大鸦看看驴头，瞅瞅驴尾，琢磨半天，也没有看出这头驴与其他驴有什么不同，大鸦心中觉得有些扫兴。

刚要飞走，看到驴背上有一片模糊的血肉，便又重新落到驴背上，朝着那个地方狠狠地啄了几口。

这几口啄下去，驴可受不了了，疼得它连跳带叫，声嘶力竭地喊道："这是谁啊，不但见死不救，还这样来折磨我！"

驴的主人此时正站在牧场的边上，他看到大鸦落到驴身上后，驴在那里又叫又跳，以为它们遇到了什么高兴事，自己不禁也发出了"哈哈"的笑声。

这时，恰巧有一只狼从牧场边经过，看到了驴和大鸦在那里又跳又叫，又看到驴的主人在笑，自言自语道："我们狼可真不幸，我们只要看驴一眼，就会被人追赶，而大鸦在驴身上那么放肆，它的主人还笑呢！"

野猪和狐狸

野猪和小狸猫是最最要好的伙伴，它们经常在一起玩耍，十分团结。森林里有很多小动物都羡慕它们，因为野猪帮助小狸猫，而小狸猫也时常为野猪出点子。

有一天，野猪和小狸猫来到一个美丽的地方，那里长满了鲜花，树长得也很茂密，环境很好，空气新鲜，还有许多又肥又大的虫子供它们品尝。

两个小伙伴高兴得一边吃虫子，一边手舞足蹈。就在这时，树林里响起了枪声，把野猪和小狸猫吓了一大跳，它们知道是猎人打猎来了。

它们决定逃跑，避开猎人。小狸猫立刻爬上了野猪的后背，向密林深处跑去。猎人带着狗在后面紧追不舍，野猪在小狸猫的指挥下东躲西藏，终于摆脱了猎狗的跟踪。

它们俩气喘吁吁地跑到一棵大树下。小狸猫提醒野猪说："野猪，我们要做好应急准备，为了增强战斗力，你应该把牙好好磨一磨。"野猪觉得这是一个御敌的好办法。

天黑了下来，一只尖下巴、长尾巴的狐狸正在森林里东游西逛。它把腰弯得很低，肚皮紧紧贴着地面，头深深地埋在草丛中。

狐狸刚走出几步，就发现了前面不远处有一团黑影。再一细看，原来是一头肥大的野猪。原来，野猪听从了小狸猫的主意，它正专心致志地在树下就着一块大石头磨它那尖锐的獠牙呢！

野猪磨得很专心，它没有发觉背后不远处站着一只狐狸。狐狸见到这种情景，放下心来。它十分谨慎地向四周瞧瞧，见没有异常情况，便抬起了身子钻出草丛。

"野猪，野猪，我想冒昧地问你一个问题，可以吗？"狐狸来到野猪身旁，满腹疑虑地问道："现在天已经黑了，你为什么磨起牙来，附近既没有猎人，也没有能给你带来危险的猎狗呀！"

野猪停了下来，打量了一下狐狸，然后才回答："这是小狸猫经过深思熟虑后才叫我这么干的。"一提到小狸猫，野猪就禁不住自豪起来，谁能有这么聪明的朋友呢？

狐狸搞不懂野猪说的是什么意思，忍不住又问道："为什么呢？"

"因为要是我平时不把我的武器磨锋利，遇到危险时就会手足无措。"狐狸恍然大悟。

野驴下山

山林里有一头野驴不想在山林里待了，它义无反顾地跑出山林，四处游玩。村头的菊花开得正旺盛，野驴将鼻子伸了过去，仔仔细细地嗅了嗅。那香味一直钻进它的鼻子，将它美得直晃头。

穿过村子的小溪淙淙地流着，野驴跑过去，将头探进水里，"咕嘟咕嘟"地喝了个饱。

村子外边的田地一望无垠。地里长着谷子、麦子、大豆、玉米等众多的农作物，野驴还是第一次看到这些。

自从来到山外这个世界，野驴对什么都感到新鲜无比。接着，它又跑到了村子里，看到了它从来没有见过的东西，那高大的风车，圆圆的磨盘，高高的房子，它围着前后左右地看，也不知道那些是什么玩意儿。

逛够了，野驴来到一个农夫的家门口。它朝里一看，看到有一头家驴正躺在那里，阳光暖暖地照在它的身上，身边的食物口袋里装满了精饲料，此时，那头家驴正半闭着眼睛，将四肢伸开，一副悠然自得的样子。

野驴来到家驴的跟前，仔细地看着家驴，它发现家驴不仅个头比它大，而且毛发光亮，身体强健，便走上前去对家驴表示祝贺说："喂，朋友，你的生活真令我羡慕啊！你看，有主人为你准备好食物，你每天都可以在太阳下睡觉，到了晚上你可以睡到驴房里，你的生活太美好了。"

家驴听到野驴的话，只是抬头对野驴苦苦地一笑，什么也没有说。

野驴见家驴不吱声，便诉起苦来："我可就比不了老兄你了，我每天生活在深山老林里，不仅三天两头没有吃的，而且还要时刻提防老虎、狮子的威胁，我也真想有一天像你一样，好好地坐享其成。"

家驴听完野驴的这些话还是不作声，只是轻轻地叹了一口气，眼睛里噙着泪水。

野驴说了好半天，也不见家驴和它说话，于是很扫兴地走开了。刚走不远，它就看到农夫牵着那头家驴下地干活了。家驴拉着沉重的犁杖，迈着沉重的步伐，一步一低头地干着，汗水沿着它那长长的脸淌下渗到地里。

地总算犁完了，农夫又将驴牵到磨房里，让它一圈一圈地拉磨。家驴实在有些累了，它刚想停下来，农夫便扬起手中的鞭子，朝家驴的背上狠狠地抽了下去。

所有的活都干完了，家驴拖着疲乏的身体回到家里。这时候，野驴又来了。看到家驴累得连头都抬不起来了，便对家驴说："啊，朋友，你受苦了，我现在终于明白你的苦衷了。你让我明白了要想获得幸福必须通过劳动才能得到。"

爱吃羊肉的狗

有个牧人养了很多羊,他买了一条牧羊犬。牧羊犬对主人忠心耿耿,对羊儿爱护有加。牧羊犬每天都陪伴着外出吃草的羊们,随时保护着它们。

有一次,一只狼悄悄地靠近了牧场,它在牧场四周转来转去。狼看到有狗守在那里,不敢轻易靠近羊群。

当远处主人呼唤牧羊犬时,牧羊犬朝主人奔了过去。这时,狼以为有机可乘,便以最快的速度向羊群扑了过去。就在这时候,牧羊犬发现了狼的企图,立刻掉转头来,毫不畏惧地朝狼猛扑过去。

狼的阴谋没有得逞,牧羊人看到这条牧羊犬如此机警,不禁对它更好了。每当遇到其他牧羊人,都会对他们夸奖说:"我这条牧羊犬对我可忠心了。"

为了奖赏牧羊犬,牧羊人便时常将死去的羊扔给它吃。狗吃着羊肉,心中美滋滋的。它见到牧场其他的狗,便对它们说:"在我吃过的所有肉中,味道最好的就是羊肉。"

那些狗都十分羡慕它。

有一回,羊群被赶进圈里后,牧羊人来到羊圈前,偷偷地观察牧羊犬,看到它又是摇尾巴,又是咂嘴,知道它一定是馋羊肉了。因为有许多日子没有给牧羊犬死羊吃了。

牧羊人对牧羊犬那副馋羊肉的模样感到十分恶心。他大声对牧羊犬说:"坏东西,你也想学狼那样偷吃羊吗?你只要敢动这样的念头,看我怎么收拾你!"

牧羊犬吓得灰溜溜地逃走了。

鹅和鹤

天气渐渐凉了起来，枯黄的树叶纷纷从树上飘落下来，鸟儿都往南方飞去。

人们开始做过冬的准备工作。按照经验，今年的冬天会特别冷，因为夏季持续的高温天气已经预示了漫长的寒冬。

勤劳的妇人们开始着手储备过冬的食物。勇敢的猎人们则扛着猎枪去打一些野味，来补充冬日所需的食品，最好还能打上几只狐狸给妻儿做件披风，挡挡风寒，再捉几只鹅，做个褥子。

一声声长鸣划破天空，一群白鹤从远方飞来。这时，有一群鹅正拖着笨重的身子，摇摇摆摆地在草原上寻找食物，见到白鹤从空中飞来，鹅心里很羡慕它们能在天上自由飞翔，就亲热地上前打招呼："白鹤，白鹤，你们从什么地方来，要到哪里去呀？"

白鹤回答说："冬天快到了，我们要去南方过冬，路过这里，顺便找点东西吃。"

鹅想："哦，瞧它们这么轻捷灵活，原来还怕冷呀，千里迢迢从北飞到南。哪像我们，拥有一身厚厚的羽毛，根本不怕寒冷，可以抵御风雪。"

鹅高傲地昂起头，不再理会白鹤，它们认为白鹤太可怜了，不如自己富有。看自己身上这厚厚的肉，多么令贫穷的白鹤羡慕啊！

白鹤对鹅的态度转变感到莫名其妙。一听到它们要去南方过冬，这群鹅的态度怎么变得这么快，这种飞来飞去，无忧无虑，又没有牵挂的日子多么惬意，为什么要把自己绑在一个地方，守着不动呢？

鹤也看不起鹅，觉得终生待在一个地方是没出息的表现。

就在这个时候，猎人们扛着枪向这边走来。很快，他们就发现了这群鹅和白鹤，猎人悄悄地散开，把鹅和白鹤包围起来。包围圈逐渐缩小，鹅和白鹤都看到了许多枪口正对着自己呢！白鹤们身体轻捷，拍拍翅膀飞了起来，越飞越高，猎人奈何不了它们。

而鹅就没有白鹤那么幸运了,它们同样用力地拍打着翅膀,可是那厚重的肉成了沉重的累赘,只好眼睁睁地看着白鹤飞走,但猎人却离它们越来越近。

猎人没有开枪就把它们全部活捉了。

狗吞海螺

有一对年事已高的老夫妻,无儿无女,生活贫困,靠养些鸡过日子。

老两口每天早上给鸡喂食,然后就提着沉甸甸的鸡蛋进城去卖,晚上要很晚才能回来。一天,老两口像往常一样去捡鸡蛋,发现鸡蛋已经被人偷走了。

老太太很伤心,没有了鸡蛋可怎么活啊!老两口恨死那个偷鸡蛋的贼了。为了防盗,老头去邻居那里要了一只狗。别说,这招儿还真灵,一连几天,鸡蛋都没丢。

那只狗帮了他们这么大的忙,可不能亏待它,老两口决定隔上一两天喂它几枚鸡蛋,让它更卖力更忠心。

但这不是一只好狗,它贪得无厌。这一天,趁主人不在,它便跑到鸡窝去偷吃鸡蛋,三口两口就解决掉一个。"真好吃",狗发自内心地赞美了一句。

接着,它又吃了一个,一边吃一边还自我安慰,"没关系,我功劳这么大,吃几个蛋没关系,再说少了几个,主人也未必会发现。啊,真过瘾。"

天色已晚,狗料到主人就快回来了,本来它还想再吃几个的,但迫于无奈只好作罢。

老两口回来后,没有看出狗在一味回避他们,更没有发现少了很多蛋。第二天,狗看没事,胆子大起来,它对自己说:"我只吃一个,一个没事儿吧?"可是,它吃了一个不算够,又吃了一个。几天下来,狗觉得自己的身体强壮了很多。

老两口见鸡蛋明显减少，以为是天冷了，鸡不爱下蛋了，仍然没有怀疑到狗。

干什么事都是有限度的，不能贪得无厌，但狗已经深陷其中，不能自拔。不过做任何事情都不是一帆风顺的。

一次，狗正吃得起劲，忘记谨慎，不小心就打碎了好几个鸡蛋，正当它手忙脚乱时，主人回来了。

看到这个情景，老两口恍然大悟，原来是这个畜生干的好事，老头气得顺手抄起一根木棍劈头就向狗打去，狗痛得要命。狗见事情已败露，挣开绳索逃跑了。它虽然留恋新鲜可口的鸡蛋，但再也没有胆量回去了，它知道，主人是不会饶恕它的。

狗拼命地整整跑了一天，终于跑到了海滩边，它饿极了。忽然，一个圆圆的东西映入狗的眼中，它以为是鸡蛋，迈开大步就扑了过去，张开大嘴一口吞了下去。

不久，狗感到嗓子痛。这时它才注意到原来自己吞下去的是海螺，不是鸡蛋，狗被尖利的海螺头卡住了脖子，它开始后悔起来，不该见到圆的东西就以为是鸡蛋而狠吃起来。

黄鼠狼的舌头

有一天，黄鼠狼发现了一只老鼠，就拼命追赶。

老鼠一见黄鼠狼追来了，吓得赶紧跑，跑着跑着，老鼠看见路边一块大石头下边有一条小缝。

黄鼠狼眼看就要追上这只老鼠了，它迫不及待地一口咬了下去，但老鼠刚好钻进了地缝，黄鼠狼这一口咬在了石头上，只听"嘣"的一声，黄鼠狼的牙齿被硌掉了，痛得它蹦了起来。

黄鼠狼气急败坏，发誓一定要抓住这只老鼠。于是，黄鼠狼就隐藏在附近，它等啊等啊，这一等，就等到了天亮。

机会最终还是来了，老鼠以为没事了，便从地缝里爬出来，刚想喘一口气，不料却被久候的黄鼠狼抓住了。

黄鼠狼抓到了老鼠，心里乐开了花，它想："我要一点一点地把你吃掉，慢慢地折磨你，以报我牙齿被硌掉之仇。"

可是，黄鼠狼的牙齿没有了，怎么才能吃下这只老鼠呢？当黄鼠狼意识到这点时，感到很为难，但是想到这只老鼠给自己造成的巨大损失，黄鼠狼又忍不住说："别看我没有了牙齿，我就是用舌头舔也要把你舔死。"

于是，黄鼠狼就用舌头一点一点地舔，先舔掉了老鼠的毛，露出了红色的皮，接着又舔掉了它的皮，露出了白色的骨头，直至把这只老鼠舔得一点不剩。

森林里的动物们听说了这件事，都被黄鼠狼的狠毒所吓倒。从此，谁也不敢得罪这只黄鼠狼了，一见到它都点头哈腰，毕恭毕敬。

黄鼠狼的心里别提有多得意了，它说："别看我没有牙，但是我的舌头好使，谁要是敢和我作对，我就舔死它。"

有一天，黄鼠狼大摇大摆地向山下的村庄走去。刚走到村口，只见一个铁匠铺正袅袅地冒着烟。黄鼠狼径直走进铁匠铺，看见一位铁匠正在打铁，但铁匠根本没有在意这只黄鼠狼。

黄鼠狼很生气地说："喂，那位铁匠，见了我怎么也不打招呼，是不是活得不耐烦了？"

那铁匠奇怪地回头看了一眼黄鼠狼，说："你这只黄鼠狼有什么资格让我跟你打招呼，该干什么干什么去，不要影响我打铁。"

黄鼠狼听了差点跳起来，说："我是森林之王，我舌头的舔功天下第一，你要是对我无礼，我就舔死你。"

铁匠感到很好笑，就指着墙角说："我那里有一把新打的铁刀，你要是能把它舔掉，我就尊你为王。"

黄鼠狼说："一把小铁刀有什么了不起，看我把它舔掉。"铁刀很锋利，黄鼠狼只舔了两下，它的舌头就流出了血，黄鼠狼不以为然，继续使劲舔，没想到它的舌头被铁刀割断了，铁匠顺手就捉住了它。

田鼠与家鼠

田鼠和家鼠是好朋友。一天，家鼠应田鼠所约，去乡下赴宴。

家鼠一边不停地吃着大麦与谷子，一边对田鼠说："你知道吗？你这是过着蚂蚁一般的生活，我那里才叫真正的生活，去与我一起享受吧！"

于是，田鼠跟着家鼠来到城里，家鼠给田鼠看豆子和谷子，还有红枣、干酪、蜂蜜、果子。田鼠看得大为惊讶，称赞不已，并感慨自己的命运悲苦。

它们正要开始饱餐的时候，有人打开了门，胆小的家鼠一听到声响，吓得赶紧钻进了鼠洞。当家鼠想拿干酪时，又有人进屋里拿东西，而家鼠立刻又钻回了洞里。

这时，田鼠顾不上饥饿，对家鼠说："朋友，我要回家了！你自己过这种担惊受怕的生活吧！我还是去啃那些大麦和谷子，平平安安地过普通生活。"

驴和青蛙

驴是勤劳的，它一生都在忙忙碌碌中度过。它不会因为虚度年华而悔恨，因为它比谁都勤劳、卖力。

这一天，驴刚刚拉完磨，满身的大汗还没有干，主人便走过来，看到驴卧在院子里，非常生气地说："我整天用好料喂你，你怎么越来越懒，这样下去，你只有去屠宰场跟你那些死去的同伴见面了。"

驴听了主人的话，心中虽然有点不高兴，但还是对主人说："主人，有什么吩咐吗？我刚刚拉完磨，如果有活儿，我马上去干！"

主人听了驴的话，心中想，这头犟家伙如今也学乖了。于是主人拍拍驴头，对它说："邻村的彼得家要盖房子，你快将这些木材给他送去。"

驴驮上木材，立即动身了。走出村子，穿过村头的田地，望望地里青青的麦苗和路边的嫩草，驴真有点嘴馋，但背上驮着重重的木材却不容许它停下脚步。

走出一段路，前面是一片沼泽地。这片沼泽地驴曾经走过，那是去年秋天，驴驮了两口袋麦子去另一个村子，由于刚下过雨，沼泽地里全是水，驴刚刚走了两步，两条腿就陷了进去。

由于背上负着重物，驴挣扎了一下，谁知这使它陷得更深。驴这时有些害怕了，它急忙放开喉咙大叫："救命啊，我被陷到沼泽里啦！"

驴的喊声惊动了不远处的一头大象，它慌忙赶过来，用长长的鼻子将驴拉了出来。

现在又来到了这片沼泽地，驴心里有点余悸。它先试探着朝前走了两步，觉得没有危险，便壮着胆子走了上去。

驴在心里暗暗地想着，一定要小心，要小心。正当它想着的时候，不料脚下一滑，一下摔倒了。此时，由于慌乱，它觉得背上的木材那么重，压得它连腿都直不起来了。

驴朝四周看看，连个人影也没有，便伤心地哭了起来。

这时，沼泽地里的青蛙听到了驴的哭声，便纷纷跳到驴的身边，对驴说："喂，我说驴朋友，你摔一下就这样痛哭，像我们长年累月住在这里，一听到动静就要从陆地往水里跳，那我们又该怎么办呢？"

驴听了青蛙的话，心里好生惭愧，它的脸不禁红了。它不好意思地说："让你们见笑了，我立刻就爬起来！"

偷鸡的狐狸

狮子觉得鸡肉的味道不错，便决定捉一些鸡回家养。但是它养的鸡越来越少，这一点也不足为奇，原因十分简单，那就是鸡舍四通八达，进进出出十分方便，自然使那些喜欢搞阴谋诡计的动物有机可乘，因此有的鸡被偷走了，有的鸡却是自己走失了。

为了挽救损失和不再烦恼，狮子决定建造一座漂亮宽敞的新鸡舍。鸡舍首先要求安全第一，各种门窗一定要关得严严实实的，让小偷根本无法钻进来；其次，鸡舍里面必须宽敞舒适，行动方便，各种设施要齐全。

消息一传开，大家纷纷都来告诉狮子，狐狸是一位技术高明的建筑师，泥工和木工样样在行。于是，狮王就请狐狸来建造鸡舍。狐狸不负众望，全力以赴，认认真真，一丝不苟地造起鸡舍来。

鸡舍很快就造好了，大家都来参观，个个称赞不已。鸡舍看起来漂亮美观，设备齐全，一切都想得十分周到。食料就在嘴边，精美的栖架处处都是，那防寒避暑的地方十分华丽，母鸡孵蛋的地方也温暖舒适。

狐狸受到极大的赞赏和荣誉，并在当天领到了一笔巨额的奖金。狮子马上颁布命令：立刻让鸡群迁入新鸡舍。鸡群搬进鸡舍后，狮子依然烦恼不断，因为隔三岔五就会丢失几只鸡。狮子感到很奇怪。

新鸡舍看起来十分坚固，四周的围墙又高又厚，所有的门窗关得严严实实。然而鸡还是一天比一天减少，这究竟是什么原因呢？大家怎么都想不清楚。

这回狮子亲自看守鸡舍，逮住了窃贼。窃贼不是别的动物，而是建造鸡舍的狐狸！原来狐狸在建造鸡舍时，暗暗地在鸡舍下挖了一条地道。

三只公山羊

寒冷而又漫长的冬天终于过去了，现在是初春时节，万物还没有完全苏醒过来。有三只公山羊觅食感到很困难，一连几天没吃东西，它们饿坏了，决定出去碰碰运气。

小公羊说："今天我要到牧场那边去，那里的草儿又绿又好吃。"

"去吧！但小心不要让巨人抓去，"它的两个兄长说，"我们随后就去。"

去牧场唯一的一条路是要走过一条小溪，要经过一个罗锅桥。桥下住着一个坏脾气的巨人，他的眼睛像茶盘那样大，鼻子又尖又长像根拨火棒，谁都怕他。而且，他最爱干的事就是捉山羊做午餐。

现在，巨人正在摆动两只脚，在小溪里溅起水花，他听见了"踢嗒，踢嗒"的脚步声。

"谁在我的桥上？"他大声叫喊着。

"我是小山羊。"小山羊胆怯地回答，同时身体抖动得像片树叶。

"很抱歉，你必须老老实实到我肚子里走一趟！"巨人大声吼道。

"不要吃我。"小山羊哀求道，"我又瘦又小。我哥哥就要来了，它比我要胖些、大些。"

"那么，我就等候你哥哥做我的午餐吧！"巨人说道，"你赶快走吧！再不走，就别怪我不客气了。"

小公羊不等巨人说第二遍，就飞一般地逃走了。于是这个坏脾气的巨人又回到桥下，等候午餐。

不一会儿，他听见比较沉重的"踢嗒，踢嗒"的脚步声走到了桥上。

"谁在我的桥上走？"巨人大声吼叫着。

"我是公山羊。"

"那么，我要把你当午餐吃掉！"

"不要吃我，"公山羊哀求道，"我哥哥随后要来，它比我要肥胖多了。"

"很好，我就等候你哥哥做我的午餐吧！"巨人说道，"你赶快走吧！不要等到我后悔。"

公山羊不等巨人说第二遍，三步并作两步，逃得飞快。

巨人在罗锅桥下等候大公山羊来，他一直坐在潮湿阴暗的地方。他越等越饿，脾气越来越坏，终于，他听到了头顶上的脚步声，"踢嗒，踢嗒……"

"是谁在我的桥上走？"他大声吼叫。

"我是大公山羊。"

"那么，我要吃你！"巨人叫道。

"来试试吧！"大公山羊大声回答。

巨人从桥下冲出来。可是出乎他意料的是，大公山羊有两只长而弯的角，下巴挂着浓厚的大胡须，它胆大包天，谁也不怕。

它用两只角挑起巨人，一下子把他抛到空中，抛得高高的，几乎要碰到月亮啦！

巨人重新落回到地面时，与一块巨大无比的石头撞上了，转眼就成了一堆肉泥。最后公山羊三兄弟都吃到了青草，吃得肚子饱饱的。

猴子和猫

有一个感觉无聊的人养了一只猴子和一只猫,猴子和猫相处得很好,但它们尽干些坏事。

它俩无法无天,如果家里面有什么东西被损坏的话,用不着找邻居,准是这两个坏小子干的。猴子偷窃成性,而猫对奶酪的兴趣远远胜过老鼠。

有一天,这两个狼狈为奸的家伙看到了炉火的一角上煨着些栗子。想到上次偷吃了一些栗子,它们吃得很饱,心情舒畅得很。两个坏蛋知道,这既损人又利己,真是一举两得。

猴子对猫说:"老兄,今天可真是你大显身手的时候了,帮我把栗子取出来。如果我天生就能从火中取栗的话,那我早就尝到这栗子的滋味了。"

话音刚落,猫用敏捷灵巧的爪子先把那炉灰拨开,再缩回了脚爪,然后连续

几次，把栗子从火灰中一颗颗地取了出来，而猴子却抓紧时机大嚼起栗子来。就在这时，有一个女仆走了过来，它俩吓得四散奔逃。

现实生活中有很多这样的人，有人别有用心地夸奖他两句，他就真以为自己有多么的了不起，甚至会为别人去奉献自己的一切。

狼和狗

很久很久以前，狼和狗是好朋友。它们和睦地相处了一段时间，后来因为生活习性的不同分开了，从此再也没有见过面。

一位牧人带着4只狗到草原上放牧羊群。一只凶悍的公狼一天没有吃到食物，它被饥饿折磨得死去活来。就在这时，它发现了羊群，完全忘记了平日的谨慎，像箭一般地直扑向羊群。

牧人见狼袭击羊群，立刻放出牧羊犬前往阻击。一只凶猛的公狗与狼打了起来，另外3只狗也先后扑向了狼。狼渐渐抵抗不住，最后只得夹着尾巴逃跑了。

狼被狗斗败，非常不甘心，夜里又来偷袭羊群。守夜的公狗非常警觉，听到脚步声，用鼻子狠狠嗅了几下，闻到狼的气息，立刻站起来，瞪大眼睛监视羊圈。

狼刚刚接近羊圈就被狗发现了。狗气呼呼地对狼骂道："你这只恶棍，真不知好歹，白天没把你撕成碎片，夜间你又来偷羊，我想你是活得不耐烦了！"

公狼见狗根本没睡，知道今夜难以得手，但心里又不服气，回敬道："你这只没出息的恶狗，要知道我并不怕你，单打独斗，你肯定不是我的对手。有胆量明天你自己出来，不许拉上帮手，看我怎样咬断你的喉咙。"

狗鄙夷不屑地说："你快滚吧，现在我要休息。明天我再收拾你，让你死得心服口服。"

狼和狗约定时间、地点，准备决斗。第二天，狗偷偷溜出来，瞒着主人和同伴，到约定地点与狼决斗。

狼看到狗真没带伴，独自前来决斗，不禁喜出望外，以为稳操胜券，假装很客气地说："你先进攻吧，我让你先咬几口。"

狗也不跟它废话，纵跃而起扑向狼，狼躲闪的动作十分机敏，狗几次都扑了个空。狼立刻反击，对准狗的咽喉，狠狠咬去。不料，狗带着铁项圈，狼险些把牙硌坏。

狼终于失望了，它知道这样斗下去很难取胜，便嘲笑狗说："坏东西，假如你颈上不戴那个破铁圈，我早把你咬死了。今天暂且饶了你，不过请记住，我虽然有时挨饿，但我是自由的；你即使吃得很饱，但你丧失了自由，自由才是最可贵的。"

狗被狼说得有点不相信自己了，它决定试着不吃东西，一天好说，但两天、三天却是忍无可忍，最终还是没再忍饿。

猫和老鼠

黄猫近期总是饿肚子，这都是因为它没有生意可做，这使得它很不高兴。它站在院子里，摸着胡须踱来踱去，绞尽脑汁地想着办法。

几天以后，街上出现了一张"海报"。"海报"上写着：

本人诚聘通风报信者若干名，主要的工作是寻找老鼠的踪迹，最好懂老鼠语言，能口译并笔译者优先，至少应熟悉日常生活用语。月薪300猫金，其他相关待遇一律从优。

一张小小的"招聘海报"掀起了一阵热浪。不少动物都来应聘，到底有多少？黄猫没详细统计，反正，它的家当天都被挤破了门。

黄猫也收获不小呀！第二天一大早，就有用树叶制成的"信息电报"送来了。电报上写着：

已获悉：森林市大山街小溪胡同123456号，聚集着一群老鼠，它们是本市最大的老鼠集团，集团的头目，外号叫"铁算盘"……

收到这封"信息电报"，黄猫老板立刻搭乘蜻蜓飞行员的"直升机"来到森林市大山街小溪胡同123456号。

黄猫老板的生意红火了起来。到达的第一天，就抓了连大带小5只老鼠。但也有一点儿小小的遗憾，没抓着"铁算盘"。

第二天，生意也蛮兴隆，抓了4只老鼠，但其中3只是小老鼠，比起昨天，就差了点儿劲，最大的遗憾，还是没抓着"铁算盘"。

到了第三天，生意就很不景气了，不论是大老鼠还是小老鼠，都一无所获。黄猫老板又恼火了，它摸着胡须，急得团团转。

第四天一大早，黄猫老板有了新的主意。它急匆匆地上了街，花大价钱聘请了个包工队。

请包工队干什么呢？

黄猫老板把包工队带到123456号，与包工头耳语了一阵子。不一会儿，包工头就带领包工队在老鼠洞口竖起一根木头橛子。

到了晚上，黄猫就偷偷地溜到木头橛子前，"噌、噌、噌"爬到木头橛子上，把一根绳子套在自己的脖子上待在上面装死。

一分钟过去了，老鼠洞里一点儿动静也没有。

两分钟过去了，老鼠洞里还是静悄悄的。

黄猫老板有点儿沉不住气了，它稍微地抬了一点眼皮，边朝老鼠洞口看，边琢磨着："难道老鼠们都逃跑了？"

正在这个时候，老鼠洞口有了脚步声。黄猫老板大喜，赶紧闭上眼睛装死。

"喂，黄猫老板，你听着！"

这是"铁算盘"的声音："你即使只剩下一张猫皮挂在木头橛子上，我也不会再到你跟前去的。"

老鼠们有了前几次的经验，再也不会相信黄猫的计策了。至于黄猫老板还会不会出示它的"招聘海报"，那就要靠它的智谋了。

不听话的小鹿

小鹿是鹿妈妈的宝贝，因此，它从没有离开过鹿妈妈半步。

鹿妈妈担心小鹿乱跑，怕它跑远了会有危险，于是，常常叮嘱它："乖孩子，不可以到处乱跑，森林里有很多野兽会伤害你，还有，千万别撞到猎人手里，否则就糟了！"

听了鹿妈妈的话，小鹿总是点点头，不耐烦地说："知道了，知道了。"

在小鹿眼里，森林真是好大好大的天地呀！那里一定有很多很多好玩的东西，有很多很多好吃的果子，小鹿真想去看看。

有一天，鹿妈妈出门了，嘱咐小鹿看好家门，不要随便给人开门，更不能出去。小鹿一个人待在家里闷死了。它想溜出去玩玩，想起妈妈的话，又犹豫了。

这时它想到了出去的理由。"妈妈不是说遇到危险的时候，只要沉着冷静就能有办法对付嘛。对了，就这样。"

小鹿蹦蹦跳跳地出了家门，它高兴地跳着、唱着，心里别提多快活了。

在小鹿的眼里，这一切都是那么新奇，它忘乎所以地玩着。正玩着，跑着，忽然，远处闪出猎人的身影。

小鹿吓得撒腿就跑，跑呀跑呀！好不容易甩掉了猎人的追逐，它"呼！呼！"地喘着粗气，四周张望，生怕猎人追上来。

小鹿想："得找一个地方躲躲，等猎人走远了，再回家。"

小鹿慌慌张张地走着，发现前边有一个大山洞，它想："就在这儿躲躲吧！"

于是，它连蹦带跳地钻进山洞里。

小鹿刚一定神，想找个地方休息休息，忽然听到脚步声，小鹿不敢动，屏住呼吸。脚步声越来越近了，出现在小鹿面前的竟是一只大狮子。原来这里是狮子的家。

小鹿吓得差点儿晕了过去，想逃走，可是，腿已经吓得不听使唤了。

狮子咆哮着，向小鹿扑了过来："这真是天意，想不到你送上门来让我美餐一顿。哈哈哈……"

小鹿真后悔没有听妈妈的话，为此付出了惨痛的代价。

驴和知了

森林里正在举行着一场动物大聚会。孔雀跳舞，百灵唱歌，小猴耍把戏，连那又笨又拙的黑熊还扭着粗腰跳了一阵，扯着粗嗓唱了一曲，所有的动物，无论演技如何都上台助兴，场内一片欢乐的海洋。

有一头驴见没人邀请它表演，心中很不是滋味，愣头愣脑地挤过来自告奋勇地走上台，"咿——啊——，咿——啊——"地唱起来。

还没等它唱两句，台下就喊了起来："噢，下去吧，下去吧，难听死了！难听死了！"动物们觉得很扫兴，都嘲笑它，挖苦它，连吵带嚷把驴哄下台。

驴很不服气，心中憋着一股气儿，暗暗地下了决心，每天都强迫自己早早地醒来，跑到田野里去练嗓子。

"咿——啊——，咿——啊——"

一天又一天，每天早上都练得声嘶力竭，满头大汗。可总是没有进步，它心里像着了火一样的急！

一天早上，它正练得起劲儿，突然，一阵美妙的歌声传来。

它一听便愣住了，停止了练习，心里琢磨开了："是谁唱得这样美妙动听呀？我应该去找它，让它当我的老师，我的歌声不是也能美妙起来了吗？"

它找呀，找呀，终于发现，美妙的歌声是从树上传来的。它仔细一看，原来是知了在唱歌。

它不知不觉，呆呆地、久久地竖着耳朵听得入了迷。

直至知了停止了歌唱，驴才从陶醉中清醒过来，它怀着十分崇拜的心情对知了说："啊！知了呀，你的歌声太美妙了，太动听了，我简直不能相信，你怎么会有这样好的嗓子，然而，你确实有这样好的嗓子……"

"扑哧——"知了乐出了声。

驴不理会儿这些，它又恭恭敬敬地问知了："请允许我问个问题，好吗？"

知了忍住笑，点了点头。

"请问，你吃了什么，能发出这样悦耳的声音？"

知了强忍住笑回答了驴提的问题："我喝的是露水。"

"噢，原来如此，原来如此。"

驴听了知了的回答，心里甭提有多高兴了。从此，它不吃草也不喝水，只是每天等露水喝。

就这样一天天过去了，驴终于饿死了。

恩仇分明的豹子

豹子一不小心落入了猎人的陷阱里，由于饥饿，它试着跳出陷阱，但终未成功。

陷阱旁边的路上，有人走过来。豹子听见了脚步声，连忙直起身子，看到一个牧羊人走来了，豹子向牧羊人求救："救救我吧！"

牧羊人看了一眼陷阱里的豹子，不但不理它，还捡起一块大石块投进去。豹子的头被石块划破了一条口子，血渗了出来。

过了一会儿，豹子又听到了脚步声，又走来一个牧羊人。豹子又向他求救："救救我吧！"

牧羊人看了一眼陷阱里的豹子，用鼻子哼了一声："我才不会救你呢！"说着，捡起一截木棒朝豹子掷了过去。

棒子把豹腿打得好疼啊！豹子揉着受伤的腿，难过极了。现在它更没有力量出去了。

天黑了，豹子失望了，再也不会有人从这儿经过了。也许今晚它会饿死在这儿的。豹子绝望地流下了眼泪。

正在这时，又有一个牧羊人赶着羊群从这里经过。豹子抱着最后一线希望，向牧羊人求救："救救我吧！"

牧羊人看到陷阱里受伤的豹子，觉得它很可怜，于是给了它一些充饥的食物，并告诉它明天他会来救它的。

第二天一早，恢复了体力的豹子没有等到牧羊人帮忙就爬出了陷阱。豹子回到家里，精心调养了几日，就走出家门，去寻找牧羊人了。豹子找到前两位牧羊人，把他们的羊全部咬死了。

所有的牧羊人都害怕它，他们选出代表去求豹子放过他们。豹子冷冷地告诉牧羊人的代表："我是不会放过落井下石的人的。"

蝙蝠的机智

关于蝙蝠是鸟类还是兽类的讨论，动物们费了很大的力气，而且口水都说干了，这个结论依然没有定下来。

有一天，蝙蝠在家中实在待不下去了，便想出去走一走。一方面是为散散心，排遣一下心中的不快；另一方面也是为了看一看外面世界发生了什么变化。

刚刚从家里飞出来，突然一阵大风猛地吹了过来，蝙蝠不禁打了一个寒战。天越来越黑，风越来越大，但既然出来了，也只有硬着头皮走一走。

蝙蝠展开翅膀飞到一棵大树旁，但由于长时间待在家里，它的翅膀和腿都没有力量了。蝙蝠刚停落到树上，还没有站稳，突然脚下一软，竟从树上跌了下来。

蝙蝠心中暗想，真倒霉啊！连站起来的力气都没有了。蝙蝠掉在地上，鼓一鼓翅膀刚想爬起来，有一只爪子却死死地将它按在了地上。

原来，蝙蝠被一只黄鼠狼捉住了。黄鼠狼看着爪子下的蝙蝠，扬扬得意地说："今天我真有福气，刚出来就遇到了你，这是送上门来的美餐。"

黄鼠狼张开尖尖的嘴，对准蝙蝠就要咬。

在这生死关头，蝙蝠说道："喂！朋友，我们刚刚见面，你为什么就这样残忍，你知道我是谁吗？"

黄鼠狼说："我当然知道你是谁，我向来与鸟类为敌，所以我绝不能放过你。"

蝙蝠听了黄鼠狼的话，马上说："你看，你弄错了不是，我不是什么鸟，我和你是同类，也是鼠。不信你看看这嘴、这脸。"

黄鼠狼听了蝙蝠的话，仔仔细细地看了看蝙蝠，真是鼠头鼠脸的，于是，便将它放了。

但是不幸还是缠绕在蝙蝠的身边。蝙蝠再一次出来时，又不幸从树上掉到了地上，刚一落地又被另一只黄鼠狼捉住了。黄鼠狼正想吃掉它，蝙蝠立即哀求说："朋友，你千万不要杀死我，我们是一家人啊！"

黄鼠狼说："少跟我来这一套，我憎恨一切鼠类。"

蝙蝠一听更乐了，它马上说："不对不对，我是鸟类啊！你看看我的这对翅膀。"

黄鼠狼相信了蝙蝠的话，就放了它。

被同伴驱逐的蝙蝠

很久以前，鸟类和走兽，因为发生一点争执，就爆发了战争。并且，双方僵持不下，各不相让。

有一次，双方交战，鸟类战胜了。蝙蝠突然出现在鸟类的堡垒。"各位，恭喜啊！能将那些粗暴的走兽打败，真是英雄啊！我有翅膀又能飞，所以是鸟的伙伴！请大家多多指教！"

这时，鸟非常需要新伙伴的加入，以增强实力，所以很欢迎蝙蝠的加入。可实际上，蝙蝠是个胆小鬼，等到战争开始，便避不露面，躲在一旁观战。

后来，当走兽战胜鸟类时，走兽们高声地唱着胜利的歌。蝙蝠却又突然出现在走兽的营区。

"各位恭喜！把鸟类打败！实在太棒了！我是老鼠的同类，也是走兽！敬请大家多多指教！"走兽们也很乐意地将蝙蝠纳入自己的同伴群中。

于是，每当走兽们胜利，蝙蝠就加入走兽。每当鸟类们打赢，它又成为鸟类们的伙伴。

最后战争结束了，走兽和鸟类言归于好，双方都知道了蝙蝠的行为。当蝙蝠再度出现在鸟类的世界时,鸟类很不客气地对它说:"你不是鸟类!"

被鸟类赶出来的蝙蝠只好来到走兽的世界,走兽们则说:"你不是走兽!"并赶走了蝙蝠。

最后,蝙蝠只能在黑夜,偷偷地飞。一到白天便飞回了山洞。

蠢狮子

兔子以前胆子可不小,后来经常被猛兽追杀,受不了刺激,胆子便变小了,但胆小也不是什么坏事。

北面的山坡是个长青草的好地方。那里的青草长得又高又粗壮,不仅十分茂密,而且油绿油绿的。

这一天,胆小的兔子离开了家,它东蹦西跳,玩得十分开心。在北山坡吃饱了青草,它的瞌睡来了。为了安全,兔子找了一个青草非常茂盛的地方,舒舒服服地躺下来,用头枕着自己的两个前爪,呼呼大睡起来。

这只兔子长得十分可爱,一身洁白的毛,4只漆黑油亮的爪,没吃过兔肉的野兽都会对它感兴趣。

兔子睡在草丛中,青青的草遮掩着它,它睡得可真香啊!

兔子进入了梦乡,在梦里它四处奔跑,跑得很快,比狮子跑得还快。这时,有一只狮子从这里路过,兔子的鼾声吸引了狮子,它循声悄悄地来到了兔子的身边。

此时的兔子正在做美梦呢!只见它一会儿脸上露出微笑,一会儿又咂咂嘴。狮子看看酣睡中的兔子,恨不得立即将它一口咬住,美美地饱餐一顿。

狮子转念一想,这是送上门的礼物,非常难得,我现在虽然很饿,但不能操之过急，应该细嚼慢咽，好好尝一尝这只傻兔子的肉。

狮子磨磨牙，慢慢地张开了血盆大口。可是，正当狮子朝兔子咬下去的时候，旁边有一个影子飞快地闪了过去。

狮子定睛一看，原来有一只小鹿刚从它身边跑了过去。啊，那只小鹿真美丽，头上两只稚嫩的犄角随着小鹿的奔跑起伏着，它身上的毛是褐色的，还带有一道道浅颜色的条纹。在明亮的阳光下，小鹿浑身发出耀眼的光芒。

狮子一下被那只小鹿迷住了。狮子暗自高兴，它自言自语道："老天待我可真不薄啊，要是捉住这只小鹿，可够我吃上几天的了，比眼前的这只兔子可强多了。"

想到这里，狮子立即放了兔子，转过身朝小鹿追去。

为了炫耀自己，狮子一边追赶小鹿，一边大声吼叫着。狮子一吼，马上惊醒了梦乡中的兔子，它揉揉眼睛，循声望去，啊！原来是一只狮子，差点吓破它的胆。

兔子哪儿敢怠慢，它跳起来，一溜烟地直奔树林中跑去，转眼间便没了踪影。

狮子仍在追那只小鹿，平时看起来软弱无力的小鹿，此时却奔跑如飞，狮子怎么使劲也追不上，最后，还是让小鹿逃掉了。

看着小鹿渐渐跑远，狮子懊恼地埋怨自己："唉，我太笨了，连一只小鹿都捉不到！"

猛然间，狮子想起了草丛中熟睡的兔子，急忙转回身，朝兔子睡觉的地方奔去。

草丛中被兔子睡觉时压倒的小草依稀可辨，可是兔子却没了踪影，狮子瞪大眼睛四处寻找，除风儿吹动青草的声音外，再也没有其他的声音了。

狮子看着那堆东倒西歪的青草，心中万分懊悔，它恨自己太贪心了，结果什么也没有得到。

狼和喝水的小羊

弱者在强者面前总是有罪的,历史上这样的例子比比皆是。可我们并不是在写历史,而寓言里是这样传说的。

在一个炎热的夏天,一只小羊走到小溪边去喝水。真该小羊倒霉,一只饿狼恰巧跑到那儿去觅食。饿狼暗中盯着小羊,一心想把它弄到手。

可是为了做得冠冕堂皇,狼对小羊吆喝道:"你这个小东西,竟敢如此无礼!居然敢用你的臭鼻子和脏嘴把我的饮水搅得混浊不堪。你犯下了如此滔天罪行,我应该把你那傻脑袋拧下来。"

"请狼大王息怒,容我斗胆报告,我是在离开大王一百步的下游喝水。怎能搅浑大王的饮水,致使大王如此生气。"

"照你这么说来，是我在撒谎喽！你这下流东西！我还从来没见过像你这蛮横不讲理的人。哦！我记起来了，前年夏天，也是在这里，你还骂过我。伙计，这我可永远忘不了。"

"请饶了我吧！确实是你错了。我现在还未满周岁。"不幸的小羊答道。

"那么，准是你的哥哥。"

"大王，我没有哥哥。"

"哦！那就是你的亲戚。总而言之，你们以及保护你们的猎狗和牧羊人对我怀有敌意，老是想谋害我，一旦找到机会就想害死我。为了这些，我今天一定跟你彻底清算。"

"可我并没欠你什么！"

"少废话，你的话我已经听够了，我再没工夫来与你辩论和罗列你的罪行了。小畜牲！你最大的罪就是我肚子饿了，要把你吃掉！"

狼一说完，就把小羊拖进阴森森的树林深处去了。

兔子与青蛙

有一次，众多兔子聚集在一起，为自己的胆小无能而难过，互相悲叹它们的生活中充满着危险和恐惧，还常常被人、狗和鹰以及别的动物屠杀。

它们都觉得，与其一生心惊胆战，还不如一死了之的好。于是就这样决定了，它们一齐奔向池塘，想要投水自尽。

这时许多青蛙围着池塘边蹲着，听到了那急促的跑步声后，立刻纷纷跳下池塘。

有一只较聪明的兔子，见到青蛙都跳到水中，似乎明白了什么。"朋友们，快停下，我们不必吓得去寻死了！你们看，这里还有些比我们更胆小的动物呢！"

这则故事说明，那些不幸的人往往会以他人更大的不幸来聊以自慰。

猴子和狐狸

猴子和狐狸一直就不友好，但不知怎么回事，它们竟走到了一起，还准备联手去山里打猎。它们约定猎物平分，团结一致，有难同当，有福共享。

狐狸知道有个地方安放着一只捕兽器，上面挂着一块肉，于是，它将猴子带到那儿去，它指着那块肉说："猴子啊！你看到了没有，我是多么聪明啊！一下子就找到了这么一块大肥肉。你是不是应该好好感谢我，我们俩可以在此美美地吃一餐。你比我灵巧，你悄悄地过去把那块肉弄来，我在此放哨，以防那个设捕兽器的农夫突然袭击我们。"

猴子欣然同意，悄悄地溜到捕兽器边上，小心翼翼地伸爪去拉钩上的那块肉，突然只听"啪"的一声，它的前爪被牢牢夹住了。猴子痛得拼命地嘶叫着："救命啊，狐狸！我痛死啦！"

狐狸闻风飞快地跑上来，但它并不是去解救猴子，而是开始慢条斯理地吃着那块肉，它一边嚼一边说："再忍耐一会儿吧！等我吃完这点肉，然后就来帮你把前爪从夹子里拉出来。"

直到此时，猴子才醒悟到：原来自己是上了狐狸的当啦！它猛地一把抓住狐狸的脖子。

正在这时，农夫赶来了，他老远便喊道："牢牢揪住它，猴子！我发誓：我连半根毫毛都不会伤害你！"

农夫把狐狸打死了,撕下它的皮,并把猴子放了,他对猴子说:"你不必感谢我,你的皮顶多值两个银币,但狐狸的皮却值八个金币,权衡轻重,我没必要伤害你。"

狮子和青蛙

狮子斗败老虎,如愿以偿当上了兽中之王。

在森林中,谁不怕狮子呢?老虎见到狮子会远远地躲开;黑熊见到狮子会远远地躲开;豹子见到狮子也是如此。

狮子可真神气,从早晨睁开眼睛醒来,那些善于阿谀奉承的动物老是前呼后拥地围在它的身边。狐狸摇着尾巴,站在狮子的左边,对狮子说:"大王,你今天想吃点什么?我一定为大王效劳,只要你吩咐一声,就是要天上雪白雪白的云彩,我也能为大王撕下3片来!"

狮子听了狐狸天花乱坠的话,开心极了。

老狼听了狐狸的话,很不服气,将扫帚似的大尾巴摇了摇,对狮子说:"大王,狐狸的话可不能听,你听说过谁吃云彩吗?它只会用谎话欺骗大王,让大王空欢喜一场。大王要是饿了,我可以为你去捉一只又鲜又嫩的小兔子。那小兔子可真好吃呀,咬一口就能把肚子填饱,吃饱了,我再陪大王四处走走,那可舒服极了。"

狮子看看狐狸,瞅瞅老狼,说道:"你们都是我的好手下,今天我不饿,昨夜吃得太饱了,那你们就陪我四处逛一逛吧!"

狐狸和老狼一左一右,陪着狮子耀武扬威地在森林中逛开了。

它们走过山脚,穿过白桦林,不远处,有一个不大的池塘。池水清清的,在阳光下闪闪发亮，好像泛着满塘银光。

狮子十分高兴，便朝池塘边走去。

还没来到池塘边，突然，一阵"呱呱"的鼓噪声传了过来。这一阵叫声可不得了，吓得狮子直发抖。狮子以为，能发出这么大声音的肯定是庞然大物。

等狮子回过神，抬头一看，啊，发出那声音的竟然是只青蛙。

它急步赶上前去，抬起一只脚，只轻轻地一踩，那只青蛙便被踩成了肉泥。

狮子对狐狸和狼说："吹牛拍马谁都会，但实实在在地干事情却还要下一番苦功啊！"

狼和山羊

一只饥饿的狼在四处寻找食物，这时它发现了一只山羊正站在峻峭的断崖顶上吃草。狼想抓到山羊，但是狼没有机会靠近山羊。

狼想了想，便叫住山羊，说："我亲爱的朋友，你站在那么高的悬崖上吃草会有危险的，万一摔下来怎么办？"

可是山羊却说："我经常在这里吃草，只要我小心一些，是不会摔下去的。"

狼又说："你还是下来吧！我这里有一大片草地，而且草非常鲜嫩，绝对比你的草要好吃得多。"

山羊回答说："不，我的朋友，你并不是想请我到那片草地去，而是你自己正缺少食物吃。"

狼见山羊识破了它的诡计，便灰溜溜地走了。

狼和马

马不是好惹的动物，当然，这是相对于狼来说的。因为它们交情一直很不好。

有一天，狼一大清早便跑出了自己的家。因为最近几天天太热，狼一直待在家中。结果是，家里所有的东西都被它吃光了，如果再不出去找些吃的来，挨饿的日子就要到了。

狼走过小山，穿过树林。小山的树叶已经黄了，兔子们也都躲了起来，谁愿意在这大热天里到处乱窜呢！

穿过树林时，狼看到有马蹄印，心想：马这家伙来树林里干什么呢？怕是没有什么吃的，和我一样也在寻找食物吧！它什么都吃，胃口不错，我就苦了，那树叶可不是我的食物啊！

狼闷闷不乐地想着，不知不觉就来到了田野里。

秋天的庄稼已经收割完了，土地一望无垠。狼感到这个世界太大了。这时，它的肚子一阵咕噜，好饿啊！狼使劲地咽了一口口水，想把强烈的饥饿感压下去，可是它做不到。

狼漫无目的地走着。突然，它发现不远处有一些还没有收割干净的大麦，心中不禁一阵高兴，立即跑了过去。

可是，还没有高兴起来，狼便意识到，这些大麦自己只能看看，因为它们不是自己能吃的食物。

守着大麦看了好一会儿，狼只能强忍着饥饿，将大麦丢在那里。

刚刚要走开，狼想起了树林里的马蹄印，便朝树林走去。真巧，马刚好从树林里走出来。狼马上高兴地迎了上去，对马说："啊，我的马大哥，你让我好一顿找，这下可找到你了！"

马听了狼的话感到非常困惑，于是问："我们素无来往，你今天这么着急地找我是为什么呀？"

狼说："我有好事自然忘不了朋友，你先不要问，只要跟我走就行了，等一会儿就明白了，那时你就会知道我对你多够意思了。"

于是，狼领着马来到了田地里。马一看，原来有一些大麦。马就问狼："狼啊，你为什么把大麦留给我呢？"

狼说："我们是朋友，而且我非常喜欢你吃大麦时牙齿发出的动听的声音，所以这些大麦我一点儿也没有动，全都给你留着呢！"

马听了狼的回答，对狼的谎话感到好笑，它对狼说："老兄，你太没有水平了吧！想吃我就直说嘛，你不说我怎么知道呢，你说你很想咬我的蹄子，我也不会让你失望的。"

吃不到葡萄的狐狸

午睡过后，狐狸伸伸懒腰出去散步了，这是它最近养成的习惯，因为它常常在散步时会得到一些意想不到的收获。例如，前几天就有一只小黄雀从树上掉下来，成了它的一顿美餐。至于掉进水井里，那只是个意外，以后小心就是了。

狐狸一边走一边东张西望，来到了一个它很久没有到过的山脚下。狐狸忽然看见前边有片绿油油的林子，这林子一排一排地排得很整齐，中间还有宽宽的过道。

狐狸心想："咦！这是一片什么林子呢？我怎么从来不曾见过？"它抱着强烈的好奇心走上前去，发现那是一片葡萄林。

哈！绿叶掩映之中，一串串水灵灵的葡萄在阳光的照耀下闪着光亮，那么诱人，狐狸的口水都要流出来了。

狐狸并不在意葡萄的主人是谁,反正现在四周没人,葡萄又这么多,先吃上几串再说,肯定比水井里水的味道要好。于是它挺直了身子,把前臂使劲伸长,立起来去摘葡萄。

可是葡萄架太高,狐狸怎么也够不到,急得它恨不得长出翅膀飞上树去。狐狸想了想,只一会儿工夫它就想到了一个好办法,它想:"跳一跳,不就够着了吗?"

于是它后腿一蹬,使劲跃起,前爪只是抓落了几片葡萄叶子,连一个葡萄粒也没碰下来。它不服气地想:"从那口深井里我都出来了,难道今天我连一串葡萄都摘不到吗?"

狐狸蹲下身，闭上眼睛，再也不看葡萄，它要静下心来认真想一个妥善的办法。想来想去，忽然眼前一亮，叫道："嘿！虽然葡萄架一般高，那一串串葡萄却是高高低低地垂挂着，我应该寻找那些长在低处的葡萄。"

狐狸开始一排一排地绕着葡萄架走，终于发现一处它认为长得比较矮的葡萄。于是它摆好了架势猛地一蹦，没摘到；再一蹦，还是没有摘到。狐狸累得腿都有些哆嗦了，它想：这一串一定不是长得最低的。

它又绕着葡萄架转起来，哎！这次发现一串比刚才那串还要低，狐狸兴奋得心都跳到嗓子眼了。它得意地说："再大的困难，对于我来说都算不了什么！我马上就要吃到香甜的葡萄了！这一次我一定会成功的。"

此时狐狸仿佛已经尝到了葡萄的甜水儿，慌忙咽下了一口唾液。但那毕竟是一种幻觉，所以它又拉开架势，往后倒退几步助跑，到了那串葡萄底下拼命一蹿，结果让它大失所望，不但没够到葡萄，落地时还差一点闪了腰。

狐狸气坏了，一边喘着粗气，一边活动着腰。想来想去觉得气愤难耐，便气呼呼地说道："我干吗非要吃那些葡萄呢！那些葡萄颜色青青的，肯定还没成熟，一点都不好吃，说不定又酸又涩，即使摘到了，吃进去也得吐出来，真没意思。"狐狸说完就走了。

狮子和海豚

狮子一不留神就中了农夫的圈套，但它很快又从农夫家逃了出来，它恨死农夫了。

狮子打心眼里憎恶人类。它想，自己不过是到了农夫家里，开始也没有什么恶意，他为什么一定要关上门捕捉自己呢？

狮子知道，农夫要吃它的肉，用它的皮做褥子。

狮子的一腔怒气无处发泄。它漫无目的地走啊走啊，最后，它来到小河边，狮子跳进水里，痛痛快快地洗了一个澡。顿时，它觉得自己轻松多了，心情也好了起来。

狮子看看水中自己的影子，一股自豪感油然而生，谁让自己是百兽之王呢？于是爽快地将农夫对它的不敬抛到了九霄云外。

狮子信步而行。先是沿着小河走，小河汇入大河后，它就沿着大河走，不知不觉，大河汇入了大海，狮子便来到了大海边。

狮子平生还是第一次到海边来，它被眼前的景色迷住了：海水蓝蓝的，一望无际；白帆点点，海鸥低飞；白云在空中悠闲地飘过，海风轻轻地吹着海水……

狮子张开大嘴赞美道："啊！大海，你太美丽了……"

狮子的赞美惊动了大海中的海豚，它从海里探出头四处张望。当它看到一头很大的动物站在海边时，便问道："请问，你是哪位？到海边来干什么？刚才是你在赞美大海吗？"

狮子虽然第一次来到海边，但它知道海豚，于是它对海豚说："海豚先生，你不认识我吧，我是狮子。我知道，你是海中动物之王，而我是陆地动物之王。见到你我感到非常荣幸，我有一个建议，不知你是否愿意听。"

海豚听说陆地的动物之王狮子有个建议，当然想听一听，便对狮子说："当然，我愿洗耳恭听。"

狮子说："让我们两个王国结成联盟，那我们就会无敌于天下了。"

海豚欣然同意。

没过多久，狮子与野牛为一点鸡毛蒜皮的小事吵了起来，最后竟打了起来。狮子虽然是兽中之王，但它这次遇到的野牛不但身躯巨大，而且脾气暴躁，十分不好惹。

为了能取得绝对的胜利，不打无把握之仗，狮子便请海豚为自己助战。

海豚一心想帮助狮子打赢这一仗，但是不管怎样努力，它也无法从海里来到陆地上，自然也就无法帮助狮子了。因此，狮子责备海豚说："我们是结盟的朋友，我有困难时，你应该伸出手来，可是现在你却背信弃义。"

海豚听了狮子的话，心中很不舒服，它回答狮子说："你不要责备我，我又不是不想帮你，你想想，我一上陆地，你叫我怎么活啊！"

嫉妒鸡的猫

一个老农夫一直独自一人，他没有亲戚和儿女，感到很寂寞。于是，他养了一只猫和一只鸡陪伴他，农夫对待鸡要比对待猫好一些。也许老农夫劳动一年打的粮食足够他吃的了，不大指望猫去捉老鼠，也许他很喜欢吃鸡蛋，而那只鸡总是每天"咯咯咯"地给他献上一个蛋，所以农夫对鸡总好像比对猫好一些。

每当农夫从鸡窝里掏出鸡蛋的时候，脸上总是堆满了笑容，嘴上赞道："嘿！你真行，天天给我送上一个小玩意儿。"说完，就给鸡撒下一把米。

可是当猫把它捉到的老鼠叼到他面前，向他请功时，农夫却厌恶地说："快，快叼到一边去，别在这儿烦我。"

这使猫很嫉妒鸡，嫉妒到什么程度了呢？当农夫给鸡撒下米转身离开的时候，猫常常跑过去，用它的爪子把米埋掉，不让鸡吃。

鸡却不急不闹，一粒粒把米从泥土里拣出来吃掉。猫看到它那副毫不介意的样子，心里更加生气了。

有一次，鸡生病了，农夫没去掏鸡蛋，因而也忘了给它撒米。猫弯着腰走来，假惺惺地问鸡："喂，朋友！你最近身体怎么样？缺什么东西，我可以给你；即使我没有，我还可以向主人给你要嘛！但愿你能早日恢复健康。"

鸡还是不急不闹，它说："你越假惺惺，我的身体反而会变得越强壮。"

这时农夫来了，他赶走了不安好心的猫，及时地给鸡撒了一把米。

中箭的鹿

猎人在深山老林里发现了一只鹿，立刻猛追上去。鹿见到拿着弓箭的猎人，掉头就跑，跑得浑身是汗，吓得两腿发软，走投无路之际，忽然听到一个十分陌生的声音：

"漂亮的鹿，赶快到我这里来，藏在我的叶子下面！"

鹿循声望去，原来是一棵葡萄树在向它打招呼。鹿像找到了救命恩人一般，三步并作两步，伏到葡萄树下，用密密的葡萄叶把自己遮得严严实实。

鹿刚刚藏好，猎人就提着弓箭追赶过来了。猎人站在葡萄树下四处搜寻。鹿吓得大气都不敢出。

"明明看见它朝这个方向跑来了，怎么一会儿就不见了呢？"

猎人绕着葡萄架转了好半天，也没看到鹿，就失望地走了。

鹿听到猎人的脚步声远了，就从茂密的葡萄叶下钻了出来。

它小心翼翼地探视一下四周，没看到猎人的身影，这才昂起头，扬扬得意地说："人人都说'再狡猾的狐狸也斗不过好猎手'，可是这猎人在我聪明的小鹿面前，却成了天底下最大的笨蛋！我就随随便便地藏在他的眼皮底下，他却像瞎了眼一样看不到我！"

此时，鹿早已把自己逃跑时的狼狈模样，以及葡萄树的搭救之恩抛到九霄云外去了。

就在鹿大摇大摆准备离去的时候，它的耳朵被什么东西碰了一下。它正待发作，回头一看，见是一片绿油油、鲜嫩嫩的葡萄叶。它在逃跑的过程中耗费了很多的体力，此时已经饿了，便转过身来到葡萄树前，无情地撕扯着葡萄树叶，大吃大嚼起来。仿佛只有它才最有理由享用这种美餐。

葡萄树被撕扯得疼痛难忍，气愤地谴责它说："喂，可怜的小鹿，你忘记刚才是谁救了你的命吗？你怎能如此对待我？"

鹿听了这话，心里有些惭愧，但它不想把自己被葡萄树搭救的事传扬开去，更经受不住肚子的饥饿，于是恬不知耻地说道："呃，是吗？你既然在猎人的弓箭下救了我，也不至于让我饿死在你面前吧？救人要救到底，你再帮我一次，让我一次吃个饱吧！"

说罢，鹿更加放肆地撕咬起葡萄叶来了。鹿越吃越兴奋，越兴奋就越用力，一不留神，把葡萄架扯倒了。

猎人听到响声，立刻奔跑了过来，见到鹿躺在地上猛咬葡萄树叶，心中大喜，一箭射去，将鹿射死了。

狮子与牛虻

有一只牛虻不自量力地飞到狮子身上，想叮狮子几口，狮子气得要用爪子抓死它。

牛虻被激怒了，向狮子发起了攻击。

"你以为你号称是百兽之王我就怕你了吗？蛮牛比你有力气得多都任由我摆布。"

说着，牛虻扑扇着翅膀，发出嗡嗡声，然后摆开架势，对准了狮子的脖子一头扎了下去。狮子气得发疯，它张开四爪乱舞，眼露凶光，唾沫四溅，一声声怒吼，把百兽吓得魂不附体，逃之夭夭。一只小小的牛虻竟然弄得大家不得安宁。

小小牛虻战了百十个回合，狮子浑身上下连鼻孔都遭受了袭击，它真是怒火冲天，用尖牙利爪把自己撕咬得遍体鳞伤，用尾巴不断抽打着它的身体，可每一次都扑了空。愤怒疲惫的狮子终于无力地瘫倒了。此时，小小的牛虻高兴地笑了，它觉得自己战胜了百兽之王狮子是一件很值得夸耀的事情。

路上，牛虻到处夸耀着自己的战果，却不料被蜘蛛张开的网逮住了，最后牛虻被蜘蛛吃掉了。

我们由此得知：最可怕的敌人是那种有着轻敌思想，认为自己能够战胜强大对手的人，往往会因小小的失误而酿成终生无可挽救的大错。

猫和小心的老鼠

从前有一只非常勇敢的猫，它英勇善战，是老鼠的克星。老鼠看见了这只猫，就像是看到了地狱里的勾魂鬼，猫所到之处老鼠都闻之色变。这只猫发誓说要消灭世界上所有的老鼠。与它相比，捕鼠器、灭鼠药等都不值一提了。

当它看到老鼠们吓得都躲在洞里不敢出来觅食时，就把自己倒吊在房梁上装死，这狡猾的家伙手里还抓着根绳索。看着猫倒吊在房梁上，老鼠还以为它是偷吃了主人的烤肉或是奶酪，或者是抓伤了人或是闯了祸，被吊起来进行惩罚。

于是，所有的老鼠都从洞里出来了，准备为猫的死亡而庆贺一番。一开始，老鼠们还只是试探性地伸出了鼻子，露出小脑袋，再缩回窝去，渐渐地，它们试探着走几步，然后伸伸懒腰四处找东西吃。就在这时，装死的猫飞快地睁开了眼睛，它脚一落地便按住了几只动作迟缓的老鼠。"我的计谋可多了，"它嘴里塞了满满的老鼠却还在说，"这是个传家宝，你们藏得再深也是无济于事的，到头来都只能成为我的腹中之物。"

果然预言应验了，看似温文尔雅的猫兄又一次让老鼠上了当。这一次，它把全身涂上了白粉，连脸上也不例外，打扮收拾停当后，它缩成一团藏在了一个打开盖子的面包箱内。由于伪装得巧妙，小心翼翼的老鼠又撞到门前送死了。

只有一只曾从猫口逃生而丢掉了尾巴的老鼠，它见多识广，老谋深算。"这团面粉再好我也不要，"它自言自语地远远打量着化了装的猫，"我怀疑在这里面一定有什么名堂，不要说你装成面粉，你就是装成奶酪，我也不会中你的圈套的。"

没有贪吃面包的那只老鼠捡了一条命，其他的老鼠无一幸免，全被猫抓住了。

爱漂亮的梅花鹿

有一只健壮漂亮的梅花鹿生活在深山老林里，它生活得很好，无忧无虑。

有一天，梅花鹿渴了，找到一个池塘痛快地喝了起来。

"哇！好清凉好甘甜的水啊！"梅花鹿喝完水，站在池塘边赞美着。

池水清清，像一面镜子。梅花鹿忽然发现了水里自己的影子："咦？这是我吗？"梅花鹿摆摆身子，看到果然是自己，但它从来没想过自己会这么漂亮。于是，它不急于离开了，而是要好好看看自己美丽的形象。

"嗨！这身黄色皮衣油亮亮的，上边的斑点雪白雪白的，这一定是世界上最好看的外套了！我的身段这么匀称，靓衣配美人这才叫绝呢！"

梅花鹿美滋滋地想着，又看看头上的角，更是赞不绝口："嘿！我的双角精美别致，好像美丽的珊瑚！若是像猴子那样顶着一个毛绒绒的秃瓢儿，那该多么丑陋啊！"

梅花鹿久久地站在那里，自我欣赏，自我陶醉着。忽然，一阵清风吹过，池水泛起涟漪。梅花鹿看到了自己的双腿，不禁噘起嘴，皱起了眉头："唉！这四条腿真是美中不足，弯弯曲曲的很难看，那雪花一样的斑点也少得可怜。若是它能更美丽些，那我就是森林里最美的动物了。"

梅花鹿开始抱怨起自己的腿来，它觉得很扫兴，准备离开。就在这时，梅花鹿听到了脚步声，它警觉地支起耳朵，不错，是脚步声！

猛回头，它看见一只凶猛的狮子正悄悄地向自己靠拢。说时迟，那时快，梅花鹿四蹄一蹬，"嗖"的一下蹿了出去，拼命地向林中逃去。

梅花鹿的腿非常有力，在灌木丛中跳来跳去，凶猛的狮子根本追不上它，距离拉得越来越远。就在狮子灰心丧气，不想再追的时候，梅花鹿的角却被一簇高高的树杈挂住了，最后怎么也挣脱不开。

狮子看得分明，心中一阵欢喜。梅花鹿吓得战战兢兢，哭着说："天哪！这是怎么回事啊！最不好看的腿帮了我很大的忙，但好看的双角却连累了我，真是可悲啊！"

狼、母山羊和小山羊

母山羊为了使自己多产奶，经常跑到很远的地方去吃鲜嫩的青草。它在走前总是把门锁好，并一再叮嘱小山羊说："为了你们的安全，你们要谨慎小心，如果没有听到'狼和它的同伙见鬼去吧！'这个暗号的话，千万不要开门！"

就在这时，有只狼恰好从山羊家门外路过，听到了这句暗语，并记在了心里。但是母山羊却没有发现这个贪婪的家伙，头也不回地走了。

狼看到母山羊已经走远了，就赶紧学着母山羊那温柔善良的声调叫门："狼和它的同伙见鬼去吧！"它以为自己这样做，一定能骗小山羊开门。

小心谨慎的小山羊透过门缝往外看，并说："把你的白蹄子伸出来给我瞧瞧，不然我是不会开门的。"白蹄子可是一个关键性的问题，要知道，狼是没有白蹄子的。狼被这句话难住了，不得已只好夹着尾巴灰溜溜地饿着肚子跑了。假如小山羊轻信了狼所掌握的那句暗语而开了门的话，那么后果将不堪设想。

弱者应该时刻有身处险境之中的意识，这样才能更好地保护自己。

小老鼠、小公鸡和猫

一只刚刚出生的小老鼠为了在母亲面前表现自己，私自跑出洞外去找吃的东西。不幸的是，它不但没有找到吃的，还差点丢了性命。

它向母亲讲述了它的历险经过："我穿过环绕着的山峦，一溜小跑像只很年轻的老鼠。这时候，有两只动物引起了我的注意，一只很温柔、善良而亲切，另一只却好激动、爱争吵，它的嗓音尖厉而且刺耳，头上还顶着一个大肉包，尾巴展开了翎毛，它的两只胳膊向空中升起来，好像要飞翔一般。"

小老鼠向它母亲描述的第二只动物原来是一只小公鸡，但它叙述得却像是从遥远的美洲来的动物一般。

"它用双臂拍打着自己的双肋，"小老鼠接着说道，"发出好大的声响。感谢上帝赋予了我胆量，可我还是吓得逃跑了。我在心里咒骂它，没有它，我将会和那位看来非常忠厚可爱的动物结识。它和我们一样，身上有着柔软的毛，毛上还有斑纹，长尾巴，举止很斯文，目光稳重。我寻思，它和我们老鼠一定能够友好相处，因为它耳朵的形状也和我们的大体相同。正当我要与它打招呼时，另外那个家伙所发出的巨响把我给吓跑了。"

"我的孩子，"老鼠的母亲说，"这个温和的家伙是猫，在它虚伪的面孔下却藏有歹意。它专门捕食你的同胞。另一只公鸡却完全相反，它根本不会危害我们，也许有一天还会成为我们的美餐。记住，时时刻刻让自己保持高度的警惕，要知道，我们往往会被一些表面现象所欺骗。"

小兔子、黄鼠狼和猫

黄鼠狼看到小兔子的住处非常好，便想乘小兔子外出觅食的时候，把自己家搬进兔子的住处。

那天黎明，黄鼠狼趁着小兔子在洒满露水的百里香花丛中散步，便把自己的家搬进了兔子那儿。兔子吃饱了嫩草，走了走，活动闲逛了一阵后，回到它的住处。而黄鼠狼这时正把鼻子顶在窗子上向外张望着，兔子见此情景后不禁大惊失色："啊！这是怎么回事？真是活见鬼了，喂！黄鼠狼，你还是乖乖地离开这里吧！不然的话，我就把你的对头冤家老鼠给叫来。"

黄鼠狼强词夺理道："这一座需要趴着身子爬着才能进来的住处，你和我不管论理还是打官司，我倒要看看是什么法律总让你或你的家族来继承财产，而不让我的家族或我来继承这份家产呢？"

兔子就以风俗习惯为例说："这些惯例使我成为这个住所的主人，规定了父传子，现在传给我，这是铁一般的事实。先来先占的理论是没有道理的。"

"好，好，我不跟你争了，"黄鼠狼道理讲不过，最后说，"还是请猫先生来给评评理吧！"

住在兔子不远处的猫，过的是清心寡欲的生活。它外表温和善良，仿佛是一个圣人，身上有着一身好皮毛，丰满富态，实际上却是一个能裁决棘手事件的老手。兔子也同意请它来裁决，于是与黄鼠狼一起来到了这位裹着一身上等皮毛的法官的面前。

"我的孩子，请你靠近点吧！来吧！再靠近点，我年纪大了，耳朵有点背。"兔子与黄鼠狼一起走上前来，毫无戒备。看到它们已在自己的掌握之中，这个假法官搞了个突然袭击，将爪子伸向双方，为了调解二者的纠纷，它把这两个诉讼者一同塞进自己的嘴巴里大嚼大咬，它感觉味道不错。

这就像那些小领主，常常为了彼此的纠纷而去请求国王来调解一样，往往得不偿失。

老鼠和牡蛎

有一只很笨的老鼠一直住在田野里。有一天，它的脑子突然开窍，决定离家出走，去外面闯荡闯荡。

它刚迈出了自己那十分狭窄的小屋就顿生许多感慨："世界是如此的大！那是亚平宁山脉，这应该是高加索了吧！"原来它把鼹鼠挖洞掏出来堆起的小土堆看作了高高的山峰。

几天后，这只老鼠又来到了一个偏僻的海滩，海神泰丝已在岸边留下了一些牡蛎。开始，老鼠还以为这些东西是大船的甲板。

"肯定是的。"它说，"我父亲真是一个可怜人。它胆子小得很，不敢旅行。而我，已经看到了海洋帝国，穿越了沙漠，在那儿可没喝过一点水。"老鼠曾在乡村教师那里听到过一些传闻，现在就信口胡诌一番了。

大部分牡蛎都紧闭着自己的贝壳，只有一只是张开的，沐浴在阳光下打着呵欠，柔和的海风吹得它十分惬意。它白嫩鲜美，呼吸着新鲜空气，心情舒畅。老鼠在老远就看到了它。"啊！上帝呀，我看见了什么？"它说，"这是一种食品？如果我没搞错的话，从它的颜色看就没错。今天我要饱餐一顿了，否则我会遗憾终生的。"

老鼠怀着喜悦的心情走近了贝壳，伸长脖子，在它就要够着那白嫩的肉时，脖子却像被绳索勒住了一样。原来，牡蛎突然把它的壳闭合了。老鼠被牡蛎夹住了，最后死了。

这个寓言内涵的教训有两个：一是那种孤陋寡闻的人总是少见多怪，为一点小事就震惊不已；二是老鼠的所作所为正好印证了聪明反被聪明误的道理。

警惕的老鼠

从前有4只动物：偷奶酪的猫、咬网眼的老鼠、不吉利的猫头鹰和身材修长的黄鼠狼，这一丘之貉，常常在一棵野生老松树下的枯树洞里频繁出没。

于是一天傍晚，有人在枯树洞周围布下了一张网。猫趁天还没亮就外出觅食，由于粗心使它没看清布下的罗网，掉进了网里，面临死亡的威胁。猫害怕地立刻大喊"救命"，老鼠立即跑了过来，一个在网里拼命挣扎，另一个却在网外幸灾乐祸。老鼠看到它的天敌身陷罗网别提有多高兴。

这时可怜的猫开口说："亲爱的朋友，你对我无微不至的关照，世人都知道，你赶紧帮我把网眼咬开，让我逃出来吧！老天做证，在整个鼠类中我最喜欢你，并且一直对你情有独钟，爱护你就像爱护我的眼睛一样。我被困在里面，我的命就在你手里，求求你替我咬断这网结吧！"

"你会给我什么好处？"老鼠问。

猫说："我发誓，我永远是你的好朋友，你可以随便指使我。你放心，我不会理会世俗的眼光，坚决保护你，我会为你去消灭黄鼠狼和猫头鹰，它们可时时刻刻都想吃掉你啊！"

老鼠听完说："傻瓜！我怎么会解救你？我还没有傻到那个程度！"

说罢，扭头就往自己家走去。这时，老鼠发现黄鼠狼在树洞附近，于是只好往树上爬，爬到高处又看到了猫头鹰，真是祸不单行啊！逃命要紧，不得已，老鼠只得回到猫这里来，帮助猫摆脱困境。它咬断了一个网扣，接着又一个一个地咬断网扣，终于把那只伪善的猫救了出来。

就在这时候，下网的人来了，猫和老鼠屁滚尿流地逃走了。等喘息稍平，猫发现老鼠——它的救命恩人在远远地看着自己，百般警惕地提防着自己。

"朋友，"猫说，"让我们拥抱吧！你警惕的表情伤透了我的心，你这是认友为敌。难道我会忘了？除了上帝之外，是你使我获得了新生！"

老鼠小心翼翼地说："在危险时刻缔结联盟，我一直都怀疑它的真实性，因为我相信猫永远是老鼠的天敌。"

被人打败的狮子

有人挂出了一幅画，画家在上面画了一只凶猛高大的雄狮。

当然，只需要一个人就能轻松地将这画中的狮子打败，观画的人因而心里感到非常满足。

正巧一头狮子经过此地，大家见状都不敢吱声。

狮子说："我很清楚，在这里画家要把胜利归功于你们，其实这不过是欺骗你们的作假本事。我的兄弟如果也能画的话，也就不会是这个样子了。"

猎狗和狮子

当狮子不在的时候，老虎便会站出来统领群兽，成为百兽之王。

只要老虎一出现，野兽们都会悄悄溜走。狼夹着尾巴没命地狂奔；狐狸撒腿就跑，使尽全身的力气逃命。

至于小兔子、小松鼠就更不在话下了，还没有看到老虎的影子，仅仅听到威震山林的虎啸，它们就会吓得魂飞魄散，远远地躲开了。

由于老虎不经常出来，因而山林也就十分安静。狼依然欺负弱小者；狐狸也不时地骗骗这个，唬唬那个；熊吃饱了就安然地睡大觉；小兔子、小松鼠也能安安稳稳地过日子。

狮子也有回来的时候，一旦狮子来到百兽当中，老虎也只有甘拜下风。

一天，狮子与老虎不期而遇。老虎被百兽们敬畏惯了，它根本不把狮子放在眼里。老虎想："我这个百兽之王不能白当，一定要拿出点真本领给大家看一看。"

狮子看到老虎，也曾耳闻过它有不小的本领，但它相信自己一定能战胜老虎，成为百兽之王。

为了争夺"百兽之王"这个名号，它们一见面就都瞪圆了眼睛，紧紧地盯着对方。一场厮杀不可避免。

百兽们的眼睛都睁得大大的，都想看看狮子和老虎到底谁最厉害。

就在这时，天空乌云密布，太阳顿时失去了光彩，天阴了下来。狮子、老虎和百兽们还没有意识到会发生什么事情，只听耳边一声巨响，整个森林都随着震动了。

发生巨响的是一个炸雷，百兽们霎时被雷声吓跑了。老虎竖起耳朵警觉地听了一会儿，赶忙躲进了山洞。

再看那只狮子，它竟站在那里一动不动，犹如一尊雕像。百兽服了，老虎也服了。狮子，不愧是百兽之王。

野兽们知道了狮子的厉害。但是这不代表所有的动物都知道了，如狗就不知道狮子有多厉害。

有一次，一条猎狗在跟随主人上山打猎时，遇到了狮子。猎狗看到狮子一脑袋长长的毛，一条细长的尾巴，身上光光的，还以为它是一只狼呢！

猎狗一溜烟似的朝狮子追了过去。狮子听到后面有脚步声，回头一看，是一条猎狗追了上来。

狮子心里暗笑：不知好歹的东西，让我吓它一吓，狮子猛回头，大吼了一声，猎狗吓得连退了十多步，一个踉跄，摔了一个跟头。随后，猎狗头也不回，飞快地逃走了。

老牛和车轴

几头老牛拉着一辆空车出门为主人运粮食,老牛老了,但劲儿还在,走起路来,依然"咚咚"地响。它们一步一个脚印地向前走着。

等到车上装满粮食,往回拉的时候,几头老牛都埋头躬身,奋力前行,吁吁的喘息声淹没在车轴"吱吱"的吵闹声中了。

牛回过头去对车轴说:"车轴,你叫什么叫,我们这么拼命都不喊一声苦,你们不费力倒叫起苦来了,没道理啊!"

狐狸和半身像

人世间的大人物都像舞台上的假面具,他们的外表让人们肃然起敬。驴子判断事物只根据眼睛所看到的东西,而狐狸则恰恰相反,它勘察入微,将事情考虑得非常仔细、十分周到。

当狐狸看到一尊英雄的半身像,在称赞其外表漂亮的同时,说了一句十分中肯的话:"这空心的雕像比真人还大,这么漂亮的头像,只不过很空虚。"

狐狸一面赞赏精巧的雕刻技艺,一面发出如此感叹:

"世上不是有很多伟大的人物就跟这半身塑像一样吗?"

狐狸和豹子

狐狸和豹子在相互较劲，它们都认为自己比对方美丽。

豹子总是夸耀自己身上那五彩斑斓的花纹和矫健的身姿。

狐狸却说："我比你美得多，只是我的美不在外表，而在我聪明的大脑，因为它充满智慧的思维。"

聪明、雄辩的狐狸说得没错：智慧的美远胜于外表的美。

胆大的小狐狸

狮子在众多凶猛的野兽中地位最高，没有谁敢惹它。正因为如此，狮子当仁不让地当上了森林之王，统治着大森林。

狮子治理动物王国很有办法，它对所有的小动物都很公平。所以，无论谁受到什么委屈，遇到什么困难，都愿意请它帮忙。

有一只刚出生的小狐狸没见过狮子，后来，它的妈妈带它去拜见了森林之王。虽然有妈妈陪伴，但第一次拜见狮子大王时，小狐狸还是非常害怕。当狮子张嘴打哈欠时，小狐狸吓得尖叫一声，躲到了狐狸妈妈的怀里。

小狐狸第二次看到狮子是在森林动物大会上，虽然害怕，但已经不那么厉害了。那时，狮子大王正在为龟兔赛跑当发令官。它大吼一声："预备，跑！"吼声震得树叶"哗哗"下落，小狐狸吓得打了个冷战。后来看到龟兔跑起来了，大家为它们加油，什么怪事情也没发生，小狐狸才敢出来看热闹。

几天之后，小狐狸蹦蹦跳跳地自己出来玩了。玩着玩着，忽然狮子走了过来。小狐狸不再躲藏，小心翼翼地迎上前去，竟壮着胆子和狮子攀谈了起来。

狮子觉得小狐狸聪明可爱，所以很关照它。小狐狸因为受到狮子的庇护，胆子也渐渐大了起来。

狐狸和囚笼中的狮子

有只狮子很不走运地被囚在笼子里，狐狸走了过来，它隔着铁栅栏站在笼子旁边大声咒骂狮子，狮子冷静地说："你骂的不是我，而是我眼下所遭到的不幸。"

这个故事是说：身遭不幸的强者常常会受到小人的蔑视，幸灾乐祸是小人惯用的伎俩。

两头公牛和一只青蛙

为了夺取一头母牛和一块地盘，两头公牛激烈地打了起来。一只青蛙看见后唉声叹气，它的同胞不解地问："这不关你的事，你叹什么气啊？"

这只青蛙答道："唉！你怎么连这点道理都不懂呢！争斗的结果不外乎失败

者被撵走。失败的公牛被迫离开牧草茂盛的田野，而在荒野上一口草也吃不到。它一定会来到我们这长满芦苇的沼泽地，将我们踏在脚掌下，踩在水里面。为母牛而发生的争斗，最终将导致我们大家都变成肉泥！"

这种担心不是没有道理的。果然，没过多久，被打败的公牛来到沼泽地栖身，群蛙受到了严重的伤害，在很短一段时间内就有20多只青蛙惨遭不幸。这实在是可悲，我们常能看到大人物的愚蠢举动，直接导致了无辜老百姓的灾难。

狼诬告狐狸

一只狼谎称有人偷了它的东西，它的邻居——狐狸，一贯有小偷小摸的习惯。因为这桩捏造出来的失窃案，狐狸被传到了法庭。在猴法官面前，双方开始了争辩。它们都没有请律师，就靠自己的陈述。

法官记得连特弥斯都没有受理过这样复杂的案子，急得猴法官坐在法庭的高背椅上直冒冷汗。它在听取了双方长长的辩论、反驳和愤怒的叫喊后，猴法官渐渐看清了狼奸诈、阴险的嘴脸。

猴法官对狼和狐狸说："两位先生，你们在动物中的口碑众所周知，现在你俩都将被罚款。比如说你——狼，别人根本没有偷你的东西，而你今天却诬告；而你嘛！狐狸，却拿走别人让你归还的东西。"

猴法官的这一招确实省事，它认为对坏人的案件瞎审判，即使错也错不到哪儿去。

羊和牛请狮子评理

有个农夫盖了一个牲口棚，棚里养了一头牛和一只羊。平时在农夫草料添得多的情况下，它们就相处得挺融洽。有一天，草料添得比较少，牛和羊就吵了起来。

羊对牛说："你给我滚远点，懒虫！今天晚上你别想吃到一根草，是我把这些草从地里、山上一捆捆地背回来的。什么，你敢不听我的？马上我要叫你尝尝我新钉的铁蹄的厉害。"

牛却笑笑说："哼！你放聪明点儿。我的小山羊！如果说是你将这些草料和麦秸从地里运回来的话，那土地可是我翻耕的呀！当我拉着犁在轭下呻吟时，你却像一个光天化日之下的小偷，白吃着草料。好吧！要是你认为不合适，不愿我们仍像兄弟般地生活在一起，我马上叫你尝尝这两只又长又尖的牛犄角的厉害！"

羊听了火冒三丈，它用后蹄对着牛大腿猛地踢了一脚。牛当然也毫不客气地用犄角对准羊的腰部狠狠撞去。牛和羊激烈地打了起来。

最后，它们气冲冲地去找狮子评理。狮子问道："怎么啦？什么了不起的事，这么晚了还来找我？"

羊和牛齐声叫屈道："国王，天大的不公和委屈啊！你必须为我们主持公道，究竟是谁有理。"

狮子对它们说："你们到那边躺一会儿。我的儿子和兄弟马上就来。我老啦！我已把王位让给了它们。我已不能像以前那样明确地判断是非啦！我再也不能让自己的灵魂受罪了。"

牛和羊跑过来，争着向狮子说了它们争吵的原因。这时，老狮子说："哦！审理这件事有什么难的，一点也不用费神。情况已很清楚：由于你们不得不在一个食槽里共同生活，那就不可能一直和睦相处。你们只要各自看看，就知道互相

伤害得多么厉害啦！"

狮王又对自己的兄弟和儿子说："为此，亲爱的兄弟，请你把牛抓走；而你，我的孩子，你将羊带走。快把它俩吃掉，让它们不再继续蒙受痛苦了。"

凶猛的狮子已经做好了吃掉牛和羊的准备，牛和羊吓得屁滚尿流。它们流着泪痛心地说道："请你们行行好，放过我们。我们从今以后再也不吵闹了，再也不来麻烦你们了。"

狮子听了哈哈大笑："你们这个时候说已经晚了。你们还是乖乖地让我们把你们吃掉吧！"

牛和羊还想说什么，狮子们已经咬住了它们的喉咙。

老鼠与黄鼠狼的争战

黄鼠狼和猫一样，恨死老鼠了，如果老鼠洞穴的入口不是很窄的话，黄鼠狼哪里会让它们活得那么自在。

这一年，鼠丁旺盛，它们的国王亲自率队与天敌黄鼠狼作战。战斗难分胜负，老鼠士兵的鲜血洒满战场。老鼠损失惨重。虽然偷面包的老鼠用尽全力，它的同伴也是灰头土脸，坚持战斗到最后一刻，但终因本领不济，只好向命运低头，全军溃败。

鼠群飞奔逃命，也分不清哪是将哪是兵。可惜那些领头的王爷之类，平时为显示自己的尊贵或吓唬黄鼠狼，头戴峨冠翎翅，显得威风八面，不想这种穿戴在逃跑时遭了殃，洞口裂缝也钻不进去，顾了头就顾不了尾。

结果，老鼠头领的遗体陈尸遍野，而当兵的老鼠，体薄个小，找个地洞就往里钻，反而把命保住了。

身为高官，操心事自然不少。但老百姓容易做到的事，对当官的来说却要三思而后行。

小老鼠和铅笔

有支铅笔放在沃瓦的桌子上。一天，有只小老鼠趁他睡觉不注意，用嘴叼着铅笔往洞里拖。"请放开我吧！"铅笔说，"你要我有什么用呢？我是木头做的，你没法吃。"

"我要嗑你！"小老鼠说，"因为我正在长牙，总得嗑点什么才行！喏，就是这样。"说着小老鼠把铅笔狠狠咬了一口。

"哎哟！"铅笔叫了一声，"要不你就给我最后一次机会，允许我随便画点什么吧！画好后你要我干什么都可以，好吗？"

"好吧！"小老鼠表示同意，不屑地说，"你画吧！反正我一会儿就要把你嗑成碎木屑了。"

铅笔深深地叹了一口气，然后画了一个圈儿。"这是奶酪？"小老鼠问。

"可以是。"铅笔说着又在里面画了3个圈儿。

"这3个小圈儿一定是奶酪上的3个窟窿。"小老鼠说。

"大概是吧！"铅笔一面表示同意，一面又在"奶酪"的左斜下方画了一个大圈儿。

"这是只苹果吗？"

"大概是吧！"铅笔一边说一边又画了几个椭圆形的东西。

"我知道，快点画完吧！"

"请稍等片刻。"铅笔说。

正当铅笔在第一个圈儿的上方添了两只爪子时，小老鼠几乎惊叫起来："这是只……别再画啦！"

可是铅笔已经连续画完了几根大触须……是一只真正的猫！小老鼠被吓得尖叫起来，"快救命啊！"随即急急忙忙地朝自己的洞穴逃去。

以后，无人再见到过这只小老鼠，可是沃瓦的铅笔依然存在，只是稍微变短了一点儿。

做什么好

一天，马来请牛帮忙，要求道："请你帮助我搬掉路上的石头，我自己搬不动。"

"我就来。"牛回答说，并开始做准备。

马走了。驴走到门槛前对牛说："好朋友，到我那儿去吃午饭吧！"

"谢谢你的好意，"牛回答说，"但是我现在没有时间。"

驴劝了又劝，但牛还是说："我不能去，我不能去呀！"

驴生气了，理也不理牛就走开了。

小牛听到了这一切，就问爸爸："为什么驴好多次请你，你都不去，而一口就答应了马呢？"

牛回答说："宁愿和聪明人一起吃苦受累，也不愿与笨蛋一起享受。"

跳舞的鱼

狮子是兽中之王，它统治着大片森林和江湖上的动物。有一天，它召开众兽首领大会，要求选出鱼类的父母官。按照规定，所有兽类都可以投票，结果狐狸得票最多。所以，狐狸就去上任了，显然，狐狸长得更加肥胖了。

狐狸有一个靠得住的朋友：一个头脑比较简单的乡下佬。它们两个商量出了一个小小的计策：当狐狸登堂审核判决的时候，它的朋友就在旁边引诱鱼儿上钩，接着，审判官和助手就一块儿坐下来喝茶分赃。

然而无赖们倒也可以逍遥法外。这些谣言传到了狮子大王的耳朵里，它怀疑那些父母官并没有确确实实地秉公办事，所以就挑了一个休闲的日子，亲自出巡，暗访领地上的实情。

狮子大王沿着河岸行走。头脑简单的乡下佬已经搞了一大堆鲜鱼，生了一堆熊熊的火，它正为自己与狐狸准备着酒席哩！火上的鱼拼命往高处乱跳，瞧着就要丧命了，大家张嘴瞪眼地在那里挣扎。

"那里是谁？你在干什么？"愤怒的狮子吆喝道。

"大慈大悲的大王，"狐狸赶紧答道，"大慈大悲的大王，它是我这儿的主任秘书。它为人廉洁正直，深受大家的信任；这些是小鲁鱼，都是这小溪里的居民。我们大家今天是来欢迎我们的好大夫的，竟然没有料到你从这儿路过。"

"我的子民们满意吗？审判确实公平吗？"

"大慈大悲的大王，它们说简直像在天堂里生活一样，它们唯一的愿望就是祝贺大王万寿无疆！"可是锅里的鱼跳得更高了。

"它们干吗这样古怪地摇头摆尾呢？"

"啊，贤明的大王，"狐狸说道，"它们在跳舞哩！因为它们见到了它们所热爱的领袖，心里高兴得不得了呀！"

狮子高兴地看了看鱼的舞蹈，又满意地看了看狐狸，招呼它的随从转身远去了。

狼落狗舍

在一个月黑风高的夜晚，狼偷偷去羊圈打劫，不料错入狗舍。整个狗舍立刻骚动起来，狗吠汪汪。猎狗们嗅到了大灰狼就在近旁，便狂吠起来向大灰狼挑战，准备迎头痛击入侵者。

"喂，伙计们，有贼！有贼！快来人呀！"管狗的老人急声喊道。院子里的大门立刻都被闩上了，狗舍顿时乱得不像样子。飞奔而来的伙计们，有的拿着硬木棍，有的提着火枪。

"快拿火把来！"他们喊道，"快拿火把来！"很快火把狗舍照得如同白昼。

大灰狼缩在角落里坐着，牙齿咬得咯咯响，它灰色的硬毛都竖了起来，眼睛也瞪得大大的，穷凶极恶的样子似乎要把眼前的敌人一口吞掉。然而，当狼一看到自己面前不是羊，而是要替羊报仇的猎狗们。这一下，狡猾的大灰狼明白了，今夜可不好对付。

于是，它假惺惺地要求与老人谈判，并油嘴滑舌地说："朋友们！何必这样大吵大闹，兴师动众呢？我和你们原本是一家人，今天我是特意来与你们讲和的，根本不是来与你们争吵的，你们何必这样气势汹汹呢？过去的事就让它过去吧！从今以后，让我们和睦相处。我在这里发誓，我保证不再伤害你们的羊群，而且愿意无私地保护羊群，你们要相信我。"

"对不起，世上哪有这样的好事？"老人打断它的话，"大灰狼，你好好听着，我已是白发苍苍了，狼的本性我早已看得清清楚楚了，我和狼较量多次，深知对付狼绝对不能讲和，只能剥下它的皮。"最后，狼死得很惨。

狐狸和土拨鼠

"朋友，你为什么这样慌慌张张、匆匆忙忙，你要到哪儿去呀？"土拨鼠问急匆匆赶路的狐狸。

"我的朋友，你还不知道吧，"狐狸回答道，"有人诽谤和侮辱我，竟说我贪污，把我赶了出来。你知道，我曾担任过鸡的法官，为了秉公执法，我辛勤地工作，废寝忘食，没吃过一顿好饭，没睡过一夜好觉，身体都累垮了，结果呢，落了个贪污犯的下场。"

"你应该会明白的，如果听信诽谤，那世上就再没有一个人是清白的了。我难道会贪污吗？难道我丧失了一切理智吗？现在请你为我做个证，查查有什么证据，难道我会干出这种罪恶勾当吗？只要仔细想想就明白啦！"

"当然是谎话。"土拨鼠说道，"不过我确确实实经常看到一丝丝鸡毛粘在你嘴边。"

有些人老是在别人面前唉声叹气，总说自己十分清廉，仅靠最后一文钱维持着生活，全城的人都知道，他和他的妻子毫无积蓄。但是，再仔细瞧瞧，慢慢地，他又是盖房子，又是买地。

究竟他那点收入是如何平衡这么大一笔支出的呢？虽然在法庭上找不到什么证据，但是，他们掩藏在嘴边的"鸡毛"迟早会露馅的。

兔子打猎

有一天，猎人们相约去打猎，他们齐心协力，逮住了熊，然后把熊推倒在林中的空地上，热热闹闹地分吃熊肉。每个打猎的伙伴都争抢自己的那一份。这时一只兔子突然从森林里窜了出来，一把紧紧地抓住熊的耳朵。

"你这斜眼睛的兔崽子，怎么也跑来了？你从哪儿窜出来的？"

大家对兔子这种强盗行为感到非常气愤，"追捕熊那会儿怎么没见到你的身影？"

"朋友们，听我说。"野兔不知羞耻地说，"谁把熊从森林里吓唬出来的？是我，我给你们创造了逮住熊的机会。"

兔子的牛皮吹得非常荒诞，谁也不相信，但大家觉得十分有趣，终于把一个熊耳朵分给了它。

吹牛的人经常被人指责，但是它的厚脸皮却为它挣到了一点利益。

猴子和眼镜

有一只老猴子视力越来越不行了，这令它很苦恼。猴子的主人对它说："这没什么大不了的，只要配一副眼镜就成。"

猴子跑到城里弄来好几副眼镜后，在那儿左看右看地摆弄着。一会儿把眼镜顶在头上，一会儿把眼镜套在尾巴上；一会儿舔舔眼镜，一会儿又闻闻眼镜。可是无论它怎样摆弄，眼镜总是不管用。

"真见鬼！"它急躁地嚷道，"人们说的都是假的。他们胡扯什么眼镜能矫正视力，那全是谎话。戴眼镜什么用都没有。"

猴子气急败坏地抓起眼镜朝墙上摔去，破碎的玻璃片四处飞溅。

不幸的是，世上愚昧无知的人也和猴子一样，他们对于十分有用的东西，不但不知道其价值，还百般指责。假如他们有地位和身份，那说不定还会把有用的东西砸坏呢！

狮子和豹子

从前，狮子和豹子经常为争夺森林中的地盘而互相厮杀。不是为了树林，就是为了山洞，再不然就为了草原。它们从不去管谁是谁非，他们所信奉的公理，以及解决争端的办法，就是胜者为王。

但是永无休止的战争使它们双方非常疲惫，连爪子都大大地磨损了。双方的英雄们决意要停止战争，进行谈判，解决一切争端，不再为一些鸡毛蒜皮的小事而争斗。

"让咱们讲和吧！双方都派出一个议和代表。"豹子向狮子建议，"我派猫作为谈判代表，它虽其貌不扬，但心地善良，知书达理。我劝你派尊贵的驴子当秘书，代表你来谈判，它精明能干，我可以这么说，你的所有手下都不及驴公正、正派。众所周知，我们是朋友，我的话是值得信赖的。你方的驴子与我方善良的猫谈判，一定能协商妥当，我们没有理由不相信它们。"

狮子愉快地接受了豹子的建议，然而它并没有派驴子当它的代表，而是授权于狐狸，让狐狸参加这场谈判。精于世故的狮子自有它的道理：

"只要是敌人赞扬的，我就要批评。"

大象当官

头脑简单、四肢发达的人是不能委以重任的，否则，迟早会出事。

一头大象被动物们推选当上了森林中的总管。虽说大象一般都是聪明的，但大象家族中也有好歹之分。这头象身材高大、体格强壮、力气过人，看上去与其他大象没有什么区别，其实它头脑简单、糊里糊涂，一点也不如其他大象，甚至连一只苍蝇也不敢得罪。

有一次，这位胆小怕事、爱做好人的总管看到羊刚刚送来的一份诉状，恳求尽快禁止狼侵害羊群。

"这帮坏蛋！"大象气愤地说，"怎么这般胡作非为，干出了这么丑恶的勾当！竟敢这样无法无天？"

"我们规矩得很哪！朋友，"狼连忙跑来说道，"你不是让我们去准备冬衣吗？为了执行你的命令，我们仅从羊身上抽一点点税，每只羊只交一张薄皮，这是理所应当的，可它们吵吵闹闹，十分吝啬，不明事理，叫苦不迭。"

"原来是这么回事啊！"大象对狼说，"哦！你们要小心翼翼，我不能容忍强暴的行为。既然是为了做冬衣，剥些羊皮倒也可以。除此以外，再不能动它们一根毫毛！"

梭子鱼和猫儿

鞋匠烙不好锅饼，厨师岂能做鞋靴，这是众所周知的简单道理，无可非议。但是，偏偏有人一意孤行，放弃自己的本行，去做自己根本做不了的事情。他们宁愿把事情弄砸，遭受世人的耻笑，也不肯向高明的内行人请教，听从他们有益的劝告。

牙齿锋利的梭子鱼想学猫捉老鼠，它觉得捉老鼠并不费力。也许是猫的行当鬼使神差令它眼红，也许仅因它吃鱼吃腻了。不管是什么原因，它跑去请求猫带它去粮仓抓老鼠。

"朋友，算了吧！你干不了的。"猫友好地劝阻它说，"如果干不好，就会遭到世人的耻笑。俗话说得好，隔行如隔山。"

"亲爱的朋友，你这是什么话呀！连那鱼翅尖利的棘鲈鱼，我都不知抓了多少，还能没有办法去对付那些小小的老鼠？"

"那么就走吧！现在正是良辰吉日，祝你成功！"

它们来到了粮仓，各自守候着。过了一会儿，猫儿把老鼠玩够了，吃得饱饱的，它忽然想起来要去看看梭子鱼是否平安，只见可怜的梭子鱼躺在那儿，脸色苍白，嘴巴张开，奄奄一息，尾巴被老鼠吃掉了。

看到梭子鱼这副惨相，猫花了很大的气力，才把半死不活的梭子鱼拖到池塘里。

"活该！"猫说，"梭子鱼啊！希望你一定要吸取教训，明白事理，从此以后放聪明点儿，不要再去捉什么老鼠，不要再去干那些你根本干不了的事情。"

驴子和夜莺

驴子在树林里遇到了夜莺，便对夜莺说："很荣幸在这里见到你！大家都说你是大名鼎鼎的歌唱家，现在请你唱支歌给我听听！看看大家说的是不是真的，看看你的歌喉是不是真像人们所说的那么动听！"

于是，夜莺就立即施展出它的全部本领。它按着曲调，一会儿啾啾委婉，一会儿高声尖叫，抑扬顿挫，百转千回；一会儿低沉轻柔的调子如同远方飘来的芦笛声，一会儿急速欢快的旋律在整个森林中回荡。

这时，森林中的所有动物都聚集过来，倾听司晨女神所心爱的歌唱家歌唱，微风停了，百鸟寂然无声，懒洋洋的动物们也陶醉了。

歌声停止了，驴子赞许地频频点头，并说："确实不错，你的确是一位优秀的歌唱家。但可惜你从未听过公鸡的啼唱，你若再向它们好好学习，那个时候，你的歌唱水平就是天下第一了。"

可怜的夜莺一听到这样的评论，马上就飞走了。

龟兔赛跑

兔子长了四条腿，一蹦一跳，跑得可快啦。乌龟也长了四条腿，爬呀，爬呀，爬得真慢。

有一天，兔子碰见乌龟，看见乌龟爬得这么慢，就想戏弄戏弄它，于是笑眯眯地说："乌龟，乌龟，咱们来赛跑，好吗？"

乌龟知道兔子在开它玩笑，瞪着一双小眼睛，不理也不睬。兔子知道乌龟不敢跟它赛跑，乐得摆着耳朵直蹦跳，还编了一支山歌笑话它：

乌龟，乌龟，爬爬爬，一早出门采花；
乌龟，乌龟，走走走，傍晚还在门口。

乌龟生气了，说："兔子，兔子，你别神气活现的，咱们就来赛跑！"

"什么？乌龟，你说什么？"

"咱们这就来赛跑。"乌龟说，"咱们打赌，你不会比我早到达终点。"

"我会落在你后面？你瞎说什么嘛！"这只骄傲的野兔说，"乌龟，你太自信了，你也不先问问你自己肩上的那个大包袱。"

"你先别这么说，我一定要和你打赌。"

事情就这样决定了，旁人把二者的赌注放在了终点附近。至于赌注是什么，谁作的裁判，我们暂且不管它吧！

兔子敏捷地跑了几步，它的速度快得令乌龟望尘莫及。这样，在赛跑过程中，兔子当然就会有啃啃青草、小睡一会儿的工夫，还可以去听听风声。让乌龟迈着缓慢的步子来追吧！

乌龟也出发了，它使出全力，虽然步伐缓慢，但这已是它最快的速度了。

兔子不屑于这样的成功，认为即使赢得胜利也不是很光彩，推迟上路才能显示出自己的本领。它一路上吃草、休息、玩耍，全然不把打赌之事放在心上。

最后，当兔子看到乌龟距终点只有一步之遥时，才像离弦的箭一样追了上去。然而这一切都太晚了，乌龟已经第一个到达了终点。

"嘿！怎么样？"乌龟高兴地对野兔说，"我没说错吧？你的速度也没能帮上你的忙，我胜过了你。如果你也背着一个包袱的话，情况更加不敢想象了！"

大象和哈巴狗

有人把一头大象牵到城里来展览，大象受到了人们热烈的欢迎。

不知从哪里窜出来一只哈巴狗，它一看见大象就猛冲过去，在大象身旁，又是汪汪地狂叫，又是四处乱扑，摆出了一副决心与大象生死搏斗的架势。

"朋友，快别出丑了！"另一只狗连忙上来劝说，"象这么大，你哪是它的对手。不论你如何地狂叫，它却仍不慌不忙地走自己的路，无论你怎样使足劲头乱蹦乱跳，它根本就不理睬你。"

"这样才好！"哈巴狗得意地回答说，"我拼命这样做，正希望如此。它不理我没关系，但它给我壮了声威，我丝毫没有损失，根本不用打架就成了一名敢冲敢闯的勇士。日后其他的狗会这样夸我：这只哈巴狗真勇敢、真威武，连大象都不怕，敢和大象作对。"

老狼和小狼

老狼不是什么好东西，而小狼却跟老狼不同。小狼刚出世，没有什么战斗的经验，所以它没有老狼那么坏。

小狼一会儿就回来了。它说："赶快，赶快！父亲快跟我一块儿去吧！我们可以毫不费力就吃上一顿美味佳肴。你看那山脚下，有一大群羊在吃草，每只羊都很肥壮，只要我们拿来吃就是了！那么一大群羊啊，简直无法数清！"

"哦，且慢！"老狼说道，"你先得告诉我，看守羊群的牧羊人是怎样的人？"

"人们都说他挺不错，人很精明，善于观察。但当我在羊群四周绕了一圈，悄悄地观察后，发现他们的猎狗十分瘦小，看上去老老实实的，一点凶劲都没有。"

"你这么一说，我倒对那群羊不抱什么希望了。"老狼说道，"你好好想想，如果牧人真精明能干，那绝不会养些十分差劲的猎狗，若去了那儿，弄不好会断送性命。跟我走吧！我带你去别的地方，找一些容易得手的羊群。那样，我们将安全得多，在那里，你虽然会看见无数强壮的猎狗，但那里的牧羊人十分愚蠢。牧羊人傻里傻气，他养的猎狗也不会好到哪里去。"

猴子学耕田

你所做的一切如果不能给人们以帮助或者实惠，那只能说你有很多地方做得不恰当，没有为人们的切身利益着想，整体上讲是失败的。

天刚一亮，农夫扛着犁来到田里，在那里认真地耕作，他辛辛苦苦地劳动，累得满头大汗。对于这样一个勤勤恳恳、老老实实的人，路过此地的人都大为称赞，并祝福他。

猴子听到人们一致称赞农夫，很是羡慕，猴子心想："让我也来露一手。"

于是，猴子找来一根圆圆的木头，十分卖力地干了起来，它想学着农夫那样把活干得漂漂亮亮。它一会儿把木头扛在肩上，一会儿把木头抱在怀里，一会儿托举着木头，接着拖着木头东奔西跑，把木头滚来滚去，结果累得筋疲力尽。尽管它疲惫不堪，上气不接下气，却不肯休息，然而最不幸的是，并没有一个人赞扬它。

这一点也不奇怪，我的朋友，无论你怎样辛辛苦苦、勤勤恳恳、忙忙碌碌，可所做的事对人们没有任何帮助或实惠，那就很失败了。

厨师和猫

很久很久以前，有一个忠厚老实的厨师。一天，为了去亡友家吊丧，他不得不离开厨房，把所有的食品都托付给他的猫看管，以免被猖獗的老鼠偷吃。

但是，当他返回厨房时，情况却十分意外，地板上一片狼藉，到处是吃剩的糕饼渣，猫儿却躲在墙角的醋坛子旁，正在津津有味地啃吃着一只小烧鸡。

"你这个贪吃的坏家伙！"厨师气愤地骂道，"你这个浑蛋！别说当着我这诚实人的面，就是当着这不作声的墙，你也应该感到羞耻，你还有没有羞耻心？"

猫仍埋着头忙着吃烧鸡。

"你怎么也这样了？过去你的确老老实实、循规蹈矩，大家都以你为榜样。现在，你竟干出这样的事来，堕落成了小偷，成了骗子，怎能叫人不痛心？现在邻居都会说：猫是骗子！猫是个小偷。人人不但不让你进厨房，而且还会把你关在院子外，就像防范贪婪的狼那样。你成了恶魔，成了瘟疫，成了祸根。"

猫没有理他，把烧鸡吃得更快了。

厨师口若悬河、没完没了地指责猫，结果他还没有把指责的话说完，猫吃完烧鸡拍拍屁股走了。

遇到坏人坏事，没有什么好说的，除了把事情果断处理和把坏人迅速制服外，其他所做的事和所说的话都可忽略不计。

狐狸和驴子

这天，狐狸在森林的小路上碰到了野驴，它跟驴子打招呼："驴兄，你这是从哪里来啊？"

野驴兴奋地说："我刚刚从狮子的家里出来，狮子现在精力衰退了，它已经没有以前威风了。从前，它一声怒吼，整个森林都吓得发抖，吓得我没命地逃跑，生怕被它捉住吃掉。可是现在它已经变得十分衰老，一点力气都没有，显得非常虚弱和疲惫，也许它活不了多久了。它简直就像一块木头一样，静静地躺在山洞里。"

野驴转了一个圈，又说道："这一切都是真的！所有的野兽都不像以前那样害怕它了。它们都趁此机会，时常骚扰它。路过狮子家门口的野兽总算能够出一口气了，都使出自己最大的本领，狠狠地痛打狮子一顿，有的用嘴咬，有的用角顶，还有的用脚踢。"

"那么你又是怎样报仇的呢？"狐狸说，"你是不是对病重的狮子仍毕恭毕敬，照样不敢去碰它？"

"你把我看成了什么东西了？"驴子十分不高兴地回答说，"难道我是胆小鬼吗？事到如今，我还怕什么？我一定要狠狠地踢，踢个痛快，让它尝尝驴蹄的滋味！"

事情都是这样的：当你身居高位、有权有势、威风不可一世时，会有很多人在后面吹捧、奉承、迎合你；而你一旦没权没势、一无所有，昔日那些吹牛拍马的人立刻会迫不及待地攻击你、侮辱你。

狮子、羚羊和狐狸

恃强凌弱，这是狮子的本性。有一只羚羊很不幸地出现在狮子的视线之内，狮子一心想吃掉羚羊。羚羊在狂逃，狮子在猛追。

羚羊看来只有死路一条了，再跑也无法逃脱狮子的追赶。突然一道深深的大峡谷阻断了羚羊的逃路，然而羚羊鼓足劲儿，不顾一切朝前冲了过去，像离弦之箭一般，纵身腾跃，一下就跳过峡谷深渊，站在崖岸边看着狮子。

狮子被大峡谷挡住了去路，无法再追赶了。

正在这时，狮子的好朋友狐狸不知从什么地方跑了出来，对狮子说："大王怎么啦？难道凭你的力气和敏捷不能轻而易举地抓住这只弱小的羚羊吗？你可是百兽之王啊！"

狐狸接着说道："只要你高兴，什么惊天动地的奇迹都能做得出来。峡谷深渊虽然较为宽阔，但我相信你一定能够跳过去。我是你忠实的朋友，决不会说假话。我非常了解你的能力和勇气，绝对不会把你的生命当儿戏。"

狐狸的这番话说得狮子热血沸腾、心潮激荡、头昏脑涨、忘乎所以，它使出全身的力量，奋力向峡谷对面跳去，不幸的是它未能跳过去，摔死在深深的峡谷里。

这时，狮子的忠实朋友又在干什么呢？狐狸偷偷地、小心翼翼地跑到深谷里。见到了摔死的狮子，知道再也不必向狮子阿谀奉承了，也不必心情紧张地害怕狮子了。

峡谷底下荒无人烟，狐狸一边不紧不慢地追悼自己的亡友，一边享受着美味的狮肉，满足地说："狮子的肉原来比羚羊肉还要好吃啊！"

松鼠

有一个财主养了一只松鼠,松鼠整天有事没事就在财主家窗台上的一个车轮上跑来跑去。松鼠机灵的小爪子在车轮上飞快地跳跃闪动,它那蓬松的尾巴在空中晃来晃去。

一只画眉鸟站在旁边的一棵树上看得十分出神。它问松鼠:"喂,朋友,你这是在忙些什么呀!"

"朋友,我正忙着给主人当紧急信使,从早忙到晚,连吃饭喝水的时间都没有,真是忙得喘不过气来。"

说完松鼠又使劲地踏着轮子,飞奔起来。

画眉鸟临走之前对松鼠说:"我清楚地看到,你确实是跑个不停,十分辛苦,但你跑来跑去,始终没有离开过窗口。"

有些人正如松鼠一样,看似整天忙忙碌碌,做这做那,结果如同松鼠一样永远都在原地踏步。

苦难的驴子

刺骨的寒风不停地吹着,鹅毛般的大雪不停地下着,驴子的日子也更艰难了。它只能吃到一点点干草料,冰天雪地之中,四只脚冻得发痛。它渴望着春天的到来,使它能早日解除饥寒和痛苦。

可是,5月刚到,主人就赶着驴子到窑厂去了,驴子每天不得不拉泥巴和砖头，吃的东西并不多，挨揍却是经常的。这时，驴子又盼着："夏天已不太远了。到那时，我的主人就要忙着收割庄稼，定会将我忘在家里。我就能吃顿饱饭了。"

但是，夏天一到，收割的季节也来临了。驴子这下才算真正地吃大苦头了，它必须将一袋袋的麦子驮回家里，这些麦袋又那么大，以至乍一看，驴子几乎马上就会被压垮了似的。

驴子又在盼："上帝保佑，秋天快来吧！这样，最忙的干活季节可就过去了。"

谁知，一到秋天，驴子更倒霉了，吃的苦头更大了。苹果、梨子、核桃、杏仁、无花果、葡萄等全都熟了，堆在那里，像一座座小山丘。驴子又得将这些水果驮回家去，天天起早摸黑，不停地干活。

驴子就这样艰难地过着日子，直至冬天又要来临了。可怜的驴子叹息着说："唉！看来，没什么指望了。现在我确实又盼望冬天了。因为一年四季，春夏秋冬，我没有一刻得到安宁，也许老天给我的只是忍耐吧！"

高傲的马

有一位富翁，他有一匹非常英俊的高头大马，富翁把它打扮得十分华丽：套着金制的马笼头，背上放着装饰得非常华丽的鞍具，鞍上配着用金丝绣成的丝绸坐垫。马看主人将自己打扮得如此华丽，也就变得非常高傲大起来。

有一天，马被拴在一处篱笆边上，它便咬断了缰绳，嘶叫着逃跑了。没跑多远，正好迎面过来一头驴子，背上驮着沉重的大口袋，一步一步地艰难地走着。

马口含着嚼子，嘴角涌出泡沫，老远就大发雷霆地喊道："给我让开！是谁叫你如此无礼，都不懂得给我赶快让路？你是马上滚开，还是等我来揍死你，然后让人来把你拖走？"

驴子吃了一惊，赶快让开路，半句牢骚都不敢发。

这匹马一跃而过，飞快地窜进灌木林。可是，就在它冲过灌木林飞奔时，它的小腿骨受伤了。从此，它再也不能作为坐骑使用了。它的主人卸下了那金制的马笼头和鞍具，并将它卖给了一个车夫。从此以后，这匹马每天不得不拉着板车干活了。

一天，驴子又碰到这匹马，驴子喊道："你好啊，朋友！你怎么也到这里来了？呀！你的金笼头呢？你那闪闪发光的丝绸坐垫呢？我怎么没有看到？喔，亲爱的朋友，你一定要记住一个真理：高傲自大是会受到惩罚的。"

狮子、公牛和山羊

有一天，狮子出去寻找食物，看到一头强壮的公牛在草地上吃草，公牛发现狮子后，立即飞快地穿过小树丛和荆棘丛生的灌木丛，越过坑坑洼洼，拼命地逃跑，它想赶快找到一个安全的地方躲起来。突然，它发现前面有个洞穴口，谁知里面已住着一只山羊。公牛刚想进去躲藏，山羊却低下弯弯的犄角，迎着它就顶了过来。

公牛猛吃一惊，赶紧退了回去。它只得暂时忍受这只弱小的山羊对它的侮辱，眼下不能急于报复，因为它看到狮子已经越过小树丛向这边扑过来啦！

它得继续逃跑，于是，对山羊喊道："我现在不跟你斗，不过，你别以为我是害怕你，我是害怕另一个强者，我正逃避它的追赶。我将来会好好教训你这个落井下石的家伙，让你知道究竟是一只山羊厉害，还是一头公牛厉害，不过，眼下我先得关心自己的性命。等着瞧！我会找到一个对我有利的时刻，报复你对我的侮辱！"

公牛一边说着，一边向另一个岔口逃去。

衰老的狮子

在森林的深处，住着一只狂妄自大、自以为是的狮子，所有野兽都在它那残暴的专制统治下受尽奴役。

随着岁月的流逝，狮子再也不能笑傲山冈了，野兽们便都开始找它报仇：第一个从这里顶它一下，第二个又从对面撞它一下，第三个就在那里刺它，第四个迎面给它一拳，第五个又从后面给它一脚，每只野兽都争着想报复它。

野猪挺着它那锋利的长牙朝狮子的大腿刺去；公牛满腔怒火地冲过来，用它那双犄角对准狮子的肋骨就撞，最后，连一向逆来顺受、忍气吞声的驴子也蠢蠢欲动，前来报仇。为了日后不被其他野兽小看，驴子大声地诅咒和责骂着狮子。后来，它又抬起蹄子，对准狮子的脸，狠狠地给了它一下子。

狮子感到非常悲伤，它叹息道："唉，我这个可怜虫啊！我晚年怎么会落到这个悲惨的地步？如今，人们对待我的这一切，难道是由于我年轻时的罪过造成的吗？可是，我年轻时对它们是做过好事的，曾饶过它们性命的那些野兽都到哪里去了？

"每当我肚子饱的时候，难道不是饶恕了许多野兽吗？现在它们总该来看看我，向我表示感谢呀！我竟信任那些假心假意的朋友，听信了它们的阿谀奉承，这实在让我内心感到非常难受，给我带来了多大的痛苦啊！"

鹿和马

有一天，鹿和马同时找到一块鲜嫩的草地，它们都想独自拥有这块草地，谁也不让步，吵得不可开交，并在言语无效的情况下动起了手脚。最后鹿仗着自己那对厉害的角，终于战胜了马。这对马来说，简直是无法容忍的耻辱，谁能甘心失败呢？

怎样才能重新把鹿赶走呢？马考虑来考虑去，终于想到了去求助于人。它找到了一个很强壮的男人。这个人来到草地上，同鹿干了一仗，将鹿杀死了。

从此，这块引起纠纷的草地，完全归马独自占有了。不过，那位帮助马取得胜利的男人，也将马占为己有了，他说："我帮你取得这块草地，因此，你从今以后得为我服务。"

这个人在马背上放了鞍具，在马头上套了笼头，又在马嘴里安上一副结实的嚼子，然后，他对马说："我帮你打败了鹿，洗刷了耻辱，所以从今以后，你就得老老实实地听我使唤。"

虫鸟篇

打败狮子的蚊子

在很远很远的地方,有一片非常广阔的森林,森林里生活着很多动物,这些动物都想在森林里逞强立威。

有一只小蚊子,它时时刻刻都想当百兽之王。它认为森林里最厉害的要数狮子了,只要打败狮子,它就能当百兽之王了。

经过一番精心的准备,这只蚊子终于向狮子宣战了。它扇动着翅膀飞到狮子面前,对狮子说:"狮子,我不怕你,你并不比我强大,不信咱们较量较量。"可惜狮子根本没听见,仍在那儿悠然地闭目养神。

蚊子见了气得火冒三丈,用尽吃奶的劲儿对狮子喊道:"你这只笨狮子,我们来比试比试,看你有什么本事。不管是用爪子抓,还是用牙齿咬,我都比你强得多。"说着,蚊子吹着喇叭鼓足力气向狮子冲去。

狮子这下可慌了,睁大眼睛瞧,还是看不清蚊子进攻的方向,蚊子恶狠狠地向狮子的脸上咬去,它专咬狮子鼻子周围没有毛的地方。

狮子左躲右闪,用力晃动着头,张开血盆大口猛扑向蚊子,结果都落空了。狮子咆哮起来,挥动锋利的爪子四处疯抓了起来,但蚊子却毫发未损。

蚊子高兴极了,对狮子威胁道:"快认输,不然我咬死你。"狮子从来没受过这个气,它怒吼着扑向蚊子,不过很遗憾,又失败了。狮子气得哇哇乱叫,蚊子趁势又朝狮子发动进攻,叮得狮子用爪子把自己的脸都抓破了。没办法,狮子落荒而逃了。

"我赢了!"蚊子得意地吹着胜利的喇叭,唱起欢乐的凯歌飞走了,它一边

飞一边喊:"我战胜了狮子,我才是最厉害的,我要当百兽之王。"

蚊子得意忘形地飞着,它根本就没有料到前面危机四伏。突然,它觉得自己钻进了一个软软的东西中,身体被粘住了。它挣扎着想要离开,但是越挣扎粘得越紧,这下它清醒了,原来自己被蛛蜘网粘住了。

一只蜘蛛凶相毕露地向它爬来,蚊子完全被胜利冲昏了头脑,它大声地对蜘蛛说:"蜘蛛,我刚刚打败了狮子,你快放了我,你竟敢招惹我,不怕我吃掉你?"

蜘蛛听了冷笑道:"你给我闭嘴,你这个不知天高地厚的小家伙,你以为打败狮子是一件很了不起的事情吗?你瞧瞧,你现在不是已经被我捉住了,你就等死吧!"

蚊子长叹一声:"狮子都不是我的对手,而我却奈何不了一只小蜘蛛,真可悲啊!"

不学飞翔的小燕子

春天又来了，万物重新苏醒过来，燕子们也从南方避寒回来了。有几只小燕子在燕妈妈的带领下，愉快地飞回了北方。它们不远千里，不辞劳苦，终于在北方的一个小镇里——法院找到了安身之所。它们很满意能住在法院的屋檐下，觉得这样很安全。

没过几天，燕妈妈又生了几只小燕子，燕妈妈十分疼爱它的孩子们。它每天都早出晚归不辞劳苦地为它的孩子们找食物。

日子一天天过去了，燕宝宝在燕妈妈的哺育下羽毛逐渐丰满起来。

一天，燕妈妈对小燕子们说："孩子们，你们已经长大了，应该学会独立生活了，从明天起，我开始教你们怎样飞翔，怎样捕食，怎样逃避敌人的追击……"

还没等燕妈妈说完，一只小燕子立刻抢着说："妈妈，别说了，我们连站都站不稳，怎么学习飞翔呢？过些日子再说吧！"

燕妈妈疼爱地对小燕子们说："孩子们，不早啦，现在正是时候，否则你们以后会后悔的。"

小燕子们见妈妈这么坚决，便撒娇地说："好妈妈，你看，你把我们喂得这么胖，怎么飞翔呀？我们待在家里，替你看家，防备小偷好不好？"

燕妈妈拗不过它的孩子们，又不愿训斥它们，只好无奈地点点头。

小燕子一天天长大，所需的食物也一天比一天多。燕妈妈更辛苦了，每天累得上气不接下气，身体也日渐消瘦。

有一天，天阴沉沉的，沉闷的雷声从远处隐隐约约传了过来，暴风雨就快来了。燕妈妈看看天，决定在暴风雨来临之前给小燕子们找些吃的。

小燕子们睡醒后没有见到妈妈，便"叽叽喳喳"地叫起来，叫声引起了一条蟒蛇的注意。它偷偷爬上树，见是一窝雏燕，心里高兴极了。

小燕子们一看到蟒蛇都吓坏了，不约而同拼命地大喊大叫："妈妈，妈妈，快来救我们啊！"

可是燕妈妈已经飞远了，哪里还听得到？蟒蛇贪婪地看着小燕子们。小燕子们战战兢兢地对蟒蛇说："这里是法院，你太放肆了，竟然敢到这么神圣的地方谋害我们。"

蟒蛇张开血盆大口说："法院又怎么样，我是吃定你们了。"

小燕子们哀求道："求求你，蟒蛇大哥，放了我们吧！"一边说一边拍着翅膀要飞起来，可是飞了好几下，怎么也飞不起来。转眼间，小燕子们便成了蟒蛇的腹中之物。

燕妈妈觅食回来发现窝里的小燕子们都不见了，只剩下斑斑血迹和几根稚嫩的羽毛，她伤心地哭了。

这时又有一只燕子飞了过来，它看到燕妈妈在伤心地痛哭，心里忍不住一沉，便问道："你怎么啦？怎么哭得这么伤心？"

燕妈妈哭得更加厉害了，边哭边说："我的孩子们不见了，我的孩子们不见了，怎么办啊？"

那只燕子说："你这种情形我看得多了，你还是别哭了。"

燕妈妈更加痛心了，说："天哪，我们住在法院里怎么还会发生这样的事情啊！"

鹰和蜜蜂

那些出了名的人是幸运的，人人都清楚他们的丰功伟绩，他们也因此感到自豪、不断进取。然而，有人更值得人们尊敬——他们默默无闻、兢兢业业、不求名利，一辈子辛勤劳动，一辈子奔波忙碌。虽不为大家所熟知，也得不到褒奖和表扬，但他们却一直把别人的利益放在首位，不怕苦不怕累地为别人服务，他们认为只有这样才不枉活一生。

有一天，鹰看见一只蜜蜂全神贯注地在花丛中忙碌，便轻蔑地说："多可悲的蜜蜂啊！凭你这么出众的技能和超人的智慧，怎么去干这样又苦又累的活啊？真是不可思议。整整一个夏天，你们忙忙碌碌，成千上万只蜜蜂共同在蜂房里酿蜜，到头来人们统统把蜜取走，还有谁会记得给你们记大功呢？我百思不得其解，你们为什么会心甘情愿辛辛苦苦一辈子呢？这样历尽艰辛，又是为什么呢？你们终生劳碌、毫无追求，最后又默默无闻、无声无息地死去。

"我和你们之间的确大不相同，可以说有天壤之别。当我展开有力的翅膀，自由自在地翱翔在天空时，到处一片惊慌，百鸟不敢高飞，牧羊人死死地守卫着自己的羊群，敏捷的鹿也不敢露面。"

"无上的光荣和崇高的荣誉都属于你！"蜜蜂回答道，"愿天神继续赐福给你！而我生来就是为大家的利益服务的，从来不想表明自己的功绩。然而，我感到的最大安慰就是在许多蜂蜜之中能见到我自己酿造的那一滴。"

鸽子救了小蚂蚁

在一条清澈见底的小溪边有一只鸽子在忘情地喝水，它抬头呼吸时瞥见了一只蚂蚁掉进了小溪，但对蚂蚁而言小溪不亚于汪洋大海，情况紧急，蚂蚁在拼命挣扎，鸽子决定救蚂蚁一命。它叼了一根草扔进了河里，蚂蚁爬上了鸽子扔给它的救命草，蚂蚁得救了。

与此同时，一个光着脚的农民从溪边经过，手中拿着一把弓箭。他一眼看到鸽子，喜不自禁，认为自己有了一顿美餐。当他搭上弓瞄准了鸽子时，蚂蚁见状在他的脚后跟狠狠咬了一口，就在农民分神看脚之时，鸽子觉察到了危险，扑闪着翅膀飞走了，农民的美梦也泡汤了。

会唱歌的蜗牛

在一片肥沃的田野里，生活着一只会唱歌的蜗牛。它时时刻刻都在唱歌。

有一天早晨，蜗牛起得很早，它爬过几片土地，来到了一条小河边。它一路走，一路唱：

生活多么美好，

我今天起得真早，

来到小河边，

做一会儿早操。

唱到这儿，蜗牛伸出触角，摇了几下身体，就算是做了早操。当它看到水里的鱼儿游来游去时，又唱道：

河里的鱼儿真逍遥，

只需游来不用跑。

如果我到河里去，

一定会被淹死了。

唱完，蜗牛忍不住得意地"哈哈"大笑起来。望着河里自己的倒影，蜗牛不禁孤芳自赏起来，又唱道：

美丽的河水静悄悄，
我的歌声赛小鸟，
要问我哪里最好看，
背上的房子真精巧。

就在这时候，有一群顽皮的孩子听到了蜗牛的歌声，馋得口水都要流出来了。他们非常清楚用火烤蜗牛的味道妙不可言。他们平时就经常到田野里捉蜗牛吃，这时听到了一只会唱歌的蜗牛送上门来，于是赶紧跑过去，抓住它，放在火上烤了起来。

蜗牛为了活命，惊恐地唱道：

小朋友们别胡闹，
我来唱歌把舞跳，
大家一起多快乐，
不要把我火上烤。
现在的情形不大妙，
请你们赶快把水浇，
火上的滋味可受不了，
晚了我小命就死定了。

孩子们看到蜗牛死到临头还在唱，就说："小东西，你的房子都着火了，还唱歌？"

爱唱歌的夜莺

大森林里生活着一只外表非常美丽的夜莺，因为它能唱婉转动听的歌，所以非常幸运地被森林里的动物们推选为歌唱家。

它每天都要唱一段时间，当它唱歌的时候，动物们都会聚精会神地倾听。有时候，个别到森林里游玩的人，也会因出神地聆听它的歌声而迷路。

夜莺以为自己的歌唱水平就算是真正的歌唱家也比不过它，开始自我满足起来，常常离开自己的巢穴到很远的地方去唱歌，以赢得更多的掌声和赞美声。

后来，它甚至连自己的生活习性都改变了，本来是每天夜里出来唱歌，现在它白天也经常出来唱歌。

夜莺有一个好朋友，是一只蝙蝠。以前它们经常一起在夜间出来活动，现在夜莺白天也出来了，蝙蝠很担心，于是劝夜莺说："你的歌声实在是太动听了，如果被心术不正的人知道的话，你就会很危险。现在你白天也出来活动，万一遇到那些坏人，怎么办呢？"

夜莺认为蝙蝠说这话是嫉妒它，就对蝙蝠说："你知道大家多么欢迎我吗？你知道大家多么喜欢我的歌声吗？我怎么能不出来为大家表演呢？你不让我出去，是嫉妒我，你只配在黑漆漆的夜里出来，和我已经不是一类了，我们断绝朋友关系吧！"

蝙蝠听了夜莺的话，很伤心，它知道夜莺已经沉迷于虚荣之中而无法自拔了，而且危险很快就要降临到夜莺的头上。蝙蝠真心地想帮助它，但是夜莺说出如此绝情的话，蝙蝠感到很伤心，于是摇摇头，飞走了。

从此，夜莺每个白天都出来唱歌，它的名声一天天大起来，方圆几百里的森林、村庄和城市都知道在大森林里有一只会唱歌的夜莺。许多想发财的人都想得到这只夜莺。于是，成群结队的人来到了大森林，寻找各种机会捕捉夜莺。

夜莺以为这些人是来欣赏它的歌声的，于是它唱得更加卖力了。

终于有一天，夜莺被人捉到了，以很高的价钱卖给了城里的一位富商。在富商家中，夜莺失去了自由，被关进了笼子里，挂在窗口，供人赏玩。

此时的夜莺已无心再在白天唱歌了，它开始怀念它的家乡，怀念它的朋友们。

一到晚上，夜莺一改往日欢快的调子，唱起凄惨哀愁的歌儿，歌声传到了很远的地方。

有一天，蝙蝠听到夜莺悲伤的歌声，赶忙循声找了过来。蝙蝠和夜莺相见了。看到关在笼子里的夜莺，蝙蝠很伤心。夜莺流着泪告诉蝙蝠，它现在真后悔当初没有听蝙蝠的忠告。

蝙蝠说："你早知如此，又何必当初呢？"蝙蝠救不了夜莺，只好飞走了。

燕子与小鸟

有一只聪明的燕子非常好学，它在飞行的途中学到了很多动物不知道的知识。

这只燕子甚至已能预测到常见的雷雨了，因此在暴风雨袭来前，它能够向航行在海上的水手发出警报。

播种的季节里，它看到农民正在耕种，便对小鸟们说："我看到了潜在的危险，我同情你们，因为面对这一危险，我可以趁早远远地躲开，到一个安宁的地方去生活。可你们却不行，你们看看那些在空中挥动的手，它们撒下的东西，用不了多久就会把你们毁掉，各种捕捉你们的工具都会出现，到那时到处都是陷阱，你们最终不是身陷鸟笼就是等着下油锅，反正都是死路一条！"

燕子喘了一口气接着说道："所以请你们相信我，赶快把那些该死的种子全都吃掉！"

小鸟们觉得燕子说的是疯话，十分可笑，因为田地里可吃的东西太多了，区区种子值得它们劳神去吃吗？

转眼间，田地里长出了绿油油的嫩苗，燕子着急地对小鸟们说："趁还没有结出可恶的果实之前，赶快把这些苗统统拔掉吧！不然的话，遭殃的是你们。"

"你这个爱预言灾祸的家伙，别在这里胡说八道了！"鸟儿们不耐烦听它的预告，"要知道，这样的好差事没有上千只鸟是做不成的！"

庄稼就快成熟了。燕子痛心疾首地劝告说："可怕的日子就要来到，至今你们还不相信我。一旦人们收割完庄稼，秋闲下来的农民将会拿你们开刀，等着你们的就是捕鸟的夹子和罗网呀！你们最好待在家里别乱跑，要不学候鸟飞到温暖的南方去，可你们又不能越过沙漠和海洋去寻找其他的地方。你们最好找些隐蔽的墙洞躲起来。"

小鸟们把燕子的忠告全当作了耳边风，没过多久，小鸟们果然被人们无情地追杀、捕捉，它们面对的是一个悲惨的结局。

人们只听得进那些和自己看法一致的意见，只有在大难临头时才体会到什么是忠言逆耳。

高雅的白鹤

有一只孔雀长得非常漂亮，但是它一点儿都不谦虚，总爱和其他鸟儿比谁美。长得比它丑陋的，它会毫不客气地冷嘲热讽一番。这样，很多原来跟它要好的伙伴都不愿再和它在一起。它们讨厌爱慕虚荣的孔雀。

孔雀独自漫步在小溪畔，对着溪水孤芳自赏。这时，一只小喜鹊飞来了，看到孔雀后问道:"孔雀,怎么就你一个人呀?你的朋友和那些仰慕者呢?"

孔雀慵懒地抬起头,回答道:"我才不想和它们在一起呢!一个个长得像丑八怪一样。那些小鸟整天围着我叽叽喳喳地叫,烦死了,它们都走了。"

小喜鹊听了,好心地劝道:"孔雀,你不应该这样,生得美丽是上天对你的厚爱,但你不该过于自傲,否则你会失去许多美好的东西。自古以来,繁华的街市是一种美,青山绿水也是一种美,但是最美的还是自己那颗善良的心。"

孔雀对小喜鹊的真心劝告根本听不进去,说道:"好了,你这烦人的小东西,快走开吧!别在这儿教训我了。你是不是嫉妒我呀?讲了一堆空洞的大道理,但却改变不了我比你美丽的事实。"

小喜鹊见孔雀实在是不听劝告,拍拍翅膀飞走了。孔雀梳理着羽毛,欣赏着自己在水中的倒影。

后来,孔雀听说有一种叫白鹤的动物,全身雪白,体态优美,很受人们喜爱,便一心想见一见白鹤,与它一比高低。孔雀根本就看不起白鹤,它还是认为自己是最美丽的,迫切想和白鹤比美,它相信自己是最美的。

这一天终于来到了。一只白鹤飞来了,小鸟儿们兴高采烈地迎接这位来自远方的客人。孔雀得知这个消息后,立刻来到鸟儿们当中,要与白鹤比美。孔雀想让那些伙伴瞧瞧白鹤在它面前是多么地丑陋。

孔雀走到白鹤跟前,轻蔑地看了白鹤一眼,不可一世地张开了它的翅膀,光彩夺目的羽毛着实耀眼。

孔雀嘲讽白鹤说:"你睁开眼睛好好瞧瞧,我光彩夺目,而你却只有那么一点点白,你应该感到自卑。"

白鹤哈哈大笑:"我一展翅膀就能飞上九重天,想飞多高就飞多高,而你却整日孤芳自赏,不思进取,自卑的应该是你啊!"

鹰和田鼠

鹰王和鹰后一起从遥远的地方飞到一处没有人烟的大森林里，并打算在密林深处安居下来。于是它们选定一棵枝繁叶茂的大橡树，开始在树顶上搭窝筑巢，准备夏天在这儿孵养小鹰。

田鼠得知这个消息后，吓了一跳，便壮着胆子向鹰王直言相告。

"这棵橡树，"它说，"不适合做你们的新居，它的树根几乎都腐烂了，随时都有倒下的危险，千万别在这棵树上搭窝。"

对于田鼠的坦诚相告，鹰王和鹰后不但没有接受，反而把田鼠痛骂了一顿，还威胁田鼠。

鹰王毫不理会田鼠的忠告并对田鼠置之不理，立刻动工筑巢，当天全家就搬进了新居。一切都如愿以偿，鹰后生下了可爱的小鹰。

但是，有一天，当鹰王迎着朝阳，捕食而回，带了很多的猎物高高兴兴从高空飞回家时，看见那棵大橡树已经倒下了，鹰后和它的子女全摔死了。

鹰王悲痛欲绝，伤心不已。"我是多么不幸啊！"它哭道，"由于我没有听信最好的忠告，命运严厉地惩罚了骄傲自大的我。我万万没有想到这只小小的田鼠的劝告是千真万确的。"

"要不是你瞧不起我，也不会有如此灾难。"谦虚的田鼠说道，"好好想一想，为什么会这样？我在地底下打洞，那树根就在我的身旁，树的好坏我比谁都清楚。"

蜻蜓和蚂蚁

夏天阳光明媚,美丽的蜻蜓忘情地穿梭于树林和草丛之间。

那种阳光明媚、绿叶为家、无忧无虑、不愁吃住的日子,已经过去了。冬天的田野里一片荒凉,好日子过完了,随之而来的是寒冷和饥饿,蜻蜓再也没有兴趣唱歌跳舞了,它整天满面愁容、闷闷不乐。

有一天,它爬到蚂蚁跟前说:"帮帮我吧,朋友!请你给我些吃的,让我进来暖和暖和身子,暂借你的窝避寒过冬,春天一到我就走。"

"朋友,我真弄不懂,整整一个夏天你都在干什么?"蚂蚁严肃地说。

"夏天我干了很多事情啊!我整天在青草丛中,小树林里,唱歌跳舞,玩耍游戏,过得很充实啊!"

"那么你……"

"我当时满不在乎,毫无顾忌,痛快地玩了一个夏天。"

"哦,原来如此。你的歌声多么悦耳动听,你的舞姿多么美丽动人呀!现在你仍然可以去尽情地唱歌跳舞呀!"

蜻蜓听了,惭愧地低下了头。

挑剔的鹭鸶

有一只身材挺拔的鹭鸶在河边悠闲地散着步。河水很清,它时常看到自己在水中的倒影,它对自己的长相很满意。

它看到了几条鱼在水里游来游去。不过这个时候,它还没有胃口。过了一会儿,它有了食欲,于是走近了河边,看到几条冬穴鱼游到了水面上,鹭鸶不喜欢这道菜,它要等上等的食物。

它的脸上表现出不屑一顾的神情:"要我吃冬穴鱼?我堂堂鹭鸶竟吃这样差的饭菜?把我当成要饭的?"

它放走了冬穴鱼后,鲫鱼又游了过来。"鲫鱼,它算什么东西!要我为这没味道的东西而动嘴,连上帝也不会同意!"

可到了最后,当鹭鸶饥饿难耐却又见不到一条鱼时,它却为了更差劲的食物张开了嘴。它看到了一只蜗牛,感觉既幸运又高兴,于是它猛扑过去,把蜗牛吞进了嘴里。

人不应该过于挑剔,最精明的人也就是最随和的人,过于苛求反而会一无所得。要记住,我们不能轻视任何事物,尤其是在我们自己的要求容易得到满足的时候。

欺负羊的麻雀

树林里住着一只小麻雀,小麻雀在树枝上从早到晚不是跳就是唱。

有一天,小麻雀又站在树上唱起来,唱着唱着,一只小松鼠跳了过来,对小麻雀说:"小麻雀,你怎么唱来唱去总是一个调呢?"

小麻雀有点不好意思,对小松鼠说:"我只会唱这支歌,别的也不会呀!"

小松鼠说:"如果你能出去看看外边的世界,你就会学到很多东西,也一定会唱出更优美动听的歌。"

小麻雀想:"对呀!我不能总守在妈妈的安乐窝里,我应该出去闯荡闯荡。"

于是小麻雀告别了妈妈，飞出了林子。小麻雀来到草原上。一望无边的大草原让小麻雀感到自己是那么渺小，它有点儿害怕了。它东张西望，不知该往哪儿飞。突然，小麻雀看到了一只羊正在草地上吃草，小麻雀现在可放心了，它庆幸自己终于找到了一个又舒适又安全的地方。

小麻雀自从飞落到羊背上以后，就再也没有飞走，羊走到哪里，小麻雀就跟到哪里。

羊可并不高兴这样，小麻雀站在羊背上，它一方面要负重，背着小麻雀；另一方面小麻雀蹦蹦跳跳的，它也休息不好，所以，羊很生气地对小麻雀说："你为什么不站到狗的背上呢？"

小麻雀晃着脑袋说："狗很凶，它会伤害我的。"

羊很纳闷，问小麻雀："那你为什么一定要站在我的背上呢？"

"因为你很善良呀！你是不会伤害别人的。"小麻雀一副理所当然的样子回答道。

聪明的冠鸟

大沙漠里有一小块绿洲，生活在沙漠中的动物们感到很兴奋，它们除了要感谢老天外，还要感谢自己的命运，谁让它们这么走运呢，碰到了这么一块绿洲。

绿洲中还生长着一片树林，另外还有一个很大的湖泊，动物们喝水、洗澡都很方便。水在这里十分珍贵，是一切生命的源泉。

有了水，才会出现湖面碧波荡漾、大地百草丰茂、森林枝繁叶茂、动物茁壮成长的景象。如果遇上大旱，连月不下雨，生命就逐渐萎缩，以致消失，只有倾盆大雨才能给这里送来勃勃生机。

无情的干旱时时威胁着这块绿洲。有一年,干旱再度降临,一连三个月滴雨未下。树叶黄了,花草枯焦,大地龟裂,湖水干涸,动物们东逃西散去寻找水源,只有一只冠鸟不肯离去,它要等待幼鸟学会飞翔。

幼鸟终于学会了飞翔,它们跟着母亲离开了这块死亡之地,去寻找生命之水。冠鸟带着子女们慢慢飞翔,它不敢快飞,它知道它的子女们体力有限。飞到第二天,有的子女渐渐体力不支,一只只坠落,挣扎着死去。冠鸟大声哀鸣。

一只苍鹰掠过,对冠鸟说:"现在不是你哭泣的时候,还是保存点体力上

路吧！前面还有很大一片荒漠，你要再飞几天才能找到水源，再哭下去，你也会死的。"

苍鹰说完就飞走了，冠鸟只好忍住悲痛，奋力飞翔。它又飞了整整一天一夜，忽然发现大树下的一块石头上立着一只水罐，它立即从空中滑翔而下，立在水罐旁边，水罐很大，比冠鸟高出两倍。

冠鸟飞到罐口，将头探进罐中，可是，无论它怎样努力都喝不到水。它沮丧地跳下来，打算用身体将水罐撞翻，可是试了几次，水罐竟稳如磐石一般一动不动。

它定神看着水罐，心想：一定要喝到水，看着水而活活渴死，那就太悲哀了。

这时，苍鹰也看到了水罐，但它也没办法喝到水。苍鹰和冠鸟联手，仍然不能将水罐推倒，苍鹰觉得很失望，拍拍翅膀飞走了。

突然，一阵大风将碎石刮进水罐，水花从罐口溅出来，冠鸟灵机一动，绝处逢生的喜悦使它精神大振。它立即衔来碎石，一块一块丢入罐里，水慢慢升上来，冠鸟张开大嘴饱饮了一顿。

喝饱水的冠鸟觉得自己很聪明，于是对着空罐说了一句："智慧是最大的财富。"说完就飞走了。

椋鸟

每个人都有自己的优点，同样也存在着不足和缺点。缺点可以改正，不足可以避免，做自己力所能及的事，只有这样才能让自己获益。

有一只椋鸟，天天学金翅雀的叫声，它学得惟妙惟肖，一点不亚于金翅雀，好像它生来就是只金翅雀似的。有趣的模仿使林中所有的鸟儿都很高兴，大家一致称赞："太好听啦！"

可这只椋鸟妒忌心很重，它听见有一只鸟这样说："它不是夜莺。"心里很不舒服，它说："等等，我的朋友们，要学夜莺唱歌，那十分容易！"

它接着就模仿夜莺唱了起来，结果使众鸟大吃一惊，它唱的不是夜莺的腔调。它开始是"叽叽喳喳"地叫，接着，一会儿咳嗽，一会儿又像小羊羔一样"咩咩"地叫，然后，天知道什么原因，它又像小猫一样"喵喵"地叫。总而言之，它的歌声把四周所有的鸟都吓跑了。

做不了的事情，千万不要强迫自己去做，否则会搞得一塌糊涂，乱七八糟。

鹧鸪和小公鸡

从前，有一个很会捉鸟的人养了一只小公鸡和一只鹧鸪。

捉鸟人每天早晨都靠小公鸡来报晓，听到了公鸡叫，捉鸟人就起床，收拾好了便带着鹧鸪出门了。

到了树林里，捉鸟人把鹧鸪放出笼子，让它站在树上不停地叫，这样就会引来好多的鸟儿。所以，捉鸟人从没空手而归过。

有一天，捉鸟人的家里来了一位朋友。捉鸟人非常高兴，他热情地招待客人，一定要客人用过午饭再走，客人推辞不过，只好答应。

捉鸟人到厨房一看，没有什么东西款待朋友，再到装鸟的笼子那儿瞧瞧，也没有什么。因为他今天还没有出去捉鸟呢！

怎么办呢？捉鸟人很为难，因为如果到集市去买东西，需要很长时间。

捉鸟人想：

"无论如何也不可以用太寒酸的食物招待朋友，对了，家里不是还有一只小公鸡和一只鹧鸪吗？它们也可以做下酒菜呀。"

于是捉鸟人来到鸟笼旁，决定先把鹧鸪杀了，鹧鸪看到主人拿着刀过来，心里明白了，鹧鸪难过地说："主人啊，你怎么可以杀我呢？杀了我，没有人给你引来鸟群，你以后可怎么捕鸟呢？"

捉鸟人想想，也对，于是放下了鹧鸪，又到后院鸡窝里把小公鸡捉出来。

小公鸡看到主人杀气腾腾的，很害怕，哆嗦着翅膀说："主人啊，你难道要杀我吗？"

主人想到每天全靠小公鸡喊他起床，心里也挺难过，但一想到要招待客人，也顾不得许多了。

小公鸡真的被杀掉了。

主人又来到鸟笼旁，因为他觉得午餐的菜还不够丰盛，他还是决定杀了鹧鸪。

鹧鸪流着泪说："主人啊，你不看往日的旧情，也要想想你以往为了训练我而付出的代价呀，现在竟然为了一时的快活就要毁掉这一切。"

鹰和鸡

有一只威猛的老鹰正展开巨翅在云层之上高高飞翔，它越飞越高，心情很舒畅。接着，老鹰从高高的云端飞下，落在低矮的鸡棚上歇息。

虽说这地方不能与老鹰的身份相匹配，但是，老鹰自有一种不为一般人所理解的独特想法，也许是它有意要让可怜的鸡棚沾点光，也许是附近确实找不到适合休息的地方，但究竟是为什么，谁也说不上来。

老鹰在这个鸡棚上歇了片刻，又跑到另一个鸡棚上停了一会儿，之后又飞到其他的鸡棚上。

一只正在孵蛋的老母鸡看到这一切，感慨万千，便对身旁的母鸡嘀嘀咕咕，议论开来："老鹰凭什么本事那样受尊敬？就凭它那飞翔的本领吗？这可没有什么了不起，说句老实话，我也能飞，也能从这个鸡棚飞到那个鸡棚，一点儿都不夸张。

"我们今后再别傻里傻气了，不要把老鹰看得比我们更高贵。它并不比咱们多条腿、多只眼睛，毫无特别之处，与咱们鸡没什么两样。而且我们大家亲眼所见，它甚至飞得比我们还要低。"

老鹰听到这啰啰唆唆的一派胡言后，再也忍耐不住了，非常气愤地说："你们说得对，但并不全面，有时候鹰确实飞得比鸡还要低，但鸡却永远飞不上高高的蓝天。"

受株连的鹳鸟

在一个村子里，有一位老农望着自己即将丰收的玉米，高兴得不得了。

每天，老农都要到玉米地里看看玉米成熟得怎么样了，准备随时来收。

一天，老农又来到玉米地里，发现玉米被偷了几株。第二天，老农发现又损失了几株玉米。第三天，老农偷偷地躲在一边，看看到底是谁偷吃了他的玉米。

偷吃玉米的贼真的又来了，原来是几只鹤。

老农想："我一定想办法治治它们，否则，这块玉米地会让它们糟蹋得不成样子的。"

这天，老农准备了一张捕鸟的网，安置在玉米地里。过了一会儿，果然有几只鹤又飞来偷吃玉米，一下子，全部落在了网里。

老农走到网的跟前，发现网里除了几只鹤以外，还有一只鹳鸟。

鹳鸟委屈地向老农哀求说："放了我吧，先生，我没有偷吃你的玉米！"

老农也知道鹳鸟没偷吃他的庄稼，但是，仍故意问："你没有偷吃玉米，怎么会被我的网捕住呢？"

鹳鸟流着泪说："我从来不偷吃别人的东西，这一次，我是和它们一块儿出来玩的，不信，你去问问它们。我一向很听话，也很善良，从不馋嘴。"

当然，鹳鸟说得一点不错，老农心里也明白，但是谁叫它碰到了一位贪心的老农呢？他是不会放过它的。

老农没话找话，故意拖延时间，想找个理由不放走鹳鸟。

老农对鹳鸟说："即使你今天没有偷吃玉米，也不能证明你是清白的和被冤枉的，难道你就从来没偷吃过庄稼吗？"

鹳鸟悲悲切切地说："我真的从来没偷吃过庄稼，求求你，千万不要杀我！"

老农摇摇头，对鹳鸟说："近朱者赤，近墨者黑，你早晚也会偷吃庄稼的，与其到那时再捉你，不如现在就杀掉你。"

两只鸽子

有两只鸽子在温馨的亲情中生活着，其中一只鸽子厌倦了无聊的家居生活，它像着了魔似的渴望着到远方去旅行。

另一只鸽子却劝它说："你干吗非要出去不可呢？离别是非常痛苦的事情，你情愿离开自己的家人吗？这真是太残忍了。旅程千辛万苦，危机四伏，你可要仔细考虑啊！此外，天气越来越凉，等到明年春暖花开时再出去吧！我想，现在旅行一定会非常危险，什么老鹰、罗网啊！我还得挂念，是否下雨了，我兄弟的必需品都齐全了吗？晚餐怎样，有安全的地方睡吗？"

这一番话虽然使即将出去旅行的鸽子有点犹豫，但想出去闯闯，见见世面的思想还是占了上风，它回答道："请别流泪了！顶多3天我就能完成这次旅行。我很快就会回来给你——我的弟兄描述我的见闻的，这会让你解闷的。我要是什么也没看到的话，我就什么也说不出来。我所说的旅行会使你十分向往的。我将会说：'我曾经到过那里，这事我碰到过。'那么你就会如同身临其境一般。"

说完了这番话，它俩就流着泪分手了。

想当"旅行家"的鸽子正展翅高飞着,这时,突然一片乌云夹着大雨向它袭来,鸽子不得不找到唯一的一棵大树躲雨。尽管有树叶遮挡,但鸽子还是遭受到了暴风雨的袭击。

雨过天晴后,冻得全身麻木的鸽子晾干了自己湿漉漉的躯体,抖动着翅膀又启程了。这时,它一眼看见田边撒了一些麦粒,旁边还站着另一只鸽子。极度的饥饿促使它飞了过去,但却被网罩住了。这可正是引诱飞禽上钩的诱饵啊!幸亏网很陈旧,鸽子用翅膀不停地扑腾,用爪子用力撕扯,用尖嘴啄,终于把网撕扯开来,挣扎之中它掉了几尾羽毛在网中。

但厄运还在前面等着它,有一只凶猛无比的秃鹫远远就看到了这只不走运的鸽子,秃鹫想把鸽子吃掉。就在这只秃鹫俯冲之时,另一只老鹰正伸展着双翅窜了出来,鸽子乘着它们争食之际逃了出来,它惊恐地逃向了一座破旧的房子。

它想自己这下子可算找到了一个安身之所。谁知一个淘气的孩子正拿着弹弓在等待着它,一粒坚硬的石子射向了鸽子,他几乎把这只不幸的鸽子打了个半死。鸽子只好自认倒霉,它垂着双翅,拖着伤爪,一瘸一拐流着血飞回了家中。

谢天谢地,它总算活着回到了家。

鸽子的弟兄看到平安回来的鸽子,激动得流下了眼泪,它们紧紧地拥抱在一起,好久好久都没有分开。

可笑的穴鸟

牧羊人家的后山坡有一片草地。牧羊人经常赶着他家的羊到草地上吃草。他家的羊长得很肥,这令他感到很欣慰。

草地不远处,有一座陡峭的山崖,山崖上住着一只凶猛的苍鹰。它每天看见牧羊人和他的羊群来来去去，心想："什么时候，我能弄一只羊羔尝尝鲜呢！"

终于有一天，机会来了。牧羊人把羊群赶到山脚下后，就坐在地上修理他的长鞭；而那些羊则慢悠悠地散开，去寻找自己喜欢吃的青草。

苍鹰立刻来了精神，瞅准了一只老羊身边的小羊羔，扇动双翅，迅速俯冲下去。那只小羊羔"咩咩"地惊叫着，被苍鹰的利爪紧紧抓住，拖向天空去了。

牧羊人听到羊群的叫声，翻身而起，挥着长鞭去追赶，可已经来不及了。他气得跺着脚大骂。

这一切都被树上的一只穴鸟看得清清楚楚。"噢，原来抓一只羊竟然如此容易。我不也有翅膀，也有利爪吗？它苍鹰能够办到，我穴鸟也一定也能做到。哼，苍鹰有什么了不起的，有朝一日，我要抓一只更重更大的羊，美美地开一顿荤！"

穴鸟这样想着，就把目光紧紧地盯住羊群边上的一只正在埋头吃草的肥山羊。

牧羊人丢了自己心爱的小羊羔，懊恼地坐下来继续修理他的长鞭。他想，苍鹰已经抓去了一只羊，三五天内不会再来袭击羊群了。所以，修完长鞭，他又躺下休息了。

可是，他刚刚闭上眼，又听到羊群一阵骚动，接着是"扑棱、扑棱"的翅膀扇动声。牧羊人再也不敢怠慢，一下子跳起来，向骚动的羊群跑去。

原来，躲在树上的穴鸟趁牧羊人躺下休息的时候，学着苍鹰的样子，向那只肥山羊猛扑了过去。然而，穴鸟怎么也没想到，它的飞行高度、飞行速度和捕捉食物的力量，是根本无法同苍鹰相比的。当它的双爪刚刚抓住肥山羊时，同时也被厚厚的羊毛牢牢地缠裹住了。

这时，穴鸟已意识到自己遇到了危险，再也不想吃那肥美的山羊肉了。它拼命地扇动双翅，想摆脱羊毛的缠裹，尽快地逃离。但是已经晚了，肥山羊此时已经咬住了穴鸟的一只翅膀。

牧羊人跨步跑来，没费多大劲儿就用他的长鞭捆住了穴鸟的双爪，剪断了它的翅膀，把它带回了家。

牧羊人的邻居看到牧羊人拎着一只剪了翅膀的鸟，感到十分好奇，便问牧羊人拎的是什么鸟。

牧羊人哈哈大笑道："这是一只穴鸟，它不自量力想学老鹰捕捉山羊，结果山羊没捉到，反倒栽在山羊的背上，你说可笑不可笑？"

野鸽的悲哀

有个捕鸟人的捕鸟技术很高，很多鸟儿都栽在了他的手里。捕鸟人听说野鸽子的价格很高，便萌发了捕捉野鸽子的念头。

捕过了冠雀，捕过了鹳和鹤，捕鸟人又将注意力转移到了野鸽子的身上。

野鸽子的肉十分鲜美，味道独特，在餐馆中一只烧野鸽能卖5个金币。这就是捕鸟人下狠功夫捕捉野鸽子的原因。

天刚刚亮，捕鸟人便带着捕鸟网出发了。趁着树林里的晨雾还没有散去，捕鸟人便将网张开了。他将网张好后，又拿出几只家鸽将它们拴在网里。因为，有了这几只家鸽在网里，就能引诱野鸽子上当入网了。

捕鸟人做完这一切，又像往常一样，悄悄地走开，躲到一边去等待野鸽落网。

几只家鸽在网里闲来无事，便聊了起来。一只家鸽说："我们在这里引诱野鸽，等它们落网后，它们会不会埋怨我们？"

另一只说："埋怨也没有办法，我们只有听主人的话才行啊！"

当它们正聊着的时候，网前有了动静，是3只野鸽飞到了网前。野鸽看到家鸽，便对它们说："嗨，早晨好，朋友，你们在这里干什么？"

家鸽欺骗野鸽说："没多久会有一个十分热闹的聚会，我们在这里迎接要来的朋友呢，你们快请到里边来吧！"

听完家鸽的话，野鸽们想也没想，一只接一只地钻进了网里。

捕鸟人立刻跑上前去，把3只野鸽全部捉住了。这时，野鸽才知道自己上了家鸽的当。

它们对家鸽说："真不敢相信，出卖我们的竟然是你们。这真让我们伤心啊！你们应该将捕鸟人的诡计告诉我们，以免我们陷入捕鸟人的陷阱，哪里想到你们竟是捕鸟人的帮凶。"

家鸽听了野鸽的责备，一点儿也不觉得难为情，它们对野鸽说："朋友呀，你们这话就错了，俗话说得好，吃人家的嘴软，拿人家的手短，谁给我们东西吃，我们就给谁卖力。"

大雁与乌龟

很久之前听说过一个故事，故事里说大雁和乌龟是很好的邻居，后来大雁要迁居了。

大雁舍不得乌龟，但又想不出办法将乌龟带走，只好和乌龟商量。乌龟很聪明，眉头一皱，计上心来说："捡一根树枝，大雁咬住两头，我咬住树枝不就行了。"

于是大家欢呼，齐赞乌龟聪明。

说动身就动身，大雁按照乌龟的方法真的将它带上了天空，一路上大家欢唱着，飞向美好的生活。

当飞到一个村庄上头时，村里人都跑出来看，大家都赞叹大雁的仗义和智慧，都齐口说：大雁真聪明，能想出这么两头扛的方法带乌龟一起走。

这话被乌龟听到了,心里虽想告诉他们:这不是大雁想出来的,是我想的,但想想还是忍住了。

后来又飞到一个村庄时,人们又认为这个方法是大雁想出来的,又是欢呼又是表扬大雁。弄得乌龟心里很不是滋味,但它还是忍住了,心想:反正和大雁都是朋友,是谁想的不一样啊!但它还是憋着一肚子气,人们就这样看不起我乌龟吗?

后来飞啊飞,又来到一个村庄时,人们还是称赞大雁的聪明,还是同前几个村庄的人们一样,认为这个方法是大雁想的。乌龟越想越气,终于忍不住开口辩论了,它向人们吼道:"这个方法是我想的。"

可是它刚一开口,就垂直掉了下来,重重地摔在人们面前的石头上,白眼也来不及翻，当然也没有机会开口辩解什么了。人们只听见天空中传来大雁呜咽的声音……

围观的人们都在惋惜：好好的一只乌龟，你为什么要开口啊？唉！

有时，沉默能捍卫生命和尊严。

口渴的鸽子

有只鸽子不甘心自己一辈子被那间小小的鸽舍所困羁，它决定凭借自己的能力到外面去闯荡。它想振翅翱翔天空，看看世界有多大。

当飞过小河时，鸽子感到有些口渴，便想停下来喝口水。正当它想飞到小河边时，发现有一只狐狸正守在那里。鸽子想，可不能惹这家伙，也许它守在那里是等着捉到那里喝水的小鸟们呢！

于是鸽子在空中对狐狸说："喂！狐狸，你守在小河边是想捉鱼吗？"

狐狸看到是一只雪白的鸽子，非常想捉住它，就撒谎说："是啊！我知道鸟儿们都喜欢吃鱼，所以我守在这里，一旦有鸟儿路过这里，我好将捉到的鱼送给它们吃。"

鸽子听了狐狸的话半信半疑，便将身子朝下伏了伏，想看看狐狸身边到底有没有鱼。

狐狸以为鸽子上当了，便迫不及待地要去捉鸽子，当鸽子向下伏身时，狐狸就伸出了爪子，鸽子一看不好，展开翅膀飞了起来，逃过了狐狸的魔爪。

没有喝到水，鸽子口渴得难受。这时，它已经飞到了一个村镇的上空。一低头，看到一家酒店的招牌上画着一口调酒用的瓦缸，它以为那是真的呢！它想，缸里一定装满了清爽的凉水。

飞累了，它可以忍受，但口渴却是忍受不了。它不顾一切地向招牌上画着的瓦缸冲去，结果它被撞昏了头。一个酒鬼跌跌撞撞走了出来，看到脚下躺着一只可爱的鸽子，就把它捡走了。

麻雀和小草

有一天，麻雀来到草地上，对小草说："你帮我摇一下我的小宝贝，让它尽快睡觉，好吗？"

小草不高兴地说："我不想去！"

于是，麻雀就对自己的朋友们说："你们去找山羊，让山羊来吃小草，因为它不肯摇我的宝宝睡觉。"

可是山羊也说："我不想去！"

麻雀又对自己的朋友们说："你们去找野兽，去呀！叫狼去吃山羊，因为山羊不肯吃小草，而小草又不肯哄我的宝宝睡觉。"

狼说："我不想去！"

麻雀的朋友们只好找人，对他们说让人去打狼，因为狼不肯咬山羊，山羊不肯吃小草，小草不肯摇小麻雀宝宝睡觉。

人们说："我们不想去！"

"那么，"麻雀说，"去找蓟草，蓟草草木皆兵去刺人，因为人不肯打狼，狼不肯咬山羊，山羊不肯吃小草，小草不肯摇小麻雀宝宝睡觉。"

可是蓟草也说："我们不想去刺人。"

麻雀又对自己的朋友们说："去呀！去找火！因为蓟草不肯刺人，人不肯打狼，狼不肯咬山羊，山羊不肯吃小草，小草不肯摇小麻雀宝宝睡觉。"

可是火说:"我不想去!"

麻雀又对自己的朋友们说:"去找水!让水去灭火,因为火不肯烧蓟草,蓟草不肯刺人,人不肯打狼,狼不肯咬山羊,山羊不肯吃小草,小草不肯摇小麻雀宝宝睡觉!"

可是水说:"我不想去!"

麻雀又对自己的朋友们说:"去找公牛!让公牛去喝水,因为水不肯灭火,火不肯烧蓟草,蓟草不肯刺人,人不肯打狼,狼不肯咬山羊,山羊不肯吃小草,小草不肯摇小麻雀宝宝睡觉!"

可是公牛也不高兴去。

麻雀对自己的朋友们说:"你们去找木棒!让它去捶公牛,因为公牛不肯喝水,水不肯灭火,火不肯烧蓟草,蓟草不肯刺人,人不肯打狼,狼不肯咬山羊,山羊不肯吃小草,小草不肯摇小麻雀宝宝睡觉!"

木棒说:"我不想去!"

于是麻雀又对自己的朋友们说:"去找虫子!让它去把木棒蛀个大窟窿,因为木棒不肯捶公牛,公牛不肯喝水,水不肯灭火,火不肯烧蓟草,蓟草不肯刺人,人不肯打狼,狼不肯咬山羊,山羊不肯吃小草,小草不肯摇小麻雀宝宝睡觉!"

虫子也不高兴去。

于是麻雀又对自己的朋友们说:"去找母鸡!让母鸡去啄虫子,因为虫子不肯蛀木棒,木棒不肯捶公牛,公牛不肯喝水,水不肯灭火,火不肯烧蓟草,蓟草不肯刺人,人不肯打狼,狼不肯咬山羊,山羊不肯吃小草,小草不肯摇小麻雀宝宝睡觉!"

可是母鸡也说:"我也不想去!"

于是麻雀又对自己的朋友们说:"去找鹞鹰!让鹞鹰去抓母鸡,因为母鸡不肯啄虫子,虫子不肯蛀木棒,木棒不肯捶公牛,公牛不肯喝水,水不肯灭火,火不肯烧蓟草,蓟草不肯刺人,人不肯打狼,狼不肯咬山羊,山羊不肯吃小草,小草不肯摇小麻雀宝宝睡觉!"

鹞鹰就去抓母鸡，母鸡就去啄虫子，虫子就去蛀木棒，木棒就去捶公牛，公牛就去喝水，水就去灭火，火就去烧蓟草，蓟草就去刺人，人就去打狼，狼就去咬山羊，山羊就去吃小草，小草这时不停地唱：

"摇呀摇，摇呀摇，小麻雀宝宝快睡觉。"

狼请鹭鸶治病

有只狼老了，行动起来非常迟钝，于是，它的日子过得越来越糟糕了。黄昏时分，它悄悄地跑了出来，东一头，西一头地寻找食物。

天渐渐地黑了下来，老狼好不容易找到了一只得了病、瘦得只剩下皮包骨头，而且马上就要死去的兔子。老狼再也忍不住了，将那只兔子抓过来连撕带咬很快吞进了肚子里。

倒霉的事情被它碰到了，由于它吃得太猛，加之那只兔子太瘦，一根不大不小的骨头牢牢地卡在了它的喉咙里。为了把卡住的骨头弄出来，老狼又是咳嗽，又是抠，可是越弄越紧。它疼得浑身发抖，发出"嗷嗷"的怪叫。

但是，天已经黑了，医生都休息了。老狼整整地被折腾了一夜，第二天，它一大早就走出家门，去找人为它取出喉咙里的骨头。

但由于它平素总是欺小凌弱，大家都不愿意帮助它。老狼正在走投无路之时，恰好遇到了鹭鸶。

它忙忍着痛，装出一副笑脸，一边给鹭鸶作揖，一边恳切地哀求说："好心的鹭鸶，人们都说你是天下最善良的人，随时准备为别人解除痛苦，现在请你帮帮我，将卡在我喉咙里的那根骨头弄出来吧！"

鹭鸶知道老狼不怀好心，想了想转身就走。老狼忙将它拦住，一边哭一边哀求说："鹭鸶小姐，你一定要帮助我啊！我家有50枚金币，只要你帮助了我，我全部送给你！"

鹭鸶让狼张开嘴，朝里面看了看，心中暗想："拔掉那根骨头十分容易，帮帮它不过是举手之劳，更何况还有50个金币的酬劳。"

鹭鸶让狼将嘴巴尽量张开，它将自己长长的嘴伸进老狼的喉咙，只稍稍一用力，那根骨头便取了出来。

鹭鸶为老狼解除了痛苦，将拔出的骨头丢在一旁，等着老狼给它50枚金币。

老狼清了清自己的喉咙，一点儿也不痛了，连招呼也不跟鹭鸶打，转身就要走。

鹭鸶一看老狼要走，便喊住它，十分温和地对老狼说："我已经为你解除了痛苦，狼先生，那作为酬劳的50枚金币请给我吧！"

老狼一听鹭鸶的话，马上皱起眉头，满脸不高兴，耍赖说："什么50枚金币，我根本没有说过！"

鹭鸶哪里料到老狼如此不守信用，急忙说："你怎么说话不算数呢？看以后谁还会再帮助你。"

老狼恶狠狠地说："你也太不识好歹了，你能从我的嘴里平安无事地走掉，就是你的福气了，你还敢提金币的事情，我看你是活得不耐烦了吧！"

狐狸与鹤

狐狸和鹤是邻居。有一天，狐狸请鹤来家里吃饭。鹤来到狐狸的家里，它发现除了浅浅的盘子中有一点点汤之外，别的什么也没有准备。

狐狸可以轻而易举地喝到汤，但是鹤长长的嘴，只能蘸湿它的嘴尖。等狐狸

吃完了饭，鹤什么都没吃到，依旧很饿。

狐狸假惺惺地说："呀！我的朋友，你怎么一点都没喝这汤呢？真是抱歉！一定是这汤不合你的口味！"

鹤没有生气，也没去和狐狸理论，它说："别客气，过几天请你到我家来，和我一起吃饭吧！"

几天后，狐狸来到了鹤的家里。狐狸发现所有的食物都装在一个长长的瓶子里，而且瓶口非常细，狐狸没有办法将它的大嘴伸进去，结果狐狸什么都没吃到。

鹤看着焦躁的狐狸，说："我不想道歉，这是你应得的回报。"

贪心的蚂蚁

蚂蚁很勤劳,它们为了生活,四处奔波,风雨无阻地寻找食物。蚂蚁从早忙到晚,虽然带回家的东西并不多,但它们很满足。它们活得很充实,很快乐。

它们从早上开始就四处去寻找东西,找到后就齐心协力地往窝里搬。直至天黑得什么也看不见了,它们才肯停下来,吃些东西去休息。

对蚂蚁这种小东西你怎么看呢?

有人说:"蚂蚁非常能干,为了过上好日子,不惜将汗水流尽!"

也有人说:"蚂蚁真是大傻瓜,有吃有喝就行了,干吗还要无时无刻不知劳累地苦干,就是干到死又能怎么样呢!"

人们现在似乎都有权利评论蚂蚁,但是又有谁知道,蚂蚁最早曾是人的同类呢?

在古代,蚂蚁也是人。那时候,他们以种田为生。他们十分勤劳,每天日出而作,日落而息,整天几乎都是在田地里度过的。

有付出就有收获,每年他们都要收获很多粮食。一到秋收完毕,只见他们的家里,无论是屋里还是屋外,仓库里仓库外都堆满了粮食。

但是,尽管有了那么多吃不完的粮食,他们仍然不满足,一看到别人有点什么东西,总是想据为已有。

这一年,他们又获得了大丰收,而另外一些人连饭也吃不上,但这些人手中藏有一些珠宝。

他们看到别人有珠宝,便想得到那些珠宝。于是,他们便用粮食将珠宝换到了自己的手中。

珠宝到手了,但粮食却到了别人的手中。到了夜里,他们又偷偷地将那些粮食偷了回来。那些人没有了粮食,都饿死了。

众神之王宙斯看到他们如此贪婪,大发雷霆,便决定惩罚他们。于是,宙斯念起咒语，将他们变成了现在叫蚂蚁的这种小东西。

由人变成蚂蚁这是一个看起来短暂实际上却是很漫长的过程。这让人们知道，安守本分是最好的生活方式。

苍蝇找死

苍蝇和蚊子都是非常令人讨厌的飞虫，人们对它们深恶痛绝，恨不得它们全部死光。

苍蝇整天在又脏又臭的地方飞来飞去。一旦在那些地方待够了，它们又飞到人们的家中，一面叫着，一面落到人们的食物上，将它们脚上的那些脏东西全带到了人们的食物上。

人一旦吃了这些食物，就会被传染上疾病，不是肚子疼，就是头疼。这样的坏东西谁不讨厌？

再有一种就是蚊子。这种飞虫比苍蝇小得多，但它令人讨厌的程度却半点不逊于苍蝇。

每天夜晚，劳累了一天的人们准备睡觉，但是，当他们刚刚闭上眼睛，蚊子就飞来了。

它们在人们的耳朵边"嗡嗡"地叫个不停，吵得人不得安睡。不仅如此，它们还要伸出尖尖的嘴，牢牢地叮在人的肉上，将人的鲜血吸到它们肚子里。同时，它们也将疾病传染到人们身上。

这两种飞虫真是可恶，总是给人们带来麻烦，于是，人们总是想方设法消灭它们。

但是，人们采用了很多方法都没有把苍蝇消灭掉。

有一天，苍蝇和蚊子相遇了，它们彼此聊了起来，蚊子对苍蝇说："老兄啊，昨天晚上我可真幸运，我飞到一家人的屋里，看到有一个人赤身裸体地睡觉，而且睡得那么香，于是，我悄悄地飞了过去，叮在那人身上就开始吸血，这一夜我可吃得饱啊。今天一大早，那个人就发起了高烧，你看我的能耐大不大？"

苍蝇听了蚊子的话，十分羡慕蚊子。但它这几天却十分不走运，已有好几顿没有吃东西了。蚊子见苍蝇愁眉不展的，再也没有心思理它，一展翅膀便飞走了。

不一会儿，苍蝇飞到了一户人家的餐桌上，那里正放着一大锅炖肉。苍蝇真是饿极了，它拍拍翅膀飞进了肉锅里。

那锅肉十分热，苍蝇一进去就被烫得再也无法动了，不一会儿它便开始下沉，眼看就要淹死了。这时，它不禁自言自语："我的运气不坏啊，我吃了这么多肉，喝了这么多汤，真痛快。"

兔子和老鹰比武

老鹰最爱吃的肉是兔肉，兔子为此非常仇视老鹰。

无论在哪里遇到兔子，老鹰都会毫不犹豫地向它发起攻击。有时兔子正在草丛中跑着，或是正在草丛中睡觉，翱翔在天空的老鹰用它犀利的目光往地上一扫，兔子就没命了。一旦发现有兔子在下面，老鹰就会展开双翅，头朝下猛地俯冲而下，两只利爪狠狠地抓向兔子。

这时候，兔子可就苦了，只要稍稍迟疑半步，便会被老鹰抓破后背，就算侥幸逃脱了厄运，身上也会留下难以愈合的伤口。

更多的时候，兔子则是被老鹰的利爪牢牢地抓住，带到天空，盘旋几圈后，成为老鹰的一道佳肴。兔子真是恨死老鹰了。

为了保卫自己，兔子决心苦修苦练，终于练出了一套看家的本领，每当老鹰来侵犯时，兔子就会仰面朝天，将自己的4条腿缩在胸前，运足力气，当老鹰冲下来，眼看就要抓到它时，它用力将4条腿一蹬，便能将老鹰的内脏蹬伤。

自从兔子有了这一本领，老鹰也收敛了很多，再不敢轻易侵犯兔子了。

但是，老鹰确实厉害，在任何时候任何地点，只要发现了兔子，它都不会放过。

有一天，兔子和鹰又相遇了。鹰对兔子说："喂，你这个短尾巴的东西，自从练就了什么看家本领后，就不把我放在眼里了？其实那也没有什么，你想让我老鹰服你这只兔子，除非你飞得比我高。"

兔子听了老鹰的话，不以为然，它对鹰说："去你的吧！从前我是怕你，见到你只有被抓或逃跑的份儿，现在我可不怕你了。我也不是想让你服，如果你不服，那我们就找个时间来比一比，谁胜谁负还说不准呢！"

老鹰一听兔子口气这么大，心里很恼火，便要求立刻比武，结果兔子被老鹰吃掉了。

目光短浅的鹩鸟

有一只鹩鸟生活在一片大森林里，它的外表长得很好看，喜欢唱歌，森林里的动物们都很喜欢它。鹩鸟过着无忧无虑的生活，很令森林里的动物们羡慕。

森林中生长着一种叫桃金娘的灌木，一年四季总是绿油油的，很好看。它的果实如同樱桃那么大，味道鲜美。鹩鸟非常喜欢吃桃金娘的果实，每到桃金娘果实成熟的时候，鸫鸟总会到那里大吃几天，直至把桃金娘果实吃完为止。

这一年，桃金娘的果实又要成熟了，鸫鸟的心里可高兴了。从桃金娘那淡红色的花刚刚含苞待放时，鸫鸟就天天飞到桃金娘的树上唱啊跳啊，它真希望桃金娘的果子立刻就成熟。

鸫鸟每日唱着歌飞来飞去，这件事很快就让山下的猎人知道了，他决定将鸫鸟捉住卖掉。他摸清了鸫鸟的底细，马上就着手准备捕捉工具。待桃金娘果实成熟之际，就是他捕捉鸫鸟之时。

快乐的鸫鸟还沉浸在幸福的向往之中，整日不知疲倦地去看望那棵桃金娘树。日子一天天地过去，桃金娘的果实在一天一天中成熟，鸫鸟叫得更欢了，它多么希望桃金娘果实现在就成熟，因为它实在忍不住了。它每天都要用嘴亲一下桃金娘的果实，这样它才能放心地飞回家。

金色的秋天到了，桃金娘树的果实变得沉甸甸的，发出暗紫色的光芒。鸫鸟的生活也变得异常有规律起来。每天早晨天刚蒙蒙亮，鸫鸟就来到了桃金娘树上，美美地吃起了鲜美的果实，直至夕阳西下，它才恋恋不舍地离去。

猎人的工具已经做好了，他带着粘竿来到山上，守候在桃金娘树下，等着鸫鸟自投罗网。

鸫鸟对此一无所知，它依然无忧无虑地流连于桃金娘树上，享受着果实的美妙滋味，沉浸在一种幸福之中。

猎人的粘竿慢慢地举起来了，悄悄地停放在了鸫鸟的身旁，那鸫鸟还在品味着桃金娘果实的甘甜，它根本就不知道危险已经近在咫尺。

猎人的粘竿已经粘住了鸫鸟的身体，鸫鸟依然大口大口地吃着，最后，猎人们的粘竿带着鸫鸟离开了桃金娘树，它才发觉自己已经成了猎人们的猎物。

猎人心满意足地逮住了鸫鸟。一路上，鸫鸟唱着悔恨伤心的歌：

桃金娘果是那么甘甜，我是那么贪吃，
陷阱就在身边，我却什么都不知道啊！
桃金娘果啊，你害了我啊……

鸽子和冠鸟

有个农夫粮食多得要霉烂了,所以他灵机一动,养了一对鸽子来解决粮食霉烂的问题。但鸽子的胃口并不大,粮食霉烂问题仍然很严重。

鸽舍十分宽敞、干净。夏天,鸽舍通风良好,十分凉爽;冬天,农夫用布为鸽舍遮风,因此非常暖和。说到吃的,鸽子非常满意,有谷子、玉米,有时还会加些鸡蛋黄。

这对鸽子有个特点,就是喜欢生鸽蛋,孵鸽蛋,每两个月就会孵出一窝小鸽子。这些小鸽子整天围在它的身边,和它玩乐。等这些小鸽子长大一些,农夫便将它们带到市场上出售。

有一天,冠鸟对鸽子说:"外面的天地真广阔,蓝天无边无际,大海更是宽阔无垠,青山绿水,令人陶醉。鸽子,我劝你有机会一定要出去看一看。"

冠鸟一说完,鸽子立刻就说:"我这里不是很好吗?有这么好的鸽舍,有十分可口的食物,更令我满意的是,我有许许多多子孙,我很满意我的生活。"

冠鸟听了鸽子的话,不以为然地说:"你有这样的想法令我十分失望,你有那么多子女,你这一生就完全为照顾子女操纵着,你将活得很累。"

鹰和红狐狸

老鹰孤独地在天空中飞来飞去,它身边没有一个伙伴,这都是因为它平时杀生太多的缘故。

"它们哪里去了？怎么一夜之间都不见了？"老鹰很失望，也很无奈，不情愿地把目光转向翅膀下面的山坡。

森林旁边，是一片绿茵茵的草地，草地上盛开着艳丽的花朵，那是小动物们的天堂。

天气格外好，各种小动物都出来了。它们欢蹦乱跳，三五成群，吵吵闹闹，追追打打，那样活泼开心，那么生机勃勃。老鹰可怜起自己来，甚至觉得有几分凄凉。

"瞧，它们多幸福呀！一家人享尽了天伦之乐！"

老鹰曾经也有一段幸福的时光，那段时光已经离它远去，成为它记忆中最美好的回忆。

自从它在山崖的巢穴中生下那几只蛋以后，它的伴侣便离开了它，现在它是多么的孤单啊！

它想展翅高飞，去追寻自己的伴侣，但是它舍不得平生第一次就要做母亲的荣耀，据说那是一件很美好很令人骄傲的事情。

然而，它难以忍受小鹰出生前的那段寂寞和孤独。它决定改变这种现状，一心在寻找着机会。

忽然，森林中窜出一只狐狸，它的毛红红的，亮亮的，在阳光的照耀下，就像火炭似的放着光芒。老鹰很喜欢它，就在上空跟踪着，观察着狐狸的一举一动。

终于，它发现那是一只单身的狐狸，而且也要做母亲了。

老鹰为自己的发现而惊喜，于是它飞下去，对狐狸说："喂，可爱的红狐狸，我们做朋友好吗？"

红狐狸说："怎么不好呢？这样我们就可以互相照顾了！"

老鹰和红狐狸就这样成了朋友，它们决定住在一起，以为这样可以使友谊更加牢固。

老鹰在一棵大树上搭了个窝，又飞回山崖，把它的蛋一只只衔来，放在窝巢里，准备在那儿孵化小鹰。红狐狸也在树下的灌木丛里安下了新家。

许多天后，树上的小鹰出壳了，地上的小狐狸也来到了世上。老鹰和狐狸互相道喜，精心哺育着自己的儿女，它们相处得很和睦。

冬天到了，大雪覆盖了大地，很难找到食物。

一天，老鹰正要出去觅食，忽然听到狐狸妈妈说道："喂，朋友！你帮我照看一下孩子好吗，我去给它们找点吃的。"

老鹰瞧了瞧灌木丛中那几只毛还没长全的小狐狸，一个个长得细皮嫩肉，心里产生了邪念，忙答应："朋友，你放心去好了，家里有我照顾，什么事也不会发生的。"

老鹰见红狐狸走远了，就从树上飞下来，叼起小狐狸，回到窝巢和它的小鹰们撕扯着吃了起来。小鹰第一次吃到这么鲜美的肉，一个个叽叽喳喳地争个不停，最后把小狐狸们都吃光了。

傍晚，红狐狸回到家，知道了这件事，悲痛欲绝。它痛斥老鹰背信弃义，卑鄙地把它的孩子都吃了，老鹰却矢口否认这一切。

这时，一只不懂事的小鹰"叽叽"地叫着问道："妈妈，妈妈，刚才那毛茸茸的小东西是什么呀，那么好吃？"

老鹰急忙用翅膀拍了它一下，它再也不吱声了。

红狐狸既为儿女的惨死难过，更为无法为它们报仇而伤心，因为它是走兽，不能追逐飞禽。它每天只好站在树底下，远远地望着老鹰的窝巢，默默地诅咒它的仇敌。

这是没有力量的弱者唯一能做的事情。

但是，鹰的背信弃义不久就受到了惩罚。那天，有人在树木旁边杀羊祭神。乘人不备，贪婪的老鹰疾速飞下去，从篝火架上抓起一根熏烤着的羊肠，飞回窝里，准备和小鹰们共享。

不料，羊肠的下端沾着一块还没有熄灭的火炭，就在这时，狂风大作，干枯的小树枝做成的窝巢猛烈地燃烧起来，那些羽毛还没长好的小鹰都被烧死了，掉在地上。

狐狸跑上去，当着老鹰的面把小鹰都吃了。

孔雀和穴鸟

大森林里的早晨阳光明媚，露珠轻盈地从树叶上滑落，美丽的花儿散发出幽幽清香，鱼儿在溪水里悠闲地游着，一切都是那么美好。

喜鹊照例第一个飞出温暖的安乐窝，神秘地在树枝间东张西望，许久才在一根精挑细选的枝头上停了下来。只见它清了清嗓子，用它那婉转动听的声音宣布："亲爱的鸟王国的同胞们，今天是我们鸟王国一年一度的大选日，竞选国王，大家都有权利参加竞选，希望大家踊跃参加。"

喜鹊刚一说完，便响起一阵叽叽喳喳的鸣叫，许多鸟儿都满怀信心地从四面八方赶来，迫不及待地要一试身手。

鸟儿们都很珍惜这次难得的机会，但美丽的孔雀却假装对竞选不屑一顾，只见它迈着款款的步子，昂着高傲的脖子，大摇大摆地向鸟群走来。它一边不慌不忙地抖抖羽毛上的露水，一边说道："朋友们，我也要参加竞选。"

因为孔雀从不轻易参加百鸟集会，所以大家对它了解甚少，大家问道："你用什么竞选呢？"

孔雀微微一笑，高高昂起它纤细的长脖颈，骄傲地说："哦！我的美丽就是我的本领。你们知道吗？就连人间皇室的王冠，也比不上我的一根羽毛。当我张开翅膀跳舞，夜晚的焰火也会失去光彩。"

"我的娇艳胜过带着露珠的玫瑰，我的舞姿赛过风中摇曳的百合。啊！让我来展示一下我的美吧！千万不要被这缤纷的色彩耀花了你们的眼睛，可怜的同胞们。"

刚一说完，孔雀便迫不及待地张开了它光彩夺目的尾巴。唉呀！这不是梦吧！众鸟们惊呆了，一动不动地欣赏着。

孔雀心里乐滋滋的，它又扬扬那高傲的脖子，大言不惭地说："难道我不是国王的最佳人选吗？"

有的小鸟早已拜倒在孔雀脚下。这时，一向处事不惊、冷静沉稳的穴鸟走了过来，高声问道："你当了国王，如果秃鹰来欺凌我们，你单凭羽毛能保护我们吗？我们欣赏你的美，但我们更喜欢真正的勇敢和智慧。"

孔雀被穴鸟说得无地自容，它惭愧万分地离开了。穴鸟说得对，面对危险和困难，美丽的外表是解决不了问题的。

老鹰和鸽子

有一群老鹰在高空往下俯瞰时看到一只死狗，它们都想把死狗占为己有，因为独自享受猎物是它们的习惯，老鹰们谁也不让谁，厮杀在所难免。

毫不夸张地说，当时腥风血雨，触目惊心，老鹰的羽毛像晚秋的树叶一样吹得满天乱飞，羽毛伴着鹰血不停地向死狗身上以及周围坠下。当看到群鹰激烈的恶战时令人可喜，但当看到它们战死后从天空摔下来时又令人悲伤。

狂热的争夺使老鹰们互不相让，不择手段，尸体遍地。这一恐怖情景引起了鸽子的怜悯，心地善良的鸽子想通过自己的中立地位，对这场恶战从中进行调停，它们派出使者，努力从中进行外交斡旋，鹰群最终停止了争斗。

但令人不解的是，鸽子非但没有得到鹰群的感谢，反倒成了鹰的牺牲品。这群该死的畜生立即向善良的鸽子不宣而战，田野和村镇里的鸽子们几乎全被杀光了。这些可怜的鸽子居然去调停一场如此野蛮的战斗，实在不识时务。

人们一定要牢记，对恶人要永远分而治之，这样世界上其余人的安全才有保障；要使恶人之间产生纷争，否则一旦他们联合起来，你休想得到安宁。这当然不是至理名言，其实保持沉默才对。

黄蜂、鹧鸪施诡计

有一个小村庄，村子里只住着三四户农家。村子很寂静，也很干净。农夫靠种地为生。他们的田地管理得很好，每年秋季收获的时候，农夫们都能收获很多粮食，这令他们很欣慰，他们有充足的粮食就不怕寒冬了。

春去秋来，金灿灿的麦子成熟了，引来了不少贪吃的麻雀来偷吃麦穗，这些家伙不但偷吃还把麦地糟蹋得不成样子。农夫气极了，他想了一个办法，扎了一个极像活人的稻草人插在田间，还给它戴上草帽，穿上衣服。

起初，这招还挺管用，可是后来就不灵了，这些大胆的家伙发现了破绽，因为稻草人一动不动，所以它们又开始骚扰麦田。农夫无奈只得加紧收割，累死累活总算把麦子全部收割完毕。春种秋收，两匹马和两头牛勤勤恳恳地劳作着，农夫也总是想方设法地让它们吃些好的，补充体力。

这天，正值中午，太阳火辣辣地照耀着大地，农夫干了一上午的活儿，非常疲惫，他牵着他的老伙计来到树荫下乘凉。几只黄蜂和鹧鸪飞了过来，它们口渴得要命，向农夫讨些水喝。作为报答，鹧鸪许诺要替农夫松土，让他院子里的葡萄树枝叶茂盛，果实丰硕。黄蜂也不示弱，它许诺替农夫在周围看守葡萄树，用毒刺蜇走那些偷吃葡萄的人。

鹧鸪和黄蜂对自己的许诺非常满意，暗想农夫一定会动心，给它们水喝，到时候它们喝足了水就跑。

农夫不是傻子，他知道这两个小东西没安好心，他很不客气地说："你们看那两匹马和那两头牛，它们为我家辛劳了一辈子，从没有向我提过什么要求。你们自己对比一下它们吧！"鹧鸪和黄蜂听了羞愧万分，拍拍翅膀飞走了。

华而不实的冠鸟

春天来了，河上的冰也融化了，鱼儿又在河水下活跃了起来，河边的草开始发芽了。

一只冠鸟从远方飞来，"啊，好美的地方呀！我就在这儿安身吧！"

鸟儿们听说来了一个新邻居，晚上，大家都带着礼物来欢迎它。看到美丽的冠鸟，它们心里很高兴，有这样一个邻居它们怎么能不高兴呢？冠鸟接受了邻居们的礼物和祝福。当听到邻居们的赞扬时，它心里欣喜得很。

第二天早晨，冠鸟一起床，就迫不及待地对着清澈的河水开始梳妆打扮。它左照照，右照照，越看越觉得自己是鸟类中最漂亮的。于是，它收起了斯文的面孔，一个劲儿地手舞足蹈，好像只有这样才能够把它的美丽显露出来。

一天天过去了，面对着周围这些其貌不扬的邻居们，冠鸟有一种孤寂的感觉，它觉得邻居们都不配和它说话，也没有共同的语言。它决定周游四海，去寻找能够同它媲美的朋友。

天黑了下来，飞了一天的冠鸟又累又渴，它看见前边有一棵树，"唉，我就在这儿委屈一夜吧！"想着想着，便在树上睡着了。

"呱——呱——呱"几声青蛙的叫声吵醒了正在梦中的冠鸟，它生气极了，嚷道："吵什么吵，真讨厌！"冠鸟边说还边瞅了树下的青蛙一眼。

"朋友啊，你这话就说得太不应该了，我是庄稼的卫士，害虫们的克星，我是人类的朋友。"青蛙客气地说。"哼，谁不知道你心里打的是什么主意。你嫉妒我长得比你美，所以才故意不让我睡觉。"青蛙见冠鸟如此蛮横无理，气冲冲地离开了。

天刚亮，冠鸟就拍拍翅膀头也不回地飞走了。它飞呀飞呀，碰见了燕子。燕子长着小小的头，剪刀式的尾巴，全身上下除了有一撮白毛外，其余全部是黑色的，十分惹人喜爱。

冠鸟暗自高兴，终于找到对手了，于是禁不住喊了一声："喂，燕子，你敢和我比美吗？"

燕子说："现在，你的外表的确美丽，只可惜是短暂的，别忘了一到冬天，你的羽毛就会脱落，没有羽毛的鸟儿是多么可怜啊，这个你想过没有？"

冠鸟听了生气地说："丑八怪，你是嫉妒我才故意编出这些谎话的，我才不相信你呢！"冠鸟白了燕子一眼，很不礼貌地从燕子头上飞了过去。

夏去秋来，天气变得越来越凉了。枯黄的叶子从树上飘落下来，忽然间，天昏地暗，电闪雷鸣，狂风骤雨就要来了。冠鸟急忙为自己找了个避雨的地方，慌乱中发现自己美丽的羽毛掉了几根，它伤心极了。

寒冷的冬天来了，白雪漫天，冰霜封地，万物沉寂，树枝上到处是晶莹光滑的冰串。那些羽毛丰满的鸟儿都飞出了窝，欣赏美丽的雪景，而那只掉光了羽毛的冠鸟此时已冻僵了。

黄蜂和蜜蜂

通过鉴别手艺可以找到真正的工匠。有一些没主的蜂蜡被发现，黄蜂想领走，但蜜蜂不同意。这个案子交给了细腰蜂，它也难辨真伪，不能决断。证人说，它曾在蜂蜡周围看到过一些昆虫，扑扇着翅膀嗡嗡地叫，身子稍长，深褐色，模样像蜜蜂。这种证词其实都是废话，证词中描绘的身体特征就是黄蜂所特有的。

细腰蜂经过半年时间的调查，仍旧没有结果。最后，一只聪明的蜜蜂提出了一个建议，它说："这件事情拖了有大半年了，蜂蜡再不处理将变质，而事情却毫无进展。我建议，让黄蜂和我们一同去采蜜，看一看谁能用这么好的甜浆造出如此漂亮的蜂房。"

黄蜂立刻拒绝了这一合理要求，因为这已超出了它掌握的本领。经过简单的论证，细腰蜂最终把蜂蜡判给了蜜蜂。

很多事情其实很简单，但一定要搞得那么复杂，就是多此一举，事情能简单处理就简单处理，否则大家都会受不了。

苍蝇和蚂蚁

苍蝇和蚂蚁在争论谁更有价值。"啊！神，这应不应该呢？有自尊心的竟会糊涂到这种境地，"苍蝇说，"一只没有地位的小爬虫，还想跟我苍蝇较量一番。我进出王宫、参加宴会是常事，杀牛祭祖，我总尝在人先。而你这瘦弱可怜的家伙在哪里呢？你随便拖点什么面包渣之类的东西就能对付着吃上3天。再说，坏家伙，请告诉我，你在皇帝、国王或者美人的头上停留过吗？我可以使皮肤白皙的美女变成一个人人得而诛之的丑陋女子，我的力量大着呢！所以，你不用唠叨你的粮仓如何如何来烦我。"

"你到底有完没完？"这位善于治家的蚂蚁反驳说："不错，你进出王宫，但大家都在咒骂你。你以为你先偷尝献给神的祭品就是有脸面吗？你知不知道，你这是对神的诬蔑和玷污。你停在国王或驴子头上，这确是事实，但我更清楚你那些莫名其妙挨打的同类，便是对你这种令人厌恶行为的惩罚。你还说是一种装饰可以给人们增添美感，这确实也是事实。你我都是黑色，管那叫蝇痣也是可以的，但这也能算一个值得标榜的话题吗？你别再胡吹大话，口若悬河了，快把这自命不凡的习惯改掉吧！

"当冬天来临之际，你就知道自己多么无能了，你会挨饿、受冻、衰亡。而我呢？则将安心地享受我的劳动果实，不需奔波，风雨打不到我身上，我过着无忧无虑的幸福生活。我今天脚踏实地的劳动就是为了使我今后的日子过得幸福。要认清什么是光荣，什么是虚荣。哦！不跟你瞎扯了，我已经浪费不少宝贵时间了，该干活了。傻瓜都知道，我的粮仓以及厨房，空话是不能装满它的。"

狐狸比狼还狡猾

在密林深处的山洞里，狼和狐狸住在一起。狐狸管做饭，狼负责捕食。

因为狼的力气比狐狸大，一天奔波下来，狼常常疲惫不堪，靠着火堆就会睡着，不久就发出很响的鼾声，所以忘记吃东西，饿着肚子睡觉是常有的事。日子一长，狼瘦得只剩下皮包骨，连肋骨也数得清。

狐狸生性狡猾，从来不干这种苦差事，而且常常趁狼外出未归时，偷偷地把好东西、好吃的部分吃了。

照它的说法是："胃口来了就得吃。"倘若狼忘了吃东西，那就更好了，狐狸就会独占双份，照它的说法是："不该让东西浪费掉。"所以狐狸的皮毛像涂上了一层油，明光溜滑。

5月的一天，狐狸外出散步。它看到一棵老柳树上有一窝蜜蜂。回去后它就跟狼商量，决定去掏蜂蜜。

狐狸把狼推在前面，叫它进蜂巢掏蜜，让蜜蜂把它刺得头肿得好大，自己却躲在后面，避开了蜜蜂的芒刺，等着狼把蜜掏出来。狼忍受蜂刺的疼痛，终于把蜜从洞里掏出，它们把蜂蜜装在一个罐子里，放在山洞深处的一个壁橱里，狼说："这是我们过冬用的。"

狐狸既嘴馋又没耐心，它根本不可能等到冬天用！一天晚上，它们吃罢晚饭，狐狸装模作样地竖着耳朵说："听！有人在叫我，要我去替人作洗礼。"

狼惊奇地说："这么晚了还叫你去？"

狐狸说："是这么一回事：隔壁野猪新近生了几头小猪，今天晚上要给一头小猪作洗礼。"

"那好，去吧！"狼刚说完，狐狸就去了。它并没有走远，而是从前洞出去，后洞进来，它走到壁橱里把一罐蜂蜜吃了许多，然后又回到狼这里。狼刚要闭眼入睡，见它走来了，就说："你回来得倒还挺早的哩！"

狐狸说:"是啊!这本来是可以很快完成的。"

狼问道:"它们给你巴旦杏子了吗?"

"哪里,它们只有橡实,那是不值钱的。"

"告诉我,那小猪叫什么名字?"

狐狸一时不知道怎么回答才好,支吾了一声,突然灵机一动,说:"叫刚开始,刚开始……"

狼笑着说:"这可不像野猪的名字啊!反正……随它去吧!"狐狸连忙说:"是嘛!就是这么一回事。"

过了两天,狐狸又被蜂蜜馋得喉咙痒痒的,它又装模作样了一阵说:"野猪又来叫我去给它的另一个孩子作洗礼了。"

狼说:"好吧,去吧!"

狐狸像第一次一样,走到壁橱里,捧着蜜罐子猛喝一阵,它回来后,狼问它:"第二个孩子的名字叫什么?"

这回,狐狸胸有成竹了,它不假思索地回答说:"叫一半,一半。"

狼听了觉得好笑,说:"我们的邻居可也真傻,老给孩子取这种怪名字。"

狐狸说:"它要么叫,就让它叫吧。"

又过了3天,狐狸又故伎重演,它说:"野猪来叫我去给它的第三个孩子作洗礼了。"

狼说:"怎么老没个完?"

狐狸心想:快啦!快吃完了。于是就说:"快了,快完了。"

就这样,它把所有的蜂蜜都吃光了。这次,狐狸回来得比前两次都早,狼问它:"这么早就回来啦?莫非是人家把你赶出来了?"

狐狸说:"嗯,天气不好,我就赶紧回来了。"

狼问道:"第三个孩子叫什么?"狐狸说:"它叫全完了,全完了。"

狼说:"这个名字可奇怪啦!"

第二天是星期六,狼劳动了一整天,对狐狸说:"我们该尝尝蜂蜜,滋补一下身子了。"

狐狸忙说:"我也这么想。你个儿高,去把蜂蜜取下来吧!"

于是它们一起朝壁橱走去。狼伸出前爪,捧起蜜罐,觉得很轻,打开一看,里面一点蜜也没有了。它斜着眼对狐狸说:"好啊!你趁我外出劳动时,把蜜都吃光了!"

狐狸急忙分辩:"我可没有动过蜜罐!你知道我个子小,够不到壁橱!"

狼生气了,它说:"怎么不是你呢?难道你没有找借口去给野猪的孩子作洗礼时偷吃吗?你还有脸这么高声嚷嚷!"

狐狸也毫不让步:"你胡说!当心我敲断你的肋骨!"

狼见狐狸不承认,就只好说:"行了,行了!这样吧!我们来做个试验,看看到底是谁偷吃了蜜。"

"什么试验?"

"我们俩靠着火,各自睡在一边,谁屁股上出了汗,谁就偷吃了蜜。"狼认为凡是做了亏心事的人,都是要出虚汗的。

狼和狐狸分头躺在火堆两边。狼因为没有偷蜂蜜,心里很踏实,再加上劳累了一天,早已疲倦,所以一躺下就睡着了。

狐狸以为偷吃了蜂蜜真会出汗,所以毫无睡意,它趁狼熟睡时悄悄爬起来,用一根鹅毛,把罐里剩下的蜜刮起来,轻轻地涂在了狼的屁股上,涂完后,把鹅毛丢进火里,重新躺下,鹅毛在火中燃着发出一阵焦臭味。

狐狸装模作样地大声惊呼:"快醒醒,快醒醒!火烧着你了!"

狼惊醒过来,不知发生了什么事情。狐狸指着狼屁股上被热气融化开来的蜂蜜说:"瞧!你偷吃了蜂蜜,蜂蜜还在你身上到处流淌呢!"

可怜的狼瞧着自己的屁股,弄不清怎么回事,只好低着头,无话可说。

乌鸦和狐狸

一只乌鸦刚从别处得了一块肥肉,美滋滋地落在一棵大树上,正想着该怎样享受这份战利品。

这时候,有一只狐狸来到了这棵大树下,狐狸一抬头,看见了叼着肉的乌鸦,它目不转睛地盯着那块肉,流着口水自言自语地说:"啊,这是多么好的一块肉啊!肯定又鲜又美!"

狐狸特别想得到乌鸦嘴里的肉，可是，肉在乌鸦的嘴里，乌鸦又高高地站立在大树上，狐狸没法儿得到它，急得抓耳挠腮，手脚发痒。

突然，狐狸想出了一个办法，它赶紧抹去口水，清了清嗓子，仰起头对乌鸦说："喂！是我的好朋友乌鸦吗？啊！一定是您，我从老远就能看出是您。因为您的身材既高大又魁梧，森林里的动物都这么认为，您太漂亮了，它们都特别羡慕您！"

乌鸦听了狐狸的话，心里美滋滋的，它挺了挺身子，动了动翅膀，摆了摆尾巴，顿时觉得自己更高大、更美丽了。

狐狸又继续恭维道："因为您高大、威猛，动物们都想推举您做鸟王，可是……可是……"

乌鸦听说自己能做鸟王，高兴得想跳起来。可细听狐狸的话里还有别的意思，它心里一惊，急着想问狐狸，可一想到嘴里还叼着肉，又把话咽了回去，眼巴巴地等着狐狸继续往下说。

狐狸哭丧着脸说道："可是……不知道您的声音如何，如果您能唱句歌儿，让我听听您的声音，那么'鸟王'这个称号毫无疑问就是您的了。"

"哇！哇！"

乌鸦迫不及待地大叫起来，并连忙说："听听，听听，我怎么能发不出声音呀！听听，听听，哇！哇！"

乌鸦张开嘴一叫，那块肉也就落在了地上，狐狸一个箭步冲上去，抢到了那块肉。

然后，眨着它那双狡猾的小眼睛对火鸦说："我亲爱的朋友，如果你想做鸟王，必须还得具有一个聪慧的头脑。"

燕子和黄莺

春天来了，燕子离开了自己的家，飞到了那远离城市的树林中，见到了可怜的黄莺站在那里唱歌。燕子说道："我的朋友，别来无恙？离开这么久了，我可想死你了，我天天都在想你，这不，我亲自来看望你了。请你告诉我，你现在干些什么？难道你一点也不打算离开这寂寞的住所吗？"

"啊！"黄莺回答说，"在这个世界上未必还有比这里更合适的住所。"

燕子追问道："怎么，你这动听的歌声只打算唱给野兽们听吗？如果再好一点，也不过多了几个农夫、猎人在听嘛！荒郊原野不是你施展才华的地方，还是与我一起到城里去舒展你美妙的歌喉吧！因为只要见到这些森林，我就会想起当初台拉斯的残暴国王台莱，他就在这个地方，对你肆意侮辱。"

"对，残暴的伤害是一种痛苦的回忆，"黄莺接着回答说，"一看到那些虚伪的人，我的伤口就会流血。"

鱼和鱼鹰

鱼鹰把它周围的池塘都看得非常仔细，鱼塘和水池是它食宿的好地方，所以鱼鹰的伙食一向很好。但随着年事的增高，精力衰退，原有的伙食水平难以维持，每况愈下。

这只鱼鹰老眼昏花看不清水底，又没有罗网捕鱼，所以经常忍受饥饿的煎熬。怎么办呢？饥饿所逼，生死关头它想出了一个好办法。鱼鹰在池塘边看见一只虾，就对它说："我的好兄弟，我这儿有一个重要消息告诉你：大祸就要降临到你们头上，一星期后这池塘的主人将要下网捕鱼虾了。"

虾闻言急忙向大家通报这个消息，一时间鱼虾心惊肉跳，一片惊慌。水族动物全部跑了出来，聚在一起选派代表去和鱼鹰商量逃生之计。"朋友，您这消息是从哪儿来的？您说的话靠得住吗？您有解救的方法吗？我们该怎么办才好呢？"

"找个别的地方。"鱼鹰不容置疑地回答。

"到哪里去？"

"你们不必操心，我可以把你们都带到我住处的附近，只有上帝才知道那个地方，世界上再没有比那里更安全隐蔽的地方了。那是一个天然的鱼塘，是歹毒的人类不知道的去处。那个鱼塘能使你们全体都获得新生。"

大家都相信了鱼鹰，于是水族被一一带到了一块人迹罕见的岩石底下。在这儿，鱼鹰把它们都安置在一条狭长的水坑里，这里水可见底，鱼鹰要逮住它们真是唾手可得，随心所欲。

鱼虾用生命所换来的教训告诉我们：永远不要相信吃人者的话。当然，其实葬身于鱼鹰腹中的鱼虾还不算太多，既然人们也一样把鱼虾大部分吃掉，吃鱼虾的是谁又有什么关系呢？弱者的生存空间是被强者控制着的。

鹰和喜鹊

有一只老鹰和喜鹊在草原上空相遇了，它俩无论从哪个方面，包括性格、谈吐、情趣乃至服饰都截然不同，只是一个偶然的机会使两者在这偏僻之处相遇了。

喜鹊很害怕，幸好老鹰已用过餐，而且吃得相当饱。喜鹊为讨老鹰喜欢，就建议道："让我们结伴而行吧！就是统治宇宙的朱庇特，也经常有烦恼的时候，大家一路同行，您就不会感到寂寞。路上可以聊聊天嘛！"

为了讨好老鹰，饶舌的喜鹊没完没了地说开了，它东家长、西家短，什么都评论到了，就像贺拉斯的《书信集》中提到的维尔特聿斯·梅纳那样，说长道短、好坏兼评、信口开河、滔滔不绝，但这人要与喜鹊比，那也是小巫见大巫。

喜鹊提醒老鹰注意这，提防那，边说边跳，手舞足蹈，它所讲的一切都很令老鹰恼火。老鹰忍无可忍，生气地对它喝道："你这个长舌的家伙给我马上闭嘴，你再胡说八道的话，可别怪我不客气。"

喜鹊听到此话，明白自己的处境不妙，赶紧夹着尾巴灰溜溜地离开了。

侍候君王并不像人们想象的那么简单，这种荣誉时常伴随着种种忧虑。告密者、挑拨之人、衣冠禽兽，人人心怀不轨，喜鹊就是一个很好的例子。

青蛙与牡牛

有一只爱妒忌的小青蛙在河边看到了一头大牡牛正低头吃草，便下决心要尽最大的力量去与身躯魁梧的牡牛比大小。你瞧，它拼命用劲儿，不停地鼓气，把肚子胀起来。

"喂，亲爱的朋友，快告诉我，我和那头牡牛差不多大小吧？"它问它的同伴。

"不，朋友，还差得远哩！"

"你再仔细瞧瞧，现在我可憋足了气。我又鼓大了些吗？"

"我看不出来。"

"那么，现在呢？"

"还是老样子，没有发生变化。"

这只异想天开的青蛙根本就没法跟大牯牛比大小。它想入非非，拼命鼓气，由于用力太猛，胀破了肚子，死了。

每个人都有欲望，欲望就像青蛙的肚皮，欲望越多，肚皮就鼓得越大，当欲望不再是欲望的时候，那就走向了极端，肚皮承受不了想象中的极端，就破了。

说大话的山雀

有一只山雀特别爱自吹自擂。有一天，它头脑发热，逢人就讲它要把大海烧干。

它的话立刻传遍了全世界，人们为此都议论纷纷。海神城里的水族们更是个个恐慌；树林中的飞禽走兽都成群结队，观看山雀用大火烧干大海。在前来围观的人群中，有一个经常应酬赴宴的家伙，他手里拿着一把很大的银汤匙，急急忙忙赶到了海边，要来享受一番回味无穷的鱼汤。

四面八方形形色色的人物都挤到了海边，一个个张大着嘴，使劲睁大着眼睛眺望这场奇观，大家都屏住呼吸，凝视着海面，偶尔有人窃窃私语说："海水快沸腾了！海上快着火了！"

然而，海水是那么宁静，根本没有一点火苗，海水仍然是那样凉爽，一点热气都没有。

山雀站在海岸边上无能为力地唱了一首难听的歌，它满面羞愧地逃回了它的鸟巢。山雀夸下偌大的海口并没把海水烧着，却把自己弄得狼狈不堪。

胡吹大话，不切实际，最后的结果只能是水中月，镜中花，幻象而已。

黄雀和刺猬

树林里生活着一只纯朴的黄雀。一天早晨,它心情很好,一边小声地唱歌,一边自我陶醉着。它越唱越来劲,陶醉在自己的歌声中。

这时候,光芒耀眼的太阳从大海升上了天空,太阳仿佛为万物带来了新的生命。丛林中夜莺们在合唱,欢迎太阳的来到。

黄雀却没有和大伙一起唱。刺猬讥笑它:"朋友,你为什么不为太阳歌唱?"

"我的歌喉十分弱小和难听。"可怜的黄雀眼泪汪汪地答道,"我这样的歌喉,怎能去歌唱伟大的太阳?"

从黄雀的回答里我们得到启示:做什么事情要量力而行,万事不可以强求。

国王的苍蝇

"这些苍蝇真是丑陋,灰突突的,不应该属于我们宫廷,我们的苍蝇应该是那种有漂亮颜色的金苍蝇,你们快去办理!"国王吩咐道。

宫廷侍从们于是忙坏了手脚,四处捕捉苍蝇,一一给它们涂上金黄的颜色。但这些涂了金黄色的苍蝇不但不漂亮,反而一只只地死去。

这时,有一位农夫来见国王并对他说:"陛下干吗一定要给苍蝇涂上一层金呢?只要陛下吩咐赏赐给我一些金子,我就可以到邻国去替陛下买来国王专用的、真正的金苍蝇。"

国王一听很是高兴，爽快地给了农夫一些金子。农夫带上金子，回到村里。他从粪堆上捉来了许多红头大苍蝇，然后带去献给了国王。

国王一见非常高兴，说道："这才是属于我的——漂亮的宫廷苍蝇。"

蚂蚁和蚱蜢

夏日的一天，一只蚱蜢正在一块庄稼地里蹦来跳去，无忧无虑地唱着歌。这时，一只蚂蚁从它身边爬过。蚂蚁正十分费劲地拖着一个玉米棒子，它是要把玉米棒子拖回到蚂蚁巢里面去。

"过来跟我聊聊天吧！"蚱蜢说，"用不着那么辛苦地工作吧？"

"我正忙着收集过冬用的粮食，"蚂蚁说，"我建议你也去收集点粮食。"

"为了过冬用不着这么费劲吧？"蚱蜢说，"我们现在有大把的粮食。"

蚂蚁没有听它的，而是继续辛苦地拖着粮食往回赶。冬天来了，蚱蜢没有粮食，都快要饿死了。

这时，蚱蜢看到蚂蚁们正分发它们在夏天时收集并储存起来的玉米和谷物。蚱蜢顿时明白了：什么事都要提早做好准备，将来才有好的结果。

两只青蛙

在一条河里生活着两只青蛙，不过，它们中间有一只是纯种的森林青蛙——胆量大，有力气，整天无忧无虑；而另一只呢，是个胆小鬼，懒婆娘，喜欢睡觉。说起它来，似乎没有到过森林，而是在哪个城市花园里出生的。

可它们还是能过到一块儿去。有那么一回，它们晚上出去散步。它们只顾在林间小道上走着，突然看见一幢房子，房子跟前有个地窖。地窖里散发出一股气味儿，其中有潮湿的味道、苔藓的气息、蘑菇的味道。而这，恰恰是青蛙最钟爱的。

它们想快点儿钻进地窖去，就又跑又跳。跳啊，跳啊，不料一下子掉进了装酸奶油的瓦罐里。不过，等着呛死，当然不是心甘情愿的事。

这时候，它们就手抓脚挠地游起泳来。可这个陶瓦罐的侧壁又高又滑，显然青蛙无法从里面挣脱出来。那个懒婆娘青蛙没游多大一会儿，就想："这得什么时候才能爬出去，我看无论用多大劲儿也不能出去，徒劳无益。"

在这种想法下，它停止了向上爬，结果可想而知，它被呛死了。

可第二只青蛙不是这样，它想："不，想死，总来得及；只要出不来就别想活。我最好不要手抓脚挠，还是游泳。天晓得，也许我会出去。"

可惜没招儿。简直无法儿游！无法远远地游开去，瓦沿儿窄窄的，侧壁滑滑的——青蛙还是爬不出这酸奶油瓦罐。

但是，这只青蛙仍然没有放弃。"没关系，"它想，"劲头还有，还要拼，我还活着呀！这就意味着还要活下去。那就得拼。"看看，这只勇敢的青蛙，在用最后的力气跟死神搏斗着。瞧它，觉出了自个儿在下沉，瞧，它沉到了罐底。然而，它还是不服气，还是支配着四条腿儿的动作。

突然，这只勇敢的青蛙发现脚底下不再发软，像是站在了坚硬的、完全可靠的、仿佛大地似的东西上。青蛙震惊了，东瞅瞅西看看，瓦罐壁不见了，它站在一块黄油上。

"怎么回事儿？"青蛙想，"哪儿来的黄油？"它惊讶，后来终于明白过来：这就是它用自己的脚掌在液体酸奶油里搅拌提凝出来的固体黄油啊！

"看看吧！"青蛙想，"这就是说，我下了气力，才没有死。"

它这么想着，跳出瓦罐儿，歇了一歇，跑回家——回到森林里去了。

另一只青蛙只有长眠于瓦罐里，这完全是由于它的懒惰才造成它今天的结局。相对来说，它的同伴是那么勇敢、那么执着，有一种不怕死的信念。

蜘蛛和蜜蜂

有一个在集市做生意的人，生意十分兴隆，他所出售的布匹销路非常好，顾客们蜂拥而至，商人忙得不亦乐乎。商人生意做得很火，真是日进千金，令很多同行羡慕不已。

有只嫉妒心很强的蜘蛛见到商人的布匹很快就卖完了，十分眼红，它暗自揣测：布匹如此畅销，这真是一本万利的好事情，加之自己又是个纺织专家，一定能大赚一把。蜘蛛一心想抢夺商人的生意，于是决定亲自纺线织布，并在窗台上开店经营。它通宵达旦地织着蛛网，并把这些要销售的蛛网打扮得漂漂亮亮，整整齐齐地放在窗台上。

一切准备妥当后，蜘蛛便得意扬扬地坐了下来，以急切的心情等待人们来抢购。它心情很激动地想："我深信，天一亮，人们就会争先恐后地跑到我这里来抢购。"

天大亮了，令蜘蛛感到最为不幸的事发生了，一把拖把把蜘蛛的店铺、货物和它自己统统扫掉了。蜘蛛气得发疯地说："难道这世界就这么不讲道理吗？我要让全世界的人都来评一评，究竟谁的货色漂亮，是商人的布还是我的蛛网。"

"你的蛛网织得的确又细又漂亮。"正在一旁忙碌的蜜蜂回答说，"这一点大家都承认。但是你精心织的蛛网既无法给人们遮寒取暖，又不能缝制衣被，人们拿它干什么用呢？"

夜莺的命运

有一个捕鸟人偷偷跑到树林里捕了几只夜莺，他把它们关在坚固的笼子里。被囚禁起来的夜莺无可奈何，再也不能像在森林中那样自由自在，它们不得不无聊地唱起歌来，用歌声诉说心中的伤感和痛苦。

其中有一只身世很惨的夜莺，它的歌声最为凄惨，因为它跟它所爱的夜莺分开了，备受痛苦和折磨。它每天站在笼中两眼泪汪汪地望着田野，一天到晚总是闷闷不乐。

但是没过多久这只夜莺就完全变了。它说:"振作精神,愁眉苦脸也没办法改变现实。只有傻瓜才在困境中哭泣,而聪明的人应该充分地利用自己的聪明才智,寻找摆脱困境的办法。为了改变自己的命运,我必须绞尽脑汁,想出好办法来。"

"我们被人们捉来,关在笼子里,并不是人们想吃掉我们,而是想听我们为他一个人歌唱。主人非常喜欢优美动听的音乐,所以只要他觉得我唱的歌悦耳动听,就能博取他的欢心,也许他会给我一些照顾,改变我的命运,说不定有朝一日他会打开笼子,结束我痛苦不堪的生活。"

夜莺拿定主意,满怀希望地唱起歌来,旭日东升时,它用歌声迎接灿烂的朝霞;夕阳西下时,他用歌声赞颂多彩的余晖。

然而,它万万没有想到,结果与它想象的恰恰相反。美妙动听的歌声使它的命运更加凄惨、更加痛苦。主人打开笼子,把那些唱得不好的夜莺全都放走了,让它们飞向自由;而对那只拼命表现自己、声如银铃,歌唱得非常好的夜莺,反而看守得很紧,时刻凝视着它的一举一动。

自以为是的八哥

猫、八哥、金翅雀共同生活在一个家庭中。

金翅雀很天真、很单纯,每天只知道快快乐乐地唱歌,八哥可和它不一样,八哥认为自己是个很了不起的思想家,是一个很有头脑、有思想、有不凡的见解、深懂世故的了不起的人物,所以每天一有空就夸夸其谈。

小猫是只刚刚长成年的猫,性情温和,也很稳重,做事尽职尽责,对自己的本职工作尽心竭力。

有一次，主人出外旅行，竟忘了给小猫留下吃的食物。小猫肚子饿了，东瞧瞧，西望望，也没有找到可以吃的东西。平时，主人总是很疼它，每天都有肉给它吃，现在连粗菜淡饭也没得吃了，小猫真是难过极了。它只好趴在屋角，"喵喵"地哀叫着，盼望主人能快点回来，好给它喂食。

笼子里的八哥听到了猫的哭泣，认为又到了自己演讲的大好时机，于是说道："我亲爱的朋友，你可真是只死心眼的猫哇，难道遇到困难和麻烦，像你这样难过地哭叫，就能解决问题吗？好好想一想，办法是不难找到的。"

小猫听了八哥的话，停止了哭叫，诚心诚意地说："八哥，你很聪明，你说有什么办法可以找到吃的东西呢？"

八哥卖弄聪明地对猫说道："办法不是明摆着嘛，那个笼子里有只金翅雀，难道不可以暂时充充饥吗？"

小猫看了看金翅雀，摇摇头说："这不好吧？我们毕竟生活在一起，我从来没做过让主人生气的事。再说，伤害朋友良心上也过不去。"

八哥撇撇嘴："良心值多少钱？只有傻瓜才宁可饿着肚子讲良心呢！没有一个聪明人会不顾自己的利益去顾及别人的。"

小猫在八哥自以为聪明的教导下动心了，准备吃掉金翅雀来充饥。金翅雀被小猫从笼子里抓出来，几口就吃掉了，由于金翅雀太小了，小猫没有吃饱，于是那自作聪明的八哥也难逃厄运。

一对斑鸠兄弟

很久很久以前，有一对情同手足的斑鸠，它们同甘苦，共患难。有一天，一只斑鸠突然想出去见见世面。它听一些从远处飞来的鸟讲述了外面的世界多么宽广，多么精彩，心就被鼓动了。一只斑鸠与另一只斑鸠说："外面的世界很精彩，我应该去见识见识。"

另一只斑鸠听了它的话，难过地哭起来："你怎么可以走呢？离开了你，我不知道该怎样生活。再说，外边的情况很复杂，会有很多危险和意想不到的灾难等着你，还是打消这个念头吧。我们在一起生活多么安宁，多么幸福啊！"

对外面的世界很向往的斑鸠虽然也很难过，但它并不想就此打消外出的念头，它甚至把自己的前途都寄托在这件事情上。它亲切地安慰着自己的同伴："别难过，我只是短期出去走一走，又不是永远不回来了。等我在外边感到厌烦和想家的时候，就回到你的身边，好不好？"

两只斑鸠难过又无奈地分别了。向往外边世界的斑鸠飞呀飞呀，飞过了草原，飞过了大海，好不容易找到一个歇脚的地方，休息了一会儿，又起程了。

在一望无际的麦田里，斑鸠看到沉甸甸的麦穗，高兴地直奔过去，结果被套进网里，这是专门捕鸟的网套。斑鸠急得眼泪都要下来了，用力地挣扎，好不容易才逃了出来。

斑鸠慌不择路没命地向前飞，不幸得很，它被一只鹰盯住了。它无论怎么努力，也摆脱不了老鹰的追逐，终于落入老鹰的利爪中。正在斑鸠闭上眼睛，等待末日到来之时，一只猛鹫朝老鹰冲了过去。老鹰无奈之下，松开了斑鸠，斑鸠重新获得了自由，可它却付出了惨痛的代价，不由得想起了家的好处。

鹰和虫

有一条毛毛虫历尽千辛万苦终于爬到了大树的最顶端，毛毛虫紧紧抱住树梢不放，大风也不能奈何它。

这时，一只老鹰盘旋在树顶上的高空中，情不自禁地讽刺毛毛虫说："我可怜的小虫！你何必不要命地爬得这么高呢？你这样做究竟能得到什么好处呢？其实你根本不用把自己搞得这么累，你这样做十分危险，摇摇晃晃地待在树枝上，如果下大雨，狂风猛烈，一个不小心摔落下来，你会摔死的。"

"你当然可以毫无顾忌肆意挖苦我。"毛毛虫不紧不慢地回答说，"你能够轻松自如地展翅高飞，全靠你有一双强劲有力的翅膀。虽然我的命运和你不同，但我天生具有另外一种本领，那就是能够牢牢地攀附在树枝上，任凭风吹雨打，我一点儿事都没有，这也许是造物主给予我的补偿吧！"

公鸡和布谷鸟

"亲爱的公鸡，你的歌声是那么嘹亮，那么庄严神气啊！"布谷鸟恭维公鸡道。

"可是你，我亲爱的小布谷，你的歌是森林中唱得最好的，你唱得那么甜蜜、那么悠扬、那么悦耳动听！你这样优秀的歌手，真可以说是独一无二。"公鸡说道。

"你那美妙绝伦的歌声，真让我回味无穷！"布谷鸟回敬道。

"然而你，我美丽的姑娘，我对天发誓，只要你的歌声一停，我就一直在盼望你再唱，有时甚至是迫不及待了。世界上哪里有这样清纯、这样柔和、这样清亮、这样嘹亮的好嗓子啊！虽然你天生身材娇小，可你的歌声却是那么超凡出众，夜莺都无法与你相比。"公鸡继续夸赞着。

"朋友，谢谢你的夸奖。你的歌声也很不错，你一会儿低声吟唱，一会儿引吭高歌，简直唱得比极乐鸟还要动听，大伙都是这么说的。"布谷鸟拍拍翅膀说道。

这时，正好飞过来一只麻雀，对它们说："朋友们，你们虽有讨人喜欢的样子，但是你们一点也不谦虚。你们恬不知耻地互相吹捧，连嗓子都吹哑了，一句话，你们的歌喉实在令人不敢恭维。"

靠吹捧获得名声的人，他们最终会被这样的名声左右着自己。很多没有本领的人都是靠这样成名的。最后被自己的名声所累。

金黄色甲虫和萤火虫

有一天，在一棵高大粗壮的大榕树上，一只甲虫正在树上跳来跳去。它的动作是那样敏捷，使人难以分清它那6条腿。太阳快要落山了，这只甲虫匆忙地赶路。因为离它栖息的地方还远着呢！它总是习惯睡在冬青叶子上。

它是一只美丽的金黄色甲虫，当夕阳照耀着它的硬壳时，它便像块宝石一样放射着光芒。突然，它停了下来，看到在小路中间有一只细小而不起眼的萤火虫，而萤火虫根本就没有看到这只过路的甲虫。"快从路上滚开！可恶的东西！"说着就准备从萤火虫身上爬过去。

萤火虫听到说话声，睁开睡眼。"天黑了吗？"小萤火虫问道。

"你睡糊涂了吗？你没有看到太阳快要落山了吗？"金黄色甲虫骂了起来。

"我不喜欢太阳。"萤火虫小声说道，接着舒展开身体，看上去宛如一只蠕虫。

"难道你糊涂了！"金黄色甲虫骂了起来，"没有太阳，我们就不能生存。它给大地带来了温暖，哺育了我们的孩子，并使我们的硬壳闪闪发光。请看这里。"金黄色甲虫站立起来，残阳照射在它的硬壳上，最后的一抹残阳再次使它闪闪发光。

"呀！太美了，你竟能发出美丽的光。"萤火虫叫了起来。

金黄色甲虫骄傲地说："讲对了，我是甲虫中最美的，所以人们称我为金黄色甲虫。"

"啊！这是一个多美的名字。"萤火虫说完，就不再吱声了。

这时，金黄色甲虫问道："小东西，那你叫什么名字呢？"

"萤火虫。"萤火虫顺口回答道。

"哈哈，"金黄色甲虫大笑了起来，"真是一个恰如其分的名字呀！你原本就是一只可怜的小蠕虫。"

"我不叫小蠕虫，我叫萤火虫，我真的可以发光。"萤火虫谦虚地说。

"什么地方发光？"金黄色甲虫用怀疑的目光，再仔细端详了一下萤火虫。

"哎呀，现在不行，必须等到天完全黑了。"

金黄色甲虫又笑了起来："笑话，蠢东西，在夜晚，我们都将进入梦乡。再说，我从没听说过甲虫会发光。不要再耽误我的时间了，我还得回家呢。"它说完，转身向前走去。可是它又停了下来，高傲地说："再见，小蠕虫！"

这一下萤火虫生气了，喊道："我还有一个名字叫'萤火虫'。"

金黄色甲虫挥动着翅膀笑道："胡说八道，每个蠕虫只有一个名字。"

"不，至少我还有第三个名字。"萤火虫反驳说。

金黄色甲虫生气地跳了起来，因为这样一个小东西竟敢又一次顶撞它，大叫道："可怜的小蠕虫，我要杀死你！"说着就向萤火虫扑了过来。恰好天已经完全黑了，萤火虫点燃了它的灯，顿时，它的整个身体发出了绿色的光。

"这是什么？小蠕虫。"金黄色甲虫吃惊地问道，马上闭起了双眼，"哦，这是我的灯，是我将它点燃的，我再告诉你一遍，我叫萤火虫。"萤火虫说完，就飞了起来，在草上跳跃着，宛如一颗小星星。

杜鹃鸟和鹰

老鹰越看杜鹃越顺眼,在顺眼的情况下,很亲热地管杜鹃叫"夜莺"。

杜鹃扬扬得意、神气活现地飞到一棵白杨树上,自以为是真正的夜莺了。它在树上一展歌喉,卖弄起它唱歌的技艺来,让山谷中所有的鸟儿都欣赏它的表演。但它四下一看,众鸟儿都被它的歌声吓跑了,有的对它讥笑,有的甚至挖苦它。

杜鹃觉得十分委屈,痛苦不堪地飞到老鹰面前向它诉苦:"尊敬的鹰王,秉承你的旨意,我去当森林中擅长唱歌的夜莺,可所有的鸟儿竟敢当面讥笑我的歌声,请允许我向大王提出控诉。"

"我的朋友。"鹰王回答说,"我虽是百鸟之王,却不是整个世界的造物主。所以,这事我确实无能为力,力不从心,无法替你出气。我可以迫使众鸟尊称你为'夜莺',但我无法把杜鹃的嗓子换成夜莺的歌喉啊!"